PROSA UND KONTRA

DIE GEHEIMNISSE DES NEVERMORE BOOKSHOP, 5

STEFFANIE HOLMES

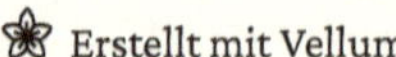 Erstellt mit Vellum

ABONNIERE DEN NEWSLETTER FÜR UPDATES

Möchtest du eine kostenlose Bonusszene aus Quoths Sicht oder Heathcliffs Ladenregeln haben? Dann hole dir das *Cabinet of Curiosities* für Bonusszenen und zusätzliches Material, ein Steffanie Holmes-Kompendium mit Kurzgeschichten und Bonusszenen, indem du dich für den Steffanie Holmes-Newsletter anmeldest.

https://www.nevermorebookshop.co.nz/pages/steffanie-holmes-newsletter-german

In meinem Newsletter erzähle ich jede Woche von wahren Begebenheiten, seltsamen Ereignissen, verfallenen Ruinen und gruseligen Fakten, die meine Geschichten inspirieren. Du erhältst außerdem exklusive Bonusszenen und Updates. Ich liebe es, mit meinen Lesern zu sprechen, also komm zu mir und erleb gruseligen Spaß :)

Für all meine Book Boyfriends
die mich die ganze Nacht wachhalten.

INSCHRIFT

»Es gibt Dunkelheit im Leben und es gibt Lichter und du bist eines der Lichter, das Licht aller Lichter.«
 – Bram Stoker, *Dracula*

I

»Ich fürchte, ich bin nicht wegen eines Buches hier, Mina.« Hayes nickte Wilson zu, die ein Paar Handschellen hochhielt und sie Morrie genüsslich um die Handgelenke legte. »Wir sind hier, um James Moriarty wegen Mordverdachts zu verhaften.«

»Was?« *Das ist … nicht möglich.* »Mord?«

Morrie sah zwischen den beiden Polizisten hin und her. Ein Grinsen huschte über seine Lippen, das jedoch nicht seine Augen erreichte. »Ich habe in meinem Zimmer mit Samt ausgekleidete Handschellen. Die sind viel *sinnlicher* als diese alten Dinger. Ich werde hier warten, während ihr sie holt, und dann werden wir …«

Wachtmeisterin Wilson schob ihn zur Tür. »James Moriarty, Sie haben das Recht zu schweigen. Allerdings könnte es Ihrer Verteidigung schaden, wenn Sie bei der Befragung etwas nicht erwähnen, worauf Sie sich später vor Gericht berufen …«

»Oh, wird die Richterin mit dem Hammer auf den Tisch schlagen und mir sagen, dass ich ein böser Junge war?«, säuselte Morrie. »Wie anrüchig.«

»Sei still«, zischte ich Morrie zu. Heathcliff, Quoth und ich stürmten die Treppe hinunter und drängten uns in den Flur. Heathcliff versperrte die Tür, während ich Morrie in die Arme nahm und Hayes (oder den großen, breitschultrigen Klumpen, den ich für Hayes hielt) böse anfunkelte. Wir hatten unten keine Lampen eingeschaltet, und da Heathcliff nun das einzige Licht versperrte, konnte ich nur Schatten erkennen. »Sie müssen uns sagen, was los ist. Wir haben den Würger geschnappt, also warum ...«

»Es geht nicht um die Würger.« Hayes' Stimme klang ernst. »Herr Moriarty ist unser Hauptverdächtiger im Mordfall von Kate Danvers.«

»Wer zum Teufel soll *das* sein?«, brüllte Heathcliff durch den Raum. Die Spannung wich von seinem Körper und eine spürbare Wut brodelte in der Luft. Ich wusste, wenn wir nicht bald Antworten bekamen, würde er zu Full Metal-Heathcliff werden und von den Kommissaren würden nur noch an der Decke klebende Organstücke übrigbleiben.

»Wir müssen uns Ihnen gegenüber nicht rechtfertigen.« Wilson schob Morrie zur Tür. Sie versuchte, an Heathcliffs Körper vorbeizukommen, drückte Morrie aber stattdessen gegen ein Regal. Stapelweise Bücher stürzten auf uns herab. »So sehr Sie sich auch in Mordfälle einmischen wollen, wir sind hier die Ermittler und wir werden Herrn Moriarty jetzt mitnehmen.«

Heathcliffs Schultern verspannten sich und für einen Moment fürchtete ich ernsthaft um unser aller Leben. Mit einem Brüllen warf er sich zur Seite und gab den Weg frei für Wilson. »Er ist unschuldig und wir werden dagegen ankämpfen.«

Die Drohung in Heathcliffs Worten durchdrang meine Angst und gab mir einen Hoffnungsschimmer. Seit ihrem angespannten Kuss hatte sich Heathcliff von Morrie distanziert. Ich wusste, dass Heathcliff etwas für Morrie empfand, aber seine Heathcliff'sche Art verhinderte, dass er es zugeben oder sich darauf einlassen konnte. Stattdessen hatte er getobt und geschmollt und war zum kompletten Arschloch geworden, bis er Morrie vertrieben hatte, nur um sich nicht damit auseinandersetzen zu müssen.

Aber jetzt war er bereit, *für* Morrie zu kämpfen. Er konnte seine Gefühle vielleicht nicht artikulieren, aber er war ihnen dennoch hilflos ausgeliefert. Heathcliff wusste nichts über Kontrolle, über das Verbergen von Dingen, die hässlich oder beängstigend oder unangenehm waren. Er *war* einfach. Und im Moment war er bereit, für Morrie Amok zu laufen, und das *sagte* mehr über seine Gefühle aus als all die süßen Nichtigkeiten, die er Morrie ins Ohr hätte flüstern können.

Aber es war nicht genug. Wir waren nicht in *Sturmhöhe*. Dies war die echte Welt. Die Polizei würde Morrie mitnehmen und wir konnten nichts dagegen tun. Ein Schauer lief mir über den Rücken. *Warum nehmen sie Morrie mit? Warum sind sie so sicher, dass er diese Kate getötet hat?*

Ich beobachtete Morries Gesicht, als Wilson ihn nach draußen schob. Das matte britische Sonnenlicht drang durch die herannahenden Gewitterwolken und beleuchtete seine scharfen, markanten Gesichtszüge und das stolz gereckte Kinn. Morries Blick suchte meinen und er schenkte mir ein aufmunterndes Grinsen, das aus nichts als Zähnen und Prahlerei bestand.

Ein Grinsen, dem ich vielleicht geglaubt hätte, wenn es seine Augen erreicht hätte. Morries eisblaue Augen waren jedoch weit aufgerissen und von Schatten verdunkelt.

Resigniert.

Nicht überrascht.

»Ich bin sicher, dass es ein Missverständnis ist, meine Hübsche«, rief Morrie, während er mit seinen Budapester über die schartigen Steinstufen scharrte. »Zerbrich dir nicht deinen hübschen Kopf wegen mir.«

Aber der Ausdruck in Morries Blick sagte etwas anderes. Wer auch immer diese Kate Danvers war, er kannte sie, und er wusste bereits, dass sie tot war.

Warum sieht er nicht überrascht aus?

Meine Gedanken schwirrten vor Erinnerungen an die letzten Monate. Morrie, der stirnrunzelnd auf sein Handy starrte, dessen Vermögen eingefroren wurde, der an einem Algorithmus arbeitete, um Draculas Bewegungen zu verfolgen, und der *sicherstellte*, dass ich wusste, wie man ihn benutzt. Ich habe mir natürlich Sorgen um ihn gemacht, aber zwischen der Suche nach dem Mörder von Danny Sledge, der Entdeckung, dass die Ladenkatze Grimalkin in Wirklichkeit eine altgriechische Nymphe namens Kritheïs *und* meine Großmutter war, und der Jagd nach einem blutrünstigen Vampir, der die Welt versklaven will, hatte ich keine Zeit gehabt, seinem seltsamen Verhalten auf den Grund zu gehen, und jetzt ...

... jetzt hat er etwas Dummes getan.

Wilson stieß Morrie die Stufe hinunter und unterbrach damit den Blickkontakt zu mir. Heathcliff streckte die Hand aus, um mich zurückzuhalten, aber ich schlüpfte unter seinen Fingern hindurch und folgte den Ermittlern die Butcher Street entlang zum Stadtplatz, wo ein Streifenwagen mit offener Tür wartete, um mir Morrie zu entreißen. Hayes legte eine Hand auf Morries Nacken und drückte ihn auf den Rücksitz.

»Ich komme mit ihm mit.« Ich rannte zur anderen Tür und stieg ein, bevor Wilson mich aufhalten konnte.

Hayes seufzte. Er war inzwischen an mich gewöhnt. »Na gut. Wir sehen uns auf der Wache. Wenn Herr Moriarty sein

Handy dabei hat, würde ich ihm empfehlen, seinen Anwalt zu kontaktieren.«

Der Polizist hinter dem Steuer nickte Hayes zu und fuhr vom Bordstein. Er schaltete das Radio ein und laute Geigenmusik dröhnte durch die Lautsprecher, so laut, dass das Fahrzeug wackelte.

Die Sitze rochen nach Schweiß und Urin, eine Tatsache, die mir zum ersten Mal bei meiner Verhaftung durch die Polizei wegen des Verdachts auf Mord an meiner ehemaligen besten Freundin Ashley aufgefallen war. Es war kaum zu glauben, dass das erst ein paar Monate her gewesen war, dass ich in genau derselben Position gesessen hatte, die Hände gerungen und in Panik davor hatte, was als Nächstes passieren würde. Es fühlte sich an wie eine andere Zeit, und ich war jetzt ein anderer Mensch.

Die neue Mina, diejenige, die neben ihrem Freund, dem Napoleon des Verbrechens, sitzt, diese Mina hatte keine Angst. Sie war stinksauer.

»Was zum Teufel ist hier los?«, schrie ich über die Musik hinweg und beugte mich vor, um Morrie in den Arm zu boxen. »Wer ist Kate Danvers und warum glauben die, dass du sie getötet hast?«

Morrie rieb sich den Bizeps. »Weil ich sie getötet habe.«

»Pssst.« Mein Blick schweifte wieder zu dem Polizisten, aber der fuchtelte mit dem Arm herum, als wäre er der Dirigent und schien Morries Geständnis völlig zu ignorieren. »Sag so etwas nicht. Hast du nicht zugehört, als sie dich belehrt haben?«

»Entspann dich, Hübsche. Bei dem Vivaldi hört er sowieso kein Wort. Ich bin ja eher ein Fan der russischen Komponisten. Die haben überhaupt kein Gespür für Melodien, aber sie haben das Chaos umarmt ...«

»Hör mal kurz auf zu labern, damit ich nachdenken kann.« Ich holte tief Luft. Meine Hand suchte Trost in Morries langen Fingern. »Es ist okay. Es wird alles gut. Jo ist unsere Freundin. Sie wird diese Leiche fünfzig Mal, *hundert Mal* untersuchen, bis sie die Beweise findet, die dich entlasten. Ist dein Handy in deiner Tasche? Ich wette, du hast einen schicken Anwaltsfreund in London auf der Kurzwahlliste. Wir rufen ihn an und ...«

Meine Worte versiegten, als ich bemerkte, dass Morrie mir nicht zuhörte. Sein Blick war aufs Fenster gerichtet, wo Häuser und hügelige Felder mit Höchstgeschwindigkeit vorbeizogen. Sein Mundwinkel zog sich nach oben, aber ich konnte nicht erkennen, ob es ein Grinsen oder eine Grimasse war.

Das ist seltsam. Wir hätten inzwischen die Polizeistation erreichen müssen. Es war nur ein paar Straßen weiter durch das Dorf Argleton. Stattdessen ragten die Eichen des Kings Copse Wood über uns auf, als der Streifenwagen sich aus dem Dorf schlängelte, vorbei an malerischen Bauernhöfen und hoch aufragenden Hecken, in Richtung der wilden Gipfel der Barsetshire Fells.

»Morrie ...« Ich stieß ihn in die Rippen. »Warum fahren wir nicht zur Polizeistation?«

»Ich habe nicht die leiseste Ahnung.«

»Hey!« Ich klopfte an das Gitter, das uns von dem uniformierten Polizisten trennte. »Wohin bringen Sie uns? Was ist los?«

Als Antwort drehte der Beamte die Musik lauter auf. Ich schrie und schüttelte den Käfig. Morrie schloss sich mir an, aber keiner von uns konnte dem Beamten auch nur ein Nicken der Zustimmung entlocken.

Angst schnürte mir die Kehle zu. *Das ergibt keinen Sinn. Hayes hätte uns gesagt, wenn wir woanders hingebracht würden. Was geht hier vor sich?*

»Was sollen wir tun?«, fragte ich Morrie.

»Ich habe mein Handy nicht dabei«, sagte Morrie und klopfte sich auf die Taschen. »Ich habe es neben dem Bett liegen lassen. Ich habe einen Montblanc-Kugelschreiber, den ich vielleicht zu einer Art Waffe umfunktionieren kann ...«

»Das werden wir vielleicht noch brauchen.« Ich zog mein eigenes Handy aus der Tasche und wählte Quoth. Als ich es an mein Ohr hielt, drang ein seltsames Zischen an mein Trommelfell, gefolgt von einer Reihe von Pieptönen. »Was ist das? Quoth? Kannst du mich hören?«

Morrie nahm mir das Telefon aus der Hand und versuchte es erneut. »Es kommt keine Verbindung zustande. Der Polizist muss irgendeine Art von Störgerät bei sich haben. Wir werden niemandem erreichen können.«

Ich starrte auf das Foto eines Wurfs Blindenhundewelpen auf dem Sperrbildschirm meines Telefons. Meine Sicht verschwamm, bis die Welpen zu einem Klecks wurden. »Okay, jetzt habe ich offiziell Angst.«

Morrie beugte sich vor und versuchte, die Tür und das Fenster zu öffnen. Beide waren verschlossen. Er warf mir einen Blick zu, sagte aber nichts, woraufhin sich meine Brust nur noch mehr zusammenzog. Morrie hatte immer einen klugen Kommentar für jede Situation.

Er legte seine Hand in meine und drückte sie. Dieses Drücken sagte mir mehr als Worte es je gekonnt hätten. Der unbezwingbare James Moriarty hatte genauso viel Angst wie ich.

Wir fuhren stundenlang durch immer karger werdende Täler. Kalksteinfelsen ragten aus Heidekrautbüscheln heraus, die sich im Wind bogen. Wir schlängelten uns durch enge Straßen hinauf zu etwas, das in Großbritannien als Berge durchging. In jedem Land mit echter Wildnis wäre es ein »anstrengender Hügel« gewesen. Wir kamen an einem kleinen Dorf namens Barset Reach vorbei, eine Ansammlung von

Steinhäusern, einem Pub und einer Tankstelle, und bogen von der Straße auf einen Waldweg ab.

Die Bäume beugten sich über die Straße und streiften die Seiten und das Dach des Autos, wie die Finger einer Waldhexe, die uns in ihr Lebkuchenhaus zu ziehen drohte. Die Dunkelheit nahm mir die Sicht, als die Bäume die Sonne verdeckten, und meine Schläfen flammten vor Migräne auf, während meine Augen sich anstrengten, Formen und Schatten zu erkennen.

Wir kamen an eine Weggabelung. Als das Auto nach rechts bog, beugte sich Morrie vor und las das Schild vor. »Da steht WILD OATS WILDERNESS SURVIVAL SCHOOL, aber es zeigt nach links.« Er runzelte die Stirn. »Ich kenne diesen Namen.«

»Warum runzelst du so die Stirn? Warst du dort zu einem Teambuilding-Tag deiner Firma und musstest Kakerlaken essen?«

»Dort wurde die Leiche von Kate Danvers gefunden.«

Scheiße. Warum bringt uns der Polizist zum Tatort zurück, ohne Hayes davon zu erzählen? Ich drückte Morries Hand, als mich ein stechender Migräneanfall durchzuckte. Vor meinen Augen tanzten grün und orange leuchtende Flecken. Es gibt nichts Besseres als blanke Angst, um meinen Sehverlust zu verschlimmern.

Wir entfernten uns von Wild Oats, weg vom letzten Zeichen der Zivilisation, und holperten auf einem immer schlechter werdenden Weg entlang, bis wir zu einer Lichtung zwischen den Bäumen kamen. Der Polizist stellte den Motor ab und nahm seine Waffe vom Sitz. Die Türen machten ein klickendes Geräusch, als er das Schloss entriegelte.

»Steigt aus dem Auto aus«, knurrte er und zog seine Schirmmütze tief ins Gesicht, um seine Augen in Schatten zu hüllen.

Meine Finger zitterten so stark, dass ich drei Versuche brauchte, um den Griff zu drücken und die Tür zu öffnen.

Morrie war bereits um die Seite des Wagens herumgelaufen und zog mich in seine Arme. Er hielt mich besitzergreifend fest, und ich bemerkte, dass er sich so drehte, dass er zwischen mir und dem Polizisten stand, von dem ich mir jetzt sicher war, dass er kein echter Gesetzeshüter war. »Ich bin ein reicher Mann. Wer auch immer Sie dafür bezahlt, ich verdopple es. Lassen Sie Mina gehen und wir können wir über die Bedingungen reden.«

»Typisch.« Die Stimme des Polizisten triefte vor Spott. »Du gehst davon aus, dass ich genauso bestechlich bin wie du. Mädchen, gib mir dein Handy.«

Ich überlegte, so zu tun, als hätte ich mein Handy nicht dabei, aber es gelang mir nicht, den Blick vom Lauf der Waffe zu nehmen. Ich zog mein Handy aus der Tasche und hielt es ihm hin. Der Polizist beugte sich vor, um es mir aus der Hand zu nehmen. Seine Finger berührten meine und für einen Moment spürte ich ein unangenehmes Kribbeln auf meiner Haut. Ich hätte ihm am liebsten eine Ohrfeige verpasst, ihm die Augen ausgekratzt, alles, nur nicht hier dazustehen wie eine nutzlose Trine.

Der Polizist warf mein Handy in eine Pfütze, wo es zischend und Funken sprühend unterging. Der Bildschirm wurde schwarz, als die Welpen im Brackwasser verschwanden.

Wir sind hier draußen mit diesem Verrückten allein.

Morrie drückte mich fester an sich, und ich fand Trost in seiner Gegenwart. Nur ein anderer Verrückter konnte uns aus dieser Misere befreien, aber das war genau das, was Morrie war. Morrie tobte nicht wie Heathcliff. Stattdessen nutzte er seinen erstaunlichen Intellekt, um sich aus jeder Klemme rauszudenken. Ich konnte bereits sehen, wie sich die Zahnräder in seinem Kopf bewegten, wie sein Blick zu den Bäumen huschte und dann wieder auf die Waffe, während er über unsere Möglichkeiten nachdachte. Er versuchte es erneut. »Ich kann Ihnen helfen. Ich kann Ihnen das Geld und die Mittel geben, um für immer zu verschwinden, und niemand muss erfahren, was heute hier passiert ist.«

Der Polizist zeigte mit seiner Waffe in Richtung eines schmalen Pfades, der sich an der Seite des Gipfels hinaufschlängelte. »Geht. Ich will nicht zweimal darum bitten müssen.«

2

»Warum tun Sie das?« Meine Finger krallten sich in die Erde, während ich ein steiles Ufer hinaufkletterte. »Wohin bringen Sie uns?«

Der Beamte antwortete nicht. Er stieß Morrie mit dem Lauf seiner Waffe in den Rücken und drängte uns, weiterzugehen. Morrie griff nach meinem Arm, was angesichts des Winkels, den wir beim Klettern zueinander hatten, etwas umständlich war, aber ich wollte auf keinen Fall, dass er losließ. Alle paar Meter drückte er mir beruhigend die Hand.

Auch wenn an dieser Situation nichts Beruhigendes war.

Das abgenutzte Profil meiner Docs rutschte im weichen Schlamm, während ich um Halt kämpfte. Der Regen hatte nachgelassen, aber es fielen immer noch dicke Tropfen von den Blättern, die auf meine Wangen spritzten. Ich fröstelte, während meine nasse Kleidung auf meiner Haut klebte. Wenn ich gewusst hätte, dass ich mit zwei Verrückten durch die Wildnis wandern würde, hätte ich keinen Misfits-Kapuzenpullover und keine mit Totenköpfen übersäten Nylonstrumpfhosen angezogen. Mit jedem Schritt wurde mir klarer, dass Morrie und ich hier nicht lebend herauskommen würden. Es würde nicht lange dauern, bis unsere Leichen in demselben Schlamm begraben würden, der jetzt meine Lieblingsstrumpfhose verkrustete.

Ich werde meinen neuen Blindenhund nie kennenlernen, kann Mama nicht sagen, wie sehr ich sie liebhabe, und mich nicht von Quoth und Heathcliff verabschieden. Ich werde nie mehr über meinen Vater erfahren. Und Dracula ... was wird er der Welt antun, wenn wir ihn nicht aufhalten können? Ich werde das Rätsel um den Nevermore Bookshop nie lösen können und meinen Roman nie zu Ende schreiben ...

Verdammt, ich habe den Jungs nicht einmal erzählt, dass ich einen Roman schreibe. Den ganzen Tag von Büchern, Mord und Magie umgeben zu sein, hatte mich inspiriert. Ich hatte gedacht, dass wenn ich vielleicht ... wenn ich meine Scheu überwinden könnte, meine Arbeit anderen vorzulesen, könnte das Schreiben eine großartige Karriere für mich sein, jetzt, wo ich mein Augenlicht verlor. Ich hatte eine Kurzgeschichte über einen unserer Fälle geschrieben und sie ihnen zu Weihnachten geschenkt, aber als ich ihnen beim Lesen zugesehen habe, war mir speiübel geworden. Ich wusste, dass es noch lange dauern würde, bis ich das Buch so weit hatte, dass ich es ihnen gerne zeigen würde. Aber jetzt ... würde das nie passieren. Stattdessen könnte es jemandauf meinem Laptop finden und es bei meiner Beerdigung laut vorlesen ...

Argh. Allein bei dem Gedanken daran packte mich ein Schaudern. *Das einzig Gute daran ist, dass ich zumindest nicht da sein werde, um es zu hören.*

Als ich mich dem oberen Ende der Böschung näherte, warf ich einen verstohlenen Blick über meine Schulter und versuchte, den Polizisten auszumachen. Ich war so oft auf der Polizeiwache gewesen, weil ich bei so vielen Morden geholfen hatte, sie aufzuklären, dass ich fast alle Beamten kannte. Hatte einer von ihnen Bestechungsgeld von einem von

Morries kriminellen Kumpanen erhalten, um ihn zu entführen? Wenn dieser Kerl nicht einmal ein Beamter war ... hatte er sich große Mühe gegeben, uns direkt vor Hayes' Nase zu entführen.

Aber der Polizist hatte seinen Hut tief ins Gesicht gezogen. Ich konnte nur sagen, dass er mittleren Alters war, mit ein paar Falten um die Augen und den Mund, groß (fast so groß wie Morrie) mit einem drahtigen Körperbau, aber breiten, muskulösen Schultern. Obwohl ich nach Atem rang und vom Wandern schweißgebadet war, ging er weiter, ohne auch nur einen Augenblick lang zu verschnaufen. Die Waffe in seiner Hand sah echt genug aus.

Ich krallte mich an einer knorrigen Wurzel fest und zog mich damit über die Kuppe des Hangs. Ein noch steilerer Hang kam auf uns zu, allerdings waren grobe Stufen in den Fels gehauen worden. Der Polizist schwang seine Waffe und Morrie und ich stapften die Treppe hinauf.

Auf der Spitze des Hügels stand eine kleine Wanderhütte. Sie war winzig mit einem schrägen Wellblechdach, einem schiefen Steinkamin und einem kleinen Anbau neben der Tür, in dem sich Brennholz stapelte. Etwas abseits konnte ich ein kleines Nebengebäude sehen, um dessen Tür Fliegen schwirrten. Morrie schlang seinen Arm um meine Taille und zog mich an sich, als der Polizist einen Schlüssel ins Schloss steckte und die Tür der Wanderhütte aufstieß.

»Rein da.« Der Polizist fuchtelte mit seiner Waffe und bedeutete uns, in die Dunkelheit zu treten.

Mir drehte sich der Magen um. *Das ist es. Hier werde ich sterben.*

Meine Docs schlurften über die Schwelle, als ich hineinstolperte. Ich streckte eine Hand aus, um mich abzufangen, und bemerkte die langen Ärmel meines Kapuzenpullis. Auf ihnen stand der Schriftzug: ,Grabt ihre

Knochen aus'. *Wie passend. Zumindest werde ich eine grimmig aussehende Leiche hinterlassen.*

Panisches Gelächter stieg in mir auf. Ich stand neben Morrie vor dem erloschenen Kaminfeuer. Meine Finger suchten seine, verzweifelt nach einem letzten Moment des Trostes. *Ich wünschte, ich hätte Zeit für einen letzten brennenden Kuss, für eine letzte Chance, Morrie zu sagen, was er mir bedeutet. Ich wünschte ...*

Das panische Gelächter hallte durch meinen Körper, als wir dem Polizisten gegenüberstanden. Morrie blieb vollkommen ruhig, ein hochmütiges Grinsen spielte immer noch um seine Lippen. Er pfiff eine leise Melodie.

Der Polizist ließ seinen langen Körper in einen durchgesessenen Ohrensessel sinken. Anstatt uns zu erschießen, legte er die Waffe ab und zog seinen Hut vom Kopf, unter dem sich eine dunkle Lockenpracht verbarg. Er griff in eine Ledertasche an seinem Gürtel und holte eine Holzpfeife heraus, die er zwischen seine Lippen klemmte und ein wenig Tabak in die Kammer klopfte. Während er sich im Stuhl zurücklehnte, zupfte er an seinem Kinn und zog eine Hautfalte hoch, bis er eine Latexmaske ablöste, unter der ein jüngeres, reineres Gesicht zum Vorschein kam.

Neben mir versteifte sich Morrie. Die Melodie erstarb auf seinen Lippen. »Das ist nicht möglich.«

Ich warf Morrie einen Blick zu. Sein Gesicht war kreidebleich geworden. Das berüchtigte Grinsen war verschwunden.

Der Napoleon des Verbrechens sah ... *verängstigt* aus.

Als ich den Blick wieder auf den Polizisten richtete, hatte sich die Farbe seiner Augen verändert. Zuerst dachte ich, es wäre nur ein Trick meiner nachlassenden Sehkraft. Ich beugte mich vor und blinzelte. Nein, seine Augen hatten sich definitiv verändert. Wo er vor einem Moment noch einfache braune Augen gehabt hatte, war jetzt ein klares und helles Grau zu sehen. Sein lockiges Haar lag auf dem Tisch; eine Perücke, unter der sich dunkle, kurz geschnittene Locken verbargen.

Ich starrte eine völlig andere Person an.

Eine wirklich *heiße* Person, mit scharfen Wangenknochen, einer gewissen Härte und einem grausamen, intelligenten Lächeln. Feste Lippen unter einer falkenartigen Nase, die sich vor verächtlichem Vergnügen kräuselte. Er erinnerte mich ein wenig an Morrie: gleichermaßen einschüchternd und faszinierend.

»Wer sind Sie?«, flüsterte ich.

Der Polizist lehnte sich in seinem Stuhl zurück und blies mir einen perfekten Rauchring entgegen. Mit funkelnden grauen Augen beobachtete er mein Gesicht, streckte mir die Hand entgegen und senkte das Kinn, um mir einen durchdringenden Blick zuzuwerfen. »Erlaube mir, mich vorzustellen, Mina Wilde. Mein Name ist Sherlock Holmes.«

3

herlock Holmes.

Der Sherlock Holmes.

Wieder entfuhr mir ein hysterisches Lachen. Mein ganzer Körper zitterte, während ich mir den Bauch hielt und nach Luft rang. »Das ist ein Witz. Sie sind nicht ... Sie können nicht ...«

Morrie lachte nicht. »Ich versichere dir, das ist er.«

Morries Körper war erstarrt. Er hatte sich wieder etwas gefasst, aber er starrte den Polizisten, *Sherlock,* an wie einen Käfer, den er unbedingt zerquetschen wollte, aber Angst hatte, dass seine Lieblingsschuhe danach nach Kadaver stinken würden. »Ich werde das Gesicht dieses Verräters nie vergessen.«

»Nur, dass meine Verkleidung dich völlig getäuscht hat.« Sherlock tippte sich an seinen spitzzulaufenden Hut und schenkte Morrie ein selbstgefälliges Lächeln, das mir schmerzlich vertraut war. »Die Zeit auf dieser Welt hat dich weich gemacht, *Moriarty.*«

»Ich wusste von dem Moment an, als ich ins Auto stieg,

dass du es warst«, schoss Morrie zurück. »Ich habe nur mitgespielt, um zu sehen, was du geplant hast.«

Ich verschluckte mich vor Lachen. Das war offensichtlich eine Lüge, aber es klang verdächtig danach, als würde Morrie versuchen, vor Sherlock das Gesicht zu wahren, was so lächerlich war, dass ich nicht damit umgehen konnte.

»Du lügst«, sagte Sherlock. »Das merke ich immer daran, dass dein linkes Ohrläppchen zuckt. Du bist so berechenbar.«

»*Du* bist der Lügner.« Morries Hand flog zu seinem Ohr. »Du hast gesagt, du würdest mal eben Zigaretten holen gehen, stattdessen hast du versucht, mich über einen Wasserfall zu werfen ...«

»Das liegt in der Vergangenheit.« Sherlock winkte ab. »Um deine Frage zu beantworten, Mina, was hier vor sich geht, ist, dass ich gerade eine waghalsige Rettungsaktion durchgeführt habe, um Moriartys Freiheit zu sichern, in der Hoffnung, seinen Namen reinzuwaschen, falls das überhaupt möglich ist.«

Mir drehte sich der Kopf. Ich starrte die Waffe auf dem Tisch an. »Also wirst du uns nicht töten?«

»Ich denke nicht. Es sei denn, du hast vor, mir lästig zu werden.«

»Kannst du dann Morries Handschellen aufschließen und die Waffe weglegen?«

»*Morrie*?« Sherlocks Lippen verzogen sich zu einem Ausdruck des Ekels. »Meine Güte, die Vorliebe des 21. Jahrhunderts für Spitznamen ist dir nicht gut bekommen, mein Lieber.«

Lieber. Das Wort hallte in meinem Kopf wider. *Morries alter Liebhaber ist hier, genau jetzt, in unserer Welt.*

Sherlock tastete seine Taschen ab, bis er einen Schlüssel fand. Er stand auf, wobei sich sein schlaksiger Körper wie ein Akkordeon entfaltete und sein Kopf fast die niedrigen Balken die Decke der Hütte streifte, und ging mit zwei langen Schritten auf uns zu. Sherlock legte seine Finger um Morries Handgelenk und riss an seinem Arm mit solcher Kraft, dass Morrie nach vorne stolperte und seine Brust gegen Sherlocks krachte. Sie standen Nase an Nase, die Blicke voller unausgesprochener Worte, während die Spannung zwischen ihnen wie ein Blitz knisterte. Ich sehnte mich danach, die Hand auszustrecken und Sherlock wegzustoßen, aber die Wildheit in Morries Augen ließ mich erstarren. Ich hatte ihn noch nie so ergriffen gesehen, außer ...

Außer wenn er *mich* ansah.

Und Heathcliff, nach ihrem Kuss.

Sherlocks Finger verweilten auf Morries Handgelenk, als er den Schlüssel umdrehte und die Handschellen abnahm. Als seine Finger über Morries Haut strichen, öffneten sich die Lippen meines Freundes und ein leises Seufzen entfuhr ihm.

Verdammt.

Ich blickte von einem zum anderen, während mir ein Gespräch von vor ein paar Monaten durch den Kopf ging. Morrie und ich hatten während der Jane-Austen-Erfahrung auf dem Balkon von Lachlan Hall gestanden, und er hatte mir erzählt, wie er schon einmal verliebt gewesen war, wie dieser Liebhaber ihn betrogen und versucht hatte, ihn zu töten. Warum dieser Verrat es Morrie so schwer machte, seine Gefühle zuzugeben, wie er Angst davor hatte, sich wieder zu verlieben, sich an eine andere Person zu verlieren, nur um vielleicht wieder betrogen zu werden.

Es war das erste Mal, dass ich Morrie verletzlich gesehen hatte.

Jetzt stand er vor dem Liebhaber, der ihn so geprägt hatte. Morrie schien die Situation vollkommen unter Kontrolle zu haben, aber ich kannte mein kriminelles Superhirn gut genug, um zu sehen, wie sehr ihn Sherlocks plötzliches Auftauchen erschütterte.

Ich wollte fragen, wie oft Sherlock Morrie schon die Handschellen abgenommen hatte, aber ich ahnte, dass mir bei der Antwort speiübel werden würde.

Sherlock Holmes war in der realen Welt. In unserer Welt.

Sherlock Holmes war wegen meines Freundes gekommen.

Aber warum? Und was hat das alles mit dieser Kate Danvers zu tun?

Müdigkeit breitete sich in meinem Körper aus. Ich wollte nichts lieber, als wieder im Nevermore Bookshop zu sein, zuhören wie Morrie und Heathcliff sich stritten und Quoth Nine Inch Nails durchs Haus dröhnen ließ, während er etwas Dunkles und Düsteres malte. Ich zog einen zerfledderten Sessel zurück und ließ mich darauf sinken, während ich Sherlock finster anstarrte. »Nimm deine Finger von Morrie. Ich traue dir in seiner Nähe nicht. Ich will alles wissen, und zwar jetzt. Warum bist du hier und warum dieser ausgefuchste Plan, uns in diese abgelegene Hütte zu bringen?«

»Ich wollte nur Moriarty in Sicherheit bringen. Du hast darauf bestanden, mitzukommen.« Sherlock lachte in sich hinein. »Ich bin auf die gleiche Weise hierhergekommen wie Moriarty und Heathcliff Earnshaw und all die anderen; über die Klassikabteilung in eurer Buchhandlung. Die genauen Mechanismen sind mir allerdings immer noch ein Rätsel. Ich war auf dem Weg zu einem höchst belebenden Dolchmord in Dartmoor in einer Kutsche neben meinem lieben Freund Watson eingeschlafen und auf dem Boden dieser staubigen Buchhandlung aufgewacht.«

»Wann soll das gewesen sein?«

»Oh ... vor acht, neun Wochen.«

Ich warf Morrie einen Blick zu. »Wie kommt es, dass wir dich dann nicht gesehen haben? Und woher kennst du meinen Namen?«

»Meine liebe Mina, du hast mich nicht gesehen, weil ich

mich entschieden habe, nicht gesehen zu werden. Als ich zum ersten Mal auf dem schäbigen Teppich des Ladens auftauchte, machte ich mich auf die Suche nach Antworten, fand aber stattdessen dich, Moriarty und zwei andere Männer *in flagranti*. Ich habe mich entschieden, nicht zu bleiben. Seit ich angekommen bin, beobachte ich euch. Ich weiß alles, was in Argleton vor sich geht, und ich habe den Laden immer im Blick.«

Ich verschränkte die Arme. »Im 21. Jahrhundert nennt man das Stalking.«

»In der Tat. Nun, mein *Stalking*, wie du es nennst, hat Moriarty vielleicht gerade das Leben gerettet. Ich war es, der ihn auf den Tod von Kate Danvers aufmerksam gemacht hat.«

»Wer ist Kate Danvers?«

»Offiziell ist sie eine hingebungsvolle Ehefrau und leitende Entwicklerin bei einem Technologieunternehmen, das cloudbasierte Ticketingsysteme für Veranstaltungen herstellt. Nach Jahren des Kampfes gegen Depressionen und Angstzustände beging Kate im November letzten Jahres Selbstmord. In Wirklichkeit ist sie eine gerissene Frau, die auf den Philippinen gelebt hat, nachdem sie im November ihren eigenen Tod vorgetäuscht hat, und erst kürzlich tot mit einem Messer im Bauch aufgefunden wurde.«

Ich funkelte Morrie an. »Hast du vielleicht etwas damit zu tun?«

Morrie schenkte mir sein typisches Grinsen. »Nicht mit dem Messerstich, aber ich *könnte* tangential mit ihrem ursprünglichen Verschwinden zu tun haben.«

Ich verschränkte die Arme. »Du hast nicht zufällig *tangential* über irgendeinen höchst illegalen und gefährlichen Plan mit ihr zu tun?«

Morrie sah betreten aus. »Ich gebe zu, dass ich die kriminelle Unterwelt vielleicht nicht *ganz* aufgegeben habe. Ich habe versucht, ehrlich zu bleiben, aber hast du eine Ahnung, wie schwierig es ist, meinen Lebensstandard aufrechtzuerhalten, wenn ich mein Geld auf legale Weise verdienen muss? Also ja, ich habe *vielleicht* nebenher noch ein kleines Unternehmen weitergeführt. Es ist eigentlich ein öffentlicher Dienst und völlig legal, verstehst du ... Naja, *größtenteils* legal.«

Ich wippte mit dem Fuß. »Ein Unternehmen, das was macht?«

Morries Augen weiteten sich, womit offensichtlich eine völlig unschuldige Person nachahmen wollte. »Ich helfe Menschen, ihren Tod vorzutäuschen.«

Ich warf den Kopf in den Nacken und lachte. Entweder das oder ich hätte Morrie ins Gesicht schlagen können, und obwohl ich sauer auf ihn war, sah er ziemlich gut aus und ich wollte nicht seine perfekte Nase ruinieren.

»Geht es ihr gut?« Sherlock zeigte mit dem Finger auf mich. »Sie ist labiler als dieser Sebastian Moran, in den du so vernarrt warst.«

»Ich finde, Soziopathen sind die treuesten Angestellten.« Morrie wippte auf dem Fuß auf und ab. »Man muss ihnen nur interessante Aufgaben geben, wie lästige Menschen zu ermorden oder Steine auf ihre Ex-Liebhaber zu werfen. Wenn du dich erinnerst, habe ich kurz mit dem Gedanken gespielt, *dich* einzustellen, bevor deine unheilbare Faulheit offensichtlich wurde.«

»Und doch war es dieser Faulpelz auf der Seite des Guten, der letztendlich die teuflischste Spinne im Zentrum von Londons riesigem kriminellen Netz besiegt hat ...«

»Okay, schon gut, ihr zwei.« Ich wischte mir die Lachtränen aus den Augen. »Ihr zankt ja schlimmer als Morrie und Heathcliff. Ihr beide beruhigt euch jetzt mal für eine Sekunde, während wir das hier klären. Morrie, du erklärst mir erst mal, wie diese Sache mit dem vorgetäuschten Tod funktioniert.«

»Ganz einfach.« Morrie griff in die Tasche seiner Jacke und holte eine Visitenkarte heraus, die er mir in die Hand drückte. In der Hütte war es zu dunkel und die Worte zu klein, als dass ich sie hätte lesen können, aber das Papier fühlte sich dick und teuer an, die Worte geprägt. »Zu mir kommen Menschen, die verschwinden wollen. Ich nutze meine Ressourcen, um ihnen dabei zu helfen. In den meisten Fällen braucht man keinen Körper, um einen Tod vorzutäuschen. Es ist alles nur eine Frage von Papierkram, und ich habe die nötigen Kontakte und die Fähigkeit, in den richtigen Situationen Druck auszuüben, um die Räder der Bürokratie zugunsten meiner Kunden zu schmieren.«

»Also fälschst du Dokumente.« Ich hob eine Augenbraue.

»Es ist *so* viel mehr als das.« Morrie strahlte. »Ich biete Beratungsdienstleistungen an. Du würdest nicht glauben, wie viele Leute versuchen, ihren Tod vorzutäuschen und es vermasseln. Ich kann auf jahrelange Erfahrung im Strafrecht zurückgreifen und sie davon abhalten, die einfachsten Fehler zu machen. Nimm zum Beispiel Kate. Sie wollte vom Boot ihres Chefs fallen und einen Ertrinkungstod vortäuschen. Lächerlich. Die Leute gehen immer davon aus, dass der beste Weg, den eigenen Tod vorzutäuschen, darin besteht, zu ertrinken, aber das ist eigentlich die schlechteste Idee. Eine ertrunkene Leiche wird normalerweise irgendwo angespült, sodass Ertrinkungsfälle ohne Leiche den Behörden sofort verdächtig erscheinen. Ich habe ihr einen narrensichereren Plan empfohlen.«

»Und der wäre?«

»Sie würde in die Wälder von Barsetshire Fells gehen und nie zurückkehren.« Morrie sah zufrieden aus. »Neun von zehn erfolgreichen vorgetäuschten Todesfällen ereignen sich in der

Wildnis. Für Rettungskräfte ist es oft unmöglich, eine Leiche zu finden, sodass niemand Verdacht schöpft, wenn eine mal nicht auftaucht.«

»Ein hervorragender Plan«, meldete sich Sherlock zu Wort. »Wie es sich für ein Gehirn erster Güte gehört.«

»Genau.« Täuschten meine schwachen Augen sich oder färbten sich Morries Wangen bei Sherlocks Lob rot? »Und alles lief reibungslos. Im November besuchte Kate mit einer Gruppe Kollegen die Wild Oats Wilderness Survival School. Jedes Jahr bezahlt das Unternehmen einen aufwendigen Rückzugsort für die besten Mitarbeiter. Dieses Jahr hatte ich Kate die Verantwortung für die Buchungen übertragen, was bedeutete, dass sie den Ort und die Aktivitäten kontrollieren konnte, und sie schickte die Gruppe ins Herz von Barsetshire, um zu lernen, wie man Feuer macht und seinen eigenen Urin trinkt. Am letzten Abend des Trainings mussten alle Teilnehmer, einschließlich Kate, eine Nacht im Wald verbringen ... allein. Als der Ausbilder sie am nächsten Morgen abholen wollte, waren von ihrem Lager nur noch die Glut eines Feuers und ein Abschiedsbrief übrig. Es wurden Suchtrupps eingesetzt, aber sie haben die Leiche nie gefunden.«

»Weil es keine gab«, beendete ich den Satz.

»Genau. Ich hatte bereits einen Flug für Kate auf die Philippinen gebucht, wo ich ihr einen Job und genug Geld verschaffte, um sie die nächsten Jahre gut über die Runden zu bringen.«

»Du bist so schön, wenn du über Betrug sprichst«, schnurrte Sherlock und streckte seine Hand aus, um Morries Wange zu berühren.

Morrie schlug sie weg. »Fass mich nie wieder an! Dieses Gespräch ist eine Sache zwischen Mina und mir.«

Sherlock funkelte mich böse an.

Ich streckte ihm meine Zunge heraus. Reif? Nein. Befriedigend? Ja, verdammt.

Morrie fuhr fort. »Ich habe Kates Papiere eingereicht, mich um ihre Beerdigung und ihre trauernde Familie gekümmert. Alles schien reibungslos verlaufen zu sein. Ich habe mir nichts dabei gedacht, bis vor ein paar Wochen, als du den Laden für Danny Sledges Autorenworkshop eingerichtet hast und eine anonyme SMS mich darauf aufmerksam machte, dass ein Wanderer Kates Leiche in der Nähe von Wild Oats entdeckt hatte. Frisch verstorben. Mit einem Messer, das aus ihrer Brust ragte.«

»Aber ...« Ich hatte so viele Fragen. »Warum war sie überhaupt wieder im Land, wenn du sie sicher auf die Philippinen gebracht hast? Und wer würde sie umbringen wollen? Hatte es etwas mit dem Grund zu tun, warum sie überhaupt erst versucht hatte, ihren eigenen Tod vorzutäuschen?«

»Genau das haben sich die Behörden auch gefragt. Dummerweise fanden sie meine Visitenkarte, die sie noch in der Tasche hatte, zusammen mit ihrem Originalpass und ihrer Bordkarte unter der neuen, gefälschten Identität, die ich für sie erstellt hatte, sodass sie eine ziemlich gute Vorstellung davon hatten, wo sie mit der Suche beginnen mussten.«

Ich ließ den Kopf in die Hände fallen. »Mor-rie.«

»Schau mich nicht so an. Die Karte führt nicht direkt zu mir. Ich bin kein Dummkopf. Sie führt einen Klienten dazu, Kontakt zu einer nicht auffindbaren Nummer aufzunehmen und eine Reihe von Hürden zu nehmen, um seine Legitimität und Geheimhaltung zu beweisen, bevor ich mir seinen Fall überhaupt anhöre. Leider macht Detective Hayes das, was ihm an Gehirnzellen fehlt, durch seine Verbindungen zu Top-Agenten des MI5 wett. Sie haben mein Netzwerk infiltriert und mich, wie Sherlock es so eloquent ausdrückt, im Zentrum eines riesigen Netzes aus Todesfällen und Betrug entdeckt. Sie haben mein Vermögen beschlagnahmt, während sie gegen mich ermittelten, weshalb ich den Laden nicht retten konnte, und ich wusste, dass es nur eine Frage der Zeit war, bis sie mich festnehmen würden. Natürlich ist dieser Dummkopf Hayes zu dem völlig falschen Schluss gekommen, was meine Beteiligung angeht, und ist hinter einem unschuldigen Mann her.«

»Unschuldig?« Sherlock hob eine perfekt geformte Augenbraue und verschränkte seine Finger ineinander. Der Ausdruck erinnerte mich so sehr an Morrie, dass mir schlecht wurde. »Das ist kein Wort, das ich je verwenden würde, um dich zu beschreiben.«

Sherlock hatte recht, aber ich war nicht bereit, mit ihm einer Meinung zu sein. »Na gut. Ich weiß, dass du den Mord nicht begangen hast, also müssen wir nur herausfinden, wer es war.«

Sherlock lehnte sich wieder in seinem Stuhl zurück und nahm einen tiefen Zug aus seiner Pfeife. »Ich habe bereits einige Fortschritte in diesem Fall gemacht. Das ist der Grund, warum ich diesen Ort als Versteck gewählt habe. Er liegt in der Nähe des Tatorts. So konnte ich beweisen, dass die Fußabdrücke, die in der Nähe der Leiche gefunden wurden, genau zu Moriartys Schuhen passen.«

»Und wie genau hast du das bewiesen?«

Sherlock nahm ein Paar vertraut aussehender Budapester hinter seinem Stuhl hervor und warf sie auf den Tisch. »Es war ganz einfach. Ich habe diese von der Treppe vor eurem Buchladen gestohlen und sie mit den Abdrücken verglichen, die ich am Tatort genommen habe.«

»Ich habe mich schon gefragt, wo die abgeblieben sind.« Morrie runzelte die Stirn angesichts der Schuhe.

»Woher weißt du, dass welche fehlen?« Ich stöhnte und stützte den Kopf in die Hände. Es wurde immer schlimmer. »Du lässt sie überall herumliegen. Wie Sherlock demonstriert hat, könnte sich jeder hineinschleichen und sie klauen.«

Und sie dann benutzen, um dir etwas anzuhängen.

»Ich bin ungern weit von einem anständigen Paar Schuhe entfernt.« Morrie hielt sein Kinn hoch. »Ich lasse alle meine Budapester beim selben Schuhmacher in London maßanfertigen. Sie haben einen Leisten angefertigt. Das ist eine mechanische Form, die genau wie mein Fuß geformt ist, um die perfekte Passform zu erhalten.«

»Genau.« Sherlocks Blick richtete sich auf Morries Schuhe. »Die elegante Form und das charakteristische Profil bedeuten, dass die Abdrücke nur von dir oder jemandem, der deine Budapester getragen hat, stammen können. Meine nächste Aufgabe ist es, diesen Schuster zu besuchen und ...«

»Wie bitte?« Ich starrte ihn finster an. »Warum versuchst du überhaupt, Morrie zu helfen?«

»Das ist doch ganz einfach«, antwortete Sherlock. »Ich will ihn zurückgewinnen. Aber das wäre ein vergebliches Unterfangen, wenn er hinter Gittern sitzt.«

»Du ...« Eine neue Migräne flackerte an meinen Schläfen auf. *Das kann doch nicht wahr sein.*

»Mich zurückgewinnen? Du hattest vor, mich über einen Wasserfall zu stoßen.« Morrie stapfte durch den Raum und riss Sherlock die Pfeife aus dem Mund. Ich zuckte zusammen, als er sie gegen die Wand schleuderte, wo sie mit einem Knacken aufschlug und in mehrere Teile zerbrach, wobei Asche und Tabak in der ohnehin schon stickigen Luft verstreut wurden. »Zwischen uns wird es nie wieder etwas geben, Sherlock. Ich bin jetzt mit Mina zusammen.«

»Wenn du das sagst«, sagte Sherlock in einem Ton, der deutlich machte, dass er immer noch eine Chance sah.

Nein, daraus wird nichts. Ich werde mit dem weltbesten beratenden Detektiv keinen Schwanzvergleich wegen Morrie veranstalten. Nicht zuletzt, weil ich keinen Schwanz habe. »Er sagt das. Wenn du Morries Entscheidung akzeptieren und respektieren kannst, könnten wir deine Expertise bei der Lösung des Falls trotzdem gebrauchen. Zeig uns, was du bereits herausgefunden hast.«

Sherlock griff hinter seinen Stuhl und hob eine Holzkiste hoch. Er kippte sie auf dem Tisch aus, und eine Lawine von Papierkram stürzte heraus. Morrie durchwühlte einige Kisten neben dem Kamin und kam mit Kerzen zurück, die er im Raum verteilte, damit ich sehen konnte, was vor sich ging. Ich nahm einen Stapel offiziell aussehender Formulare und blinzelte auf das winzige Schriftbild. »Das sind Kate Danvers' Krankenakten? Wie bist du da rangekommen?«

»Morrie ist nicht der Einzige, der die Fähigkeiten hat, eure Behörden zu täuschen«, prahlte Sherlock. »Kates Akten zeigen eine Vorgeschichte von Depressionen und Selbstmordgedanken.«

»Das sagt gar nichts aus«, sagte Morrie. »Ich habe sie angewiesen, diese Beweise zu fabrizieren. Damit wurde Selbstmord als wahrscheinlichste Ursache für ihr Verschwinden festgestellt. Wenn man den Samen einer Idee in die Köpfe aller pflanzt, werden sie ihn gießen, bis er blüht, und dann werden sie nicht nach ihr suchen. Das Letzte, was wir wollten, war, dass die Behörden dies als verdächtigen Todesfall einstufen.«

»Wenn sie nicht wirklich selbstmordgefährdet war, warum wollte Kate dann ihren Tod vortäuschen?«

Morrie zuckte mit den Schultern. »Das müsstest du sie fragen. Ich bin kein Psychologe. Ich habe sie nie gefragt und sie hat es mir nie erzählt.«

»Du musst doch eine Ahnung haben.«

»Es gibt drei Gründe, warum Menschen ihren Tod vortäuschen wollen: finanzielle Vorteile, um mit einem Liebhaber zusammen zu sein oder um Gewalt zu entkommen.

Deutlich mehr Männer täuschen ihren Tod aus den ersten beiden Gründen vor, aber das liegt daran, dass sie dumm genug sind, sich erwischen zu lassen. Alle Frauen, denen ich erfolgreich beim Untertauchen geholfen habe, sind vor einem gewalttätigen Ehemann geflohen, und sie sind alle tot geblieben, bis auf Kate.« Morrie runzelte die Stirn. »Das wird meine Yelp-Bewertung wirklich in den Keller treiben.«

»Ich bin so froh, dass deine Sorge überhaupt nicht unangebracht ist. Wer ist das?« Ich wedelte mit dem Foto eines kleinen Mannes mit rosigen Wangen, einem Pferdeschwanz und einem Star-Wars-T-Shirt. Er erinnerte mich an den Comic-Buch-Verkäufer aus den Simpsons, nur mit einem schönen Lächeln und freundlichen Augen.

»Das ist Dave Danvers, Kates Ehemann«, sagte Sherlock. »Er war die erste Person, die ich mir angesehen habe, aber allem Anschein nach war er ein liebevoller und hingebungsvoller Ehemann und hat keinerlei Verbindungen zu Moriartys krimineller Unterwelt.«

»Kate schien ihn immer noch zu mögen«, überlegte Morrie. »Sie hatte immer diesen albernen Ausdruck im Gesicht, wenn sie über ihn sprach. Ich glaube, sie sagte, sie würde das *für* ihn tun, also hatten sie vielleicht Geldsorgen. Sie bat mich, dafür zu sorgen, dass er ihre Lebensversicherung erhält, wenn sie nicht mehr da ist.«

»Das heißt nicht, dass er unschuldig ist.« Ich drehte mich zu Sherlock um. »Hat er ein Alibi für den Mord?«

»Woher soll ich das wissen?«, spottete Sherlock. »Der Mord ist nicht der wichtige Teil. Die Tatsache, dass dieser Mord inszeniert wurde, um Moriarty hereinzulegen, steht im Mittelpunkt meiner Ermittlungen.«

»Du meinst, *unserer* Ermittlungen. Morrie und ich stecken da mit drin. Es geht um sein Leben und seine Freiheit.«

Sherlock runzelte die Stirn. Dunkle Locken fielen ihm in die

Stirn. *Er wäre so verdammt heiß, wenn er nicht hier wäre, um mir meinen Freund auszuspannen.* »Ich arbeite allein.«

Ich schnaubte. »Nein, das tust du nicht. Ich habe deine Bücher gelesen. Du hat Dr. John Watson zu jedem Abenteuer mitgenommen.«

»Du, meine Liebe, bist kein Watson. Du kehrst heute in deine Welt zurück und überlässt Moriarty meiner sicheren Obhut.«

Mein Blut kochte. »Ich bin nicht deine *Liebe*. Ich habe nicht weniger als vier Morde erfolgreich aufgeklärt *und* einen gestohlenen Weihnachtsbaum wiederbeschafft. Ich werde Morrie nicht einfach dir überlassen.«

»Das musst du, Hübsche.« Morries Augen flehten mich an. »Sherlock hat recht. Wenn du vermisst bleibst, werden sie annehmen, dass ich die ganze Sache mit der Entführung eingefädelt habe. Das würde die Dinge für mich hundertmal schlimmer machen. Wenn du mit einer anderen Geschichte zurückkehrst, können wir das Geschehen kontrollieren und Sherlock und mir Zeit geben, herauszufinden, was wirklich vor sich geht.«

Ich funkelte ihn an. »Du willst meine Hilfe nicht?«

Morrie streckte die Hand aus und zwirbelte eine Strähne meines Haares zwischen seinen Fingern. »Wer auch immer das getan hat, versucht, mich aus meinem kriminellen Netzwerk zu stürzen. Das sind brutale Menschen. Nicht wie die Kleinstadt-Mörder, mit denen wir es normalerweise zu tun haben. Ich will nicht, dass du verletzt wirst.«

Ich kann nicht glauben, dass ich das höre. »Wenn du untertauchen musst, ist das ein Grund mehr, warum ich dir helfen sollte. Was glaubst du, wie viel du herausfinden kannst, wenn du in einer stinkenden Hütte festsitzt?«

Sherlock durchquerte den Raum in zwei langen Schritten und hielt die Kerze an eine Wand, wo sie Fotos von Tatorten,

Zeitungsartikel und gekritzelte Haftnotizen beleuchtete, die alle mit Schnüren verbunden waren. »Eine Menge. Ich habe alle verfügbaren Beweise gründlich studiert.«

Ich warf einen Blick auf die Wand und bemerkte zwei Dinge. Erstens: Sherlock wandte genau die gleichen Methoden an, die er auch in den Geschichten von Sir Arthur Conan Doyle verwendete: seine Informationen bestanden aus Zeichnungen vom Tatort, Fotos und Studien von Schuhabdrücken und Rindenabreibungen. Zweitens waren über drei Viertel seiner Wand nicht dem Fall gewidmet, sondern Morrie. Es gab Polaroids von ihm, wie er den Laden verließ, in der Londoner U-Bahn saß und einem Mann in einem schicken Anzug die Hand schüttelte, von dem ich nur annehmen konnte, dass es entweder sein Bankier oder eine Art Verbrechensboss war.

Ich versuchte, mich nicht davon beunruhigen zu lassen, dass Sherlock in nur zwei Monaten mehr über meinen Freund erfahren hatte, als er mir jemals erzählt hatte. *Morrie hat dieses ganze geheime Leben, an dem ich nicht teilhabe. Und es könnte ihn in große Schwierigkeiten gebracht haben.*

»Wer ist das?« Ich zeigte auf ein Foto von Morrie, auf dem er einem gerissen aussehenden Mann mit einem Schnurrbart und einem weißen Anzug gegenübersteht. Mehrere Schnüre laufen über dem Kopf des Mannes zusammen.

»Aidan McFarlane. Nach meinen Schlussfolgerungen der derzeit einzig mögliche Verdächtige.«

»McFarlane ist ein großer Name in der kriminellen Unterwelt. Er war früher meine rechte Hand, aber er versucht seit Jahren, mich loszuwerden und mein Gebiet zu übernehmen. Seit Monaten versucht er, mich zu untergraben, und beschuldigt mich, weich zu werden, nur weil ich bestimmte Operationen eingestellt habe«, fügte Morrie hinzu. »Außerdem hat er einen unheimlich aussehenden Schnurrbart. Er muss unser Bösewicht sein.«

Zu hören, wie James Moriarty einen anderen Mann einen Bösewicht nannte, war so absurd, dass ich in Gelächter ausbrach. Ich wandte mich an Sherlock. »Was macht dich so sicher, dass er der Täter ist?«

Er runzelte die Stirn. »Meine Methoden sind einzig und allein meine.«

»Du ziehst gar keine anderen Optionen in Betracht? Was ist mit dem Ehemann oder jemand, der auch auf diesem Führungskräftetreffen war? Es könnte sein, dass derjenige oder das, wovor sie fliehen wollte, sie eingeholt hat und ...«

»Ich habe sie alle ausgeschlossen. Niemand in ihrem Leben hat irgendeine Verbindung zu Moriarty. Wie ich bereits sagte«, zischte Sherlock mit zusammengebissenen Zähnen, »spielt das Opfer hier keine Rolle. Sie war nur ein Mittel zum Zweck. Der Mörder hegt einen Groll gegen Moriarty. Er ist der Schlüssel.«

»Ich denke, wir sollten zumindest in Betracht ziehen ...«

»Nichts gegen deine Gedanken, Mina, die dir sicher nicht unbedeutend erscheinen. Du solltest das den Profis überlassen.«

»Du bist auch kein Profi«, schoss ich zurück.

»56 Kurzgeschichten, vier populäre Romane und ein bleibendes Vermächtnis in der Popkultur lassen anderes vermuten.« Sherlock schob mich mit dem Ellbogen beiseite, während er die Fotos in seine Handfläche fegte und sie wieder in die Schachtel legte.

Wir drehen uns im Kreis. »Du bist ein Produkt des viktorianischen Justizsystems. Technologie und Gesellschaft haben sich seitdem weiterentwickelt. Wir sollten Informationen austauschen und zusammenarbeiten.«

»Ich arbeite nicht mit mir intellektuell Unterlegenen zusammen.«

Das war's.

Mir ist egal, ob du der beste beratende Detektiv der Welt bist, du wirst untergehen.

Ich trat vor, aber Morrie packte mich an der Schulter. »Du kannst ihn nicht umbringen, Hübsche. Ich weiß, er ist ein nerviger Wichser, aber wir brauchen ihn. Sein verrückter Stunt heute hat uns etwas Zeit verschafft.«

Ich sog den Atem ein und versuchte, das Blut in meinen Adern zu beruhigen. Sherlock warf mir einen Schlüsselbund zu. »Ich habe das GPS im Auto manipuliert. Im Moment verfolgt die Polizei dich bis zur schottischen Grenze. Alles, was du tun musst, ist, mit dem Auto nach Argleton zurückzufahren, ihnen zu sagen, dass du entführt und mitten im Nirgendwo mit dem Auto zurückgelassen wurdest, dass du nicht weißt, wo Morrie ist, und dass du immer noch glaubst, dass er unschuldig ist.«

Ich schüttelte den Kopf. »Es gibt nur einen Fehler in deinem Plan. Eigentlich gibt es hundert Fehler, aber ich werde dich auf den größten hinweisen. Ich kann nicht fahren.«

Morrie zuckte zusammen. »Natürlich. Deine Augen.«

Ich nickte. Ich hatte in meinem letzten Jahr an der Highschool ein paar Fahrstunden mit Mama gehabt, die hauptsächlich daraus bestanden, dass sie mir vom Beifahrersitz aus ins Ohr schrie und darauf bestand, dass wir Salbei um das Auto streuten, bevor wir einstiegen, um »meine negative Energie aus dem Fahrzeug zu vertreiben«, denn anscheinend war *das* der Grund, warum ich das parallel Einparken nicht beherrschte. Aber Ashley hatte einen Führerschein gehabt, also hatte ich meinen nie gebraucht. Dann bin ich nach New York City gezogen, wo niemand Auto fährt, und nach meiner Rückkehr hatte ich genau null Prozent Anreiz, es zu lernen.

»Ah, das macht die Sache kompliziert.« Sherlock rieb sich das Kinn. »Offensichtlich hast du noch etwas Sehkraft, also schlage ich einen neuen Plan vor. Fahr mit dem Auto zurück nach Barset Reach. Es ist unwahrscheinlich, dass du auf dieser

Straße an anderen Fahrzeugen vorbeikommst. In der Werkstatt findest du einen alten Mann. Gib ihm die Schlüssel für das Fahrzeug und geh, ohne ein Wort zu sagen. Schau nicht zurück. Er wird sich um den Rest kümmern. Vor dem Pub gibt es eine Bushaltestelle. Der Fahrplan hängt hinter der Theke. Wenn ich mich richtig erinnere, sollte der Bus dich vor dem Abendessen zurück nach Argleton bringen.«

Ich dachte an den langen, rutschigen Weg zurück zur Lichtung und die holprige Waldstraße, die ich nehmen musste. Morrie muss mein Unbehagen gespürt haben, denn er nahm mich in seine Arme, drückte mich an seine Brust und starrte mir mit diesem eisigen Blick in die Seele, bis ich vergaß, dass Sherlock im Raum war.

James Moriarty hatte die Fähigkeit, meine Aufmerksamkeit mit nichts anderem als einem langanhaltenden Blick zu fesseln. Seine Finger spreizten sich in meinem Kreuz und drückten mich gegen ihn, bis ich spürte, wie sein Schwanz in seiner Hose zuckte. Ich neigte meinen Kopf und genoss es, wie perfekt er an mich passte, genoss jeden Zentimeter seines warmen Körpers und wusste, dass ich es verdammt noch mal vermissen würde, sobald ich durch diese Tür ging.

»Ich wünschte, du könntest mit mir kommen«, flüsterte ich ihm in die Schulter.

Morrie nahm mein Gesicht in seine Hände. Das Eis in seinen Augen schmolz zu einem kühlen blauen See, in dem sich das Kerzenlicht spiegelte. »Ich auch, meine Hübsche. Du hast keine Ahnung, wie sehr. Aber dieser nervige Bastard hat recht. Ich muss bleiben. Aus einer Gefängniszelle heraus werde ich weder meine Unschuld beweisen noch die Probleme in meinem Netzwerk loswerden können.«

»Wird es nicht noch mehr Ärger geben, wenn du vor dem Gesetz davonläufst?«

»Nicht, wenn wir herausfinden können, wer mir das

angehängt hat«, flüsterte er. »Ich kenne dieses Funkeln in deinen Augen, Mina Wilde. Ich weiß, dass du nicht vorhast, darauf zu warten, dass Sherlock das für uns löst. Du wirst denjenigen zur Strecke bringen, der Kate ermordet und mir das angehängt hat.«

»Natürlich.« Ich rollte mit den Augen. »Ich nehme keine Befehle von Sherlock Holmes entgegen.«

Morrie zog mich an sich und entfachte meinen Körper mit einem sengenden Kuss. »Gut«, flüsterte er. »So ist es brav. Da ihr beide daran arbeitet, meinen Namen reinzuwaschen, habe ich vollstes Vertrauen in meine letztendliche Rückkehr in die Zivilisation.«

Morries Lippen trafen meine mit all dem übermütigen Selbstvertrauen und der Tapferkeit, die ihn zu dem machten, der er war. Seine Finger umklammerten meinen Kiefer, nicht fest genug, um wehzutun, aber gerade fest genug, dass ich mich von ihm besessen, begehrt und *gebraucht* fühlte.

Und selbst als ich ihn zurückküsste, die Berührung seines Körpers, den Schwung seiner Zunge, die Art und Weise, wie er mich festhielt, spürte ich dieses *Bedürfnis* von ihm. Morrie gab nie zu, etwas oder jemanden zu brauchen. Was er mir durch das Feuer seines Kusses und das Drücken seiner Härte gegen meinen Oberschenkel sagen wollte, war, dass er mich brauchte. Und es gab nur einen möglichen Grund, warum Morrie mich gerade jetzt brauchen konnte.

Er hat Angst.

Wenn sogar der größte kriminelle Mastermind der Moderne Angst hat, weiß ich, dass wir wirklich in Schwierigkeiten stecken.

4

Morrie begleitete mich zurück zum Polizeiauto, wohl wissend, dass ich aufgrund der dichten Zweige Schwierigkeiten haben würde, den Weg zu erkennen. Während er ging, erzählte er mir ein wenig mehr über sein Geschäft mit vorgetäuschten Todesfällen und wie viele Menschen ohne seine fachkundige Hilfe beim Vortäuschen ihres Todes ertappt wurden. Er sprach, als würde er ihnen aufopferungsvoll einen großen Dienst leisten, aber ich war überzeugt, dass er nur versuchte, sich selbst davon zu überzeugen.

Ich hörte ihm mit halbem Ohr zu. Hunderte Gedanken schwirrten in meinem Kopf herum, aber ich fand keine Worte, um auch nur einen davon laut auszusprechen. Morrie füllte die Stille normalerweise gerne mit Geschwätz. Er hatte immer eine Million Dinge zu sagen, normalerweise über sich selbst, aber auch er schien tief in Gedanken versunken zu sein.

»Dein Wagen wartet.« Morrie deutete mit einer dramatischen Armbewegung auf den Polizeiwagen, als wir die Lichtung betraten. Das Sonnenlicht strömte durch die Lücke in den Bäumen und beleuchtete das Funkeln in seinen Augen und das Auf und Ab seines Adamsapfels, wenn er schluckte.

Und schluckte.

»Morrie ...« Ich streckte die Hand aus, um seine Schulter zu berühren. *Dies könnte das letzte Mal sein, dass ich ihn sehe, bis das hier erledigt ist.*

Wenn ich nicht herausfinden kann, wer Morrie hereingelegt hat, könnte dies das letzte Mal sein, dass ich ihn sehe, ohne dass uns Eisengitter trennen. Und wir brauchen ihn. Wir brauchen ihn, um Dracula zu bekämpfen.

Ich brauche *ihn.*

Morrie zuckte mit den Schultern, eilte zum Auto und riss die Fahrertür auf. Er beugte sich vor, um den Sitz zu verstellen. »Wir sollten besser sicherstellen, dass du dieses Ding auch fahren kannst. Ich habe mich nie für Verbrennungsmotoren interessiert, aber ich habe mich schon mit ein paar Fluchtfahrzeugen beschäftigt und kann dir das eine oder andere zeigen.«

Ich erreichte die Tür gerade, als Morrie sie zuschlug und den Wagen zurücksetzte. Mit ein paar schnellen Bewegungen hatte er ihn auf der kleinen Lichtung so gedreht, dass er wieder in Richtung Straße zeigte. Er riss die Tür auf, stieg aus und bedeutete mir, mich ans Steuer zu setzen.

»Ich habe keine Ahnung, wie man dieses Ding fährt«, sagte ich stöhnend, als ich mich auf den Sitz fallen ließ.

»Das rechte Pedal ist das Gaspedal. Damit wird das Auto schneller. Das große in der Mitte ist die Bremse ...«

»So viel weiß ich auch, danke.«

»Ich wollte nur sichergehen.« Morrie beugte sich über mich, um den Sicherheitsgurt zu greifen. Als er ihn über meine Brust führte, um ihn zu schließen, streifte seine Hand meine Brust. Die Berührung war alles. Sie brannte wie Feuer durch meinen durchnässten Kapuzenpullover und berührte mein Herz, bis es sich in ein Inferno verwandelte.

Morrie versteifte sich und erstarrte. Sein verwöhntes, lässiges Lächeln hielt mich gefangen, aber seine Augen richteten sich auf etwas hinter meinem Kopf. Seine Brust hob und senkte sich.

»Morrie, sieh mich an.«

Er starrte weiter auf diese Stelle, während er hervorwürgte: »Ich kann nicht.«

»Warum nicht?«, flüsterte ich.

»Weil ich dich sonst aus dem Sitz zerren und gegen einen Baum ficken würde, und dann würden wir beide die gefälschten Pässe nehmen, die ich in einem Schließfach in London aufbewahre, in ein Flugzeug steigen und unser neues Leben in Monaco beginnen. Und nichts davon wäre eine gute Idee.«

Ich streckte die Hand aus und packte sein Kinn. Die steife Brise hatte seine Haut ausgekühlt. Ich bohrte meine Finger in sein Kinn, zerrte seinen Kopf herum, sodass er mich ansehen musste, und zwang ihn, der Realität, die er geschaffen hatte, ins Gesicht zu blicken.

Der Blick, der meinem begegnete, spiegelte solch komplexe und dunkle Emotionen wider, dass mir der Atem stockte. Ich stürzte in diese eisigen Tiefen, und alles, was Morrie war, schwappte über mich und zog mich hinab in einen Ozean aus Schmerz und Lust und Hass und Verlangen und Angst und Ungläubigkeit.

Ein Brüllen entrang sich Morries Lippen. Ein Ausbruch, der so wenig von seiner üblichen Beherrschung seiner Emotionen zeugte, dass er mich an Heathcliff erinnerte. Dieses rohe, schmerzende Verlangen hatte auch mein Herz fest im Griff und erhitzte meine Glieder.

Morrie hob mich vom Sitz, als würde ich nichts wiegen. Ich schlang meine Beine um seinen geschmeidigen Körper, als seine Lippen meine in einem strafenden Kuss trafen. Er hielt mich in seinen Armen, taumelte um die Vorderseite des Wagens herum und legte mich auf die Motorhaube.

Ich keuchte ein wenig, als die Kühle des Metalls durch meine Kleidung drang. Morrie bedeckte meinen Mund mit seinem und erstickte meinen Schrei, als er sich mit der vollen Wucht seines Verlangens auf mich stürzte. Morries Hände waren überall gleichzeitig. Sie verhedderten sich in meinen Haaren, griffen nach meinen Schultern, schlangen sich um meinen Rücken, um mich an ihn zu drücken und kämpften damit, mein Hemd hochzuschieben und meine Leggings über meine Füße zu ziehen.

Er war nicht wie sonst. Er versuchte nicht, mich bis an den Rand zu treiben und mich dann wieder zurückzuziehen. Dies war kein Spiel. Die Ungewissheit unserer Zukunft hatte uns fest im Griff, drückte gegen meine Haut und machte mich willig für mehr von ihm, alles von ihm, jetzt sofort. Ich wollte in Morries Haut kriechen und seinen Schmerz von innen heraus wegküssen.

Morrie schob meinen Rock hoch und steckte einen Finger in mein Höschen. Ich keuchte, als er das Stück Stoff wegriss und über seine Schulter in die Büsche warf. *Was zum Teufel?* Das war meine Lieblingsunterwäsche, und sie war nicht billig gewesen.

Aber ich hatte nicht den Hauch eines Atems in der Lunge, um mich zu beschweren, nicht wenn Morrie meine Brust hinunterstrich und meine Rippen küsste, seine Lippen auf meinem klopfenden Herzen.

»Ich muss dich ein letztes Mal schmecken«, würgte Morrie. Seine Hände umfassten meinen Hintern, während er seine Schultern zwischen meine Schenkel schob und meine Beine spreizte. Seine Zunge leckte über meine feuchten Schamlippen. Mein Kopf fiel nach hinten und ich versuchte, mich an der Motorhaube festzuhalten, während er mich leckte.

Morrie steckte zwei Finger in mich, während er weiter leckte. Ich konnte bereits spüren, wie sich der Orgasmus aufbaute. Der Nervenkitzel, dies mitten auf einer Lichtung auf einem Polizeiauto zu tun, kombiniert mit seiner Zunge, die ihre Magie wirkte, und der Angst, dass dies das letzte Mal sein könnte, dass ich seine Haut auf meiner spürte, reichte beinahe aus, um mich über die Grenze zu stoßen. Das Ganze war einfach so typisch Morrie, dass ich es fast nicht aushalten konnte.

Schauer liefen mir über die Haut, als Regentropfen von den Blättern fielen, aber das Feuer, das durch meine Adern schoss, während Morries Zunge um meinen Kitzler wirbelte, hielt mich warm.

Morrie stieß einen dritten Finger in mich hinein und saugte meinen Kitzler in seinen Mund, was mich direkt an den Rand des Wahnsinns trieb. Ich neigte meinen Kopf gerade so weit nach vorne, dass sich unsere Blicke trafen, was mich kopfüber in einen Orgasmus stürzte.

Mein Körper zuckte, und ich wäre fast von der glatten Haube gerutscht, als ich unter der Welle der Lust, die durch meine Adern rauschte, erbebte. Morries Hand krallte sich in meinen Hintern fester, hielt mich aufrecht und beanspruchte mich für sich.

Ich lehnte mich zurück gegen die Motorhaube. Meine Brust hob und senkte sich, während ich nach Luft rang. Morrie beugte sich über mich, mit diesem verwöhnten Grinsen auf den Lippen, denn er war ein selbstgefälliger Bastard und würde er das nie lange vergessen. Er schob seine Hand unter meinem Hintern hervor und legte sie neben meinen Kopf, die Finger auf der Motorhaube gespreizt, während seine andere Hand seinen Gürtel öffnete und seine Hose seine Hüften runterschob.

Ich ließ meine Beine zur Seite fallen und vertraute darauf, dass er mich festhielt. Die Sohlen meiner Docs rutschten auf dem Metall aus, und ich glitt ein wenig nach unten, direkt auf

Morries wartenden Schwanz. Ein Stöhnen entrang sich Morries Lippen, als er in mich eindrang, und seine übermütigen Mundwinkel verzog sich zu einem O der Lust.

Ich hob ihm meine Hüften entgegen, als er tief in mich eindrang und genau den richtigen Winkel traf, um mich in Ekstase zu versetzen, bis ich wieder zitterte und verzweifelte. Morries Körper bebte gegen meinem, als er sein Bedürfnis nach Kontrolle überwand und sich dem Chaos hingab, das in ihm herrschte. Er stieß unerbittlich und strafend in mich hinein, während ein rauer Laut, halb Stöhnen, halb Schrei über seine Lippen drang.

Ich war gefangen in seiner Wut, und ich *liebte* es. Ich tat mein Bestes, um meine Hüften nach oben zu stoßen, um ihm entgegenzukommen, aber es war unmöglich, sich auf der Motorhaube zu bewegen, ohne abzurutschen. Morrie drehte mich um und zog meine Hüften zurück, um wieder in mich einzudringen. Ich hielt mich am Außenspiegel fest, während er von hinten in mich eindrang und mir ein paar Mal auf den Hintern schlug. Das Knacken seiner Handfläche auf mir trieb mich nur noch härter in ihn hinein, mein Rücken krümmte sich, als ein weiterer köstlicher Orgasmus durch mich hindurchzuckte.

Morries Nägel gruben sich in meine Hüfte, als er in mir kam und noch einmal so tief und hart zustieß, wie er es wagte. Den Kopf in den Nacken geworfen, stieß er ein unmenschliches Geräusch aus. Sein Schwanz zuckte und entlud sich, und der Mann, den ich liebte, der sich in Knoten verstrickte und immer der Dominante, der Meister, der Verantwortliche sein musste, gab sich mir völlig und ganz hin.

Morrie lag auf mir. Seine Brust hob und senkte sich. Sein Schweiß rann meine Haut hinunter. Schließlich zog er sich zurück, und es war, als hätte er eine Maske über sein Gesicht gezogen und seine verletzliche Seite hinter dem großspurigen, arroganten Morrie versteckt, den ich so gut kannte und liebte.

Morrie zog sein Hemd aus und reichte es mir. »Benutz das, um dich so gut wie möglich sauber zu machen. Ich nehme es mit und verbrenne es in der Hütte. So verhindern wir, dass meine DNA an dem Auto klebt.«

Meine Glieder zitterten, als ich meine Leggings hoch- und meinen durchnässten Kapuzenpulli herunterzog und mich wieder ans Steuer setzte. Ich hatte ihm so viel zu sagen, aber ich wusste, dass ich in Tränen ausbrechen würde, wenn ich es täte. Morries Blick bohrte sich in mich, als ich meinen Fuß auf das Gaspedal setzte. Das Auto rollte den Weg hinunter, bis Morrie nur noch ein winziger Schatten im Rückspiegel war.

Und dann war er weg.

5

Ich fuhr die unbefestigte Straße zurück, wobei mir jedes Mal das Herz in die Hose rutschte, wenn die Reifen über ein Schlagloch holperten. Kein einziges Auto überholte mich, als ich ins Dorf kroch. Der alte Mann, der die Werkstatt betrieb, zuckte nicht einmal mit der Wimper, als ich den Polizeiwagen auf den Hof fuhr, ausstieg, die Schlüssel in seine ausgestreckte Handfläche fallen ließ und wegging. Genau wie Sherlock es gesagt hatte. Ich machte mir Sorgen um meine und Morries DNA, die auf dem gesamten Rücksitz verteilt war. Insbesondere um die Geschichte, die sie einer Gerichtsmedizinerin wie Jo erzählen könnte. Aber jetzt gab es nichts mehr, was ich dagegen tun könnte.

Ich ging zum Pub hinunter, wobei ich mir deutlich der Tatsache bewusst war, dass ich keine Unterwäsche trug und meine Leggings definitiv alt und dünn waren. Ich wartete zwei Stunden im Nieselregen auf die Ankunft eines Busses. Als ich endlich im Bus saß, sah ich eine Rauchfahne vom Feld aufsteigen. Und die Form eines ausgebrannten Autos hinter der Garage.

Ich schätze, es gibt doch keinen Grund, sich über die DNA Sorgen zu machen.

Ich lehnte meinen Kopf gegen das Fenster und meine Gedanken überschlugen sich. Dieser Tag hatte als einer der glücklichsten Tage meines Lebens begonnen. Die Jungs hatten mir das neue Zimmer gezeigt, das sie für mich in der Wohnung entworfen hatten, damit wir alle zusammenleben konnten. Dann war alles, wie so vieles in meinem Leben, auf die lächerlichste Art und Weise den Bach runtergegangen.

Morrie steckt in Schwierigkeiten.

Er ist auf der Flucht.

Ich muss ihm helfen.

Ich hasste es, Morrie bei Sherlock zurückzulassen. *Hasste* es. Ich hätte mich nie für einen eifersüchtigen Menschen gehalten, vor allem nicht, solange meine Schenkel noch von dem schmerzten, was Morrie und ich auf dieser Lichtung getan hatten. Aber zu wissen, dass mein Kerl es sich in einer abgelegenen Hütte mit seinem Stalker-Exfreund gemütlich gemacht hatte, erfüllte mich nicht gerade mit Freude. So wie Sherlock Morrie berührt hatte, als er die Handschellen aufschloss, schien er dem »Ex«-Teil nicht viel Bedeutung zuzumessen.

Sherlock wollte Morrie zurück. Und er würde diesen Fall nutzen, um mit seinen Fähigkeiten anzugeben. Er wollte, dass Morrie sah, was er verpassen würde, wenn er mich ihm vorzog.

Das bedeutete, dass ich das Rätsel definitiv zuerst lösen musste.

Ich werde gegen den größten Detektiv der Literaturgeschichte antreten und darf auf keinen Fall verlieren.

Den Rest der Busfahrt verbrachte ich damit, die Details in meinem Kopf durchzugehen und mir einen Plan auszudenken. Sherlock und Morrie waren hinter diesem McFarlane-Typ und anderen Mitgliedern von Morries kriminellem Netzwerk her.

Ich wusste nichts über diese Welt und wäre nicht in der Lage, sie so zu infiltrieren wie sie, also blieb mir nur das Opfer: Kate Danvers. Ich wusste nicht, auf welcher Grundlage Sherlock ihren Ehemann und die anderen Verdächtigen ausgeschlossen hatte, aber ich hatte einen entscheidenden Vorteil. Ich war in der modernen Welt aufgewachsen. Ich wusste, wie soziale Medien, Computer und Forensik funktionierten. Sherlock benutzte Methoden aus dem 19. Jahrhundert, um ein Verbrechen aus dem 21. Jahrhundert aufzuklären. Ich konnte ihn schlagen, wenn ich schnell arbeitete und den richtigen Hinweisen folgte.

Das und Sherlock arbeitete allein. Wohingegen ich eine Gruppe kluger, schöner und engagierter Freunde hatte, die Himmel und Hölle in Bewegung setzen würden, um Morries Namen reinzuwaschen.

Sobald ich in Argleton aus dem Bus stieg, flog ein Rabe von den Dachsparren des Bahnhofs herunter und setzte sich auf meine Schulter.

Wo warst du? Quoths Stimme in meinem Kopf klang sowohl erleichtert als auch verängstigt. *Wir haben uns solche Sorgen um dich gemacht.*

»Das ist eine lange Geschichte.« Ich kratzte den Raben unter seinem Kinn. Er schmiegte sich an meine Wange und gab ein nyuh-nyuh-nyuh-Geräusch von sich. »Ich bin überrascht, dass du mir nicht gefolgt bist.«

Ich musste zurück in den Laden, um mich in meinen Vogel zu verwandeln. Als ich wieder nach draußen kam, war das Auto schon weg. Ich bin zur Polizeistation geflogen, aber als du dort nicht aufgetaucht bist, bin ich zurückgekommen und habe Heathcliff davon erzählt. Ich bin überall herumgeflogen, aber wir konnten dich nicht finden.

»Danke für den Versuch.« Ich streichelte seine seidigen Federn, während ich ihn an meine Brust drückte. »Ist die Polizei noch im Laden? Ich weiß, dass ich mit ihnen reden muss, aber im Moment will ich nur eine Tasse Tee.«

Das Spurensicherungsteam hat deine und Morries Sachen durchgesehen und Hayes leitet die Fahndung nach dem gestohlenen Auto. Sie glauben, dass du nach Schottland unterwegs bist. Ich bringe dich nach Hause.

Nach Hause. Als Quoth dieses Wort aussprach, traten mir die Tränen in die Augen. Eine Zeit lang, vorhin im Wald, habe ich wirklich geglaubt, dass ich Nevermore, Quoth, Heathcliff oder Morrie nie wiedersehen würde. Der Laden fühlte sich für mich mehr wie ein Zuhause an als jeder andere Ort, an dem ich je gewohnt hatte, einschließlich der schäbigen Sozialwohnung, in der ich aufgewachsen war. Und zu wissen, dass ich zurückkehren konnte und dass Quoth genauso empfand ... Ich blinzelte heftig, für den Fall, dass mich all die Emotionen, die an diesem elenden Tag in meinem Kopf herumschwirrten, überwältigen würden.

»Ja, lass uns nach Hause gehen.«

Leichter gesagt als getan. Sobald ich den Park betrat, umringten mich die Dorfbewohner. Eine Menschenmenge stürmte aus dem Pub und dem Postamt, um Quoth und mich zu umzingeln und uns mit ihren Fragen zu löchern.

»Mina, wer hat dich entführt?«

»Waren sie gutaussehend?«

»Musstest du dir dein eigenes Bein abbeißen, um zu entkommen?«

Was zur Hölle? Zumindest wusste ich, dass ich es mir sparen konnte, Hayes anzurufen. Er würde über den dörflichen Buschfunk von meiner Rückkehr erfahren.

»Macht Platz, macht Platz!« Eine vertraute Teppichtasche schwang sich in mein Blickfeld. Frau Ellis legte ihre pralle Hand um meine Schulter und drückte mich an ihre üppige Brust. »Ihr solltet euch schämen. Mina hat eine qualvolle

Erfahrung gemacht. Sie so zu bedrängen, macht alles nur noch schlimmer. Ich wette, das arme Mädchen braucht nur eine Tasse Tee und ein heißes Bad, in dem sie allein gelassen wird.«

»Krächz«, stimmte Quoth zu.

Frau Ellis funkelte die Dorfbewohner an, bis sie zurückwichen. Ich hörte, wie Richard, der Barkeeper, vor sich hinmurmelte, dass meine »herrische, feministische« Art auf meine alte Lehrerin abfärben würde. Das brachte mich nur dazu, mich vorzubeugen, um sie fester zu umarmen.

»Danke, dass Sie mich gerettet haben.« Ich drückte Frau Ellis, sodass Quoth zwischen uns eingequetscht wurde.

»Krächz!« Er schaffte es, einen Flügel zu befreien und flatterte trotzig mit ihm.

»Na, na. Wir werden das schon wieder hinkriegen.« Frau Ellis führte mich am Arm über den Stadtplatz und die Stufen des Nevermore Bookshops hinauf. Einmal Lehrerin, immer Lehrerin. »Hallihallo, Herr Heathcliff. Ich habe etwas gefunden, das Ihnen gehört!«

Heathcliff stürmte mit geballten Fäusten und einem mörderischen Gesichtsausdruck in den Flur. »Auf dem Schild steht deutlich, dass der Laden geschlossen ist ... Mina?«

Er knallte in mich hinein und zerdrückte Quoth an meiner Brust, während er mich in einer Umarmung zog, die sowohl heftig als auch schön war.

»Lass mich nie wieder in diesem Abgrund zurück«, murmelte er in mein Haar, die Worte ein Echo von dem, das er einst zu Cathy gesagt hatte. »Bleib immer an meiner Seite. Treib mich in den Wahnsinn. Aber mach mir nie wieder solch eine Angst ...«

»Heathcliff ...« So sehr ich auch wollte, dass er weiterhin so traurige und wunderbare Dinge sagte ... Ich schaffte es, einen von Quoths Füßen herauszuziehen. Er trat heftig in die Luft, während er sich mit aller Kraft versuchte zu befreien. »Quoth kann nicht atmen.«

»Das ist mir egal«, knurrte Heathcliff mir ins Ohr. »Ich ... au, wofür war das denn?«

Heathcliff taumelte zurück und umklammerte seine Hand. Aus einer Schnittwunde an seinem Finger tropfte Blut. Quoth befreite sich und fiel zu Boden.

»Krääääääächz!« Er hüpfte auf und ab und schüttelte vor Wut mit der Flügelspitze in Heathcliffs Richtung. Ich brach in Gelächter aus, während mir Tränen der Erleichterung über die Wangen strömten. Erst vor ein paar Stunden war ich mit vorgehaltener Waffe durch den Wald gestapft und hatte geglaubt, sie nie wiederzusehen. Erleichterung überkam mich. Als meine Beine mein Gewicht nicht länger halten konnten, lehnte ich mich gegen Heathcliffs breite Brust.

Heathcliff warf einen Blick über meine Schulter. »Wo ist Morrie? Was ist passiert?«

»Lasst euch von mir nicht stören, meine Lieben.« Frau Ellis eilte zur Treppe. »Ihr feiert euer kleines Wiedersehen. Ich werde Tee machen und Mina ein Bad einlassen ...«

»Oh nein. Sie werde nicht damit durchkommen, Minas Leidensgeschichte zu belauschen.«, sagte Heathcliff und zeigte auf die Tür. »Raus.«

»Aber ich ...«

»*Raus.* Oder ich ersetze die *gesamte* Erotikabteilung durch ein weiteres Regal mit Strickbüchern.«

»Das würden Sie nicht wagen.« Frau Ellis wusste, dass ihre Lesegewohnheiten einer der Gründe dafür waren, dass der Laden noch immer existierte.

»Fordere mich nicht heraus, Weib«, schoss Heathcliff zurück.

»Na *schön.*« Frau Ellis schürzte die Lippen. Sie schwang ihre Teppichtasche über die Schulter und eilte zur Tür. »Ich bin auf dem Weg ins Pub. Ich brauche die Wahrheit nicht, um eine gute Geschichte für das Dorf zu erfinden. Mina, ich hoffe, es macht dir nichts aus, von gutaussehenden Piraten entführt worden zu sein, denn das habe ich vor, allen zu erzählen.«

»Nur, wenn einer von ihnen einen schurkischen Schnurrbart hat«, sagte ich grinsend. Als Frau Ellis sicher aus dem Laden war, schloss Heathcliff die Tür und schob einen Bücherschrank davor, für den Fall, dass irgendwelche anderen neugierigen Dorfbewohner hereinplatzen sollten. »Tee«, bellte er Quoth an, der die Treppe hinauf flatterte und dabei protestierend krächzte.

Mit Heathcliffs Unterstützung schleppte ich mich in den Hauptraum, ließ mich in den Samtstuhl unter dem Fenster fallen und rieb mir die Schläfen, wo eine Migräne mit frischem Schmerz aufflammte. Ich musste daran denken, was Morrie in diesem Moment tun könnte, gefangen in dieser Hütte mit Sherlock, und mir drehte sich der Magen um.

»Was ist dir widerfahren?« Grimalkins Kopf tauchte über der Armlehne des Stuhls auf.

Ich schrie auf und schlug sie mit einem Kissen. »Was machst du da unten auf dem Boden?«

Die Lippen meiner Großmutter verzogen sich zu einem üppigen Lächeln. »Ich habe vor zwei Tagen einen Mäusekadaver hinter den Regalen versteckt. Ich wollte noch mal damit spielen.«

Ekelhaft. Seit ich einige altgriechische Wörter gesprochen hatte, die den Fluch von Poseidon auf meiner Großmutter aufgehoben hatten, hatte sie Mühe, ihre katzenartigen Gewohnheiten aufzugeben, mit denen sie mehrere Jahrhunderte lang gelebt hatte. Wir hatten beschlossen sie weiterhin im Laden leben zu lassen, bis sie als Mensch gut genug zurechtkam, um frei herumlaufen zu dürfen. Bisher schlief sie tagsüber lieber zusammengerollt in Heathcliffs

Sessel, aber sie kam gelegentlich als Mensch oder Katze die Treppe herunter, um die Kunden zu erschrecken.

Grimalkin stieß mir mit ihrem Kopf gegen den Arm. Eine sehr beunruhigende Geste, wenn deine Großmutter das als Mensch und nackt tut, muss ich leider zugeben. Seufzend streichelte ich ihr über das Haar, und sie rieb ihren Kopf an meiner Hand, wobei ihr ganzer Körper vor Glückseligkeit zitterte.

»Ich weiß den Trost zu schätzen, Oma.«

Grimalkin warf mir einen finsteren Blick zu. »Nenn mich nicht so. Das klingt, als wäre ich alt.« Sie rollte sich auf dem Sitz neben mir zusammen, streckte ein Bein in die Luft und versuchte, die Innenseite ihrer Oberschenkel sauberzulecken.

»Grimalkin, denk daran, worüber wir gesprochen haben. Du kannst dich in deiner menschlichen Form nicht auf die gleiche Weise verbiegen, und es macht den Menschen Angst. Die Dusche ist zum Waschen da.«

Sie setzte ihr Bein ab und runzelte die Stirn. »Der Regenschrank? Für was für eine Heidin hältst du mich?«

»Entschuldigung. Ich dachte, du wärst eine Wassernymphe. Wie du meinst.«

Grimalkin streckte ihren Fuß wieder in die Luft und verfehlte nur knapp das Teetablett in Quoths Händen, als mein Vögelchen in menschlicher Gestalt den Raum betrat, bekleidet mit nichts als einer schwarzen Cargohose. *Mhmmmm.* Meine Lenden (ekelhaftes Wort, aber in diesem Fall zutreffend) schmerzten immer noch auf befriedigende Weise von dem, was Morrie und ich auf dem Polizeiauto getan hatten.

Es gibt nichts Besseres als einen schönen, hemdlosen Jungen mit einem glänzenden Wasserfall aus schwarzem Haar, der heiße Tassen Tee und Kekse trägt. Das ist der feuchte Traum eines jeden britischen Mädchens, das etwas auf sich hält.

Grimalkin verwandelte sich wieder in eine Katze, um die

Untertasse mit Sahne zu genießen, die Quoth für sie auf den Teppich gestellt hatte. Als Nächstes stellte er eine dampfende Tasse Tee vor mich und kuschelte sich an mich. Ein Vorhang aus schwarzem Haar fiel ihm ins Gesicht, als er sich an meine Schulter kuschelte. *Ich bin zu Hause, ich bin zu Hause.*

Heathcliff nahm seine eigene Tasse vom Tablett und ließ sich in seinen Stuhl fallen. Er nickte in Richtung meines Tees. »Trink erst, dann kannst du reden. Du musst deine Mutter anrufen, und Hayes auch. Wir können das für dich übernehmen, wenn du willst.«

»Das wäre sehr nett von euch.« So sehr mir auch klar war, dass sie vor Sorge außer sich sein würde, war das Letzte, was ich in diesem Moment tun wollte, mich mit meiner nervösen Mutter zu unterhalten.

Ich nippte an meinem Tee und spürte, wie die Schrecken des Tages von mir abfielen, während sich mein Magen mit Wärme füllte. Selbst unmögliche Dinge klärten sich und wurden lösbar, wenn man ihnen mit einer Tasse Tee entgegentrat.

Nach einem knappen Gespräch, in dem Heathcliff Hayes mitteilte, dass ich sicher zu Hause angekommen war und dass ich ihn etwas später anrufen würde, wenn ich in der Lage wäre, eine Erklärung abzugeben, und einem noch angespannteren Gespräch, in dem Heathcliff das Telefon von seinem Ohr weghielt, während meine Mutter ihn anschrie, kehrte in der Buchhandlung selige Stille ein. Jetzt schrien nur noch meine aufgewühlten Gedanken in meinem Kopf. Quoth verwandelte sich wieder in seine Vogelgestalt und putzte sein Gefieder. Grimalkin schlug die langen Beine übereinander und betrachtete mich, das Kinn königlich erhoben. Ich leerte meine Tasse, stellte sie ab und holte tief Luft.

»Ich muss erklären, was, und *wer*, Morrie zugestoßen ist. Er wurde des Mordes an einer Wanderin namens Kate Danvers bezichtigt.«

»Natürlich wurde er das, verdammt noch mal«, knurrte Heathcliff.

»Krächz!«, wies Quoth ihn zurecht.

Ich nickte. »Morrie ist unschuldig an dem Verbrechen, aber jemand versucht, es ihm anzuhängen. Seine Visitenkarte wurde bei der Leiche des Opfers gefunden und in der Nähe wurden Fußabdrücke gefunden, die zu seinen Budapestern passen. Die Polizei hat Morries Beteiligung auf ein Nebengeschäft zurückgeführt, das er betreibt. Vor einem Jahr hat Morrie Kate Danvers geholfen, ihren eigenen Tod vorzutäuschen, und jetzt ist sie tatsächlich tot aufgetaucht.«

KRACH. Ich zuckte zusammen, als Heathcliff seine Faust auf den Schreibtisch schlug. »Idiot«, murmelte er.

»Es kommt noch schlimmer. Morrie weiß schon seit einiger Zeit von Kates Tod. Ratet mal, woher? Sherlock Holmes hat es ihm erzählt.«

»Sherlock Holmes?« Heathcliff schlug mit der Faust auf die alte Registrierkasse, welche daraufhin protestierend piepste.

»Ja. Morries Ex-Freund ist vor ein paar Monaten im Laden aufgetaucht und stellt Morrie seitdem auf unheimliche Weise nach. Deshalb wusste Sherlock vor uns von Kates Tod. Er hat sich als Polizist verkleidet, einen Streifenwagen gestohlen und mich und Morrie in eine Hütte in den Barsetshire Fells verschleppt, wo er und Morrie sich verstecken wollen, während sie Kates Mord untersuchen, um Morries Namen reinzuwaschen.«

»Wie konnten wir so blind sein und nicht merken, dass Sherlock Holmes frei herumläuft?«, fragte Heathcliff. »Dieser elende Mistkerl muss sich rausgeschlichen haben, ohne dass wir es bemerkt haben.«

»Anscheinend war es in dieser Nacht, als wir alle ...« Ich hielt Grimalkin die Ohren zu. »Weißt du noch, als Morrie,

Quoth und ich mit Morries Handschellen gespielt haben und du und ich es dann im Wohnzimmer wild getrieben haben.«

»Miau?« Grimalkin warf mir einen empörten Blick zu. Sie stand auf und stürmte aus dem Zimmer, wobei ihr Schwanz hinter ihr wedelte. Ich seufzte. *Das Leben war so viel einfacher gewesen, als sie nur eine Katze gewesen war.*

»Wie ist er so?«, verlangte Heathcliff zu wissen und holte mich damit in die Gegenwart zurück.

»Sherlock? Groß. Modische Frisur. Ein arrogantes Arschloch.« Ich holte tief Luft. »Er ist genau Morries Typ.«

»Klingt nach einem Trottel.« Heathcliffs Augen flammten auf. Seine Schultern verkrampften sich und ein Anflug von Sorge huschte über sein Gesicht, so schnell, dass ich nur einmal kurz blinzelte und sogleich wieder auf den jähzornigen finsteren Blick hinter dem wilden Schnurrbart starrte. Ich wusste, dass Morrie Gefühle für Heathcliff hatte, aber Heathcliff hatte nie einen Hinweis darauf gegeben, dass er vom anderen Ufer war, abgesehen von dem Moment, als er Morrie zurückgeküsst hatte. Bevor er Morrie durch den Raum gestoßen und davongestürmt war.

... Ich erstarrte. Mein Körper war in einem Rausch der Lust gefangen gewesen, als Morries Lippen Heathcliff mit einer federleichten Berührung gereizt hatten. Heathcliffs Augen hatten sich verengt und er hatte seine Faust erhoben. Ich hatte mich von meinem Stuhl losgerissen, weil ich befürchtet hatte, er würde Morrie schlagen ...

Die Erinnerung flackerte in meinem Blick auf. Selbst wenn ich völlig blind wäre, würde sich das Bild von Heathcliff, der seine riesige Hand um Morries Hinterkopf legt und sein Gesicht fest gegen seines drückt, ihre Münder, die in einem heißen, heftigen, strafenden Kuss aufeinanderprallen, für immer in mein Gedächtnis einbrennen.

Jetzt beugte sich Heathcliff vor. Seine dunklen Augenbrauen

waren streng gefurcht, sein Blick unergründlich. Eine raue Hand griff nach seinem eigenen Haar, und ich fragte mich: *Warum interessiert sich Heathcliff so für Sherlocks Aussehen? Normalerweise ist ihm alles egal, es sei denn, er muss deswegen auf Ruhe, Bücher oder Alkohol verzichten.*

»Sherlock ist ein Arschloch. Ich traue ihm nicht«, sagte ich. »Er versucht, Morrie zurückzugewinnen. Deshalb hat er sich entschieden, sich vor uns zu verstecken. Er hat uns die ganze Zeit ausspioniert. Er hätte bei jedem der anderen Morde helfen können, aber das hat er nicht. Mit Dracula in der Nähe hätten wir ihn gebrauchen können ... aber er taucht erst jetzt auf, wo *Morrie* in Schwierigkeiten steckt.«

Heathcliffs dunkler Blick schweifte zu mir. »Glaubst du, er hat etwas mit diesem Fall zu tun?«

»Ich weiß es nicht. Aber ich weiß, dass ich nicht will, dass er den Fall löst. Sherlock Holmes mag der größte beratende Detektiv der Welt sein, aber er kennt Morrie nicht so gut wie wir.« Ich verschränkte die Arme. »Wir werden dieses Rätsel zuerst lösen, Morries Namen reinwaschen und dem größten Detektiv der Literatur zeigen, dass er sich nicht mit Mina Wildes Familie anlegen kann.«

6

»Wer sind unsere Verdächtigen?« Quoth stand vor einer großen Leinwand, die er aus seinem Zimmer heruntergeschleppt und auf der Staffelei neben dem Kamin aufgestellt hatte. Er tippte mit seinem Stift gegen die Leinwand, und das Mondlicht, das durch das offene Fenster fiel, rief in seinem Haar korallenrote und rosafarbene Strähnen hervor. »Mina, hast du mit Jo gesprochen?«

Es war seltsam, zu sehen, wie Quoth vor uns stand und die Leitung unserer Untersuchung übernahm. Wenn Morrie hier gewesen wäre, hätte er dort gestanden. An der Art und Weise, wie das orangefarbene Feuer an den Rändern seiner Iris aufflackerte, merkte ich, dass Quoth fast genauso entschlossen war wie ich, dass wir diejenigen sein würden, die das lösen würden.

Nachdem ich meine Mama und die Polizei angerufen hatte, um ihnen zu sagen, dass es mir gut ging, hatte ich den Rest des Tages damit verbracht, zu lesen und mit Quoth zu kuscheln, wobei ich versucht hatte und dabei gescheitert bin, nicht darüber nachzudenken, was Morrie in dieser Hütte mit

Sherlock alles anstellen könnte. Heathcliff war im Laden umhergestampft, hatte Bücher auf den Boden geworfen und leblose Gegenstände beschimpft. Er nannte es »Arbeiten«, aber ich hatte das Gefühl, dass seine Aufregung etwas mit der Abwesenheit eines bestimmten nervigen Meisterverbrechers zu tun hatte.

Jetzt aßen wir am Feuer Fish and Chips und versuchten, einen Plan zu entwickeln, um Morries Namen reinzuwaschen. Ich hielt meine Tasse hoch und verkleckerte billigen Wein auf der Vorderseite meines Distillers-T-Shirts.

»Ich habe kurz mit Jo gesprochen. Sie arbeitet heute Abend die letzten Details der Autopsie von Kate Danvers auf, sonst wäre sie hier bei uns. Sie sagte, sie könne mir nichts über den Fall erzählen, außer dass Frau Danvers mit einer langen, schmalen, zweischneidigen Klinge erstochen wurde und es definitiv kein Selbstmord war.« Meine beste Freundin, Jo Southcombe, war die Gerichtsmedizinerin von Barchester County, was bedeutete, dass sie immer die verrücktesten Arbeitsgeschichten auf Lager hatte, wenn wir uns auf einen Drink trafen. Normalerweise konnte sie es kaum erwarten, über die Leichen zu tratschen, die auf ihrem Tisch landeten, aber jetzt, da sie Morries Freiheit in ihren Händen hielt, war sie seltsam schweigsam geworden. Ich wollte nicht darüber nachdenken, was das für den Fall bedeutete.

Alles wird gut. Morrie ist unschuldig, und die Beweise werden das zeigen.

»Lange, zweischneidige Klinge ...« Heathcliff nahm eine Handvoll Pommes und stapelte sie auf einer Scheibe Butterbrot. Er klappte das Brot zusammen und tauchte das Ende seines Pommes-Burgers in Ketchup. »Vielleicht ein Schwert?«

»Jo meinte, sie hätten in einem Mülleimer in Barset Reach etwas gefunden, von dem sie glauben, dass es die Tatwaffe ist, und es war eine kleine dekorative Klinge, wahrscheinlich ein

Brieföffner, wie der, den du unten herumliegen hast. Unser Mörder muss Zugang zu dieser Waffe gehabt haben. Braucht man viel Kraft, um jemanden mit einem Brieföffner zu erstechen?«

»Nicht, wenn die Klinge scharf ist», murmelte Heathcliff. »Sie würde direkt hineingleiten. Schließlich sind Klingen dafür ausgelegt. Schwierig wird es erst, wenn sie auf Knochen treffen.«

»Ich bin mir nicht sicher, ob ich es toll oder gruselig finde, dass du das weißt.«

Heathcliff beugte sich vor, um meine Wange zu küssen, und sein zotteliger Bart streifte meine Haut. »Du liebst es«, flüsterte er, küsste eine Spur über meine Wange und biss mir ins Ohrläppchen.

Ich nickte. *Mmmmhmmmm.*

Grimalkin machte ein würgendes Geräusch. Quoth räusperte sich. »Muss ich einen Vermerk über die Klinge hinzufügen?«

»Ja.« Heathcliff lehnte sich zurück, ließ aber seine Hand auf meinen Schultern ruhen. »Schreib, dass der Mörder gewusst hat, was er tat. Alles Weitere hängt davon ab, was Jo über die Tiefe und Heftigkeit des Schnittes sagt.«

Meine Brust zog sich zusammen, als ich einen weiteren Schluck Wein nahm. Ich spürte den Verlust von Morrie sehr deutlich. Wenn er hier wäre, würde er uns herumkommandieren, mit Fakten über Morde um sich werfen und uns erzählen, wie brillant er wäre. Er hätte Heathcliff nie erlaubt, diese sechs Pfund fünfzig teure Flasche Fusel zu öffnen.

»Einverstanden. Füg eine weitere Spalte für den Körper hinzu. Wir werden die Details nachtragen, sobald ich von Jo höre. Was ist mit Verdächtigen? Sherlock und Morrie gehen Morries kriminelle Kumpels durch und suchen nach jemanden, der einen Groll gegen ihn hegt, aber ich denke, wir müssen

Kates Rolle in all dem berücksichtigen. Ich denke, sie ist der Schlüssel. Irgendwelche Ideen?«

»Ich denke, ihr solltet mir alle euren nicht gegessenen Fisch geben«, schnurrte Grimalkin und kreuzte ihre langen Beine, während sie mich mit großen Augen ansah.

Ich warf meiner Großmutter meinen zerschlagenen Schellfisch zu. Er prallte von der Tischkante ab und rollte über den Teppich. Sie stürzte sich auf ihre Beute, hielt sie zwischen ihren rot lackierten Fingernägeln fest und riss mit den Zähnen Fleischbrocken raus. Sie hatte immer noch nicht ganz verstanden, wie man wie ein Mensch isst.

Heathcliff nahm den Wein vom Tisch und kippte ihn direkt aus der Flasche hinter. Die Spannung wich in Wellen von seinem Körper, und ich fragte mich, ob auch er Morries Abwesenheit mehr spürte, als er zugeben wollte. »Ich habe nichts. Wir kennen dieses Mädchen nicht.«

Ich nahm Heathcliffs Handy und scrollte durch die Artikel, die ich über den Tod von Kate Danvers gefunden hatte. Quoths Kunstlehrerin, Marjorie Hansen, war blind. Sie hatte mir gezeigt, wie man die Vorlesefunktion auf einem Handy benutzt, die die Navigationsmenüs und den Text auf dem Bildschirm vorliest, damit ich mich ohne Sehkraft zurechtfinden kann. Es war immer noch etwas verwirrend, zu lernen, auf mein Telefon zu hören, anstatt es anzusehen, aber ich wurde immer besser darin.

Grimalkin wurde es langweilig, das Fleisch ihres Fisches zu zerreißen, und schleuderte ihn über den Teppich, wobei sie vor Freude quietschte, als sie eine Spur von Brocken im Gewebe verschmierte. Heathcliff schmiss einen Teller nach ihr, und sie warf ihm einen finsteren Blick zu.

»Du hast deine Laster, Mensch, und ich behalte meine.«

Ich räusperte mich genau in dem Moment, als Heathcliff eine Gabel aufhob, um sie damit zu bewerfen. »Hier sind die

Fakten, die ich in den Zeitungen gefunden habe. Kate hat für ein großes Technologieunternehmen namens Ticketrrr gearbeitet. Einer der Vorteile ihres Jobs war die Teilnahme an einem einwöchigen Leadership Summit mit zwanzig Führungskräften ihres Unternehmens. Letztes Jahr war dieser Gipfel ein Kurs zum Überleben in der Wildnis bei Wild Oats, an dessen Organisation Kate laut Morrie beteiligt war. Am letzten Abend hat ihr Ausbilder sie zu einem vorher festgelegten Lagerplatz geführt. Sie sollte dort eine provisorische Unterkunft bauen, ein Feuer machen, ein Abendessen aus Kakerlaken kochen ... all die Wildnis-Fähigkeiten, die sie in der Woche gelernt hatte. Als er am Morgen zurückkam, um sie abzuholen, fand er ihr Lager verlassen vor sowie eine an ihrem Unterschlupf befestigte Notiz. Ein Abschiedsbrief.«

»Nur war es kein Selbstmord«, erinnerte mich Quoth. »Morrie hat sie weggeschmuggelt.«

Ich nickte. »Genau. Morrie behauptet, er habe sie zum Flughafen gebracht und auf die Philippinen geschickt. Anscheinend ist das der beste Ort, wenn man untertauchen will. Sie hat einen Ehemann zurückgelassen, Dave. Morrie sagte, Dave hätte sich inzwischen Kates Lebensversicherung auszahlen lassen.«

»Ich dachte, Lebensversicherungen zahlen nicht bei Selbstmord?« Heathcliff hob den Kopf.

»Ich dachte, du würdest nicht helfen«, neckte ich ihn.

»Vielleicht will ich einfach nur, dass es vorbei ist, damit ich ins Bett gehen kann.«

»Mmmm hmmm. Das glaube ich dir. Jedenfalls habe ich auch das recherchiert. Die Lebensversicherung zahlt aus. Vorausgesetzt, der Vertrag ist älter als zwei Jahre und du hast nicht kürzlich versucht, ihn zu erhöhen. Morrie sagt, dass sie in Fällen, in denen die Versicherungssumme sehr hoch ist, Ermittler schicken werden, also rät er seinen Kunden, es nicht zu übertreiben. Er meinte, dass die Leute hauptsächlich wegen ihrer Gier erwischt wurden.«

Heathcliff schnaubte. »Typisch Morrie. Er betreibt ein geheimes Geschäft, in dem er Todesfälle vortäuscht, seine Kunden um Tausende von Dollar erleichtert und ihnen dann sagt, sie sollen nicht gierig sein.«

»Er sagte, er tue es als gemeinnützige Dienstleistung. Vielleicht nimmt er kein Geld?«

Heathcliff zog eine Augenbraue hoch. »Morrie tut nie etwas aus reiner Menschenliebe.«

Ich dachte an den Schmerz in Morries Augen zurück, nachdem Heathcliff ihn nach seinem Kuss zurückgewiesen hatte, und fragte mich, ob Heathcliff absichtlich so herzlos tat. »Ich glaube jedenfalls, dass der Ehemann darin verwickelt sein könnte«, erklärte ich. »Schreib das auf, Quoth.«

»Überlass diesen Verdächtigen mir«, schnurrte Grimalkin und blickte von ihrem Fisch auf, um ihre rotlackierten Nägel zu inspizieren. »Ein gutaussehender Witwer, der um seine große Liebe trauert, so düster und hager und verletzlich. Ich werde ihn schon dazu bringen, uns seine dunkelsten, schmutzigsten Geheimnisse zu verraten.«

»Du wirst ihm nicht zu nahekommen«, sagte ich. »Er ist nicht dein Typ.«

»Woher willst du das wissen?«

»Er hat zwei Beine und leckt sich nicht das eigene Arschloch. Soweit ich weiß.«

Grimalkin fauchte. Quoth schrieb »Ehemann« an die Tafel. »Wer noch?«

»Jeder, der während des Wochenendes in der Wildnis bei ihr war, könnte etwas gesehen haben. Kate ist nicht nur nach England zurückgekehrt. Sie ist an den Ort zurückgekehrt, an dem sie ihren Tod vorgetäuscht hat. Das muss etwas bedeuten.

Vielleicht hat jemand von ihrer Arbeit Kate erpresst, damit er ihren vorgetäuschten Tod verschweigt, und sie ist zurückgekommen, um ihn fertigzumachen, damit sie ihr neues Leben behalten kann. Sie hatten einen Streit und sie hat verloren.«

»Oder vielleicht hat sie es einer Freundin im Vertrauen erzählt und diese Freundin hat beschlossen, sie zu erpressen«, knurrte Heathcliff. »Oder sie war das Flittchen von einem von Morries Kumpels. Oder sie ist im Wald spazieren gegangen und ist ausgerutscht und auf ihren eigenen Brieföffner gefallen. Ich hasse es, Morries Ex hier zu zitieren, aber wir klammern uns an Strohhalme, wenn wir versuchen, Theorien ohne Fakten aufzustellen. Morrie ist derjenige, der diese Dinge herausfindet, und er hat das getan, indem er sich in persönliche Unterlagen gehackt und den Dreck ausgegraben hat. Wir haben keinen Dreck.«

»Genau. Der Punkt ist, dass Morrie nicht hier ist, und ich Sherlock nicht zutraue, das zu tun. Also liegt es an uns. Vielleicht haben wir nicht Morries Hackerfähigkeiten ...« Ich warf einen Blick auf seinen Computerplatz in der Nische neben der Küche, wo die drei Bildschirme immer noch leuchteten und Codezeilen blinkten vor sich hin. »Aber wir haben unsere eigenen Methoden. Ich lenke den Ehemann ab, während Quoth durch ein Fenster fliegt und sein Zimmer durchsucht. Kinderleicht.«

Grimalkin streckte ihren Kopf unter dem Tisch hervor und leckte sich die letzten Fischreste von den Lippen. »Gibt es Kuchen?«

»Was ist mit der Wildnis-Überlebensschule?«, fragte Quoth. »Wie du schon sagtest, dort hat das Ganze angefangen und geendet. Vielleicht ist jemand, der dort arbeitet, dafür verantwortlich. Oder zumindest könnte er etwas gesehen haben.«

»Gute Idee«, lächelte ich ihn an. Quoth strahlte über mein Lob. »Wir müssen uns den Tatort ansehen.«

»Das sagst du nur, weil du eine Ausrede brauchst, um wieder dorthin zu fahren und nach Morrie zu sehen«, warf Heathcliff ein.

»Verdammt richtig.« Der Gedanke daran, was Morrie und Sherlock in dieser winzigen Hütte anstellen könnten, jagte mir einen Schauer über den Rücken. »Selbst wenn ich dafür so tun muss, als würde ich die Natur mögen.«

»Ohne mich.« Heathcliff verschränkte die Arme.

»Komm schon, es wird dir gefallen. Ich wette, sie machen alle möglichen Outdoor-Aktivitäten: Wandern, Futtersuche, Bogenschießen ... Du sagst doch immer, wie sehr du die Moore vermisst. Das ist nicht genau dasselbe, aber wenigstens wären wir in der Natur.«

»Hayes und Wilson werden uns bereits als potenzielle Mitverschwörer betrachten«, gab Heathcliff zu bedenken. »Wir sollten nichts Ungewöhnliches tun, wie zum Beispiel aufs Land zu fahren, genau an den Ort, an dem Morrie angeblich dieses Weibsstück getötet hat.«

»Stimmt.« Ich tippte mir mit dem Finger an das Kinn und merkte erst, dass es eine Geste war, die ich mir von Morrie abgeschaut hatte, als es schon zu spät war. »Wir sagen ihnen einfach, dass wir woanders hingehen. Wir können uns bestimmt eine überzeugende Lüge ausdenken. Wenn wir dafür sorgen, dass niemand uns bei Wild Oats sieht, müssen sie nicht einmal wissen, dass wir dort waren.«

»Und wer soll den Laden schmeißen, während wir durch die Wälder streifen und mit der Natur kommunizieren?«

Ich zog eine Augenbraue hoch. »Was ist mit Mama? Sie hat im Moment keinen Job, seit sie Sylvias Laden mit einem ihrer Seifenherstellungssets in die Luft gejagt hat, und sie hat gerade kein Schneeballsystem am Laufen, sodass sie nicht gezwungen wäre, den Weltgeschichtsraum in ein Rekrutierungszentrum zu verwandeln.«

»Schlägst du allen Ernstes vor, deine *Mutter* für den Laden verantwortlich zu machen?«, höhnte Heathcliff. »Was ist mit dem Zeitreise-Schlafzimmer? Was ist mit dem Okkultismus-Raum oder den Regalen mit den Klassikern, die Buchfiguren zum Leben erwecken, oder der Tatsache, dass sie total verrückt ist?«

»Ganz einfach. Wir schließen die Tür zum Schlafzimmer ab und stapeln einen Haufen Kisten vor dem Okkultismus -Raum. So kommt sie nicht in die magischen Ecken von Nevermore. Sie hat alle Seifensets entsorgt, also bezweifle ich, dass sie in ein paar Tagen viel Schaden anrichten kann.« *Und es würde ihr helfen, sich mehr in mein Leben einbezogen zu fühlen.*

Mama hat bewundernswerte Zurückhaltung bewiesen, indem sie mich mein Leben leben und meine eigenen Entscheidungen treffen ließ, auch wenn sie das verrückt machte. Sie war bereits fix und fertig, weil ich bei den Jungs eingezogen war, vor allem, weil ich mich weigerte, offiziell zu erklären, wer von ihnen mein Freund war. Wenn wir sie dazu bringen würden, im Laden auszuhelfen, wäre das eine gute Möglichkeit, ihr das Gefühl zu geben, dazuzugehören.

»Wie wäre es, wenn wir sie erst einmal auf die Probe stellen?«, schlug Quoth vor. »Du hast morgen deinen Termin beim Blindenführhundetrainer. Helen könnte auf den Laden aufpassen, während wir in Crookshollow sind.«

»Oh ja, der räudige Köter.« Grimalkin seufzte. »Wie konntest du nur so grausam sein, eine so ungehobelte Kreatur in dieses Haus des Lernens zu bringen?«

Das stimmt. In all dem Wahnsinn des letzten Tages hatte ich völlig vergessen, dass ich morgen zum ersten Mal meinen neuen Blindenhund treffen würde. Wir hatten vereinbart, dass Morrie auf den Laden aufpassen sollte, während Heathcliff und

Quoth mich zum Blindenführhund-Ausbildungszentrum nach Crookshollow im nächsten Landkreis begleiten würden. Heathcliff hatte in *Sturmhöhe* immer Hunde gehabt, daher war es sinnvoll, dass er den Welpen begutachtete. Und wir mussten wissen, ob der Hund, den wir in den Laden zurückbrachten, mit der Anwesenheit eines Gestaltwandlers zurechtkommen würde.

Ein Anflug von Wut durchfuhr meinen Körper. Die Begegnung mit meinem Hund sollte eigentlich ein wunderbares Erlebnis sein. Ich hatte schon immer ein Haustier haben wollen, aber in unserer Wohnung in der Sozialbausiedlung war das nicht möglich gewesen. Einen Blindenhund zu bekommen, war der einzige Lichtblick an meiner Erblindung, etwas, worauf ich mich eigentlich gefreut hatte. Stattdessen musste dieser verdammte Sherlock Holmes auftauchen und Morrie entführen und alles ruinieren.

Ein Teil von mir wusste, dass es nicht Sherlocks Schuld war, sondern die Schuld dessen, der Kate Danvers getötet hatte. Und Morrie trug einen Teil der Schuld dafür, weil er diese blöde Scheintod-Sache überhaupt erst ins Rollen gebracht hatte. Aber der Teil von mir, der das wusste, war auf der anderen Seite des Dorfes im Pub. Und der zurückgelassene Teil wollte Sherlocks Habichtsnase zertrümmern.

Ich nickte. »Mama einen Probelauf zu geben, könnte funktionieren. Was denkst du, Heathcliff?«

Heathcliff seufzte. »Du bist Mitbesitzerin dieses Ladens, Mina. Wenn du denkst, dass es eine gute Idee ist, kann ich dich nicht aufhalten.«

»Ich finde, es ist eine großartige Idee.« Tat ich nicht, aber ich brauchte Heathcliff an meiner Seite in Crookshollow. *Mama mag ein bisschen verrückt sein, aber sie ist größtenteils harmlos. Ich bin sicher, dass es gut gehen wird.*

Absolut gut ...

~

»Oh, Mina, ich bin so froh, dass es dir gut geht«, jubelte Mama am Telefon. »Und ja, ich kümmere mich gerne um den Laden. Aber bist du sicher, dass du, nachdem, was dir dieser schreckliche Mann angetan hat, das Dorf schon so schnell wieder verlassen willst?«

»Ich bin mir sicher«, zischte ich. »Wenn ich mich von diesem Kerl unterkriegen lasse, hat er gewonnen.«

»Ich bin so stolz auf dich, Schatz. Zeig es diesem miesen Bastard. Sobald die Polizei ihn geschnappt hat, werde ich mich als Erste dem Erschießungskommando anschließen. Wie kann er es *wagen*, sich an meiner Tochter zu vergehen?« Mamas Stimme überschlug sich. »Haben die Entführer irgendwelche Forderungen gestellt? Dein Freund ist ein sehr reicher Mann. Mina, du darfst nicht zulassen, dass dieser Kommissar dich überredet, die Übergabe zu machen. Das ist zu gefährlich, und bei deiner Sehkraft besteht die Gefahr, dass dir ein Goldbarren auf den Zeh fällt ...«

»Bisher wurden noch keine Goldbarren gefordert, aber ich habe für alle Fälle ein paar Säcke mit Dollarzeichen darauf vorbereitet«, sagte ich lächelnd. Wir hatten Mama nicht die ganze Geschichte von Morries Mordverdacht erzählt. Je weniger Informationen Mama über ... irgendetwas hatte, desto besser. »Ich bin sicher, dass Hayes den Kerl finden und ihn der Gerechtigkeit zuführen wird.«

»Pfft.« Ihre Stimme hellte sich auf. »Nun, da ich Nevermore übernehmen werde, habe ich ein paar Ideen für Verbesserungen. Ich werde mein Bastelset mitbringen und ...«

»Nein.«

»Oh, aber ich habe diese gehäkelten Lesezeichen gesehen ...«

»Nein.«

»Wie wäre es mit ein paar schönen Kerzen?«

»Kerzen in einem Gebäude, das von oben bis unten mit Büchern gefüllt ist? Kommt nicht in Frage. Denk daran, Mama, du passt nur fünf Stunden lang auf den Laden auf. Gerade lange genug, um ein paar Bücher an Touristen zu verkaufen und mit Frau Ellis über meine Entführung zu tratschen. Nicht genug Zeit, um *irgendwelche* Änderungen vorzunehmen.«

»Wirklich, Mina. Ich *habe* schon früher auf Sylvias Laden aufgepasst. Ich weiß, was ich tue.«

Genau davor habe ich Angst. Ich sah die ausgebrannte Hülle von Sylvias Laden deutlich vor mir, als ich Heathcliff die Tastatur aus der Hand nahm und auf die Tasten hämmerte, bis ein lautes Piepen aus dem Monitor ertönte. »Oh, verdammt. Ich habe noch einen Anruf. Ich muss auflegen, Mama. Ich wette, es ist die Polizei mit einem Update zum Fall.«

»Aber Mina, was ist mit meiner Häkelarbeit …«

»Tschüss, Mama.« Ich legte hastig auf und warf mein Handy mit einem Seufzer auf den Boden.

Heathcliffs Finger schlossen sich um meine Schulter. »*Das ist die Frau, der du die Verantwortung für unseren Lebensunterhalt übertragen hast.*«

»Ich will nichts darüber hören.« Ich rieb mir die Schläfe. »Es sind nur fünf Stunden. Alles wird gut gehen.«

»Aber …«

»Es wird schon *gut* gehen.« Ich nahm mein Handy und wählte Hayes' Nummer. Wie kam es, dass ich die Nummer des Kommissars schon auswendig kannte?

Hayes nahm den Anruf beim ersten Klingeln an. »Mina? Geht es Ihnen gut? Ist noch etwas passiert?« *Wahrscheinlich hat er mich inzwischen in seinem Handy eingespeichert.*

Ich versuchte, meine Stimme müde und verärgert klingen zu lassen, was ehrlich gesagt nicht einmal gelogen war. »Nein.

Ich habe weder von Morrie noch von den Entführern etwas gehört. Ich wollte nur von meinem Lieblingsdetektiv hören.«

»Ich wünschte, ich hätte gute Nachrichten für Sie, Mina. Ich bin jetzt in Yorkshire und wir können nirgendwo Beweise für das Auto finden. Wir haben die ganze Gegend abgesucht, können Morrie aber nirgends finden. Es gab keine Forderungen und ich ...« Er hustete. »Ehrlich gesagt bin ich ein wenig ratlos.«

»Glauben Sie immer noch, dass Morrie der Mörder ist? Wenn er entführt wurde ...«

»Ich kann es nicht ausschließen. Es gibt viele Beweise, die Herrn Moriarty belasten, und dieser Entführer könnte ein Komplize sein. Ich weiß, dass er Ihr Freund ist, aber er war nicht gerade ehrlich mit Ihnen, was seine geschäftlichen Unternehmungen angeht.«

Nein. Nein, das war er nicht. »Wenn ich irgendwie helfen kann, lassen Sie es mich wissen. Ich wollte auch fragen, ob es in Ordnung ist, wenn Heathcliff, Allan und ich morgen nach Crookshollow fahren? Es ist nur für ein paar Stunden, um meinen neuen Blindenhund kennenzulernen. Und wir müssen vielleicht noch einmal hinfahren. Ich habe ein paar Wochen intensives Training vor mir. Möglicherweise müssen wir sogar über Nacht bleiben.«

»Ja, ja, das geht schon in Ordnung.« Im Hintergrund schrie jemand Hayes an und eine Sirene heulte auf. »Geben Sie mir einfach die Adresse der Hundepension in Crookshollow. Und was auch immer Sie tun, stecken Sie Ihre Nase nicht in Morries Fall. Wir haben ein Expertenteam dafür, Mina. Wir werden den Jungen nach Hause bringen.«

Damit Sie ihn einsperren können, dachte ich, sagte es aber nicht.

Hayes legte auf. Nachdem das erledigt war, machte ich mich auf die Suche nach den Jungs an ihren üblichen abendlichen

Aufenthaltsorten. Heathcliff saß zusammengesackt auf seinem Stuhl mit Grimalkin auf seinem Schoß. Ich hätte gedacht, Heathcliff würde Grimalkins Rechte auf seinen Schoß widerrufen, nachdem sie sich als meine Großmutter zu erkennen gegeben hatte, aber sie waren schon lange vor meiner Ankunft Gefährten gewesen, und diese Art von unkomplizierter Freundschaft dauerte scheinbar auch jetzt noch an, wo Grimalkin sich nach Belieben in einen Menschen verwandeln konnte.

So ähnlich wie Rabe Quoth auf jeden kackt, der Poe zitiert, und das statt ekelhaft einfach nur urkomisch ist.

Heathcliff klappte sein Buch zu, als ich durch den Raum ging und ihm einen Kuss auf die Wange drückte. Als ich mich zurückzog, schoss sein Arm vor, um mein Handgelenk zu greifen und mich festzuhalten. Langsam drehte er sein Gesicht zu mir und das Flackern des Kaminfeuers tanzte über seine Züge und fing das Feuer in seinen Augen ein.

»Geht es dir gut?« Seine raue Stimme durchdrang meinen Körper mit einer Welle der Lust. Alles an Heathcliff war einfach so ... unverfälscht.

»Ich ...« Ich wusste nicht wirklich, wie ich darauf antworten sollte. »Ich vermisse Morrie.«

»Was brauchst du?« Er würgte die Worte hervor, während sein Griff fester wurde.

Ich muss vergessen. Nur für einen Moment.

Ich öffnete den Mund, um zu sprechen, aber ich hätte wissen müssen, dass Heathcliff und ich keine Worte brauchten. Er riss meinen Arm nach unten, stand auf und warf mich über seine Schulter. Grimalkin fauchte protestierend und schlich sich davon. Ich wollte mich wehren, aber er legte seine riesige, raue Hand auf meinen Hintern und ich ... ich wollte mich plötzlich doch nicht dagegen wehren.

Heathcliff grunzte, als er die Tür zu meinem Zimmer

aufstieß, dem Zimmer, das die drei für mich hergerichtet hatten und das sie mit wunderschönen Texturen und liebevollen Details ausgestattet hatten, die nur ihnen hätten einfallen können. Als Heathcliff mich aufs Bett warf und sich neben mich kniete, bemerkte ich, dass Morrie den Haken, den er für Bondage-Spiele benutzte, an der Decke gelassen hatte.

Und dann hörte ich auf zu denken. Ich fordere jede heißblütige Frau, oder auch jeden Mann, heraus, einen zusammenhängenden Gedanken zu fassen, während der berüchtigtste Gothic-Held der Literatur seine Zunge in ihrem Hals hat oder seine Hände in ihren Haaren vergraben sind.

Außer, dass ich Heathcliff Earnshaw auf keinen Fall mit jemandem teilen werde.

Außer vielleicht mit Morrie, wenn wir ihn jemals zurückbekommen.

Ich verlor mich in dem Kuss, und ehe ich mich versah, flog mein Oberteil durch den Raum und klatschte gegen die Wand. Heathcliff zerquetschte meinen Mund mit seinem Kuss, während er meinen Rock wegwarf und das Ersatzhöschen in seiner Eile zeriss, um hineinschlüpfen zu können.

»Verdammt, Unterwäsche wächst nicht auf Bäumen ...« Meine Proteste verwandelten sich in Stöhnen, als er eine Brustwarze in den Mund nahm und seine Hand zwischen meine Beine tauchte, um mich fast augenblicklich zum Orgasmus zu bringen. Sein Körper drückte mich in die Laken, und ich verlor mich in seinem Duft, in seiner ... Heathcliff'schen Art, in all seiner Wut und seinem wilden Verlangen.

»Deine Haut riecht nach Morrie«, raunte er mir in den Nacken, während er meine Beine mit seinem Knie spreizte.

»Ja ... nun, wir hatten *vielleicht* Sex auf dem Polizeiauto, bevor ich es ins Dorf fuhr.«

Heathcliff zog meine Hüften zu sich, während er mich auf seinem Schwanz aufspießte und mein Keuchen verschluckte.

Seine Größe raubte mir den Atem, allerdings auf die bestmögliche Weise. Er schob seinen Arm zwischen uns, um meine Klitoris zu erreichen, und rieb an der Knospe, bis ich mich unter ihm wand. Heathcliff war heute Abend nicht zimperlich. Mit jedem Stoß stieß er seine Angst, Wut und Ohnmacht in mich hinein, und ich hob mich ihm entgegen und ließ ihn meine eigene Wut spüren.

Dabei nahm ich einen Hauch von Morrie wahr. Sein Grapefruit- und Vanilleduft hafteten an den Laken, an den Wänden, an jedem Teil von uns. Denn er *war* ein Teil von uns.

Das Stöhnen, das Heathcliffs Kehle entfuhr, riss mich entzwei. Sein Finger malträtierte meinen Kitzler, während er über mir zerbrach. Morries Duft umschlang uns, überlebensgroß und greifbar, genau wie der Mann selbst. Heathcliff stieß in mich hinein, bis unsere Beine gemeinsam zitterten, bis wir in einem Knäuel aus Körperteilen auf die Laken sanken, ohne zu wissen, wo der eine von uns aufhörte und der andere anfing.

Ich bin Heathcliff.

Ein weiterer Orgasmus überkam mich und und während ich mich um seinen Schwanz verkrampfte, kam auch Heathcliff zum Höhepunkt. Sein Kopf rollte nach hinten. Ich biss ihm in den Hals und schmeckte das Salz auf seiner Haut, als er in mir erschauerte.

Heathcliff rollte sich von mir herunter und nahm mich in seine Arme, während ein schwarzer Vogel aus der Dunkelheit herabflatterte und an der Seite des Bettes entlanghüpfte. Meine Augen fielen mir zu, als mich die Müdigkeit überkam, und als ich sie wieder öffnete, sah ich einen wunderschönen Jungen mit einem Vorhang aus schimmerndem schwarzem Haar und von Feuer umrandeten Augen. Quoth kroch unter die Decke und knipste das Licht aus. Beide hielten mich in ihren Armen. Ich atmete die vermischten Gerüche ein. Heathcliffs erdiger Torf.

Quoths frische Frühlingsluft und Wildblumen. Und der winzige Hauch von Morries pikanter Grapefruit-Vanille-Mischung, der noch in der Luft hing: der Schatten meines dritten Freundes.

Morrie, wo auch immer du heute Nacht bist, wisse, dass ich dich liebe. Dass … ich für dich kämpfen werde. Und dass ich dich niemals, niemals einen Wasserfall hinunterstoßen würde.

7

K RACH. KNALL. KLIRR.

»Fuck!«

Ich schoss mit klopfendem Herzen hoch. Regen prasselte gegen das Fenster und ein grauer Lichtstrahl fiel durch die offenen Vorhänge auf einen unbekannten Raum. Es dauerte einen Moment, bis ich mich daran erinnerte, wo ich war: im Schlafzimmer des Nevermore Bookshops, das die Jungs für mich eingerichtet hatten. *Mein Schlafzimmer.*

»Pockengesichtiger Bastard! Ehrloser Schurke!«

Und unten zerstörte jemand unseren Laden.

Ein warmer Arm legte sich um meine Taille und zog mich zurück ins Bett. Ich strich mit den Fingern durch Quoths Haar, das über die Laken ausgefächert lag. Er hob seinen Kopf und küsste mich mit einem trägen Kuss. Ich sank zurück ins Bett und vergaß, was mich überhaupt erschreckt hatte, während Quoths Finger Muster über meine Haut zeichneten.

KLIRR.

Das klingt wie zerbrechendes Glas ...

Seufzend warf ich die Bettdecke beiseite. Quoth nahm seine Vogelgestalt an und hüpfte auf meine Schulter, während ich meinen Morgenmantel anzog, meine Füße in meine flauschigen Hausschuhe steckte und nach unten ging. Als ich mich dem unteren Ende näherte, entdeckte ich den Grund für das ganze Chaos.

Heathcliff stand auf einer wackeligen Leiter, seine Arme voller kleiner ausgestopfter Tiere. Zu seinen Füßen lagen Bilderrahmen und andere Kuriositäten verstreut, mit denen wir den Laden dekoriert hatten. Er hielt eine Hand hoch, als er mich sah.

»Komm nicht näher. Ich habe die verdammte Lampe umgestoßen. Es liegt überall Glas.«

Ich schaltete die Lampe ein, die ich unten an der Treppe aufgestellt hatte, und entdeckte die Glassplitter, die auf dem Teppich glitzerten. »Ist schon okay. In ein paar Monaten brauche ich sie nicht einmal mehr. Was machst du da?«

»Ist das nicht offensichtlich? Ich mache den Laden Helen-sicher.« Heathcliff sprang von der Leiter und schnappte sich einen Arm voll Zeug. »Alles, was sie verkaufen, dekorieren oder was eine ihrer gefährlichen Ideen auslösen könnte, kommt in den Lagerraum.«

»Das ist nicht nötig. Sie wird wohl kaum unsere Tierpräparate anrühren ...«

Heathcliff sah mich an, als wäre ich verrückt geworden. »Weißt du nicht mehr, dass sie beim letzten Mal Pailletten mitgebracht hat, um sie damit zu ,veredeln'?«

»Stimmt. Wie dumm von mir. Natürlich ist das notwendig. Du solltest auch alle Bücher aus dem Wirtschafts-Bereich entfernen.«

»Schon erledigt.« Heathcliff zeigte auf die leeren Regale am Ende des Flurs. »Ich dachte, ich nehme mir als Nächstes die Okkultismus- und Selbsthilfe-Abteilungen vor.«

»Gib mir eine Minute, um unsere Buchung bei Wild Oats zu machen, dann helfe ich dir.«

Heathcliff kam zurück, um den Teppich zusammenzurollen und das Glas in den Mülleimer zu schütten. Ich setzte mich unter das Fenster und zog die dicken Vorhänge auf, um natürliches Licht hereinzulassen. Durch die hereinströmende Sonne konnte ich gut ein Drittel des Raumes sehen, dennoch pochten meine Schläfen von der Anstrengung, auf den Bildschirm meines Telefons zu blinzeln, während ich nach der Wild Oats-Website suchte.

Du sollst doch die Sprachsoftware benutzen.

Meine Augenärztin Dr. Clements hatte erklärt, dass diese Anpassungsphase schwierig werden würde, weil ich noch etwas sehen konnte und aus Gewohnheit darauf zurückgreifen würde, selbst wenn es anstrengend war. »Manchmal ist es für Menschen einfacher, zu warten, bis sie völlig erblindet sind, bevor sie in Betracht ziehen, Braille oder adaptive Technologie zu erlernen. Du wirst immer versuchen, deine eingeschränkte Sehkraft zu nutzen, und das könnte dich nur noch mehr frustrieren.«

Frust hin oder her. Ich muss das lernen. Nur so kann ich verhindern, dass ich verrückt werde.

Ich schaltete den Bildschirmleser ein und navigierte zur Website von Wild Oats. Laut ihrer Homepage bot die Wild Oats Wilderness Survival School das ganze Jahr über eine Reihe verschiedener Kurse an. Der nächste Kurs war fürs Wochenende geplant und konzentrierte sich auf die Nahrungssuche von essbaren Lebensmitteln. Er beinhaltete eine Übernachtung. *Das passt wunderbar. Wir werden die Schule erkunden und uns dann davonschleichen, wenn alle schlafen, um Morrie zu sehen.*

»Hey, Heathcliff«, rief ich. »Was hältst du davon, zu lernen, wie man nach Essbarem sucht?«

»Ist mir egal«, schrie er zurück. »Beeil dich und mach die Buchung. Deine Mutter wird jeden Moment hier sein und wir müssen noch die ‚Außer Betrieb'-Schilder an allen

Badezimmern anbringen. Das Letzte, was ich will, ist, nach Hause zu kommen und festzustellen, dass sie unser Klo in eine Schildkrötenzucht verwandelt hat.«

Argh, ich hätte ihm nie erzählen sollen, dass Mama, als ich sieben war, versucht hat, Schildkröten in unserer Badewanne zu züchten, um sie als Haustiere in der Nachbarschaft zu verkaufen, und am Ende die Wohnung unter unserer unter Wasser gesetzt hat.

Ich drückte das Telefon an mein Ohr. Beim zweiten Klingeln meldete sich eine raue Männerstimme. Er stellte sich als Sam vor und schien überglücklich zu sein, von mir zu hören. Ich stellte mir Sam als einen ergrauten alten Hippie mit langem Bart vor und fühlte mich sofort schuldig, weil ich ihn in eine Schublade steckte.

»Klar, wir können noch drei weitere unerschrockene Sammler für den Wochenendkurs aufnehmen. Möchten Sie jetzt mit Kreditkarte bezahlen oder ...«

»Da wäre nur eine Sache ...« Ich hielt inne und sammelte mich. »Ich bin tatsächlich dabei zu erblinden. Ich habe eine seltene Krankheit namens Retinitis pigmentosa und der Großteil meines peripheren Sehvermögens ist bereits verschwunden. Außerdem fällt es mir schwer, in der Dunkelheit zu sehen. Glauben Sie, dass ich trotzdem am Kurs teilnehmen kann?«

Ich hielt den Atem an, überrascht davon, wie sehr ich darauf hoffte, dass er kein Problem damit hatte, und bereitete mich innerlich darauf vor, um meine Teilnahme zu kämpfen, falls er mich abweisen wollte. Ich wusste, dass ein Teil meiner Zukunft darin bestand, von Dingen ausgeschlossen zu sein, die für andere Menschen selbstverständlich waren, aber ohne Kampf wollte ich das nicht hinnehmen.

»Das hat mich noch nie jemand gefragt.« Ich stellte mir vor, wie Sam über seinen langen Hippie-Bart strich. »Ich sehe da kein Problem. Sie können vielleicht nicht alles sehen, aber bei der Nahrungssuche geht es so sehr um Gefühl und Geruch, dass ich denke, dass Sie sogar einen Vorteil haben könnten. Solange Ihre Geschmacksknospen funktionieren, werden Sie die Erfahrung genießen können.«

»Danke, Sam.« Ich warf einen Blick auf das Foto auf der Website, auf dem ein lächelnder Ausbilder eine Art zappelndes Insekt hochhielt, und fragte mich, worauf wir uns da genau eingelassen hatten. »Wir freuen uns schon darauf.«

»Ich auch, Mina«, lachte Sam. »Ich freue mich darauf, Sie kennenzulernen. Eine blinde Schülerin zu haben, ist neu für mich, aber ich kann es kaum erwarten, Ihnen die Freuden des Kochens aus dem Waldboden näherzubringen. Es wird für uns alle ein interessantes Wochenende werden.«

Ja, aber wahrscheinlich nicht aus den Gründen, die Sie vermuten. Ich war mir nicht sicher, was ich diesem Sam-Typen halten sollte, aber ich schätzte seinen Enthusiasmus. Ich hoffte bereits, dass er nicht Kates Mörder war.

Ich legte auf und tätigte einen zweiten Anruf, diesmal bei Dave Danvers, dessen Daten ich gestern Abend herausgefunden hatte. Ich war ziemlich stolz darauf, dass ich ihn ohne Morries Hilfe gefunden hatte. In den Zeitungen stand, dass Kate Danvers in Crookshollow gelebt hatte und ihr Mann Klempner war. Eine kurze Online-Suche genügte, um Danvers Plumbing mit einer Telefonnummer zu finden. Von dort aus habe ich Dave Danvers' Facebook-Seite gefunden, mir ein Bild von ihm und seinen ungewöhnlichen Hobbys gemacht und einen Plan ausgearbeitet.

Ich rief Dave mit meinem vorbereiteten Plan an und er stimmte zu, uns nach dem Blindenhundezentrum zu treffen, was bedeutete, dass wir heute unsere ersten Schritte unternehmen würden, um Morrie zu helfen.

Nachdem das erledigt war, stand ich auf, um Heathcliff zu helfen, als jemand an das Fenster klopfte.

»Argh!« Ich sprang auf und ließ Quoth von meiner Schulter fallen.

»Krächz.« Er starrte finster zum Fenster und flatterte dann in den Flur, um sich nach oben zurückzuziehen.

Ich drehte mich um und sah Detective Hayes durch das Glas direkt ins Gesicht. Ich rief Heathcliff zu, er solle das Bücherregal von der Eingangstür wegrücken, damit er hereinkommen könne.

»Ich wusste nicht, dass Sie schon zurück sind. Ich wollte gerade zum Revier fahren, um meine offizielle Aussage vor meinem Termin in Crookshollow zu machen.« *Und dann meinen Blindenhund treffen und Dave Danvers befragen, aber das müssen Sie ja nicht wissen.* Ich brachte ein wackeliges Lächeln zustande. »Ich bin immer noch ein bisschen durcheinander.«

»Natürlich sind Sie das. Dieser Fall ... Ich wurde wieder hierher an die Arbeit geschickt, während die Polizei von Yorkshire die Jagd fortsetzt.« Hayes zog einen Stuhl auf die gegenüberliegende Seite des Schreibtisches. »Ich denke, es ist besser, wenn Sie hier Ihre Aussage machen können. Wir können dort reden, wo Sie sich wohlfühlen.«

»Sie haben den Entführer also noch nicht gefunden?« Ich wusste, dass er ihn noch nicht gefunden hatte, weil Sherlock dafür gesorgt hatte, dass sie am völlig falschen Ort suchten, aber ich musste Hayes in dem Glauben lassen, dass ich unwissend war.

Hayes schüttelte den Kopf. Ich griff über den Schreibtisch und schaltete die beiden Lampen ein, die ich dort aufbewahrte, und beleuchtete sein Gesicht, sodass ich die dunklen Ringe unter seinen Augen und die hängenden Schultern sehen konnte. »Wir haben nichts. Sogar das GPS im Streifenwagen, den der Entführer gestohlen hat, funktioniert nicht mehr. Es ist, als hätte sich das Fahrzeug in Luft aufgelöst. Die aktuelle Theorie ist, dass sie dich absichtlich dort abgesetzt haben, wo sie es getan haben, um uns von der Fährte abzubringen. Während wir mit einer aussichtslosen Suche abgelenkt sind, haben Morrie und sein Komplize das Land bereits verlassen.«

Panik durchfuhr mich. »Ich glaube nicht, dass dieser Typ sein Komplize ist. Morrie schien ziemlich verängstigt zu sein.«

Hayes warf mir einen mitfühlenden Blick zu, der mein Blut zum Kochen brachte. »Sie wären nicht das erste Mädchen, das auf einen charmanten Betrüger hereinfällt. Männer wie Morrie können hervorragende Schauspieler sein. Aber wir halten uns vorerst alle Möglichkeiten offen.«

Quoth kam mit einem Tablett mit Tee und Scones für uns alle die Treppe herunter. Dann schlich er wieder aus dem Raum und einen Moment später flatterte ein schwarzer Rabe herein und ließ sich über der Zimmertür nieder.

Ich bin hier, wenn du mich brauchst, hörte ich seine Stimme in meinem Kopf.

Das weiß ich zu schätzen, dachte ich zurück.

Während Hayes ein Tonbandgerät aufstellte und sich Notizen machte, erklärte ich die Geschichte, die wir uns ausgedacht hatten: Mir waren die Augen verbunden gewesen, während ich zu einem großen Gebäude gefahren worden war, dem Geruch nach zu urteilen, möglicherweise einer Scheune. Morrie und ich waren stundenlang allein gefesselt gewesen, bevor unsere Entführer beschlossen, mich freizulassen. Sie hatten mir eine Tüte über den Kopf gestülpt und mich in den Kofferraum eines Autos geworfen und mitten ins Nirgendwo gefahren. Dort hatten sie mich dann auf einer Landstraße ausgesetzt. Ich war zurück in Richtung Zivilisation gestapft und habe mich in York wiedergefunden, wo ich den Bus zurück nach Argleton genommen hatte.

Hayes stellte mir hundert Fragen, eine schwieriger als die andere. *Wann war mein Bus gefahren? Wie hatte die Straße ausgesehen? Erinnerte ich mich an das Geräusch des Autos aus dem*

Kofferraum? Hatte Morrie mit den Entführern gesprochen? Warum war ich nicht zur Polizei in York gegangen? Ich türmte Lüge auf Lüge und tat alles, was ich konnte, um Morrie so unschuldig klingen zu lassen, wie ich hoffte, dass er es war.

»Wir würden gerne eine Überwachung Ihres Telefons einrichten.» Hayes zeigte mir die Ausrüstung, die er mitgebracht hatte. »Wenn Morrie oder die Person, die ihn entführt hat, versuchen, Sie im Geschäft zu kontaktieren, können wir herausfinden, wo sie sich befinden. Dasselbe machen wir mit Ihrem Mobiltelefon.«

»Das geht schon in Ordnung, obwohl die Entführer mein Telefon zerstört haben. Ich sage Bescheid, wenn ich es ersetzt habe.« Ich wusste, dass Morrie nicht so dumm sein würde, im Laden anzurufen, also schob ich Hayes das altmodische Festnetztelefon zu. »Haben Sie eine Ahnung, wie der Entführer es geschafft hat, in die Polizeistation einzudringen?«

»Seien Sie versichert, dass wir jeden Ansatzpunkt untersuchen.« Nach ein paar weiteren Fragen verließ Hayes uns und nahm sich einen von Quoths Scones für unterwegs mit. An der Tür traf er meine Mutter.

Sie drückte ihn gegen die Regale und begann mit einer Schimpftirade. »Wie können Sie es bloß zulassen, dass meine Tochter unter Ihrer Nase entführt wird? Das ist eine Schande. Sie müssen diesen Rüpel sofort in Gewahrsam nehmen. Lassen Sie mich mit ihm allein. Ich werde ihm eine Tracht Prügel verpassen, die sich gewaschen hat. Niemand legt sich mit meiner Mina an. Er wird den Zorn einer Mutter zu spüren bekommen ...«

Hayes versuchte, an Mama vorbeizukommen. »Ich kann Ihnen versichern, Frau Wilde, wir tun alles, was wir ...«

Mama schlug ihm den Scone aus der Hand. »Ach wirklich? Warum verteilen Sie dann überall in meinem Laden Krümel, wenn Sie doch da draußen den Entführer meiner Tochter jagen sollten?«

Heathcliff verschluckte sich. »*Ihr* Laden?«

Mama ging wieder auf Hayes los und holte mit ihrer Einkaufstasche aus, als wolle sie ihn damit schlagen. Hayes ließ vernünftigerweise seinen Scone wieder fallen und trat aus der Tür. »Ich gehe besser zurück zum Revier. Es gibt viele Bösewichte, die ihrer gerechten Strafe zugeführt werden müssen. Mina, danke für Ihre Zeit. Ich werde Sie auf dem Laufenden halten.«

»Danke, Detective Hayes«, rief ich, als seine Gestalt am Fenster vorbeirauschte, einen weiteren Tag sicher vor meiner Mutter.

Mama lehnte sich aus der Tür und wedelte mit der Faust in der Luft. »Machen Sie lieber, dass Sie davonkommen!«

Über der Tür zitterte Quoths Körper. Er machte ein *hyuh-hyuh-hyuh*-Geräusch, was sein Lachen darstellte.

Heathcliff stürmte herein und fixierte meine Mutter mit einem seiner furchteinflößenden Blicke. »Sie sind früh dran.«

»Ich dachte, ich wäre eine pflichtbewusste Angestellte und komme etwas früher.«, sagte Mama und warf einen Blick auf seine Hände. »Was haben Sie mit dem Gürteltier vor?«

»Oh, es hat … Flöhe.« Heathcliff versteckte das ausgestopfte Gürteltier hinter seinen Rücken. »Ich lege es in einen Schrank, damit es die Kunden nicht ansteckt.«

»Das ist aber schade.« Mama kramte in ihrer Tasche herum. »Ich habe ein paar neue Augen für es mitgebracht. Diese Glasaugen sind ein bisschen gruselig. Sie machen den Kindern Angst, deshalb habe ich stattdessen diese hier besorgt. Die sind viel lustiger.«

Sie legte eine Tüte mit Plastik-Glasaugen auf den Tisch. Heathcliffs eigene Augen traten so sehr hervor, dass sie perfekt dazu passten.

Ich unterdrückte ein Lachen. »Ich glaube, Heathcliff würde es vorziehen, wenn du den Laden so lässt, wie er ist, Mama.«

Die Wackelaugen vergessen, flog Mama um den Tisch herum und schloss mich in die Arme. »Mina, ich bin so froh, dass es dir gut geht. Diese fiesen Männer haben dir doch nicht wehgetan, oder?«

»Nein, nein, wie ich gestern schon sagte, mir geht es gut.« Ich versuchte, mich aus ihrem Griff zu winden, aber sie hielt mich nur noch fester. »Ich bin ein wenig mitgenommen, aber es braucht mehr als eine Entführung, um mich kleinzukriegen. Ich mache mir allerdings Sorgen um Morrie. Die Entführer haben ihn immer noch in ihrer Gewalt, und die Polizei glaubt, dass er sich mit ihnen verschworen hat, um mit Mord davonzukommen!«

»Meinst du die Leiche, die oben in Barsetshire Fells gefunden wurde?« Mamas Stimme wurde vor Entsetzen schriller. »Ich habe gehört, dass sie nach einem Verdächtigen suchen. Sie können doch nicht wirklich annehmen, dass ein angesehener Geschäftsmann wie Morrie etwas mit einem so abscheulichen Verbrechen zu tun hat?«

»Sie spielen auf jeden Fall mit dem Gedanken.« Ich schauderte. »Ich will nur wissen, dass er in Sicherheit ist. Aber ich werde verrückt, wenn ich hier nur sitze und darauf warte, dass das Telefon klingelt. Ich brauche Ablenkung, also vielen Dank, dass du dich um den Laden kümmerst. Du weißt gar nicht, was das für mich, für uns, bedeutet.«

»Ich bin immer bereit, mitanzupacken, das weißt du doch.« Mama gab mir einen Kuss auf die Wange und ließ mich endlich los. »Viel Spaß, Mina. Ich bin stolz auf dich.«

Viel Spaß. Zuerst war mit nicht klar, warum sie vorschlug, dass ich Spaß daran haben sollte, einen potenziellen Mörder zu interviewen, aber dann fiel es mir wieder ein. In all der Aufregung um Morries Fall hatte ich fast vergessen, warum ich mich eigentlich auf den Weg nach Crookshallow machte. Ich würde zum ersten Mal meinen neuen Blindenhund treffen.

Mein Magen machte einen nervösen Sprung, als ich mich anzog, mir mit einer Bürste durchs Haar fuhr und meine Lederjacke überwarf. Dieser Hund würde meine Augen sein, sobald meine nicht mehr funktionierten. Ich hatte so viel Hoffnung darauf gesetzt, meine Arbeit in der Buchhandlung fortsetzen und ein normales Leben führen zu können, und heute würde ich herausfinden, ob das möglich war.

8

Der Zwinger befand sich in Crookshollow, einem der größeren Dörfer in Loamshire, dem nächsten Landkreis. Wir stiegen aus dem Zug und gingen die Hauptstraße entlang, wobei wir den Halloween-Kitsch auf uns wirken ließen. Crookshollow war als eines der am meisten von Geistern heimgesuchten Dörfer Englands bekannt, daher stand mitten auf dem Stadtplatz eine Hexenstatue und jedes Geschäft spielte mit dem Thema. Wir kamen an einer Bäckerei namens *Verhexte Häppchen* vorbei, die wir uns angesichts der schädelförmigen Cupcakes im Schaufenster definitiv zum Mittagessen ansehen würden, sowie an einer ganzen Reihe von Kristallgeschäften und okkulten Buchhändlern. Ich blieb vor einer Auslage mit Tarotkarten stehen.

»Mama würde die lieben«, flüsterte ich. Es gab sogar ein Set mit bunt bemalten Katzen, die über die Karten tanzten.

Heathcliff schubste mich weiter. »Wir haben keine Zeit für ...«

Zu spät. Die Ladenglocke läutete, als ich mit weit aufgerissenen Augen hineinging und alles in mich aufnahm. An jedem Zentimeter der Decke hingen Kristalle, die in dem sonst dunklen Raum tanzende Prismen aus Regenbogenlicht reflektierten. Drachenstatuen, Kristallpyramiden und schädelförmige Räuchergefäße drängten sich auf jeder Oberfläche, und die Luft roch nach Patschuli und Wachskerzen. Eine junge Frau mit einer flippigen Kurzhaarfrisur und pink gefärbtem Pony stand hinter der Theke und las in einem dicken Wälzer.

»Ihr Laden ist wunderbar.« Ich strahlte das Mädchen an, während ich alles in mich aufnahm. Der Lade, der *Astarte* hieß, erinnerte mich an den Zauberladen in einem meiner Lieblingsfilme, *Der Hexenclub*. Er war viel bunter und weniger einschüchternd als der Raum mit den okkulten Büchern im Nevermore.

»Oh, das ist nicht mein Laden.« Das Mädchen drehte das Buch um, um mir den Titel zu zeigen. *Die Dynamik eines Asteroiden*. »Die Besitzerin, Clara, besucht ihren Sohn oben in Raynard Hall, also passe ich freundlicherweise auf den Laden auf. Ich heiße Maeve.«

»Freut mich, Sie kennenzulernen, Maeve. Ich bin Mina und hätte gern dieses Tarot-Deck, bitte. Außerdem ...« Ich beugte mich vor, um die Schachteln mit den farbigen Kristallen zu begutachten, die den Rand der Theke säumten. »Welche Kristalle eignen sich dafür, Reichtum anzuziehen?«

»Ähm ...« Maeve fuhr sich mit den Fingern durch ihr kurzes Haar. »Die Sache ist die: Ich glaube nicht wirklich an diesen Kram. Das ist alles nur Humbug. Bei echter Magie geht es nicht darum, Steine in der Tasche herumzutragen. Es befindet alles hier oben.« Sie tippte sich an den Kopf und berührte dann ihre Brust. »In deinem Gehirn. Oder in deinem Herzen.«

»Sehe ich auch so. Es ist ein Geschenk für meine Mama, und die glaubt an diesen Kram. Okay, also ...« Ich kramte in der Schachtel und holte ein paar farbenfrohe Steine heraus. »Die sind hübsch. Ich sage ihr, dass sie für die Suche nach Glück und Reichtum sind.«

»Ganz im Geiste der Sache, entschuldige das Wortspiel.«, sagte Maeve, während sie meinen Einkauf abwickelte. Als sie aufsah, drehte ich mich um, um zu sehen, was ihre Aufmerksamkeit auf sich gezogen hatte. Quoth stand in der Tür. Seine feuerumringten Augen waren von den wirbelnden Farben der Kristalle fasziniert, während Heathcliff draußen auf und ab ging und finster dreinblickte. Maeve beugte sich über die Theke und hob eine Augenbraue. »Sag mal, welcher dieser schönen Männer ist Ihrer?«

»Oh ... ähm ...« Ich nestelte an meiner Tasche herum.

»Oder sind sie *beide* Ihre Freunde?«

Hitze stieg in meine Wangen, was Maeve die Antwort gab, die sie brauchte.

Maeves Augen funkelten. »Vor mir brauchen Sie sich nicht rechtfertigen. Ich verrate Ihnen ein Geheimnis. Ich lebe mit meinen *fünf* Freunden in einem großen Schloss mit Blick auf das Dorf. Sie scherzen gerne, dass sie mein Harem sind.«

»Fünf Freunde?« Ich grinste. »Sie haben mein Mitgefühl. Ich komme kaum mit dem Gezänk meiner drei zurecht.«

»Drei, was?« Maeve riss eine Seite aus einem Mondzyklus-Notizbuch und kritzelte etwas darauf. »Das ist meine Nummer. Ich studiere in Oxford, bin aber am Wochenende in der Nähe von Crookshollow. Rufen Sie mich an, wenn Sie jemals über unsere ... Reverse-Harems sprechen wollen.«

»Mina«, rief Quoth von der Tür aus. »Heathcliff brüllt.«

»Ich komme.« Ich bezahlte meine Einkäufe, winkte Maeve zum Abschied und rannte nach draußen. Quoth legte seine Hand in meine und zog mich die Straße hinauf. Natürlich wusste er mit seinem Vogelinstinkt genau, wohin wir gingen, ohne auch nur einen Blick auf die Karte seines Handys zu werfen.

Die Hundezwinger für Blindenhunde befanden sich in einem kleinen Häuschen an der Ecke der Hauptstraße, gegenüber einem Tattoo-Studio namens *Resurrection Ink*. Heathcliff und Quoth flankierten mich, als wir den Weg hinaufgingen, und Zweifel durchbohrten mein Herz. *Was, wenn das mit dem Blindenhund nicht klappt?*

Ich klammerte mich an Heathcliffs Arm, während ein hellgrüner Blitz im Zickzack vor meinen Augen zuckte. Die Lichtblitze waren jetzt häufiger als je zuvor, und da meine periphere Sicht praktisch nicht mehr vorhanden war, blendeten sie mich völlig, wenn sie mich trafen.

Beim Gang ins Unbekannte drang das Geräusch aufgeregten Jaulens und Bellens an meine Ohren, und der Pfeil des Zweifels und des Schmerzes, der mein Herz durchbohrt hatte, wurde entfernt, ersetzt durch ein aufgeregtes Kribbeln in meinem Bauch.

Ich bin dabei, das Wesen kennenzulernen, das mir fortan als Augen und neuer Freund dienen wird.

Wir betraten einen kleinen Wartebereich, der mit Plastikstühlen, Wasserschüsseln und überall verstreutem Hundespielzeug ausgestattet war. Ich trat an die Wand, um die großen, auffälligen Poster von Hunden mit leuchtenden Augen zu bewundern, die in ihrem unverwechselbaren Fell und Geschirr standen, gingen oder saßen.

»Mina?«, rief eine neue Stimme hinter mir.

»Edie.« Ich drehte mich um und erkannte die Gestalt der Blindenführhundetrainerin auf der anderen Seite des Raumes. Wir umarmten uns herzlich. Edie hatte mich vor ein paar Wochen im Nevermore Bookshop besucht, als ich mich zum ersten Mal auf einen Blindenführhund beworben hatte, um meine Sehbedürfnisse und meine unabhängige Mobilität sowie die Umgebung, in der mein Hund arbeiten würde, zu beurteilen. Ich hatte nicht erwartet, so schnell einen passenden

Hund zu finden, aber als sie letzte Woche angerufen hatte, um mir zu sagen, dass sie den perfekten Kandidaten für mich hätte, habe ich mitten im Laden einen Snoopy-Tanz aufgeführt.

»Schön, dich wiederzusehen. Ich bin Edie.« Sie streckte Quoth die Hand entgegen, der sich in seiner Vogelgestalt befunden hatte, als sie vorbeigekommen war. Er schüttelte ihr die Hand und ich bemerkte die Steifheit in seinem Körper, während er sich darauf konzentrierte, in seiner menschlichen Form zu bleiben. Ich wusste, dass ihn all die Hundegerüche verrückt machen würden. Ich betete kurz zu Isis und Hathor und allen Göttinnen, dass er sich daran gewöhnen würde, sonst könnte ich keinen Hund im Geschäft haben. »Wir freuen uns sehr, dir einen Blindenhund vermitteln zu können.«

Aus der Nähe konnte ich sehen, dass Edie lächelte. Es war die Art Lächeln, bei dem sich das ganze Gesicht erhellte. *Sie hat wahrscheinlich den besten Job der Welt.*

»Ich freue mich darauf, ihn kennenzulernen.« Die Schmetterlinge in meinem Bauch machten einen Freudensprung. »Es ist erstaunlich, was ihr im Zentrum alles leistet. Ich habe gelesen, wie viel es kostet, einen Blindenführhund auszubilden, und dachte, ich müsste das selbst bezahlen.«

»Nein«, grinste Edie. »Wir sind der Überzeugung, dass jeder ein Recht auf Unabhängigkeit hat. Wir sind auf Sponsoren und Spenden angewiesen, um die Kosten für die Aufzucht und Ausbildung jedes Hundes zu decken, die bei etwa dreißigtausend Pfund pro Tier liegen. Allein im Vereinigten Königreich leben etwa zwei Millionen Menschen mit Sehbehinderung, und etwa hundertachtzigtausend dieser Menschen verlassen ihre Wohnung nur selten allein, weil sie dies nicht selbstständig tun können. Diese Welpen sind eine Möglichkeit, den Menschen ihre Freiheit zurückzugeben.«

Freiheit.

Ein Kloß bildete sich in meinem Hals, etwas, womit ich nicht gerechnet hatte. Es war die Art, wie Edie dieses Wort benutzte. Freiheit. Es bedeutete mir mehr, als sie jemals wissen konnte.

Neben mir drückte Quoth meine Hand. Er wusste genau, wie kostbar Freiheit war.

»Dein Junge ist draußen mit seinen Brüdern und Schwestern und wartet darauf, dich kennenzulernen.« Edie bot ihren Ellbogen an. »Möchtest du, dass ich dich führe?«

»Schon gut.« Aber ich klammerte mich an Quoths Arm, als wir eine breite Rampe hinuntergingen und durch zwei Glasschiebetüren in einen Außenbereich mit Pferchen gelangten. Das Gebell wurde lauter, als uns eine Reihe aufgeregter Golden Retriever am Zaun begrüßte.

Edie öffnete ein Tor und führte uns hindurch. Fünf goldene Körper sprangen und scharrten und überschütteten uns mit schlabbrigen Küssen.

»Hey, hey, beruhigt euch, ihr alle. Mina, das ist Oscar.« Edie bückte sich und befestigte eine Leine am Halsband des kleinsten Retrievers. Oscar war kein Welpe mehr, denn er hatte gerade zwei volle Jahre Training hinter sich, aber in seinen intelligenten braunen Augen blitzte ein frecher Schalk auf, der mich an Morrie erinnerte, und mein Herz schmolz dahin.

»Hey, Kleiner.«, ich beugte mich zu ihm hinunter und streckte ihm meine Hand entgegen. Oscars Ohren schlackerten und er sprang auf mich zu, um mir das Gesicht abzulecken. Sein Schwanz wedelte vor Aufregung, während er mich rundum beschnupperte.

Ich schlang meine Arme um seinen Hals und wollte ihn gar nicht mehr loslassen.

»Wie du sehen kannst, ist er sehr aufgeregt«, sagte Edie. »Wir haben dich mit Oscar zusammengesteckt, weil du jung und aktiv bist und deine Zeit in der Buchhandlung verbringen wirst. Oscar ist ein geselliger Junge. Er liebt es, mit anderen Menschen und Tieren zusammen zu sein, aber wenn er arbeitet, ist er sehr konzentriert. Er liebt außerdem dunkle Räume und Tunnel.«

»Klingt perfekt.« Ich verschluckte mich fast an den Worten, während ich mich bemühte, die Tränen zurückzuhalten. Widerwillig löste ich meine Arme von Oscars Hals und stand auf.

»Das ist sein Geschirr.« Edie zeigte mir, wie ich das Geschirr anlegen musste. Sobald Oscar das Geschirr sah, stieg er hinein, und Edie half mir, die Schnallen zu finden, um es zu schließen. »Oscar wurde darauf trainiert, dass er weiß, dass er arbeiten und brav sein muss, wenn er das Geschirr trägt. Du musst deinen Arm so halten, dass dein Zeigefinger durch das Geschirr und die Leine geschlungen ist. So hast du die beste Kontrolle, kannst aber im Notfall leicht loslassen. Jetzt gehen wir die Gesten und Befehle für Gehen, Sitzen, Drehen usw. durch.«

Oscar und ich durchliefen den Hindernisparcours. Er fand Stufen und eine Rampe und brachte mich dann zu einem Stuhl, damit ich mich setzen konnte. Edie blieb bei mir, wiederholte die Kommandos und half mir, die Gesten zu verfeinern, mit denen ich Oscar mitteilen konnte, was ich wollte. Nach ein paar Stunden rauchte mir der Kopf von all den neuen Informationen, aber ich wollte die Leine nur ungern an Edie abgeben.

»Ich liebe ihn so sehr.« Ich fummelte an Oscars Geschirr herum, während er es sich über den Kopf streifte. Sobald er frei war, schlang ich meine Arme wieder um ihn und drückte ihn an mich. Oscar lehnte seinen Körper an mich und sein wedelnder Schwanz klopfte gegen meinen Oberschenkel. Mein Herz flatterte, als sich eine sofortige Verbindung zwischen uns entwickelte; ein unausgesprochenes Versprechen, dass wir immer aufeinander aufpassen würden. »Wann werde ich ihn mit nach Hause nehmen können?«

Edie lachte. »Ich bin so glücklich, dass du ihn magst. Er ist auch in dich verliebt. Ihr beide müsst noch eine Schulung absolvieren, bevor wir ihn dir überlassen können, aber es dauert nicht sehr lange. Wir möchten, dass du zwei Wochen lang jeden Tag hierherkommst, um mit Oscar zu trainieren. Wir werden hier im Zentrum ausbilden, aber auch draußen in der Gemeinde und in Situationen, in denen du dich womöglich wiederfinden wirst. Wirst du die Zeit von der Arbeit freinehmen können?«

»Ja«, sagte Heathcliff, bevor ich antworten konnte.

Ich sah ihn alarmiert an. *Was ist mit der Lösung von Morries Fall?* Aber das konnte ich vor Edie nicht sagen, also zwang ich mich zu einem Lächeln. »Ja, ich werde hier sein. Das würde ich nicht verpassen wollen.«

Oscar stupste mir gegens Bein und sein Schwanz klopfte gegen mein Schienbein. Es gefiel mir nicht, dass ich Edie die Leine zurückgen musste. Oscar sollte mit mir kommen. Er gehörte mir und ich gehörte ihm. Oscar sah mich mit diesen lebhaften braunen Augen an und ich wusste, dass er das gleiche fühlte.

Als wir das Blindenhundezentrum verließen, drückte Quoth meine Hand. »Du lächelst.«

»Er ist bezaubernd, findest du nicht auch?« Ich strahlte, während ich mit den Tränen kämpfte.

Heathcliff ging vor uns her. Ich erwartete, dass er mit den Schultern zucken oder zur Antwort unverbindlich grunzen würde. Als er sich zu mir umdrehte, breitete sich ein fettes Grinsen auf seinem Gesicht aus. »Es wird schön sein, den kleinen Kerl im Laden zu haben.«

Ich riss die Augen auf. »Heißt das, dass Heathcliff Earnshaw sich nach der Gesellschaft eines Tieres sehnte?«

Heathcliff zuckte mit den Schultern. »Ich mag Hunde. Viel lieber als Kunden.«

»Du freust dich wirklich darüber.« Quoth legte seinen Kopf an meine Schulter. »Vor sechs Monaten wärst du jetzt ausgeflippt.«

»Ich bin nicht mehr derselbe Mensch wie vor sechs Monaten«, sagte ich.

Das stimmte. Ich war voller Scham aus New York City nach Argleton zurückgekehrt. Ich war überzeugt gewesen, mein Leben wäre vorbei. Meine berühmten letzten Worte. Die Wiederentdeckung des Nevermore Bookshops und die Zeit mit den Jungs hatte etwas in mir entfacht, das ich für immer verloren geglaubt hatte. Sicher, es gab vielleicht ein paar Morde mehr als mir lieb war, aber ich wusste jetzt, dass ich weiterhin ein fantastisches Leben haben würde.

Es gab immer noch Momente, in denen ich Angst hatte, mein Augenlicht vollständig zu verlieren, und in denen ich um die Dinge trauerte, die ich vermissen würde, aber ich trug diese Angst nicht wie ein Leichentuch mit mir herum. *Meine Augen machen mich nicht zu der Person, die ich bin, und der Verlust meines Augenlichts ist nicht das Ende. Es ist nur ein Neubeginn.*

»Willst du, dass wir dich jeden Tag zum Training begleiten?«, fragte Heathcliff. Vielleicht bildete ich es mir nur ein, aber er klang hoffnungsvoll.

»Ich denke, das hängt davon ab, was Mama mit dem Laden angestellt hat.« Ich hakte mich bei Heathcliff unter. »Aber wir haben noch ein paar Stunden Zeit, bevor wir uns darüber Sorgen machen müssen. Komm schon, lasst uns einen Witwer anlügen, um unseren Freund zu retten.«

9

»Erklär mir noch mal, wie dein verrückter Plan funktionieren soll?«, murmelte Heathcliff, als wir auf einer Parkbank gegenüber von Dave Danvers' schäbiger Wohnung in der schlimmsten Gegend von Crookshollow saßen. Mit dem Geld seiner Versicherung lebte er definitiv nicht auf großem Fuß.

»Es ist kein verrückter Plan.« Ich kramte in meiner Tasche herum und holte das Kostüm heraus, das ich mitgebracht hatte. »Es ist genial und narrensicher. Kates Social-Media-Konten wurden alle gelöscht, und abgesehen von einer Benachrichtigung über die Beerdigung hat Dave sein Konto seit Monaten nicht mehr aktualisiert. Aber ein Blick auf seine alten Fotos zeigte, dass er und Kate absolute Nerds waren. Sie haben an Fantreffen im ganzen Land teilgenommen und dabei Cosplay getragen.«

»Cosplay?« Heathcliff rümpfte die Nase. »Ist das eine Art Geschlechtskrankheit?«

Ich lachte, während ich meine BH-Träger nach unten schob und den BH durch den Ärmel meines Joy-Division-T-Shirts zog. »Nein, obwohl es definitiv dafür sorgen kann, dass du nie

97

wieder Sex hast. Es ist die Abkürzung für ‚Costume Play' und bedeutet, dass sich Menschen als ihre Lieblingsfiguren aus Büchern, Fernsehen, Filmen oder Comics verkleiden. Hier, halt das mal hoch.«

Heathcliff hielt ein Handtuch hoch, während ich mein T-Shirt und meine Röhrenjeans auszog und das Kostüm anzog. Ich konnte nicht glauben, dass ich es geschafft hatte, alle Bestandteile eines halbwegs anständigen Prinzessin-Leia-Outfits in meinem Kleiderschrank zu finden. Nachdem ich das Kleid angezogen hatte, zog ich Heathcliffs Handy aus der Tasche und lud ein Video-Tutorial, das ich auf der Website von Kate Danvers gefunden hatte, um ihre berühmten geflochtenen Knoten an der Seite nachzubilden. Quoth half mir, Haarnadeln in mein Haar zu stecken, während Heathcliff uns anstarrte, als wären wir beide Aliens.

»Und du reihst dich in ihre Reihen ein, weil ... du nie wieder Sex haben willst?«

»Hey, für manche Menschen ist dieses Outfit ein wahrgewordener feuchter Traum. Aber nein, ich bin hier, um mit Dave über einen Workshop auf der ersten jährlichen Nevermore Bookshop Science Fiction und Fantasy Messe zu sprechen.« Ich zwinkerte ihm zu. Heathcliff schauderte. »Und während ich das tue, wird Quoth sein Haus durchsuchen, während du hier draußen wartest, falls einer von uns in Schwierigkeiten gerät.«

Heathcliff seufzte. »Das ist genau die Art von hirnrissigem Plan, auf den Moriarty gekommen wäre.«

Ich zuckte mit den Schultern. »Was soll ich sagen? Der Napoleon des Verbrechens hat auf mich abgefärbt.«

Ich strich die Vorderseite meines Kostüms glatt und überquerte die Straße. Quoth flog vor mir her und verschwand im überwucherten Vorgarten des kleinen Stadthauses. Ich starrte auf die silberne Nummer an der Tür und dachte über das nach, was ich gleich tun würde. Dave Danvers hatte gerade zum zweiten Mal seine Frau verloren, und ich würde seinen Schmerz nicht noch verschlimmern, indem ich ihn anlog.

Aber ich brauchte Antworten, und er hatte sie.

Außerdem könnte eine Science-Fiction-Messe im Nevermore Bookshop Spaß machen. Sobald Heathcliff davon hört, wird der Rauch aus seinen Ohren aufsteigen, was die ganze Mühe fast schon wert ist. Ich frage mich, ob ich ihn in ein Han-Solo-Kostüm bekommen kann ...

Bei Isis, ich klinge wirklich wie Morrie.

Ich klopfte an.

Die längste Zeit hörte ich nichts. Gerade als ich meine Faust hob, um erneut zu klopfen, hörte ich Schritte über die Fliesen schlurfen und die Tür schwang auf, um einen kleinen Mann in den Dreißigern in einem Spider-Man-T-Shirt zu offenbaren. Ich erkannte ihn sofort an dem Bild, das Sherlock in der Hütte aufgehängt hatte. Er wischte sich mit einer kräftigen Hand über das Gesicht, strich sich eine fettige Haarsträhne hinter das Ohr und starrte mich mit den größten, freundlichsten braunen Augen an, die ich je gesehen hatte.

»Hallo, sind Sie Dave?«

»Mina?« Dave streckte mir seine Hand entgegen, und ich schüttelte sie. Ich hatte erwartet, dass sie feucht sein würde, weil ich ein schrecklicher Mensch war, der keinen Respekt vor Nerds hatte, aber sie war warm und fest. Dave stieß die Tür auf und bedeutete mir, hereinzukommen. »Kommen Sie rein. Tolles Kostüm. Tut mir leid, dass es hier etwas unordentlich ist.«

Jede Oberfläche in dem kurzen Flur war mit nerdigen Sammlerstücken übersät. Während ich meine Stiefel auszog, schaute ich mir ein paar der Fotos an der Wand genauer an und stellte fest, dass sie Dave und Kate in verschiedenen Kostümen zeigten, wie sie auf Bühnen standen oder Scheingefechte austrugen. Eines davon zeigte die beiden in Hogwarts-Roben und -Blazern, wie sie vor einem der Oxford Colleges gegen einen Todesser kämpften. *Sie sehen aus, als hätten sie zusammen viel Spaß gehabt.*

Dave führte mich in ein vollgestopftes Wohnzimmer. Plastikfiguren von Orks und Robotern drängten sich in den Regalen zu beiden Seiten des Kamins. Hinter dem Sofa befanden sich weitere Regale, die mit Büchern, Comic-Heften und DVD-Boxen überquollen. Unter dem Fernseher wartete ein Gewirr aus Videokonsolenkabeln darauf, einen unachtsamen Besucher einzuwickeln. Dave räumte einen Stapel Horrorromane vom Sofa, damit ich mich setzen konnte.

»Möchten Sie eine Tasse Tee?«

»Gerne. Danke.« Während Dave in der Küche hantierte, erhaschte ich einen Blick auf einen schwarzen Schatten, der den Flur entlanghüpfte. *Quoth ist im Haus.*

Dave kehrte mit einer dampfenden Tasse in Form eines Hexenkessels zurück. »Ich dachte, Sie würden sich über die Tasse freuen«, sagte er lächelnd, wobei mir das Herz brach. Ich konnte mir nicht einmal vorstellen, wie es war das durchzumachen, was er erlebt hatte, und doch war er hier und zeigte sich als liebenswürdiger Gastgeber.

»Ja, das tue ich.« Die Tasse war wirklich toll. Ich musste ihn fragen, wo man so etwas herbekam. »Vielen Dank, dass ich vorbeikommen durfte. Ich weiß, dass das für Sie keine leichte Zeit sein kann. Ich habe über den Veranstaltungsbuschfunk von Ihrer Frau gehört …«

»Ich *möchte* das tun. Kate hat Cosplay geliebt. Sie hat immer gesagt, wie stark sie sich fühlte, wenn sie einen Tag lang jemand anderes sein konnte.« Dave wandte sich für einen Moment ab und ließ die Schultern hängen. Ich bemerkte eine riesige kahle Stelle an seinem Hinterkopf. »Ich glaube, es würde sie glücklich machen zu wissen, dass ich anderen Menschen helfe, mit Cosplay aus sich herauszukommen. Ich erwische mich immer wieder bei dem Gedanken, dass sie vielleicht das, was sie getan hat, nicht getan hätte, wenn sie früher in die Szene eingestiegen wäre.«

»Was meinen Sie damit? Ich dachte, jemand hätte sie ermordet.«

»Ich möchte nicht wirklich darüber sprechen«, sagte Dave.

Verdammt. »Tut mir leid, dass ich so neugierig bin. Sprechen wir stattdessen über die Messe. Sie wird kleiner ausfallen als die Messen, die Sie sonst gewohnt sind, aber ich habe ein paar großartige Science-Fiction-Autoren, die ich einladen werde, und wir werden eine große Buchausstellung machen. Vielleicht könnten Sie ein paar Dias von den Kostümen zeigen, die Sie und Kate angefertigt haben, und dann darüber sprechen, wie man eigene Kostüme herstellen kann, und vielleicht könnten Sie den Kostümwettbewerb bewerten.«

Dave strahlte. »Das würde mir gefallen. Manchmal denken die Leute, dass man viel Geld braucht, um aufwendige Kostüme herzustellen, aber das muss nicht sein. Kate war großartig darin, in Wohltätigkeitsläden nach Schnäppchen zu suchen und Details und realistische Waffen aus billigen Materialien herzustellen. Aber wenn man eine Figur wirklich liebt, kann man auch ruhig etwas mehr ausgeben. Die Straße hoch gibt es ein altes Schloss namens Briarwood. Dort lebt ein junger Ire, ein Künstler mit einer Schmiede. Er fertigt diese unglaublichen Skulpturen an und hat schon für einige Mitglieder unserer Gemeinschaft Fantasy-Rüstungen hergestellt.«

Hmmm. Ob der Künstler wohl einer von Maeves Freunden ist?

Wir besprachen einige Details. Dann bot Dave mir an, mir einige der Kostüme zu zeigen, an denen er und Kate gemeinsam gearbeitet hatten. Ich folgte ihm in den Flur. Dave blieb vor den Fotos stehen. Ich erkannte Kate von den Bildern in der Zeitung. Auf diesem war sie als eine beliebte Anime-Figur verkleidet, mit einem kurzen Faltenrock, weißen Kniestrümpfen und einem kunstvollen magischen Stab in der Hand. »Das ist Kate am glücklichsten Tag ihres Lebens. Sie hat den Preis für das beste Cosplay auf der London FanCon gewonnen. Das war sechs Monate, bevor sie ...« Er verstummte.

»Dave, ist alles in Ordnung?« Ich konnte hören, wie oben etwas raschelte, während Quoth die Räume durchsuchte, aber Dave schien es nicht zu bemerken. Seine Augen waren glasig und er starrte auf Kates Bild, als könnte ihm das allein die Antworten geben, die er brauchte.

»Es ergibt einfach keinen Sinn«, murmelte er.

»Was ergibt keinen Sinn?«

»Letztes Jahr, als die Polizei diesen Brief fand ...« Daves Adamsapfel bewegte sich auf und ab, während er mehrmals schluckte. »Es tat so weh, aber wenigstens ergab es eine Art Sinn. Kate hatte sich aus dem Leben zurückgezogen, von mir. Seit sie bei dieser Firma, Ticketrrr, angefangen hatte, hatte sie mit ihrer geistigen Gesundheit zu kämpfen gehabt. Ich habe alles versucht, um sie glücklich zu machen. Wir haben sogar all unsere Ersparnisse aufgebraucht, um unsere eigene Fan-Event-Firma zu gründen. Etwas, wovon sie ihr ganzes Leben lang geträumt hatte. Aber es lief nicht so gut, wie wir gehofft hatten. Das Geld machte Kate zu schaffen, aber das war nicht alles, was sie bedrückte. Ich versuchte, sie dazu zu bringen, mit mir zu reden, mit einem Therapeuten, mit *irgendjemandem*, aber sie zog sich immer mehr zurück. Und dann bekam ich den Anruf ...« Dave schauderte, senkte den Kopf und verlor sich in seinen Erinnerungen.

Ich trat auf ihn zu, legte meine Hand auf seinen Rücken und fragte mich, ob er eine Umarmung zu schätzen wissen würde. Dave fuhr mit zitternder Stimme fort. »Ich war am Boden zerstört, aber zumindest konnte ich es nachvollziehen. Nur, jetzt erfahre ich, dass sie die ganze Zeit über am Leben gewesen war. Die Polizei glaubt, dass sie ihren Tod absichtlich vorgetäuscht hat, was reiner *Wahnsinn* ist. Es ist wie aus einem Film. Und als ob das nicht genug wäre, hat sie jemand *ermordet*. Sie war der wertvollste Mensch auf der Welt für mich, und jemand hat sie so sehr gehasst, dass ...« Er schüttelte den Kopf. »Ich kannte Kate scheinbar überhaupt nicht. Ich kann nicht glauben, dass sie so etwas tun würde. Wir waren in einer so schlimmen finanziellen Notlage, und ich habe sogar daran gedacht, dass sie es getan haben könnte, damit ich das Geld von der Versicherung bekomme, aber dann gab es keine Auszahlung, also ...«

Ich schrak zusammen. »Keine Lebensversicherung? Aber die zahlen doch bei Selbstmorden, wenn ...« Dave schüttelte den Kopf. »Das dachte ich auch. Aber die Versicherungsgesellschaft weigerte sich zu zahlen, weil wir keine Leiche hatten. Sie haben gesagt, dass sie nach dem Fall des Kanuten vor ein paar Jahren bei Selbstmorden, bei denen die Familie in finanziellen Schwierigkeiten steckte, strenger vorgehen würden. Ich denke, sie waren zu Recht vorsichtig, da sich ja herausgestellt hat, dass sie gar nicht tot war.«

Scheiße. Morrie wusste nichts davon. Er dachte, er würde Kate helfen, das Geld für Dave zu bekommen, aber in Wirklichkeit hat ihr Tod nur noch mehr Schmerz verursacht.

»Das lustige ist, dass ich jetzt, wo sie ermordet wurde, die Versicherungssumme ausgezahlt bekomme.« Daves Unterlippe zitterte. »Ich hätte viel lieber meine Frau zurück. Aber ich kann immer noch nicht verstehen, wer Kate so etwas antun würde. Die Polizei glaubt, es war der Typ, den sie dafür bezahlt hat, ihren Tod vorzutäuschen, aber das kann ich mir einfach nicht vorstellen.«

»Die Polizei hat Sie sicher gefragt, ob Kate Feinde hatte? Jemanden, der ihren Tod wollte?«

»Das haben sie, aber sie schienen überzeugt zu sein, dass sie ihren Mann bereits hatten. Anscheinend ist er jetzt auf der

Flucht, was wohl bedeutet, dass er schuldig sein muss, aber ...« Dave stieß so fest gegen das Bild von Kate mit ihrer Trophäe, dass es an der Wand klapperte. Ich beugte mich vor. Meine Nase berührte das Glas, während ich mir blinzelnd das anschaute, worauf sein Finger zeigte. Hinter Kate stand eine Schar kostümierter Menschen, die alle grinsend applaudierten, bis auf ein Mädchen, das ein identisches Kostüm wie Kate trug. Sie blickte finster in die Kamera, die Arme vor der breiten Brust verschränkt. »Das ist Tara Delphine. Sie betreibt einen beliebten Cosplay-Kanal auf YouTube und war Ehrengast auf der FanCon. Sie hat immer eine Schlange von begeisterten Fans, die auf ein Autogramm von ihr warten, und man könnte meinen, das würde reichen, aber nein. Tara konnte es nicht ertragen, dass Kates Cosplay den Hauptpreis gewonnen hat. Ein paar Minuten nachdem dieses Foto gemacht wurde, ist Tara auf die Bühne gesprungen und hat versucht, Kate den Pokal aus den Händen zu reißen. Sie hat Kate vor allen Leuten bedroht. Man kann sich das auf YouTube ansehen. Tara hat schon seit Jahren etwas gegen Kate, aber natürlich hielt die Polizei sie nicht für verdächtig. Am Tatort gab es wohl einige Schuhabdrücke, aber die sind zu groß für Taras Füße.«

Die Fußabdrücke, die Sherlock gefunden hat, die genau zu Morries Budapestern passten. Aber wenn jemand Morrie hereinlegen wollte, hätte er einfach andere Schuhe tragen können, vor allem, wenn es jemand war, der es gewohnt war, Kostüme zu entwerfen ...

Mir schwirrten die Möglichkeiten durch den Kopf. »Sonst noch jemand?«

Dave tippte sich an die Kinnlade. »Ja. Kate wollte mir nicht von ihrer Arbeit erzählen. Nach einer Weile hat sie einfach dichtgemacht. Aber es war definitiv eine große Quelle ihrer Angst und der Hauptgrund, warum sie unbedingt wollte, dass unser Unternehmen erfolgreich ist. Vor ein paar Monaten hat sie sich verplappert und gesagt, dass ihr Chef, Grant Hosking, ein Bild von ihr in einem ihrer Cosplay-Outfits im Internet gefunden und es neben seinem Schreibtisch aufgehängt hat.«

»Das ist ja widerlich.«

»Das können Sie laut sagen. Ich habe Kate geraten, eine offizielle Beschwerde einzureichen. Das hat sie getan, aber es ist nichts dabei herausgekommen. Sie hat für ein Technologieunternehmen gearbeitet. Das ist ein reinster Männerclub.« Daves Gesicht verfinsterte sich und seine Hände ballten sich zu Fäusten. »Hosking hat meiner Frau gesagt, es sei *ihre* Schuld, dass die Fotos überhaupt im Internet waren. Sie wurde als Unruhestifterin deklariert, sodass sie nicht mehr zu den Freitagsdrinks eingeladen wurde und keine Rollen mehr in wichtigen Projekten erhielt. Ich glaube, sie wurde nur zu den Führungskräftetreffen eingeladen, weil Grant mit ihr schlafen wollte.«

»Also war dieser Grant mit ihr auf dem Wildnisabenteuer?«

Dave nickte. »Sie war bei zweien dabei, darunter auch bei dem, bei dem sie ... Grant war bei beiden dabei. Ich wollte nicht, dass sie hingeht. Wir hatten einen großen Streit darüber, aber Kate bestand darauf, ihm die Stirn zu bieten. Als Kate an diesem Tag zur Tür hinausging, dachte ich, sie sei fest entschlossen, sich nicht mehr von Grant einschüchtern zu lassen.« Dave wandte sich ab und seine Schultern hoben und senkten sich. »Ich hatte keine Ahnung, dass sie vorhatte ...«

Als Dave in Schluchzen ausbrach, erschien eine kleine, dunkle Gestalt oben an der Treppe. Während ich mit einer Hand beruhigend über Daves Rücken strich, öffnete ich die Haustür. Quoth hüpfte die Treppe hinunter. Seine Federn streiften meinen Knöchel, als er durch die Tür entkam und in die Rosenbüsche tauchte.

»Es tut mir so leid, Dave. Ich wollte das nicht alles wieder hochbringen.«

»Nein, es tut mir leid.« Dave wischte sich über die Augen.

»Ich wollte Ihnen das alles nicht aufbürden. Ich habe im Moment nicht viele Leute, mit denen ich reden kann. Kate und ich haben alle unsere Freunde davon überzeugt, in unsere Eventfirma zu investieren, und als die pleiteging ... Wie auch immer, ich muss stark bleiben, und das ist manchmal schwer. Sie scheinen sehr nett zu sein, Mina, und ich ...«

Ich bin nicht so nett, wie Sie denken. Ich schlang meine Arme um Dave und drückte ihn fest an mich. Normalerweise umarmte ich keine Fremden, aber in diesem Fall fühlte es sich richtig an. »Danke, dass Sie sich mir anvertraut haben. Ich bin froh, dass ich hier sein konnte, als Sie jemanden brauchten, auch wenn wir uns nicht so gut kennen. Manchmal ist es einfacher, sich Fremden anzuvertrauen, wissen Sie?«

Er schniefte. »Ja. Da ist was dran.«

»Sie haben meine Nummer. Wenn Sie irgendetwas brauchen, lassen Sie es mich wissen. Ich rufe Sie nächste Woche nochmal an, um mit Ihnen die Einzelheiten der Veranstaltung zu besprechen.«

Ich wartete, bis Dave die Tür geschlossen hatte, bevor ich die Straße überquerte. Heathcliff starrte mich finster an, als ich mich ihm gegenüber hinsetzte und anfing, die Haarnadeln aus meinen Haaren zu ziehen.

Quoth trat in seiner menschlichen Gestalt hinter einem Gebüsch hervor und zupfte sein T-Shirt zurecht. Mir lief das Wasser im Mund zusammen und ich hätte ihn fast angefleht, es ausgezogen zu lassen. Dieser Junge war zu schön, um wahr zu sein.

»Hat Minas hirnverbrannter Plan etwas ergeben?«, knurrte Heathcliff Quoth an.

»Daves Kleiderschrank ist ein seltsamer und bemerkenswerter Ort. Er hat zwei Schubladen voll mit dem, was ich als normale Kleidung bezeichnen würde, und der Rest sind hautenge Catsuits und Superheldenumhänge.« Quoth zupfte sich eine schwarze Feder aus dem Haar und bückte sich dann, um die Schnürsenkel seiner New-Rock-Stiefel zu binden. Seit er auf der Kunsthochschule war, beschäftigte er sich mit Gothic-Mode, wallende Dichterhemden und Lederhosen, und ich muss sagen, dass ich das nur befürworten konnte. »Er hat auch noch Kates Kostüme, es sei denn, er trägt gerne Schulmädchenuniformen.«

»Kates Kostüme in der Nähe zu haben, hilft ihm wahrscheinlich beim Trauern«, sagte ich.

»Das ist nicht alles, was ich gefunden habe.« Quoth richtete sich auf. »In der Büroschublade lagen Universitätszeugnisse und Bewerbungen. Dave hat einen Master in Informatik, aber es sieht so aus, als hätte er keinen Job finden können, also hat er stattdessen für die Klempnerfirma seines Vaters gearbeitet. Ich habe auch Rechnungen gefunden. Sehr, sehr viele Rechnungen. Kate war damals Klassenbeste gewesen, aber das hat sie nicht vor finanziellen Schwierigkeiten bewahrt. Kate und Dave haben eine Menge Geld in die Organisation eines Fantreffens in Crookshollow gesteckt, und es ist total in die Hose gegangen. Sie haben das Geld all ihrer Investoren zusammen mit ihrem eigenen verloren und haben immer noch Schulden zu begleichen. Selbst wenn beide arbeiten würden, könnten sie sich nicht über Wasser halten, und jetzt, wo es nur noch Dave gibt, ist alles hundertmal schlimmer.«

»Hat er nicht das Geld von der Versicherung bekommen?«, fragte Heathcliff.

Ich schüttelte den Kopf, während ich das Leia-Outfit auszog und durch mein Joy-Division-Shirt ersetzte. »Nein. Die Versicherungsgesellschaft wollte ohne Leiche nicht zahlen. Das klingt nach einer neuen Richtlinie. Morrie muss nichts davon gewusst haben. Aber jetzt, wo Kate tot aufgefunden wurde, wird Dave das Geld doch noch bekommen.«

»Dir ist schon klar, dass Dave damit ein Motiv hat, seine Frau zu ermorden.«

Ich riss den Kopf hoch. »Das glaube ich nicht. Du hättest ihn treffen müssen. Er hat geweint, während er über Kate sprach. Dave ist auf keinen Fall der Mörder. Aber ich habe ein paar Hinweise.« Ich erzählte ihnen von der rivalisierenden Cosplayerin Tara und Grant, Kates Chef bei Ticketrrr.

»Keiner dieser Leute hat irgendeine Verbindung zu Morrie«, betonte Heathcliff.

»Das wissen wir nicht mit Sicherheit, und außerdem müssen sie nicht mit Morrie in Verbindung stehen, um ihm etwas anhängen zu wollen. Das ist es, was Sherlock nicht versteht. Für mich sieht das nicht nach dem kriminellen Untergrund aus. Ich denke, jemand hat in Morrie einen bequemen Sündenbock gesehen, mehr nicht.«

»Das sind durchaus ernst zu nehmende Möglichkeiten«, sagte Quoth. »Obwohl diese Fußabdrücke am Tatort ... wer auch immer Morrie hereingelegt hat, hat sich die Zeit genommen, seine Schuhe zu stehlen. Das war sorgfältig geplant, und das bedeutet, dass der Mörder zumindest nah genug an Kate dran sein musste, um zu wissen, dass sie ihren Tod vorgetäuscht hat.«

»Wenn Morrie hier wäre, würde er sich freiwillig melden, um die leicht Bekleidete zu verhören«, sagte Heathcliff.

»Das stimmt nicht ganz«, sagte ich grinsend bei der Erinnerung, während ich mich mit Heathcliff und Quoth unterhakte und wir drei uns zum Bahnhof begaben. »Weißt du noch, wie er dich dazu gebracht hat, mit Amanda Letterman zu Abend zu essen, um herauszufinden, ob sie wusste, wer Danny Sledge erdrosselt hat?«

Heathcliff schauderte. »Mein Körper trägt noch immer die Narben.«

Vom Bahnhof aus nahmen wir den langen Weg zurück nach

Nevermore und umgingen den Stadtplatz, um neugierigen Dorfbewohnern aus dem Weg zu gehen. Wir gingen am verlassenen Bahnhof vorbei, wo sich die Obdachlosen der Gegend versammelten. Ich winkte Earl Larson zu, der aus dem Fenster eines verrosteten Waggons lehnte und eine Zigarette rauchte, während sein Kätzchen zusammengerollt auf seinem Kopf lag.

»Wenigstens haben wir ein paar Tage Ruhe und Frieden«, murmelte Heathcliff und stieß die Tür zum Laden auf. »Ohne Morrie hier ...«

Er blieb stehen. Sein Körper versteifte sich, während sein Kopf in alle Richtungen schoss und den Schaden aufnahm, den meine Mutter angerichtet hatte.

Ich kniff die Augen zusammen und versuchte zu erkennen, was er sah, aber der Laden sah fast ... normal aus. Wenn auch etwas kahl ohne all die seltsamen Tierpräparate und Quoths Kunst an den Wänden.

Heathcliff sah eindeutig etwas, das ich nicht sehen konnte, denn er stapfte durch den Hauptraum und riss dabei fast zwei Kunden um, die sich beeilten, ihm aus dem Weg zu gehen. Ich rannte ihm hinterher und packte ihn an den Schultern, während er sich über den Schreibtisch beugte. Meine Mutter schrie auf und schaute erschrocken hinter einem Stapel Umschläge hervor.

Heathcliff schlug mit der Faust auf die alte Kasse. »Frau Wilde, was haben Sie mit meinem Laden angestellt?«

IO

Mama riss die Augen auf, als sie den Umschlag, den sie gerade adressiert hatte, hinlegte und Heathcliff über ihre Lesebrille hinweg ansah. »Was meinst du damit?«

Was ist los? Was ist passiert?

Panisch rannte ich durch den Raum und schaltete alle Lichter und Lampen ein, damit ich in jede Ecke schauen konnte. Ich konnte immer noch nichts Ungewöhnliches entdecken. Der Laden war ordentlich; sogar aufgeräumter als vor unserer Abreise. Einige Regale schienen etwas ungeordnet zu sein, aber das war typisch, wenn Kunden hereinkamen und alles durcheinanderbrachten.

Heathcliff starrte mich finster an und mir wurde klar, worauf er hinauswollte.

Der Laden sah *normal* aus.

Zu normal.

Mama hatte nichts verändert. Sie hatte keine Finanzratgeber ausgelegt, keine Energieheilungssitzungen angeboten und keine Smoothie-Bar eröffnet. Ich hielt die Nase hoch und schnüffelte. Es lag ein leicht fischiger Geruch in der

Luft, aber wir hatten eine Schüssel mit Nassfutter für Grimalkin hinter den Poesieregalen stehen, was wahrscheinlich der Grund dafür war. Ich nahm einen der Umschläge vom Stapel und bemerkte, dass sie den Namen eines Kunden sorgfältig darauf geschrieben und den Zollschein ausgefüllt hatte.

»Sind das Bücher?« Heathcliff blätterte durch den Stapel. »Unsere Bücher? Die hast du alle verkauft?«

»Aber sicher! Ich habe sie alle online verkauft. Ihr habt viele enthusiastische Kunden auf der Facebook-Seite des Ladens, die sich nach ein wenig persönlichem Service sehnen. Und schau, ich habe alle meine Verkäufe im Ordner festgehalten.« Mama hielt mir die Seite unter die Nase.

»Das ist ... das ist großartig, Mama.« Und das meinte ich auch so. Sie hatte in wenigen Stunden mehr Bücher verkauft, als Heathcliff normalerweise in einer Woche verkaufte.

»Und ihr beide habt an mir gezweifelt.« Sie klang ein wenig verletzt. »Ihr dachtet, ich wäre nicht verantwortungsbewusst genug, um mich um den Laden zu kümmern.«

Ich überflog die Titel im Ordner. *Die Perle*, John Steinbeck. *Das Mädchen mit dem Perlenohrring*, Tracy Chevalier. *Pearl Harbor: die verborgene Geschichte, Pearl Jam: Die Unautorisierte Biografie ...*

Hmmmm. Ich erkenne ein Muster.

Meine Mutterinstinkte kribbelten, ich legte den Ordner beiseite und schnupperte. Der Fischgeruch war ziemlich ausgeprägt in der Nähe des Schreibtisches, stärker als ich es von Grimalkins Essen erwarten würde. »Findest du auch, dass es hier drin ein bisschen nach Fisch riecht?«

»Das ist nur mein Mittagessen.«

Ich fuhr herum. Meine Großmutter saß auf der Couch, bekleidet, den Göttinnen sei Dank, die langen Beine untergeschlagen, mit einem sinnlichen, katzenähnlichen Lächeln auf den Lippen. »Helen und ich hatten Fish and Chips.

Himmlisch. Ich erkläre Fish and Chips, übergossen mit Essig, zum Essen für die Götter.«

Mist. Ich funkelte sie an. *Du solltest doch oben bleiben. Für wen hält Mama dich eigentlich?*

Mama strahlte Grimalkin an. »Mina, darf ich dir meine neue Freundin Cat vorstellen?«

»Wir kennen uns bereits.« Ich verschränkte die Arme.

»Ich schleiche oft im Laden herum«, schnurrte Grimalkin. »Ich liebe all die dunklen Ecken hier, einfach perfekt, um Geheimnisse zu verstecken.«

Ich weiß. Ich bin mitten in der Nacht in eines deiner Geheimnisse getreten und hatte am Ende Mäusedärme zwischen den Zehen.

»Cat kam herein, um ein Buch über die Garnherstellung zu finden, und wir kamen ins Gespräch. Sie hat mir im Laden geholfen. Wir hatten einen ereignisreichen Tag. Eine Maus ist durch das Kinderzimmer gerannt und Cat hat sie direkt nach draußen gejagt.« Mama hielt sich die Hand vor das Herz. »Ich habe mich so erschreckt, dass ich ihr Mittagessen kaufen musste. Wusstest du, dass der neue Typ, dem die Bäckerei gehört, jetzt Fish and Chips anbietet? Die sind *göttlich.* Cat stimmt mir zu, dass sie die besten in Argleton sind, und der gutaussehende Mann, der sie serviert, ist definitiv ein Bonus.«

»Miau.« Grimalkin fuhr mit ihren Krallen durch die Luft und warf mir einen Blick zu, der deutlich machte, dass deshalb, weil Mama sie mit Fisch versorgte, sie Helen Wilde verziehen hatte, dass sie ihren Sohn verführt hatte und er dadurch in der Zeit gefangen war.

»Na gut, wenn es sonst nichts mehr gibt, gehe ich jetzt.« Mama beugte sich zu mir herüber und küsste mich auf die Wange. Der Fischgeruch haftete ziemlich stark an ihr, aber ich vermutete, dass sie sich nach dem Mittagessen einfach nicht die Hände gewaschen hatte.

Als sie sich in Richtung Flur schwang, stieß sie mir aus

Versehen ihre Tasche in die Seite, und die Ecke von etwas Großem und Scharfem stach mir ins Bein.

»Was hast du da drin, Mama?« Ich hatte das Bild vor Augen, wie sie eines der okkulten Bücher aus dem Laden entführte und unwissentlich Dämonenhorden aus der Hölle zum Tee einlud.

Heathcliff musste die gleiche Idee gehabt haben, denn ich hatte ihn noch nie so schnell gesehen. Blitzschnell durchquerte er den Raum, grub seine riesige Hand in Mamas Einkaufstasche und zog ein glänzendes rechteckiges Objekt heraus.

Ich beugte mich näher heran, während sich mein Magen zusammenzog, als ich das Objekt nach okkulten Symbolen absuchte. *Bei Isis, das ist überhaupt kein Buch. Es sieht fast aus wie ...*

Ein Laptop?

Meine Mutter besaß keinen Laptop. Sie konnte kaum die Kanäle im Fernsehen wechseln. Sie verstand nichts von Technik, und wenn man nach der Art und Weise ging, wie unsere Mikrowelle sich jedes Mal vor Angst duckte, wenn sie sich näherte, mochte die Technik sie auch nicht besonders.

Warum hatte sie dann einen Laptop? Und zwar einen ziemlich schicken, wie es aussah.

Mama nahm Heathcliff den Laptop aus der Hand. »Das ist meiner. Ich habe ihn von dem Erlös gekauft, den ich durch den Verkauf meines Flourish-Geschäfts an einen aufstrebenden Jungunternehmer erzielt habe. Ich benutze ihn, um eine Website für mein Tarot-Geschäft einzurichten. Ich möchte über das Internet Lesungen durchführen. Und ich spiele Solitär, okay? Ich wäre dir sehr dankbar, wenn du nicht in der Handtasche einer Dame herumwühlen würdest, junger Mann. Wenn ich so behandelt werde, nur weil ich euch einen Gefallen tue, stehe ich kurz davor, meine Dienste in Zukunft nicht mehr anzubieten.«

»Es tut uns leid. Wir haben es nicht so gemeint.« *Wir*

dachten nur, du würdest versuchen, dich mit einem gefährlichen Buch davonzustehlen. Ich umarmte sie erneut. »Vielen Dank für deine Hilfe heute. Wir wissen das zu schätzen, wirklich. Wir wollten dich eigentlich fragen, ob du in den nächsten zwei Wochen regelmäßig vorbeikommen könntest. Ich muss nach Crookshollow zurück, um die Blindenhundausbildung fortzusetzen, und dieses Wochenende haben Heathcliff, Allan und ich eine ... ähm, so eine Teambuilding-Veranstaltung, an der wir teilnehmen werden.«

»Solltest du wirklich so oft das Dorf verlassen, nachdem, was dir gerade passiert ist?« Mamas Mund verzog sich vor Sorge. »Ich will nicht, dass diese fiesen Entführer zurückkommen, um dich zu holen.«

»Mir wird schon nichts passieren. Ich habe das mit Detective Hayes geklärt. Ich weiß, es scheint seltsam, aber ehrlich gesagt schaffe ich es im Moment nur, mich mit Arbeit und Training abzulenken.« *Und mit der Jagd nach der Person, die Kate getötet und Morrie reingelegt hat, aber das behalte ich lieber für mich.*

Ich erzählte Mama alles über Oscar und wie sehr ich ihn liebte. Sie küsste mich erneut und ließ uns allein. Während ich ihr nachsah, wie sie in Richtung Stadtplatz schlenderte, sprang Grimalkin in ihrer Katzenform durch den Raum und klebte praktisch am Fenster. »Miau?« Sie kratzte mit ihren Krallen am Glas, als würde sie befürchten, dass Mama nie wieder zurückkehren würde.

Ich kniff die Augen zusammen und sah die ehemalige Katze an. »Kannst du mir das mal erklären? Letzten Monat war meine Mutter noch Staatsfeind Nummer eins.«

Grimalkins Schnurrhaare zuckten, als wollte sie sagen: »Das war, bevor ich sie kennengelernt habe. Ich glaube, wir werden gute Freunde werden.«

Irgendetwas Seltsames geht hier vor sich. Die beiden führen doch etwas im Schilde.

Aber ich hatte bereits ein wichtigeres Rätsel, auf das ich mich konzentrieren musste. Heathcliff drehte das Ladenschild auf GESCHLOSSEN und schloss unten ab. Ich schleppte meinen müden Körper in die Wohnung und ging in die Küche. Tee war unerlässlich. Ich drehte den Wasserkocher auf und holte vier saubere Tassen heraus, bevor ich auf Morries starrte und sie wieder ins Regal stellte.

Tränen stiegen mir in die Augen. *Nicht zusammenbrechen, Mina. Stell die Tasse einfach dorthin, wo sie dir nicht ins Gesicht springt.* Ich bückte mich, um ihn hinten im Schrank unter dem Spülbecken zu verstecken. Dabei streifte meine Hand den Rand einer ungeöffneten Katzenfutterpackung.

Seltsam. Ich hätte schwören können, dass ich gestern eine Packung Futter aufgebraucht hatte. Warum hat Mama keine neue für Grimalkin geöffnet? Sie sollte ihr doch zum Frühstück etwas zu fressen geben.

Aber Mama war unberechenbar. Ich hatte ihr genaue Anweisungen gegeben, was und wie viel sie Grimalkin füttern sollte. Und dazu gehörte kein Fisch aus der Bäckerei. Wenn ich es mir recht überlegte, hatte auch Mamas Handtasche etwas fischig gerochen. Wahrscheinlich hatte sie eine Art biologisches, vitaminreiches Katzenfutter von einem ihrer Schnellreich-Projekte dabei. Grimalkin würde mir ja leidtun, aber sie schien es zu genießen.

Ich schloss die Tür zu unserem Zimmer auf, ließ mich auf das Bett fallen und ordnete die Kissen unter der hellsten Lampe. Ich nippte an meinem Tee, während ich Heathcliffs Handy aus seiner weggeworfenen Jackentasche zog. Es war ja nicht so, als würde er es vermissen. Dann lud ich meine Lieblings-Apps herunter und suchte im Browser nach Tara Delphine.

Ich musste nicht lange suchen. Das erste Suchergebnis

brachte mich zu ihrem Instagram-Profil. Sie hatte über fünfzigtausend Follower. Den Kommentaren nach zu urteilen, hauptsächlich schmierige alte Männer, die nach einem Nippelblitzer Ausschau hielten. Die meisten ihrer Bilder zeigten sie, wie sie kokett in hautengen Superhelden-Outfits posierte.

Ich würde sie bestimmt nicht als Schlampe beschimpfen. Ehrlich gesagt sahen Taras Outfits scharf aus. Sie hatte ein Harley-Quinn-Kostüm, für das ich hätte *töten* können. Aber es war deutlich zu sehen, dass Kates Cosplays eine höhere Qualität hatten. Viele der Charaktere, die Kate im Cosplay dargestellt hatte, waren bereits stark sexualisiert. Sie hatte nicht das Bedürfnis gehabt, das noch weiter zu übertreiben. Mir gefiel, wie Kate die Charaktere auf ihren Bildern von ihrer selbstbewusstesten und kraftvollsten Seite gezeigte und versuchte, auch etwas von ihrer eigenen Persönlichkeit zu vermitteln.

Auf Taras Website stand, dass sie als Cosplay-Ehrengast bei der FanCon in London ein Meet-and-Greet für Fans geben würde. Die Veranstaltung lief diese Woche fünf Tage lang, aber da wir am Wochenende schon zu Wild Oats fahren wollten, mussten wir den Besuch am Freitag unterbringen.

Aber ich muss zur Blindenhundeschule. Und Kommissar Hayes wird wissen wollen, warum ich so sehr daran interessiert bin, nach London zu fahren …

Moment mal. Edie hat gesagt, sie wolle mit mir und Oscar in ein bevölkerungsreicheres und unbekannteres Gebiet fahren, damit wir die erlernten Befehle üben können. Ich rief Edie an. Als ich ihr sagte, dass ich einen Ausflug nach London machen wollte, weil Heathcliff total besessen von Tara Delphine war und er Tickets hatte, um sie persönlich zu treffen, aber ich es in meiner Aufregung vergessen hatte, ihr mitzuteilen, meinte sie, dass es der perfekte Trainingsausflug für uns wäre. »Oscar und ich treffen euch morgen um 10 Uhr am Bahnhof von Argleton.«

Perfekt. Das gab mir gerade genug Zeit, um Jo zum Frühstück zu treffen. Ich musste unbedingt die Details von Kates Autopsieergebnissen erfahren und herausfinden, wie tief Morrie in der Scheiße steckte.

Obwohl Heathcliff und Quoth die Arme um mich geschlungen hatten, konnte ich kaum schlafen. Ich starrte an die Decke, während die Jungs entzückende Fieptöne von sich gaben, und dachte an Morrie, wie er in dieser Hütte festsaß und nur seinen Ex-Freund als Gesellschaft hatte. Ich ging die Details des Falls wieder und wieder durch, aber ich konnte keinen eindeutigen Verdächtigen ausmachen. Vieles ergab keinen Sinn.

Wenn Kate erfolgreich ihren Tod vorgetäuscht hatte und auf die Philippinen geflohen war, warum war sie dann zurückgekommen? Was hatte sie in den Barsetshire Fells gemacht? Sie musste sich mit jemandem getroffen haben ...

Und die Frage, die niemand sonst zu stellen schien, aber die mich mehr als alles andere beschäftigte: Warum hatte Kate überhaupt beschlossen, ihren eigenen Tod vorzutäuschen? Ich war überzeugt davon, dass die Antwort auf diese Frage der Schlüssel zur Lösung des Rätsels und zur Rehabilitierung von Morrie war.

Schließlich fiel ich in einen unruhigen Schlaf und wurde von einem nervigen Wecker und dem Schnarchen von Heathcliff neben mir aufgeweckt. Quoth stand bereits am Herd und füllte eine Schüssel mit Nüssen und Beeren, als ich in die Küche schlurfte. Er reichte mir eine Tasse Tee, weil er einfach toll war. Ich trank ihn, während ich etwas Make-up auftrug, ein mit winzigen Knochen bedrucktes, langärmliges Skaterkleid anzog, das ich selbst im Siebdruckverfahren hergestellt hatte, meine kirschroten Docs und meine Lieblings-Fledermaus-Handtasche anzog, Heathcliffs Handy, jetzt mein Handy, in meine Tasche steckte und raus ging, um mich mit Jo zu treffen.

Es war ein überraschend schöner Tag für einen Februar in England. Das Sonnenlicht schien und trocknete den Regen, sodass ich sehen konnte. Ein eigenwilliger hellgrüner Lichtkringel blitzte in meinem Blickfeld auf, aber ich war zu abgelenkt von dem seltsamen Geräusch, das von Heathcliffs Handy kam.

Dieses Geräusch hat es noch nie gemacht.

Ich zog das Handy aus der Tasche und hielt es an mein Gesicht, um den Bildschirm zu erkennen. Eine Warnung blitzte auf.

ACHTUNG: MÖGLICHER DRACULA-VORFALL

Morries Algorithmus. In all dem Chaos, das durch meine Entführung, Morries Untertauchen und dem Versuch, seinen Namen reinzuwaschen, entstanden war, hatte ich fast den drohenden Schatten vergessen, der nicht nur den Nevermore Bookshop, sondern die ganze Welt bedrohte. Graf Dracula war hier in England und setzte den Plan in die Tat um, den er bereits in Bram Stokers Buch hatte ausführen wollen, bevor Van Helsing und seine Leute ihn davon abgehalten haben.

Ich klickte auf den Link. Eine Schlagzeile rauschte über den Bildschirm. Neben zahlreichen Links zu Berichten über Morries Verschwinden und Aufrufen der Polizei, zu helfen, falls die Öffentlichkeit ihn zu Gesicht bekäme, war ein Artikel über einen Raubüberfall im nahe gelegenen Dorf Lower Loxham. Aus einem Gartencenter, das auf Sammlerpflanzen spezialisiert war, wurden letzte Nacht zwei seltene rumänische Orchideen gestohlen.

Mir stockte der Atem. Lower Loxham war nur 65 Kilometer von Argleton entfernt. Wenn Dracula so nah war ...

KLATSCH.

Ich prallte gegen etwas Hartes und landete auf dem

Kopfsteinpflaster. Ich zuckte zusammen, als mein Steißbein auf dem harten Stein aufschlug und mir dabei Heathcliffs Handy aus der Hand fiel.

»Mina, es tut mir so leid.« Die verschwommene Gestalt über mir entpuppte sich als meine beste Freundin. Jo streckte die Hand aus. Ich ergriff sie und sie half mir auf die Beine. »Ich wollte gerade zu dir in den Laden kommen. Ich habe nach dir gerufen und dachte, du hättest mich gesehen, aber als mir klar wurde, dass du mich nicht gesehen hast, habe ich mich dir in den Weg gestellt und …«

»Schon gut.« Ich rieb mir das Steißbein. »Ich hätte nicht während des Gehens auf einen Bildschirm starren sollen. Und du musst nicht mein Blindenhund sein. Ich bin den Weg zur Bäckerei schon so oft gegangen, dass ich ihn im Schlaf, mit verbundenen Augen oder mitten in einer Zombie-Apokalypse finden könnte.«

»Verstanden. Ich wäre wahrscheinlich eine größere Hilfe gewesen, wenn ich uns einen Tisch reserviert hätte. Anscheinend sind die neuen Fish and Chips ein großer Hit, und der Laden ist bereits voll. Aber wo wir gerade von Blindenführhunden sprechen, wie läuft die Ausbildung?« Jo hob das Handy vom Boden auf und warf einen Blick auf den Bildschirm. »Ich weiß, dass du Fotos hast.«

Ich schnappte ihr das Telefon aus der Hand, und mein Herz raste. *Wenn sie Morries App sieht, wird sie wissen wollen, was los ist.*

Jo runzelte die Stirn, ihre Hand immer noch in der Luft. »Geht es dir gut? Ich weiß, dass diese Morrie-Sache dir Sorgen bereiten muss, aber Mina, wenn du mit ihm in Kontakt stehst, musst du es der Polizei sagen …«

»Nein! Ich meine, ja! Ich meine … Es tut mir leid.« Ich lachte, aber es klang gezwungen. »Ich wollte dir nicht das Telefon entreißen. Ich *mache* mir verdammt große Sorgen, aber ich habe leider nichts von Morrie gehört. Ich schätze, ich bin etwas schreckhaft, seit uns dieser Kerl entführt hat. Es ist so unwirklich. Ich bin immer noch dabei, es zu verarbeiten, weißt du? Es fühlt sich an, als wäre es jemand anderem passiert.«

»Ich weiß. Das ist eine klassische Traumareaktion.« Jo legte ihren Arm um mich, als wir zur Bäckerei gingen. »Aber denkst du nicht, du solltest zu Hause sein und dir mal eine Pause gönnen?«

»Nein. Ich muss beschäftigt bleiben, sonst drehe ich durch. Außerdem lenkt mich das Training mit meinem neuen Blindenhund von Morrie ab. Ich habe ihn gestern kennengelernt. Er heißt Oscar und ist total süß. Und ja, ich habe Fotos.«

Ich blätterte durch Heathcliffs Feed und mir wurde ganz warm ums Herz, als ich sah, wie viele Fotos er von Oscar und mir gemacht hatte, während wir den Hindernisparcours bewältigt hatten. Er hatte sogar ein Video, auf dem ich Oscar die Befehle gab, geradeaus zu gehen und nach links oder rechts abzubiegen. Mein Herzschlag normalisierte sich wieder, als wir uns für unsere Leckereien anstellten. Jo hatte am Telefon wohl nichts über Dracula gesehen, denn sie war der Typ Mensch, der mich sofort darauf angesprochen hätte.

Seit ich herausgefunden hatte, dass die Bäckerin Greta Gladys Scarlett, die Matriarchin der Stadt und Leiterin des Clubs der verbotenen Bücher, ermordet hatte, hatte die Bäckerei an der Ecke der Butcher Street leer gestanden, sehr zum Leidwesen der Stadt. Es war ein Beweis dafür, wie sehr die Briten ihre Pies und Slices lieben, dass das Dorf beim Gericht eine Petition zur Verkürzung von Gretas Haftstrafe eingereicht hat, damit sie früher in ihren Laden zurückkehren konnte. Glücklicherweise hat sich die Vernunft durchgesetzt und die Giftmörderin saß weiterhin sicher hinter Gittern.

Glücklicherweise war kurz nach Weihnachten ein neuer Bäcker eingezogen. Oliver Swinbourne war nicht nur ein großartiger Koch mit einem Gespür für den besten Kaffee in Argleton, sondern auch groß und breitschultrig und eine Augenweide. Nicht, dass ich in dieser Hinsicht noch verlässlich wäre, aber meine Mutter, Frau Ellis, und Grimalkin waren begeistert, und Jo bestätigte, dass er ein verdammt gutes Exemplar von Mann war.

Ich muss sagen, dass der Besuch in der Bäckerei »Täglich Brot« mit meinen morgendlichen Kaffeebestellungen zu einer viel angenehmeren Pflicht geworden war.

»Hallo, die Damen«, strahlte Oliver, als wir an den Tresen traten. »Was darf es heute sein?«

»Heathcliff hat neulich Abend deine Fish and Chips zum Abendessen gehabt, und sie waren fantastisch«, grinste ich. »Gibt es irgendetwas, das Sie nicht können? Sie werden allen Männern in diesem Dorf einen Minderwertigkeitskomplex verpassen.«

Oliver tippte auf die Tafel hinter sich. Ich konnte sie zwar nicht lesen, aber ich nahm an, dass darauf die Fisch-und-Chips-Optionen aufgeführt waren. »Ich habe bereits drei Heiratsanträge erhalten, seit ich mein Schild aufgehängt habe. Was darf es heute sein, meine Damen? Ich fürchte, ich beginne erst um elf Uhr mit dem Servieren meiner ehezerstörenden Fish and Chips.«

»Zwei Flat Whites«, sagte Jo. »Und wir probieren zwei Ihrer Steak-and-Nieren-Pasteten.«

»Oh, und Treacle Tarts«, rief ich mit einem Blick in die Theke. Jemand hinter mir in der Schlange machte eine Bemerkung darüber, dass ich meine Nase gegen die Scheibe drückte, was nicht stimmte, aber ich ignorierte sie.

»Sie haben Glück«, sagte Oliver, als er uns unsere Tarts reichte. »Wenn es nach diesem Bauunternehmer gehen würde, werden das die letzten Pasteten sein, die ich je backe.«

»Was meinen Sie?« Mir kam ein Gedanke. »Doch nicht etwa Grey Lachlan?«

Oliver deutete mit der Schulter hinter uns auf einen Mann, der über den Rasen auf den Pub zuging. Aus dieser Entfernung war er für mich nur ein verschwommener Fleck. »Genau der. Er ist jeden Tag hier, um mir das Gebäude abzukaufen. Er erhöht ständig sein Angebot, aber ich gebe nicht nach. Ich habe es geerbt, verstehen Sie? Mir gehört das ganze Gebäude bis zu Ihrer Buchhandlung, einschließlich zweier Wohnungen und der Metzgerei und des Blumenladens nebenan. Ich liebe diese Stadt und will nicht verkaufen. Lachlan wird mich nur in einem Leichensack hier wegbekommen.«

»Das ist die richtige Einstellung.« Jo biss in die Treacle Tart, die Oliver ihr reichte. »Dieses Dorf braucht Sie.«

Interessant. Nachdem er bei Heathcliff gescheitert ist, versucht Grey, die Gebäude rund um die Buchhandlung aufzukaufen. Das kann kein Zufall sein.

»Also ...« Ich rutschte an den Tisch gegenüber von Jo. Sie durchsuchte die Tasse mit den Zuckerpäckchen und reichte mir das Kokosnuss-Päckchen, das ich so mochte. Es war erstaunlich, wie schnell wir in dieses Muster verfallen waren. Jo sah, dass ich Schwierigkeiten mit etwas hatte, und übernahm es einfach. Es war ein wenig seltsam, denn normalerweise frustrierte es mich, dass ich bestimmte Dinge nicht mehr selbst tun konnte, aber als Jo mir den Zucker reichte, ohne viel Aufhebens darum zu machen, stieg mir ein Kloß im Hals hoch. *Sie ist eine großartige Freundin.* »Was hast du bei der Autopsie herausgefunden?«

»Du weißt, dass ich keine Details eines laufenden Falls mit dir teilen sollte, vor *allem*, da du die Freundin unseres Hauptverdächtigen bist.«

»Also wird Morrie immer noch verdächtigt? Jo, du weißt, dass er niemanden ermorden würde. Und es ist mir egal, was

Hayes glaubt. Er steckt nicht mit seinen Entführern unter einer Decke. Ich war bei Morrie, als sie uns entführt haben. Er war genauso verwirrt und verängstigt wie ich.«

Ich hasse es, meine Freundin anzulügen. Aber wenn ich damit Morries Sicherheit wahren kann, während wir den Mörder finden ...

»Ich kann nur danach gehen, was die Beweise zeigen.« Jo biss in ihren Kuchen. »Was Morrie betrifft ... wie gut können wir eine Person überhaupt wirklich kennen? Denk an all die Morde, bei deren Aufklärung du geholfen hast. Nicht einer dieser Menschen schien die Definition eines brutalen Mörders aus dem Lehrbuch zu sein, und doch erstachen, vergifteten und erdrosselten sie fröhlich und munter. Ich wusste zum Beispiel nicht, dass Morrie ein Geschäft zur Vortäuschung von Todesfällen betreibt, und deinem Gesichtsausdruck nach zu urteilen, du auch nicht. Die Menschen überrascht werden, die wir zu kennen glauben, können uns jederzeit überraschen.«

Ich nickte und spielte mit dem Zuckerpäckchen. »Ist sein Geschäft illegal?«

»Es ist eine rechtliche Grauzone.« Jo nippte an ihrem Kaffee. »Technisch gesehen ist es kein Verbrechen, seinen Tod vorzutäuschen. Es sind all die Dinge, die man tun muss, nachdem man seinen Tod vorgetäuscht hat, wie Versicherungsbetrug, Fälschung, Identitätsdiebstahl, die einen in Schwierigkeiten bringen können.«

Grauzonen in der Rechtslage, Morries Lieblingsgebiet.

Ich schlang meine Arme um mich. »Du musst mir sagen, was die Polizei gegen ihn in der Hand hat. Bitte. Ich werde verrückt, wenn ich nicht weiß, was los ist. Ich wurde auch entführt, falls du dich erinnerst.«

»Ja, das wurdest du.« Jo streckte die Hand über den Tisch und drückte meine Hand. »Bist du sicher, dass es dir gut geht? Das muss beängstigend gewesen sein.«

Ich nickte. Ich hasste es, meine beste Freundin anzulügen,

aber Jo war Wissenschaftlerin. Für sie war es wichtig, dass alles eine logische Erklärung hatte. »Meine Freunde sind fiktive Helden, die von einem magischen Buchladen zum Leben erweckt wurden, und mein Vater ist der Dichter Homer, der sich für einen Vampirjäger hält«, würde bei ihr nicht ziehen. »Mir geht es besser, wenn ich nicht darüber nachdenke. Deshalb hatte ich gehofft, du würdest mich mit grausigen Autopsie-Details ablenken.«

»Na gut.« Jo beugte sich vor. »Du weißt, dass ich nicht widerstehen kann, über meine Arbeit zu reden. Also, hier ist der aktuelle Stand. Kate ist letztes Jahr verschwunden. Sie wurde gesehen, wie sie ein paar Stunden, bevor sie in den Bus zum Wildniszentrum stieg, in einer Dorfkneipe mit einem Mann sprach, auf den Morries Beschreibung passt. Sie war mit einer großen Gruppe von Männern auf einem Überlebenskurs im Rahmen eines Firmenausflugs und die Belegschaft der Kneipe erinnert sich, dass sie zurückgezogen wirkte und die Männer nicht mit ihr sprachen, es sei denn, um anzügliche Bemerkungen zu machen. Sie war die einzige Frau in der Gruppe. Am letzten Abend des Ausflugs verließ sie ihr Lager und wurde nie wieder gesehen. Ein Zettel, der an ihrem Unterschlupf befestigt war, von ihrer eigenen Hand geschrieben, ließ die Polizei glauben, dass ihr Tod ein Selbstmord war. Aber dann ist sie vor einer Woche wieder aufgetaucht, ermordet.«

Jo schluckte. »An ihrer Leiche wurde eine Visitenkarte gefunden, die die Polizei und das MI5 zu Morries Geschäft mit den vorgetäuschten Todesfällen führte. Der Tatort war etwas kontaminiert, aber in der Nähe der Leiche wurden Schuhabdrücke gefunden, die genau zu Morries charakteristischen Budapestern passten, und ich habe getrockneten Schlamm auf einem Paar seiner Schuhe neben der Eingangstür von Nevermore gefunden. Im Labor konnte ich die Pollen im Schlamm mit der einzigartigen Flora des Waldes in Verbindung bringen. Morrie hat sich am Tatort aufgehalten.«

»Oder jemand hat seine Schuhe dort getragen, um ihm etwas anzuhängen.«

Jo rutschte auf ihrem Stuhl hin und her. »Deshalb wollte ich dir das nicht sagen. Ich wusste, dass es dich aufregen würde. Schau, laut deiner Aussage hat Morrie kein Alibi für den Tag des Mordes. Du und Heathcliff wart im Laden und du meintest, Morrie wäre unten in London gewesen. Wir haben Überwachungsvideos von seiner Ankunft in Charing Cross, aber wir haben keinen Hinweis darauf, wann er zurückgekehrt ist. Es ist möglich, dass er nach London und dann zurück zu den Barsetshire Fells gefahren ist.

»Ich bin sicher, dass Morrie, sobald die Polizei ihn findet, erklären kann, was er in London gemacht hat, und ein Alibi vorweisen kann. Er ist oft geschäftlich dort ...«

»Mmmhmmm, ein Alibi für sein nicht ganz legales Geschäft mit vorgetäuschten Todesfällen. Das wird überhaupt nicht verdächtig sein.« Jo schob ihre Fleischpastete von sich, obwohl sie kaum einen Bissen gegessen hatte. »Es gibt noch etwas, das du wissen solltest. Die Klinge, mit der Kate erstochen wurde, war ein Brieföffner, ein ganz besonderer, in Form eines Schwertes. Wir haben ihn einen Tag nach Kates Leichenfund blutverschmiert in einem Mülleimer in Barset Reach gefunden. Ich habe Morries Fingerabdruck vom Griff abgenommen. Und sieh dir das an.«

Jo holte ihr Handy heraus und scrollte zu einem Bild, das bei einem unserer vielen Freitagsabend-Drinks aufgenommen wurde. Jo, Morrie und ich standen in lächerlichen Kostümen vor dem lodernden Feuer. Jo tat so, als würde sie ohnmächtig werden, während Morrie mir einen juwelenbesetzten Brieföffner an die Kehle hielt. »Das ist *genau* die Waffe, die wir gefunden haben. Sie sah nicht nur aus wie der Brieföffner, den ihr im Laden habt. Es *war* der Brieföffner aus dem Laden.«

Ich schluckte. Einmal. Zweimal. Dreimal.

Morries Fingerabdruck auf der Mordwaffe.

Morrie hat kein Alibi für Kates Mord.

Morries Schuhe sind voller Schlamm.

Das sieht nicht gut aus. Wenn ich es nicht besser wüsste, würde ich sagen, dass Morrie es getan hat.

Jo musterte mein Gesicht, während ich die Informationen verarbeitete. War das der Blick einer besorgten Freundin oder beobachte sie, wie ich reagierte, um abzuschätzen, ob ich in das Verbrechen verwickelt war? Ich schob den Gedanken beiseite. Jo würde mir sagen, wenn ich in Schwierigkeiten stecken würde.

»Ähm ...« Ich rang um Worte. »Gibt es ... gibt es irgendwelche Beweise, die meine Überzeugung stützen, dass Morrie unschuldig ist?«

»Tatsächlich, ja.« Erleichterung spiegelte sich auf Jos Gesicht wider. »Das Gesicht war ziemlich zerkratzt und verwest, was die Identifizierung nicht erleichtert hat, aber die DNA-Analyse war positiv. Die Leiche ist definitiv Kate Danvers, auch wenn sie zugenommen hat, seit sie das letzte Mal lebend gesehen wurde. Das Seltsamste ist, dass sie nicht durch die Stichwunden getötet wurde. Sie ist an der Einnahme von giftigen Pilzen gestorben.«

»Was?«

Jo nickte. »Ich weiß. Seltsam, oder? Man sollte meinen, dass sie in diesem Überlebenskurs in der Wildnis als Erstes gelernt hat, wie man essbare Sporen von tödlichen unterscheidet. Und da war noch etwas Seltsames. Sie hat viel Blut verloren, mehr, als ich von einer postmortalen Stichwunde erwarten würde. Ich habe zwei kleine Einstichstellen an ihrem Körper gefunden, aber ich kann nicht sagen, ob sie mit dem Blutverlust zusammenhängen.«

Stichwunden? Sofort musste ich an Dracula denken, der da draußen war, immer stärker wurde und mir mit jedem Tag näherkam. Aber das war verrückt. Die ganze Welt drehte sich nicht nur um mich und meinen Feind. Etwas anderes anzunehmen, war purer Egoismus. Nein, Kate Danvers ist von einem Menschen ermordet worden, nicht von einem Vampir.

Ich konzentrierte mich wieder auf Jo »... die Stichwunden wurden einige Stunden nach dem Tod zugefügt, wahrscheinlich sogar noch später. Nichts davon entlastet Morrie, aber es zeigt, dass dieser Mord komplexer ist, als es zunächst den Anschein hatte.«

»Gibt es weitere feste Beweise?«

»Ja. Sie hatte ziemlich schwere Verletzungen, aber alle Blutergüsse wurden ihr post mortem zugefügt. Die Arbeitstheorie besagt, dass der Mörder sie an einem abgelegenen Ort nahe der Spitze des Bergrückens erstochen und sie dann durch den Wald bis zu dem umgestürzten Baumstamm geschleppt hat, aber ich kann im Moment keine Übereinstimmung mit dem Muster der Blutergüsse erkennen.«

Nimm das, Sherlock. Ich wette, mit deinen Methoden aus dem 19. Jahrhundert hättest du das alles nicht herausfinden können. Die moderne Wissenschaft wird dir noch das Gegenteil beweisen.

Obwohl ich völlig durcheinander war, drückte ich die Hand meiner Freundin. »Vielen Dank, dass du mir die Wahrheit gesagt hast, auch wenn sie nicht schön war. Ich verstehe, dass es schlecht für Morrie aussieht, aber ich glaube immer noch, dass er unschuldig ist.«

»Ich weiß, ich auch.« Wir sahen einander in die Augen, und ich konnte spüren, wie Jo in meinem Gesicht nach einem Hinweis suchte, nach einem Zeichen, dass ich mehr wusste, als ich offenbarte.

Sie weiß, dass etwas nicht stimmt.

Dieser Verdacht könnte von überall her kommen. Ich hatte

mehrere Geheimnisse vor Jo. Ich wünschte, ich könnte zusammenbrechen und ihr die Wahrheit über die Jungs und die seltsamen Dinge, die im Nevermore Bookshop passierten, und die ultimative Gefahr von Dracula erzählen. Aber ich wusste, dass dies eine Büchse der Pandora war, die sich nicht mehr schließen ließ, sobald man sie einmal geöffnet hatte. Ich hatte noch nie eine Freundin wie Jo gehabt, und ich wollte, dass sie meine Freundin blieb. Ich hatte Angst, dass sie mich für verrückt halten und nie wieder mit mir reden würde, wenn ich ihr von dem magischen Buchladen erzählen würde.

Ich konnte es nicht ertragen, wenn sie mich mitleidig ansah. Also behielt ich meine Geheimnisse für mich, und die Distanz zwischen uns wurde größer.

Jo begleitete mich zurück zum Laden, wo Heathcliff gerade die Schlüssel an Mama übergab. Da wir nach London fuhren, wo überall Menschen waren, beschloss Quoth, uns in seiner Rabenform zu begleiten, was bedeutete, dass Heathcliff einen riesigen schwarzen Vogelkäfig unter einem Arm hielt.

»Sind wir sicher, dass das eine gute Idee ist?« Ich warf Quoth einen Blick zu. »Werden sie ihn überhaupt auf die FanCon lassen?«

»Klar werden sie das.« Heathcliff trat auf die Straße. Er trug ein frisches weißes Dichterhemd. Mir fiel die Kinnlade herunter.

»Was ... bist du?«

»Alle Verrückten tragen Kostüme bei dieser Veranstaltung, also bin ich Edgar Allen Poe. Quoth ist mein ausgestopfter Rabe, Teil meines Kostüms. Er hat das Stillsitzen geübt.« Heathcliff tippte Quoth auf den Fuß, und er erstarrte mit weit aufgerissenen Augen. Es war ziemlich beeindruckend. Man merkte wirklich nicht, dass er lebendig war.

Ein Kichern entrang sich meiner Kehle. »Du hast gesagt, du würdest dich nicht an irgendwelchen verrückten Plänen beteiligen, und jetzt bist du mittendrin im verrücktesten Plan von allen.«

»Du bist nicht die Einzige, die ein paar Tricks von unserem kriminellen Genie gelernt hat. Lass uns gehen.« Heathcliff zog mich um die Ecke, aber anstatt zum Bahnhof zu gehen, presste er seine Lippen auf meine und küsste mich leidenschaftlich.

»Wofür war das denn?«

»Der war für mich«, knurrte er. »Du zwingst mich, in diese Kloake der Menschheit zu reisen, und ich brauche Kraft.«

Ich vergrub meine Finger in seinem Haar und zog seinen Kopf nach unten, um ihn zu verschlingen. »Ich kann dir jederzeit Kraft geben, wenn du willst.«

Wir konnten uns gerade noch rechtzeitig voneinander lösen, um quer durch die Stadt zu rennen. Wir kamen am Bahnhof an, als Edie gerade mit Oscar im Schlepptau aus dem Zug stieg. Er trug noch nicht sein Geschirr, also bückte ich mich, um ihn zu streicheln und hinter den Ohren zu kraulen. Oscar schmiegte sich an mich und wedelte vor Freude mit dem Schwanz. Ich bildete mir ein, dass er sich an mich erinnerte, und das machte mich so glücklich, dass mir ein Kloß im Hals aufstieg.

Oscar starrte mit großen Augen zu dem erstarrten Quoth auf. Aber mein wunderschöner Vogel bewegte keinen Muskel. Nicht eine einzige Feder zuckte. Für alle anderen sah er aus wie ausgestopft, aber ich wusste, dass Oscar ihn riechen konnte und unbedingt aufspringen und nachsehen wollte. Zum Glück reichte mir Edie das Geschirr, und wir machten uns an die Arbeit. Sobald ich ihm das Geschirr angelegt hatte, konzentrierte sich Oscar auf mich, auch wenn seine Augen Quoth folgten, als Heathcliff sich an den Automaten stellte, um unsere Tickets zu kaufen.

Edie reichte mir Oscars Leine. »Er trägt seinen roten Mantel, also ist er offiziell im Einsatz. Das bedeutet, dass du niemandem erlauben darfst, ihn zu streicheln, selbst wenn sie wirklich nett fragen. Und sie werden fragen, weil er so ein hübscher Junge ist.«

»Verstanden.«

»Gut. Erinnerst du dich an das Kommando, um die Rolltreppen zu finden?«

Wir übten, auf die Rolltreppen zu steigen und sie wieder zu verlassen, während sich hinter mir eine Schlange bildete. Normalerweise wäre es mir peinlich, all diese Leute warten zu lassen, aber niemand schien sich zu ärgern. Sie schauten Oscar gerne bei der Arbeit zu. Ein Mädchen hatte sogar ihr Handy herausgeholt, um ihn aufzunehmen.

Ich wartete auf dem Bahnsteig, als der Zug einfuhr. Als er anhielt, gab ich Oscar das Kommando, die Tür zu suchen. Er führte mich direkt zur nächsten Tür und brachte mich zur Kante, wo ich die Stufen mit den Füßen ertasten konnte. In Sekundenschnelle waren wir im Zug.

»Erinnerst du dich an das Kommando und die Geste, um ihn um einen Sitzplatz zu bitten?«, fragte Edie.

Ich erinnerte mich. Oscar brachte mich zum ersten freien Sitzplatz, den er sah, was zufällig eine Dreiergruppe im Bereich für Menschen mit Behinderung in der Nähe der Türen war. Ich sagte Oscar, er solle sich hinlegen, und er legte sich die Ohren gespitzt über meine Füße, als hätte er das schon sein ganzes Leben lang gemacht. Er war immer noch bei der Arbeit, nahm seine Umgebung wahr und wartete auf mein nächstes Kommando.

Ich warf einen Blick auf Heathcliff und erschrak über den Ausdruck in seinem Gesicht, während er mich beobachtete. Anstelle seiner üblichen düsteren Miene hatten sich seine Gesichtszüge zu einem Ausdruck gemildert, der bei einer anderen Person vielleicht engelsgleich gewirkt hätte, ihn aber nur etwas weniger geistesgestört erscheinen ließ.

Mein Herz raste wie verrückt, als der Zug in London einfuhr. Das passiert wirklich. *Ich fahre wirklich mit meinem Blindenhund in die Stadt.* Ich bombardierte Edie mit Fragen über Oscar, seine Ausbildung, sein Leben, die Familie, die ihn aufgezogen hatte, bevor er mir zugeteilt worden war. Währenddessen schienen Oscars Augen auf Quoths Körper fixiert zu sein, aber er bewegte sich nicht von seinem Platz zu meinen Füßen.

Der Zug fuhr ein und die Leute traten zurück, um Oscar Platz zu machen, damit er mich aus dem Zug führen konnte. Wie ein Profi bahnte er sich einen Weg durch die Menschenmenge, und nach ein paar Versuchen, das Überqueren der Straße zu üben, gingen wir zum Kongresszentrum. Edie und ich schlenderten herum, während Heathcliff sich für die Tickets anstellte, und beobachteten die seltsamen und wunderbaren Kostüme, während die Fans vorbeiströmten. Am Eingang fiel mir ein Ticketrrr-Schild auf, und ich beobachtete, wie Fans an einem Stand elektronische Tickets scannten und eine Kongress-App herunterluden. *Das ist das Unternehmen, für das Kate gearbeitet hat. Sie müssen das Ticketing für diese Veranstaltung übernommen haben. Ich frage mich, ob Grant Hosking hier ist.*

Während Edie mir von den Streichen erzählte, die Oscar während des Trainings angestellt hatte, kam ein junges Mädchen in einem Sailor-Moon-Kostüm auf uns zu. »Was für ein schöner Hund. Darf ich ihn streicheln?«

»Tut mir leid, er muss arbeiten«, sagte ich bestimmt. Edie strahlte.

Heathcliff kam zurück und gab mir und Edie jeweils eine Eintrittskarte. »Sie lassen Quoth nicht rein, obwohl ich gesagt habe, dass er Teil meines Kostüms ist. Die Frau hinter dem Tresen hat meine ausgestopfte-Raben-Nummer sofort durchschaut, aber sie wird auf ihn aufpassen und ihm seine Beeren geben.«

Wir schlossen uns der Menge an, die sich durch die Haupttüren drängte. Yennefer von Vengerberg stieß mich in die Seite. Zwei imperiale Sturmtruppler verglichen auf herrlich ernsthafte Weise die Länge ihrer Lichtschwerter. Heathcliff blieb dicht bei mir, sein Bart kitzelte mein Ohr, als er flüsterte: »Diese Leute machen mir Angst.«

Sobald wir drinnen waren, suchte ich die Menge nach Taras Signierstunde ab, aber der Ort war so riesig, dass es unmöglich war, mich zu orientieren. Ich taumelte unter einem animatronischen Ent hindurch, während vor meinen Augen limettengrüne Lichter tanzten. Ich hätte es fast nicht bemerkt inmitten der wirbelnden, bunten Menschenmassen, die durch die Gänge strömten, um Figuren, Anime-DVDs und Harry-Potter-Zauberstäbe zu kaufen.

»Schau, es gibt eine App, die dir bei der Navigation hilft.« Edie zeigte auf den Konnekt-Stand. »Diese Firma hat einen guten Ruf für Barrierefreiheit …«

»Keine Apps. Sie haben uns eine Karte gegeben.« Heathcliff runzelte die Stirn und drehte das Flugblatt in seinen Händen hin und her. »Aber ich kann es nicht verstehen. Muggel? Bruchtal? Hexer? Sie müssen sie uns eine in einer Fremdsprache gegeben haben.«

»Die Sprache der Geeks.« Mir fielen ein paar Mädchen in hautengen Catwoman-Kostümen auf, deren Haare den gleichen Rosaton hatten wie Tara Delphines berühmte pinkfarbene Locken. Eine von ihnen hatte eine Tara-Tragetasche über der Schulter. Sie blieben mitten im Gang stehen, um ihre Köpfe für ein Selfie zusammenzustecken, und machten sich auf den Weg in den hinteren Teil des Raumes.

»Oscar, folge diesen Mädchen!« Meine vierbeinigen Augen trotteten ihnen hinterher und schlängelten sich wie ein Experte durch die Menge. Viele Menschen traten zur Seite, als sie mich sahen, und nicht wenige riefen aus, wie süß er sei. Ich sah einen

Stand, an dem Superhelden-Halstücher verkauft wurden, und nahm mir vor, auf dem Weg nach draußen dort anzuhalten, um eines für Oscar zu kaufen, denn er war definitiv mein Held.

Oscar erreichte das Ende der Reihe und blieb stehen, seinen Kopf hin und her wiegend. »Manchmal kann selbst ein kluger Hund wie Oscar verwirrt, desorientiert, abgelenkt oder müde sein«, sagte Edie. »Er ersetzt dir das Augenlicht, aber er ist auch ein lebendiges Tier, und er hat gute und schlechte Tage. Er kann wahrscheinlich nicht sagen, ob ...«

»Da sind sie!« Heathcliff zeigte auf die Mädchen, die sich am Ende einer langen Schlange angestellt hatten, die sich durch den nächsten Gang schlängelte, bevor sie an einem Stand endete, der wie ein französischer Salon eingerichtet war. Aus dieser Entfernung konnte ich die Gestalt nicht erkennen, aber nach der geringen Menge an Stoff, die ihre Fans trugen, zu urteilen, vermutete ich, dass es Tara war.

Wir schlurften hinter den Mädchen her. »Schön zu sehen, dass selbst Nerds sich dem großartigen britischen Zeitvertreib des Warteschlangestehens hingeben.« Edie scharrte mit den Füßen. »Meinst du, du kommst hier eine Weile klar? Ich würde gerne eine Toilette finden.«

»Klar. Oscar und ich haben das im Griff.«

Sobald Edie außer Hörweite war, beugte sich Heathcliff zu mir herunter und flüsterte mir zu: »Ich komme mir vor wie ein Perverser.«

Ich blickte die Schlange entlang. Er hatte recht. Jede einzelne Person in der Schlange war ein junges Mädchen in einem knappen Outfit. Er überragte sie alle. Mehrere neugierige Gesichter drehten sich um, und die Mädchen stießen sich gegenseitig an, um einen Blick auf die muskulöse und wütende Erscheinung von Heathcliff Earnshaw zu erhaschen.

»Kein Perverser. Stattdessen läufst du ernsthaft Gefahr, Tara die Show zu stehlen. Morrie würde jetzt dort drüben stehen und mit den Angestellten flirten, um uns an die Spitze der Warteschlange zu bringen.«

»Ich spare mir meine Flirtkünste für Tara auf.« Heathcliff wackelte mit seinen buschigen Augenbrauen und versuchte sein Bestes, einen liebeskranken Gesichtsausdruck zu machen. Es sah genauso aus wie der finstere Blick, den er aufsetzte, wenn Morrie ihn verärgerte. Ich brach in Gelächter aus.

Die Schlange bewegte sich schnell, und ehe ich mich versah, standen wir vor Tara. Bevor ich etwas sagen konnte, packte sie mich und hielt meine Arme hoch, um einen Blick auf mein Outfit zu werfen. »Hey, ich liebe dein Kostüm. Oh, was für ein süßes Hündchen!«

Sie bückte sich, um ihn zu streicheln. Oscar drehte seinen Kopf zu mir, die Augen weit aufgerissen, als wollte er fragen, ob das in Ordnung sei.

War es nicht. Ich riss die Leine weg, genervt. »Sie dürfen ihn nicht streicheln, tut mir leid. Er ist ein Blindenhund und arbeitet.«

»Das ist albern. Er will, dass ich ihn streichle, schau nur.« Tara hatte ihre Arme um Oscars Hals gelegt. »Schaut euch diese großen, braunen Augen an ...«

»Hallo, Entschuldigung, Tara.« Eine Frau mit schwarzen Haaren und einem FanCon-Mitarbeiter-T-Shirt eilte herbei. Sie warf mir einen mitfühlenden Blick zu. »Ihr Fan hier ist blind und das ist ihr Blindenhund. Sie dürfen einen Hund wie diesen nicht anfassen, wenn er arbeitet. Aber warum signieren Sie nicht ihre Fanartikel und posieren für ein Selfie?«

»Mit dem Welpen?«, kreischte Tara. »Oh ja, das wäre super für meine Instastories. Komm her, Hündchen!«

Ich wollte nicht, dass Oscar auch nur in ihre Nähe kam. Ich trat zur Seite und schob Heathcliff nach vorne. »Wir sind eigentlich nicht wegen mir hier. Heathcliff hier ist Ihr größter

Fan. Er hat gefragt, ob Sie seinen Bizeps signieren würden. Er will ihn sich tätowieren lassen.«

»Ooooooh.« Tara fuhr mit den Fingern über Heathcliffs Arm, und ihr Gesicht erhellte sich vor Freude, als sie seine ganze raue, wilde Heathcliff-Art in sich aufnahm. »Hier entlang. Ich treffe so gerne meine männlichen Fans. Sind Sie Mitglied in meinem exklusiven Fanclub? Ich biete nämlich private Meet-and-Greets in meinem Hotelzimmer nach der Convention an ...«

Heathcliff warf mir einen »Schaff mich verdammt noch mal hier raus«-Blick zu.

»Lass sie so lange wie möglich auf dir herumkritzeln«, flüsterte ich. »Bring sie dazu, über Kate zu reden.«

»Wie zum Teufel soll ich das machen?«

»Setze deine Heathcliff-Reize ein.«

»Ich habe keine davon.«

»Aber sicher. Du bist nicht ohne Grund der größte romantische Held aller Zeiten. Jetzt geh da rüber und erschmeichle dir in ein Geständnis.«

Heathcliff verzog das Gesicht, als würde er lieber einen Arsenlutscher lutschen, aber er ließ sich von Tara zu einem Schminktisch im Barockstil ziehen, den sie mit glitzernden Stiften und Aufklebern sowie Stapeln von Fotos von sich selbst zum Unterschreiben aufgestellt hatte.

»Also, Heathcliff ...« Sein Name rollte Tara nur so von der Zunge. Sie leckte sich die Lippen, während sie ihre Finger in seinen Kragen schob. »Damit ich an deinen prallen Bizeps rankomme, musst du dein Hemd ausziehen.«

»Ich mach das schon.« Heathcliff riss sich das Hemd vom Leib. Die Knöpfe flogen in alle Richtungen. Die Mädchen hinter mir stießen einen kollektiven Schreckensschrei aus.

Ich muss zugeben, dass auch mir das Herz bis zum Hals schlug. Heathcliff in seiner ganzen wilden Pracht zu sehen, ließ ein tiefes Brennen in meinem Inneren auflodern. Seine Brust war eine Schönheit. Dichter sollten Sonette über ihn schreiben. Eine lange zurückliegende Schlägerei hatte eine weiße Narbe auf seinen Brustmuskeln hinterlassen, die ihm diesen unheimlichen Touch verlieh, der ihn so unwiderstehlich machte.

Tara machte kein Geheimnis aus ihrer Lust und ließ ihre Zunge über ihre Lippen gleiten, während sie ihn mit ihren Augen fickte. Sie hielt zwei Glitzerstifte hoch. »Willst du rosa oder blauen Glitzer?«

Heathcliff ließ sich in einen weißen Stuhl fallen, der viel zu klein für ihn war. Tara beugte sich über ihn, wobei sie kichernd mit ihren Händen über seinen ganzen Körper strich. Als sie sich vorbeugte, um mit dem Schreiben zu beginnen, leckte sie seine Haut. Sie *leckte* sie tatsächlich.

Meine Hände ballten sich zu Fäusten. Oscar schaute zu mir auf, als wollte er fragen: »War das Teil des Plans?«

Ich muss sie das machen lassen. Nur so bekommen wir die Informationen, die wir brauchen, um Morrie zu retten.

Ich schlich mich zurück in die Schlange und versuchte, so zu tun, als wäre es mir scheißegal, dass Tara jetzt auf meinem Freund saß und sich an seinem Schritt rieb, während sie seinen Arm mit Schnörkeln und Liebesherzen verzierte. Ich konnte nicht hinter die Samtkordel zurück, also stellte ich mich neben die beiden Mitarbeiter.

»Typisch Tara«, flüsterte die Assistentin ihrer Freundin zu. »Sie schmiegt sich an den Typen, nur weil sie weiß, dass sie damit durchkommt, da seine Freundin blind ist.«

»Sie ist widerlich. Und so verzweifelt. Hast du gesehen, wie sie sich hinter der Bühne mit dem CEO von Ticketrrr gestritten hat? Wie heißt er noch mal, Grant?«

Ich spitzte die Ohren. *Grant und Tara sind zusammen?*

»Nein. Spuck's aus!«

»Grant und Tara waren mal ein Paar und ihr letztes Fotoshooting wurde von seiner Firma gesponsert. Sie hat allen erzählt, dass sie Ticketrrr den Auftritt hier auf der FanCon zu verdanken hat, aber in Wirklichkeit war das Kates Lieblingsprojekt. Tara schien zu glauben, dass Grant ihr einen festen Job als Markenbotschafterin von Ticketrrr geben würde, aber ich habe gehört, wie er sagte, dass er jemanden sucht, der ‚jünger und frischer‘ ist. Er war den ganzen Tag drüben am Ticketrrr-Stand, hat jedem hübschen Mädchen, das vorbeikam, seine Visitenkarte gegeben und sie aufgefordert, sich für Jobs in seiner Firma zu bewerben. Wenn das sein Versuch ist, die Geschlechterbarriere in der Technologiebranche zu durchbrechen, geht es ziemlich daneben.«

»Ich wünschte, Kate wäre heute hier und nicht Tara«, sagte die zweite Assistentin mit gedämpfter Stimme. »Hast du gehört, dass sie Kates Leiche in dem Wald gefunden haben, in dem sie verschwunden ist, und dass es kein Selbstmord war?«

Ich spitzte die Ohren. *Sie wissen von Kate.* Ich schlurfte näher, bis ich direkt neben ihnen stand. Ich erwartete, dass sie sich zurückziehen oder ihr Gespräch beenden würden, aber sie redeten weiter, als wäre ich nicht da. Ich erinnerte mich an etwas, das Marjorie mir über das Leben als blinde Person erzählt hatte. »Manchmal behandeln dich die Leute, als wärst du unsichtbar.« Ich wusste, dass es Zeiten geben würde, in denen das verdammt wehtun würde, aber im Moment war es ein Segen. Ich konnte in aller Öffentlichkeit lauschen.

»… mein Freund hat einen Draht zur Polizei, und anscheinend hat Kate letztes Jahr ihren Selbstmord vorgetäuscht. Ist das nicht verrückt? Ich wette, sie hat es für das Versicherungsgeld getan, nachdem ihre seltsame Veranstaltungsfirma pleitegegangen war. Nur dass sie jetzt wirklich von jemanden umgebracht wurde. Ich tippe auf Tara. Sie würde es nicht ertragen können, dass Kate zurückkommt und ihr die Show stiehlt, zumal es so aussieht, als würde sie auch versuchen, Kates alten Job zu übernehmen ...«

»Darf ich ihn streicheln?« Jemand zupfte an meinem Kleid.

»Oh, klar«, murmelte ich, während ich mich bemühte, das Gespräch zu verfolgen.

»... obwohl es auch dieser Grant gewesen sein könnte. Ich habe gestern Abend beim FanCon-VIP-Event an der Bar gearbeitet, und er hat jedem, der ihm zugehört hat, erzählt, dass er und Kate eine schmutzige Büroaffäre gehabt hätten. Er sagte, sie hätte ihren Tod vorgetäuscht, damit sie zusammen weglaufen könnten, aber dann ist sie einfach verschwunden ...«

Niemals. Das glaube ich nicht. Jemand lügt, und ich wette, es ist dieser Widerling Grant. Ich muss irgendwie ein Treffen mit ihm arrangieren ...

»Mina!« Edie tauchte vor mir auf, die Hände in die Hüften gestemmt. »Was machst du da?«

Ich blickte entsetzt nach unten. Während ich mich darauf konzentriert hatte, zu lauschen, hatten sich zehn Mädchen aus der Schlange gelöst und sich um Oscar versammelt, um ihn zu streicheln und zu tätscheln. Eine hatte ihm sogar eine riesige rosa Schleife um den Kragen gebunden.

»Ups. Mist.« Ich versuchte, sie wegzuscheuchen.

Heathcliff tauchte neben mir auf, sein Oberkörper war mit Glitzer bedeckt und sein Gesicht und sein Hals mit Kussmunden aus Lippenstift verschmiert. »Ich fühle mich missbraucht. Hol mich hier raus.«

II

»Nun, das war ... interessant.« Ich warf Heathcliff einen vielsagenden Blick zu, als wir uns nach draußen drängten. Ich hatte vorgehabt, mich zum Ticketrrr-Stand durchzuschlagen, aber dort drängten sich die Leute und Edie war bereits sauer auf mich, weil ich zugelassen hatte, dass diese Mädchen sich so um Oscar gescharrt hatten. Wir mussten uns überlegen, wie wir auf anderem Wege zu Grant gelangen konnten.

»Meine Brustwarzen tun weh«, murmelte Heathcliff, während er sich das Hemd über den Kopf zog. »Sie hat mit dem Stift viel zu fest aufgedrückt. Ich brauche einen Drink.«

»Du hast deinen Flachmann in der Tasche.« Ich bückte mich, um ein Superman-Halstuch an Oscars Leine zu binden.

»Schon, aber du willst doch immer, dass ich mich bemühe, in der Gesellschaft normal zu wirken.« Er zeigte auf ein kleines Café an der Ecke des Kongresszentrums. »Ich hole unseren Vogelfreund ab, während du uns etwas zu trinken holst. Du weißt, was ich mag.«

»Kaffee, so schwarz wie deine Seele. Bin schon unterwegs.« Heathcliff drängte sich an der Kasse vorbei, während Edie,

Oscar und ich zum Café gingen. Mir schwirrte der Kopf von all dem, was ich erfahren hatte. Waren Tara und Grant ein Paar? Das konnte kein Zufall sein. Aber ich konnte nicht erkennen, was das mit Kates Mord zu tun hatte …

Oscar zog an seiner Leine, und ich schöpfte neues Selbstvertrauen, als ich ihm seinen Befehl gab und wir auf die Tür zum Café zugingen. *Alles wird gut. Wir haben eine neue Spur in Morries Fall, und mit diesem kleinen Kerl an meiner Seite …*

»Entschuldigen Sie, junge Frau, Sie können hier nicht rein.«

Ich ging weiter, da mir nicht klar war, dass die Person mit mir sprach. Ein verärgerter Kellner stellte sich vor mich und versperrte uns den Weg. Oscar taumelte und blieb stehen, damit ich nicht mit ihm zusammenstieß.

»Was haben Sie gesagt?« Meine Finger griffen nach Oscars Geschirr.

»Aus hygienischen Gründen dürfen Hunde nicht mit ins Café.«

Edie warf mir einen Blick zu. Mir wurde klar, dass sie sich nicht einmischen würde. »Du wirst immer wieder auf Leute treffen, die die Regeln für Assistenztiere nicht kannten«, hatte sie mir während der Ausbildung gesagt. »Du musst lernen, für dich selbst einzustehen.«

Ich schluckte den Kloß hinunter, der sich in meinem Hals bildete. »Das ist ein Assistenzhund. Sie sind gesetzlich verpflichtet, uns hereinzulassen.«

»Das glaube ich eher nicht. Sie können draußen sitzen, wenn Sie unbedingt darauf bestehen, aber meine Kunden werden nicht begeistert sein. Tut mir leid.« Er klang überhaupt nicht so, als würde es ihm leidtun.

»Das wird Ihnen noch leidtun. Ich werde mich bei Ihrem Manager beschweren. Ich habe den Hund nicht nur zum Spaß dabei. Er ersetzt mir das *Augenlicht*.« Ich wollte, dass meine Worte bedrohlich klangen, als hätte ich die Macht, ihn unter den Sohlen meiner Docs zu zerquetschen. Aber meine Stimme zitterte.

Der Kellner stemmte seine Arme gegen den Türrahmen und versperrte uns mit seinem Körper den Weg. Er kniff die Augen zusammen und sah Oscar an. »Sie kommen hier nicht rein.«

Ich trat zurück und spürte, wie seine Worte auf meinen Wangen brannten, als hätte er mich geohrfeigt. Überall um uns herum schauten die Leute von ihren Tischen auf und beobachteten uns, sagten aber nichts. Ich gab Oscar den Befehl, sich umzudrehen, und wirbelte herum, um von dort zu verschwinden ...

... und rannte direkt in eine Wand von Heathcliff.

Ich sackte gegen ihn und die Tränen liefen mir über die Wangen. In meinem Kopf schimpfte ich auf mich selbst ein. *Das ist doch dumm. Er ist nur ein dummer Mann, und es spielt keine Rolle. Du hattest recht.* Aber die Tränen wollten nicht aufhören. Mein ganzer Körper zitterte, als mich der Schock, dass mir der Zutritt verweigert worden war, mit voller Wucht traf.

»Mina, hey.« Heathcliff tupfte meine Träne mit der Fingerspitze weg. »Soll ich ihn zerquetschen wie den Mistkäfer, der er ist?«

Ich schüttelte den Kopf und schniefte. Quoth saß auf seiner Schulter und blickte mit feuerumringten Augen auf mich herab.

Ein Wort von dir genügt, und ich fliege hinüber und kacke auf ihn.

Heathcliff drückte mich an seine Brust. »Ich weiß, dass dich das mitnimmt, aber du hast das gut gemeistert. Die Mina, die ich vor fünf Monaten kannte, hätte sich nie so für sich selbst eingesetzt.«

»Ich habe mich nicht ... hicks ... für mich eingesetzt ... Hicks ...« Großartig, ich war in ein herzzerreißendes Schluchzen ausgebrochen, das jemand, dessen Würde noch intakt war, nie von sich geben würde.

»Das hast du. Du hast deinen Fall ruhig und bestimmt vorgetragen. Du hast versucht, mit jemandem zu sprechen, der das Sagen hat. Du hast ihm nicht auf seine dumme Nase geschlagen, was ich schon mal nicht geschafft hätte.«

Ich nickte und lehnte mich an Heathcliff, während wir vier zum Bahnhof schlurften. Und obwohl ich wusste, dass Heathcliff die Wahrheit sagte, konnte ich die dunklen Gedanken nicht abschütteln, die sich in meinem Kopf breitmachten.

Wenn ich mit Oscar nicht einmal ein Café betreten kann, während die Leute uns anstarren, wie soll ich dann jemals ein normales Leben führen können?

12

Als wir nach Hause kamen, war der Laden schon wieder in perfektem Zustand, ein Stapel Bücher war verkauft, verpackt und versandfertig, es roch nach Fisch und eine sehr selbstgefällige Grimalkin räkelte sich auf der Couch unter dem Fenster. Sobald Mama weg war, ging ich zu meiner Großmutter und schüttelte sie wach.

»Menschliche Gestalt, sofort.«

Grimalkin warf mir einen finsteren Blick zu, aber sie gehorchte. Ihre Schnurrhaare zogen sich in ihr Gesicht zurück, ihre Ohren rutschten an ihrem Kopf hinunter und wurden rund und zierlich, und ihre Gliedmaßen knackten und nahmen neue Formen an. Ein paar Augenblicke später stand meine sehr nackte und sehr attraktive Nymphen-Großmutter vor mir.

Ich starrte sie finster an. »Was ist mit meiner Mutter los?«

»Was meinst du damit?« Grimalkin spielte die Unschuldige, was mich nur noch misstrauischer machte.

»Ich meine, der Laden ist makellos, und wie hat sie all diese Bücher verkauft?«

»Deine Mutter ist eine außergewöhnliche Verkäuferin, und

es waren viele Besucher im Laden. Deine Freundin Frau Ellis ist nicht weniger als dreimal vorbeigekommen.«

»Ja, weil sie den neuesten Klatsch über Morries Verschwinden hören will! Und warum bist du plötzlich so freundlich zu Mama?«

»Sie hat mir ein zusätzliches Stück Fisch zum Mittagessen gegeben.« Grimalkin rieb sich den Bauch.

»Na gut. Nun ...« Ich wusste nicht, was ich darauf sagen sollte. »Behalte sie einfach im Auge. Sag mir Bescheid, wenn sie etwas Seltsames tut oder Kunden vergrault.«

Grimalkins Lippen verzogen sich zu einem Lächeln. »Ich versichere dir, wenn deine Mutter etwas tut, das ich missbillige, wirst du die Erste sein, die es erfährt.«

Wild Oats hatte eine Packliste für das Wochenende gemailt. Laut Sam sollten wir uns für »typisches britisches Wetter« kleiden, also kalt, nass und ungemütlich, und das einzige, was wir neben Kleidungsstücken mitnehmen sollten, waren ein kleines, persönliches Erste-Hilfe-Set, Wasserreinigungstabletten, eine Trinkflasche, ein Feuerzeug oder wasserfeste Streichhölzer, eine kleine Drahtrolle, ein Taschenmesser, eine Auswahl an Angelhaken und eine Solardecke.

»Solardecke? Wasserreinigungstabletten? Was soll der Mist? Ich dachte, wir sollten nur das Nötigste einpacken.« Heathcliff öffnete seinen Rucksack auf seinem Schreibtisch, schob eine Flasche Whisky hinein und legte dann ein abgegriffenes Exemplar von Jack Londons *Ruf der Wildnis* darauf.

»Ist dieser Whisky notwendig?« Ich zog eine Augenbraue hoch.

»Wenn wir es schaffen, Morrie zu finden, dann schon.« Heathcliff fügte eine zweite Flasche hinzu. »Ist dir nicht aufgefallen, wie viel friedlicher es hier ohne ihn ist?«

»Da kann man nicht widersprechen«, fügte Quoth hinzu.

Ich funkelte die beiden an. »Morrie ist unser Freund, und wir werden alles tun, um ihn zu retten.«

»Wenn du meinst.« Heathcliff steckte eine dritte Flasche in seinen Rucksack. »Was ist ein Taschenmesser?«

»Das ist ein kleines tragbares Messer, das aus einem Griff ausklappt, aber es enthält normalerweise auch andere Werkzeuge, wie einen Dosenöffner, einen Zahnstocher oder einen Schraubenzieher. Etwas Kleines, das in eine Hosentasche passt ...«

»So etwas?« Heathcliff zog eine gebogene Jagdklinge heraus.

»Das passt nicht in deine Hosentasche.«

»Doch, wenn ich die untere Naht aufschneide.« Heathcliff ließ das Messer in seine Tasche fallen und beugte sich dann vor, um unter den Schreibtisch zu spähen. »Na gut, und wo ist jetzt mein Schwert?«

»Victoria Bainbridge hat es behalten, erinnerst du dich?« Victoria war eine Buchhändlerin für okkulte Literatur gewesen, die den Nevermore Bookshop im späten 19. Jahrhundert geführt hatte. Wir hatten sie kennengelernt, als wir beschlossen hatten, die Nacht im Zeitreiseraum zu verbringen. Es war dazu gekommen, dass wir in ihrem Bett intim geworden waren, und sie hatte als Entschädigung Heathcliffs Schwert behalten. Er hatte sich für sein Jane-Austen-Kostüm ein Rapier ausgeliehen, hatte es aber der Polizei übergeben müssen, nachdem es bei dem Kampf verwendet worden war, der Christina Hathaway als Mörderin entlarvt hatte. Ich persönlich war mir nicht sicher, ob ich wollte, dass mein massiger, oft betrunkener, mürrischer Freund ein Schwert herumwirbelt, aber er hatte meinen Arsch zu oft gerettet, um ihn davon abzubringen. Ich konnte nur hoffen, dass er nicht irgendwann einen mittelalterlichen Kampfladen entdecken würde, der seine Last-Minute-Stechbedürfnisse befriedigen könnte.

»Es ist Zeit, dass sie es zurückgibt. Willst du mitkommen?«

»Auf keinen Fall.« Mir lief es kalt den Rücken herunter. Als wir ihr Haus verlassen hatten, hatte Victoria gesagt, dass ich das nächste Mal, wenn ich sie sehen würde, voller Blut sein würde. Ich wollte nicht riskieren, durch diese Tür zu treten und Heathcliff zu verletzen.

Heathcliff nickte und stürmte dann davon.

Quoth reichte mir eine dampfende Tasse Tee. »Glaubst du, er wird Victorias Zimmer bekommen, wenn er die Tür öffnet?«

»Ich brauche Morries brillanten mathematischen Verstand nicht, um mir zu verraten, dass bei all den möglichen Zeitaltern in der Geschichte die Wahrscheinlichkeit, dass er diese Tür öffnet und Victoria Bainbridge mit seinem Schwert in ihrem Besitz vorfindet, und sie auch noch in der Stimmung ist, es ihm zurückzugeben, verschwindend gering ist.«

Quoth hatte ein Glitzern in den Augen. »Lust auf eine Wette? Sagen wir um den letzten Oreo in der Packung. Ich setze auf die Dinosaurier.«

Ich lachte. »Ich hoffe, er macht einem armen mittelalterlichen Schreiber Angst.«

Quoth streckte mir seine Hand entgegen und wir schlugen ein. Meine Wangen wurden warm, als seine Haut meine berührte. »Die Wette gilt.«

Als ich die Tasse an meine Lippen hob, dröhnte das gesamte Stockwerk mit einem tiefen Grollen, das in meiner Brust widerhallte. Quoths Blick traf meinen und seine Mundwinkel zuckten.

KRACH.

Einen Moment später stolperte Heathcliff in die Küche, seine Augen so groß wie Untertassen.

»Alsooooo ...« Ich bemühte mich, ernst zu bleiben. »Hast du dein Schwert zurückbekommen?«

»Geht es Victoria gut?«, zwitscherte Quoth.

Heathcliff ließ sich in seinen Lieblingssessel fallen und presste eine Hand gegen die Stirn. »Ich brauche Whisky.«

»Du hast den ganzen Whisky eingepackt.«

»Dann muss ich meine Augäpfel bleichen.« Er grunzte erneut.

Quoth und ich wechselten einen Blick, und ohne ein Wort zu sagen, schob ich ihm die Kekspackung zu.

Ich wandte mich an Quoth. »Wir sollten auch ein paar Sachen für Morrie mitbringen. Wir haben nur Sherlocks Wort, dass er die Hütte ordentlich ausgestattet hat.«

»Was für Sachen?« Heathcliff drückte seinen Rucksack an die Brust. »Meinen Whisky bekommt er nicht.«

»Ich weiß nicht ... welche Dinge würdest du wollen, wenn du auf unbestimmte Zeit in einer Berghütte festsitzt ...«

Mit niemanden als Sherlock Holmes zur Gesellschaft.

Quoth warf einen Blick auf Morries Schreibtisch. »Wir können kaum seinen Computer mitnehmen, aber er hätte wahrscheinlich gerne ein paar Bücher. Vielleicht das Reverse Harem Buch, das du neulich gelesen hast, mit dem Geist, der die Elite-Musikakademie heimsucht.«

»*Ghosted* von Steffanie Holmes? Das bekommt er nicht. Ich lese es immer noch. Es bringt mich auf alle möglichen Ideen, was ich mit euch dreien anstellen könnte.« Ich grinste verschmitzt.

»Richtig.« Quoth musste schlucken. »Ähm, Morrie will wahrscheinlich seine Zahnbürste. Außerdem das teure Rasierwasser, das er mag, vielleicht ein paar Unterhosen ...«

Heathcliff warf Quoth einen Blick zu. »Vergiss den Vorrat nicht.«

»Was für ein Vorrat?«

»Morrie hat ein Versteck an Notfallvorräten angelegt, falls er jemals untertauchen müsste.« Heathcliff schwang sich vom Stuhl und ging in mein Schlafzimmer. An der Stelle über Morries altem Bett hob Heathcliff einen Teil der Verkleidung von der Wand. Ich konnte in dem dunklen Raum nichts sehen, aber als Heathcliff Gegenstände ins Licht zog, erkannte ich die wesentlichen Elemente von Morries Beruf. Wegwerfhandys. Ein Laptop und einige andere elektronische Geräte. Ein kleines Paket mit dehydrierter Nahrung. Ein Dietrich-Set. Ein Umschlag, gefüllt mit gefälschten Pässen und Führerscheinen. Heathcliff warf alles in seinen Rucksack.

»Ich habe keine Ahnung, was die Hälfte davon ist«, sagte Heathcliff und hielt ein langes, silbernes Objekt hoch. »Aber er muss es für wichtig gehalten haben.«

»Heathcliff ...« Ich hatte gerade herausgefunden, was das silberne Ding war. »Ich ... ich bin mir nicht sicher, ob ich das anfassen würde, wenn ich du wäre.«

»Warum zum Teufel nicht? Es ist nur ein seltsamer langer Schaft mit einem Knopf am Ende und ... Ah!« Heathcliff warf den Vibrator gegen die Wand. »Macht ihr den Rest. Ich muss mir die Hände abhacken.«

Er rannte ins Badezimmer und ich hörte das Wasser laufen.

Ich warf die letzten Gegenstände in die Tasche. Dabei berührten meine Finger etwas, das in der hinteren Ecke des Fachs steckte. Ich zog es heraus und inspizierte es im Licht. Es war ein Samtbeutel mit Kordelzug, in dem sich kleine, harte Gegenstände befanden.

Quoth streckte seine Hände aus, und ich zog den Kordelzug auf, sodass der Inhalt in seine Finger rieselte. Was herausfiel, überraschte mich.

Juwelen.

Glitzernde Edelsteine in wunderschönen Farben purzelten über Quoths Finger. Das Licht fing ihre exquisiten Facetten ein und ließ einen Regenbogen aus Licht über mein Blickfeld tanzen.

Ich drehte die Juwelen in meinen Fingern, fasziniert von ihrer Schönheit. *Warum hat Morrie einen Vorrat an wertvollen Juwelen in seinem Zimmer versteckt?*

Ein hässlicher Gedanke regte sich in meinem Kopf, ein Gedanke, den ich nicht in Betracht ziehen wollte, aber musste. *Sind diese ... schmutzig? Stehen sie in irgendeiner Weise mit einem Verbrechen in Verbindung?*

Ich ließ die Juwelen in Quoths Hand fallen und trat zurück. Sein Blick traf meinen, und ich sah meine eigenen Bedenken darin widergespiegelt. Wortlos legte Quoth die Juwelen in den Beutel und steckte ihn wieder in sein Versteck.

»Bist du sicher, dass du an diesem Kurs teilnehmen willst?«, fragte er. »Wir könnten dieses Rätsel genauso gut im Geschäft lösen.«

»Ich bin mir sicher.« Ich setzte ein Lächeln auf. »Lass uns lernen, wie man Insekten isst.«

13

Hayes hatte uns die Erlaubnis erteilt, das Dorf wieder zu verlassen, solange wir versprachen, uns bei ihm zu melden, sobald wir an unserem Ziel angekommen waren. Wir konnten ihm nicht wirklich sagen, wohin wir fuhren, also hatte ich eine Tagung für seltene Manuskripte in Leeds erfunden. Wie vorherzusehen war, wurden Hayes' Augen, sobald er das hörte, vor Langeweile glasig und er stellte keine weiteren Fragen. Langsam machte es mir Angst, wie gut ich mich als kriminelles Superhirn machte.

Edie war so beeindruckt von meinen Fortschritten, dass sie mir erlaubte, Oscar für das Wochenende mitzunehmen. Wir fuhren mit dem Zug nach Crookshollow, um bei den Blindenhundezwingern einzutreffen, als sie gerade aufmachte. Oscar sprang mir in die Arme, sobald er mich sah, und rieb sich an meinem Gesicht und verschmierte mein Make-up.

»Ich würde ja mitkommen, aber ich habe einen Berg Papierkram zu erledigen«, sagte Edie und deutete auf ihren Schreibtisch. »Viel Spaß beim im Regen Schlafen und Baumrinde Essen.«

Ich hatte das Gefühl, dass Edies »Papierkram« in

Wirklichkeit eine bequeme Ausrede war, um keine Nacht in der Wildnis verbringen zu müssen. Ich persönlich würde, wenn ich die Wahl hätte, ein Bett auch einem Blätterhaufen vorziehen, aber wenn es uns dabei half, Morries Fall zu lösen und ihn wiederzusehen, war es das Opfer wert.

Wir kehrten zum Bahnhof zurück und kauften Fahrkarten nach Leeds, weil ich wusste, dass Hayes uns überprüfen würde. Wir stiegen an der zweiten Haltestelle aus und stiegen in einen Bus um, der uns nach Barset Reach brachte, dem winzigen Dorf am Fuße der Berge. Mit jedem Kilometer, den wir zurücklegten, zog sich meine Brust enger zusammen. Ich sehnte mich danach, Morrie wiederzusehen und zu hören, dass es ihm gut ging. Ich sehnte mich auch danach, Sherlock in den Hintern zu treten, aber das wollte ich nicht zugeben.

Aber Morrie musste warten. Wir hatten noch etwas zu untersuchen. Wenn Kate durch Giftpilze getötet worden war, waren die offensichtlichsten Verdächtigen alle, die mit Wild Oats in Verbindung standen.

Als wir aus dem Bus stiegen, hielt ein weißer Minivan mit Schlammspuren an den Seiten, der genau wie das Auto aussah, in dem ein unheimlicher Stalker herumfahren würde. Als wir näherkamen, konnte ich die Worte »Wild Oats Wilderness Survival School« auf der Seite erkennen. Ein großer Mann in seinen Dreißigern mit einem struppigen Bart und krausem, rotblondem Haar, das zu einem Pferdeschwanz zusammengebunden war, sprang geradezu aus dem Fahrersitz.

»Hallo«, begrüßte er mich mit einer riesigen Umarmung. Er roch nach Dreck und Moos und möglicherweise nach Dachsurin. Oscar beäugte ihn neugierig, aber er versuchte nicht, ihn zu streicheln, was ich zu schätzen wusste. »Ich bin Sam. Ich werde dieses Wochenende euer Ausbilder sein. Wir werden viel Spaß miteinander haben, während wir uns an den

Freuden der Natur laben. Du musst Mina sein. Steig ein. Brauchst du Hilfe?«

»Nein, danke, schon gut.« Ich konnte nicht anders, als Sam bereits zu mögen. Er hatte eines dieser aufrichtigen, unschuldigen Gesichter, und ich konnte erkennen, dass er eine Leidenschaft für das Überleben in der Wildnis hatte, die an missionarischen Eifer grenzte. Seltsam, ja, aber er schrie nicht gerade nach »verrückter, messerstechender Mörder«.

Ich kletterte auf die Sitzbank und ließ Oscar sich zu meinen Füßen hinlegen. Heathcliff und Quoth quetschten sich neben mich. Der Kleinbus roch nach faulem Käse. Ich tastete nach meinem Sicherheitsgurt, fand aber nur zwei abgenutzte Seilstücke. Heathcliff band sein Seil zusammen.

Sam lachte. »Entschuldigt, hier ist alles etwas eng. Wir haben nicht viel Geld für Reparaturen, aber ich glaube, meine Kunden schätzen den rustikalen Touch. Verbringt ihr drei viel Zeit in der freien Natur?«

»Wir arbeiten alle drei in einer Buchhandlung.« Oscar stupste mein Bein an. »Genau genommen arbeitet Oscar jetzt auch dort. Wir lesen lieber über die Natur, als sie zu erkunden.«

»Ah, Bürohengste, die mal Wildnisluft schnuppern wollen? Ihr habt ein Buch von Bear Grylls gelesen und dachtet, ihr könntet das auch?«, sagte Sam grinsend und trat das Gaspedal durch. Der Kleinbus rumpelte vom Bordstein und holperte über die raue Schotterstraße. »Typen wie euch sehe ich hier viele. Keine Sorge, ich mache aus euch noch waschechte wilde Naturburschen.«

Ich hielt mich an dem Griff fest, als der Kleinbus in ein besonders großes Schlagloch fuhr und mein Kopf gegen das Dach knallte. »Heathcliff ist schon wild genug. Er ist in den Mooren von Yorkshire aufgewachsen. Er hat ein bisschen Erfahrung in der freien Natur.«

»Ah, aber er war noch nie in den härtesten Winternächten,

mit nichts als seinem Verstand und einem Bowiemesser, auf sich allein gestellt sein und musste um sein Leben kämpfen?«

»Doch«, antwortete Heathcliff.

»Oh, wirklich?« Sam klang überrascht.

»Nun, es war ein Breitschwert, das ich aus Hindleys Arbeitszimmer gestohlen hatte, aber es hat seinen Zweck erfüllt«, knurrte Heathcliff. »Damit macht man kurzen Prozess mit Frettchen. Du solltest es auf deine Packliste setzen.«

»Ähm ... ja ...« Sam nickte, unsicher, was er von Heathcliff halten sollte. »Ein Breitschwert zum Frettchen töten, klar. Ich werde mich darum kümmern.«

Wir fuhren an einer großen, einseitig geneigten Hütte aus grobbehauenen Baumstämmen vorbei. Bunte Hängematten standen auf einer überdachten Veranda, und geschnitzte Schilder mit verschnörkelter Handschrift wiesen auf Unterkünfte, Toiletten und einen »Wald-Whirlpool« hin. Polizeiband spannte sich über den Kiesparkplatz und versperrte den Weg zum Gebäude.

»Entschuldigt die Unordnung.« Sams Finger trommelten gegen das Lenkrad. »Das ist unser Besucherzentrum und Airbnb. Das ist im Moment tabu, deshalb haben wir ein paar Kilometer weiter oben an der Straße eine provisorische Basis eingerichtet. Die Polizei hat mein übliches Revier wegen einer laufenden Untersuchung abgesperrt. Die hat natürlich nichts mit Wild Oats zu tun.«

Das muss noch geklärt werden, vor allem, wenn sie dein Besucherzentrum als Teil des Tatorts mit einbeziehen. Plötzlich war ich mir nicht mehr so sicher, ob Sam unschuldig war. Ich beschloss, ihn auf die Probe zu stellen. »Wir haben gehört, dass sich hier ein Mädchen umgebracht hat, aber ich dachte, das wäre schon Monate her.«

Sams Kiefer verkrampfte sich. »Sie hat sich nicht umgebracht.«

»Du meinst du, es war ein Unfall?« Ich hielt mir die Hand vor den Mund. »Das war doch nicht etwa auf diesem Kurs, oder? Was, wenn sie auf etwas, das sie gegessen hat, allergisch reagiert hat?«

»Nein, nein, es hatte nichts mit uns zu tun«, sagte Sam schnell. »Sie hat letztes Jahr an einem unserer Kurse teilgenommen, im Rahmen eines Betriebsausflugs zur Teambildung. Sie hat ihr Lager verlassen und eine Nachricht hinterlegt, die ursprünglich wie ein Abschiedsbrief klang. Wir haben jeden Zentimeter der Berge abgesucht, aber keine Leiche gefunden. Als die Suche abgebrochen wurde, waren meine Bewertungen auf Yelp so schlecht, dass niemand mehr an unseren Kursen teilnehmen wollte. Alle meine Buchungen wurden storniert und ich musste meine gesamte Belegschaft entlassen. Dann hatte ich diese Eingebung. Ich würde die schlechte Publicity ausnutzen und diesen Ort als Wellness-Zentrum neu erfinden, mit Kates Geschichte im Mittelpunkt. Wir wollten Yoga-, Achtsamkeits-, Sammel- und Wildkochkurse anbieten. Die Idee war, einen Ort zu schaffen, an dem Menschen, die sich wie Kate fühlen, kommen und lernen können, wieder mit der Natur in Einklang zu kommen, damit so eine schreckliche Tragödie vielleicht verhindert werden kann. Vor zwei Wochen war ich auf der Suche nach dem idealen Ort für unseren Ritualplatz im Mondlicht, als ich in einem umgestürzten Baumstamm auf eine Leiche stieß. Jetzt habe ich noch mehr schlechte Presse; niemand möchte zu einem Mörder-Retreat fahren, um seinen Problemen zu entkommen, und ich darf nicht einmal mehr ins Besucherzentrum zurück, um Wanderungen zu leiten.« Er zwang sich zu einem Lächeln. »Aber das ist jetzt auch egal. Wir werden ein tolles Wochenende haben und die kulinarischen Wunder kennenlernen, die Mutter Natur in ihrem ursprünglichsten Zustand bietet! Sag mal, Mina, hast du schon mal Tee aus frischen Brennnesseln getrunken oder dein eigenes *Ceviche* aus selbst gefangenem und ausgenommenem Fisch zubereitet? Ich kann dir gar nicht sagen ...«

Sam plauderte den ganzen Weg in den Wald hinein und pries die Vorzüge einer Speisekarte mit immer ekelhafter klingenden Gerichten an. Mein Magen knurrte. Wenn alles, was angeboten wurde, Brennnesseltee und roher Fisch war, bezweifelte ich, dass es an diesem Wochenende viel zu essen geben würde.

Wir fuhren auf eine kleine Lichtung, auf der ein provisorischer Schuppen aufgestellt worden war. Daneben stand ein kleines Zelt und zwischen zwei Bäumen war eine Wäscheleine mit Hanf-T-Shirts und Pluderhosen gespannt. *Sam schläft hier. Wild Oats muss wirklich Probleme haben.*

Und das alles nur wegen Kate Danvers.

Aber würde er sie deswegen umbringen? Es ergab nicht viel Sinn. Sam hätte Grund gehabt, wütend auf Kate zu sein, er hätte sie vielleicht sogar umbringen wollen. Er hatte das Wissen und den Zugang zu den giftigen Pilzen, die für diese Tat notwendig waren. Aber warum sollte er es so nahe an seinem eigenen Geschäft tun und dann die Leiche melden? Alles, was er erreicht hatte, war, dass Wild Oats noch näher am Ruin war.

Nein, Sam ist unschuldig. Da bin ich mir sicher. Das heißt, wir stehen wieder ganz am Anfang. Ich versuchte, mir die Enttäuschung nicht anmerken zu lassen, als wir aus dem Kleinbus stiegen. Ich warf einen Blick auf den leeren Platz. »Sind wir die Einzigen hier?«

So hatte ich mir das nicht vorgestellt. Es würde viel schwieriger werden, sich wegzuschleichen, um Morrie zu sehen, wenn Sam sich allein auf uns konzentrierte.

Sam strahlte. »Ihr seid meine einzigen Schützlinge, was bedeutet, dass mehr Zeit für Privatunterricht bleibt. Seit Kate Danvers ... *ihr wisst schon* ... hatten wir nicht viele Buchungen.

Die Leute denken, dass es hier spukt oder so. Aber genug davon, es ist Zeit, unsere Aufmerksamkeit auf die Früchte des Waldes zu richten. Ich möchte, dass ihr euch alle aufstellt und mir eure Rucksäcke zeigt.«

Wir stellten uns in einer Reihe auf und hielten unsere Rucksäcke vor uns. Oscar schnüffelte an der Tasche, in der ich meinen Notfall-Snickers-Riegel verstaut hatte, und ich hielt ihn zurück. Heathcliffs Rucksack machte ein lautes *KLING*, als seine Whiskyflaschen aneinander klirrten, aber wenigstens verbargen sie all die Vorräte, die wir für Morrie mitgebracht hatten. Sam schloss die Tür zum Schuppen auf und holte einige Plastikbehälter heraus, die mit Kompassen, Pfeifen und anderen zufälligen Dingen gefüllt waren. »Die Leute vergessen immer etwas Wesentliches.«

»Ich nicht.« Heathcliff riss den Kordelzug an seinem Rucksack auf, holte seinen Whisky heraus und nahm einen tiefen Schluck.

»Diese Flaschen kannst du hier nicht mitnehmen.« Sam runzelte die Stirn und starrte in seinen Rucksack. »Oder dieses Messer. Oder diese Taschenbücher. Habt ihr *irgendetwas* von der Liste mitgebracht?«

»Nur das Nötigste.« Heathcliff steckte die Whiskyflasche in seinen Gürtel. Sam öffnete den Mund, um zu widersprechen, aber ein Blick von Heathcliff genügte, und er hielt den Mund.

»Also gut, nun ... ich kann euch die Vorräte geben, die ihr braucht.« Sam schüttete eine Ladung Ausrüstung vor sich aus. »Ich sage euch, wie das Wochenende ablaufen wird. Zuerst müsst ihr bei meiner Sicherheitsdemonstration gut aufpassen, während ich euch zeige, wie ihr alle Gegenstände in eurem Rucksack benutzt und was ihr tun müsst, wenn ihr von der Gruppe getrennt werdet.«

»Freudensprünge machen?«, murmelte Heathcliff so leise, dass nur ich es hören konnte.

»Dann werden wir etwa acht Kilometer in den Wald hineinwandern. Das wird mehrere Stunden dauern, weil wir unterwegs anhalten werden, um verschiedene Pflanzen, Insekten und essbare Wurzeln zu sammeln und hoffentlich auch ein paar Fallen aufzustellen ...«

Fallen? Insekten? Mir drehte sich der Magen um. *Warum hätten wir uns nicht für einen der Yoga- und Wellness-Kurse anmelden können? Ich mag den Klang eines heiligen Kreises unter freiem Himmel ...*

»... am Ende der Wanderung schlagen wir unser Lager auf und dann werdet ihr mit dem, was wir gesammelt und gefangen haben, das Abendessen für die Gruppe zubereiten.« Sam grinste. »Je mehr ihr zuhört und lernt, desto köstlicher wird das Abendessen.«

Sam begann einen langen Vortrag über die richtige Art, eine Angelschnur zu knüpfen, und den besten Ort, um ein Lager aufzuschlagen, wenn man vom Rettungshubschrauber gefunden werden möchte. Er war so ernst dabei und voller Enthusiasmus, dass ich schon fast damit rechnete, dass er in ein Lied darüber ausbrechen würde, dass man den Fuß seines Freundes essen muss, um zu überleben. Sam sah aus wie jemand, der schon mal einen Fuß gegessen hatte.

»... die zweite Regel bei der Nahrungssuche ist, nur aus ergiebigen Quellen zu sammeln und nur das, was du auch zu verzehren gedenkst ...«

Oscar hechelte und sein Schwanz klopfte gegen mein Bein, während er Sams Worten lauschte. Neben mir verschränkten sich Quoths Finger mit meinen und er warf immer wieder nervöse Blicke auf die Bäume, als könnten ihn die Gerüche der Vögel in der Nähe dazu bringen, sich zu verwandeln. Auf der anderen Seite von mir beugte sich Heathcliff vor, gefesselt von Sams Geschichte, wie er sich auf einem Baum verstecken musste, um einem Bären in den kanadischen Rockies zu entkommen.

»Sag mal, gibt es diese Bären auch zu kaufen, und glaubst du, sie würden in einer Buchhandlung arbeiten und Kunden verscheuchen?«

Schließlich erklärte Sam den Sicherheitsvortrag für beendet, gab uns allen Warnwesten, die wir über unseren Jacken tragen sollten, und wies uns an, einem Pfad zu folgen, der sich durch die Bäume schlängelte. Ich setzte mir meinen Rucksack auf, nahm Oscars Geschirr und Leine und reihte mich hinter Heathcliff ein.

Nach etwa 800 Metern hielt Sam vor einigen Büschen an. Er kauerte sich hin und brach eine Handvoll Blätter ab, die er herumreichte.

»Wir haben gerade Januar hinter uns, daher gibt es im Moment nicht viele Blattfrüchte. Meistens jagen wir Winterfrüchte und Nüsse, und die Pilzsaison beginnt gerade erst, aber damit beschäftigen wir uns später. Zunächst einmal ist dieser kleine Kerl ...«

»Pferdeeppich«, antwortete Heathcliff.

»Richtig. Es ist auch als Alisander oder Gespenst-Gelbdolde bekannt und wurde von den Römern in Großbritannien eingeführt. Es ist eine zweijährige Pflanze, daher sieht man sie nur alle zwei Jahre. Man kann die ganze Pflanze essen, aber der Stängel ist das Beste daran. Hier.« Sam pflückte ein paar Zweige der zotteligen Pflanze und reichte mir einen Stängel. Zögernd hielt ich ihn hoch und schnupperte daran. Er roch ein wenig nach Petersilie. Ich probierte ein Stück vom Ende des Stängels.

»Oh. Das ist ja richtig süß!«

»Ja, das ist es. Ich liebe es in Salaten, aber man kann die Blätter und Stängel auch kochen oder in einen Eintopf geben. Oder man isst sie einfach roh ...«

Neben mir schob Heathcliff die ganze Handvoll in den Mund und kaute kräftig darauf herum.

Wir gingen weiter und kauten auf unseren Pferdeeppichstängeln herum, während Sam ununterbrochen redete. Wir hielten an, um Bärlauch zu pflücken, die empfindlichen Spitzen der Brennnesseln zu ernten und auf dem Waldboden nach den dünnen Kastanienhüllen zu graben. Wir fanden sogar ein paar wilde Brombeeren, die noch an einem Busch hingen. Es war eigentlich ganz cool. Meine Taschen waren voller Dinge und alles im Wald roch frisch und hell.

Auch Oscar hatte einen Riesenspaß. Seine Nase zuckte, als alle paar Minuten neue Gerüche seinen Weg kreuzten, aber er ließ sich nie von seiner Aufgabe ablenken. Nach einer Weile nahm ich ihm das Halsband und das Geschirr ab, damit er wusste, dass er »außer Dienst« war. Er jagte Schmetterlingen hinterher und bellte einen Fuchs an, der durch das Unterholz schlich.

»Ah, hier habe ich nun etwas Besonderes.« Sam drehte einen verrottenden Baumstamm um und enthüllte eine Reihe orangebrauner Kappen, die in überlappenden Schichten wuchsen. »Diese kleinen Schönheiten sind *Flammulina velutipes* oder ...«

»... Samtfußrübling«, beendete Heathcliff.

»Sehr gut, Heathcliff. Du scheinst dich mit Pilzen auszukennen. Diese kleinen Kerle findet man von November bis März auf toten und verrottenden Bäumen, insbesondere auf Eschen, Eichen und Buchen. Man muss vorsichtig sein, da sie der tödlichen Totenglocke ähneln. Sie zu verwechseln, könnte ein fataler Fehler sein.«

»Als blinde Teilnehmerin möchte ich nicht für Pilze zuständig sein.« Mir lief es kalt den Rücken herunter. Der Tod schien mich dieser Tage überall zu finden; ich hatte auf keinen

Fall vor, mich mit Pilzen anzulegen, vor allem nicht nach dem, was Kate passiert war.

»Keine Sorge, Mina. Pilze zu identifizieren ist eine fortgeschrittene Fähigkeit bei der Nahrungssuche. Nur *er-sporene* Naturburschen wie Heathcliff und ich sollten Pilze finden und zubereiten.« Sam hielt einen der Samtfußrüblinge hoch. »Glaub mir, diese Babys werden beim Festmahl heute Abend köstlich sein. Während wir ein paar weitere suchen, solltest du zusammen mit Allan nach unserem Protein suchen.«

»Protein?«

Sam hob einen weiteren verrottenden Baumstamm an und enthüllte ein paar Kakerlaken, die zurück in die Dunkelheit huschten. Ich zuckte zusammen.

»Sie sind vollkommen ungefährlich. Im Gegensatz zu den Kakerlaken in deinem Haus, die wahrscheinlich von giftigen Materialien gefressen haben und mit Insektiziden besprüht wurden, die sie nicht getötet haben, haben diese kleinen Biester eine gesunde Freilandernährung genossen und sind voller Proteine. Das macht sie zu einer ausgezeichneten Wahl für das Überleben in der Wildnis, wenn man weiß, wo man nach ihnen suchen muss.«

»Ich weiß nicht, warum ich jemals nach Kakerlaken suchen wollen würde«, sagte ich schaudernd.

»Kakerlaken sind tatsächlich unglaublich faszinierend«, fuhr Sam fort, als hätte ich nichts gesagt. »Sie berühren sich gegenseitig und verwenden ein Pheromon in ihrem Körper, um sich die besten Nahrungsquellen in der Nähe zu empfehlen. Deshalb sieht man sie oft in Gruppen fressen, so wie hier. Heute Abend gibt es ein Festmahl.«

»Nichts, was du gesagt hast, hat mein Interesse geweckt, eine davon zu verspeisen.«

»Ich glaube, du wirst angenehm überrascht sein.« Sam schaufelte die ekelhaften Insekten in einen eimerähnlichen

Kochtopf und schraubte den Deckel drauf. »Wenn man sie in etwas Butter und Knoblauch sautiert, sind sie eigentlich ganz lecker.«

»Du hast recht. Ich werde überrascht sein ... wenn du mich dazu bringst, eine davon zu essen.« Der Kochtopf gab pfeifende Geräusche von sich, während die Kakerlaken um ihre Freiheit kämpften. Sam hängte ihn wieder an seinen Rucksack und ging weiter den Weg hinauf.

Nach ein paar weiteren Stunden schmerzten meine Füße und meine Schultern protestierten, weil ich den Rucksack ständig hin und herschob. Heathcliff verließ den Weg, um nach Pilzen zu suchen, und Sam fügte seinem Vorrat eine weitere Handvoll Kakerlaken hinzu. Quoth fand einen Weißdornbusch mit ein paar Beeren. »Wir könnten daraus eine Soße für unseren Eintopf machen.«

»Unseren Kakerlakeneintopf? Sicher, du kannst alles hinzufügen, was du willst, denn ich werde ihn nicht essen.«

»Ich bin sicher, er wird köstlich sein.«

»Als Vogel bist du an Insekten und eklige Sachen gewöhnt. Ich traue deinem Urteil nicht.« Während Quoth Beeren pflückte und Oscar unter einem Baum an etwas Üblem roch, kreiste in meinem Kopf die Frage, wie ich Sam entkommen und zu Morrie gelangen könnte. Am besten, bevor er versuchte, mich Kakerlaken kochen und essen zu lassen. Ich schlich mich neben Heathcliff, der in der Mitte eines verrottenden Baumstumpfs weitere Pilze pflückte, und hielt ihm meine Hand über das Ohr. »Psst, Streber.«

»Nenn mich nicht so.«

»Es ist aber wahr«, grinste ich. »Sam ist so froh, jemanden zu haben, mit dem er über Pilze reden kann. Ich glaube, er wird dich vielleicht fragen, ob du ihn heiraten willst.«

»Mach nur weiter solche Witze, und ich zwinge dich, die größte Kakerlake zu essen«, knurrte er.

Ich erschauderte. »Wie können wir Sam, dem Pilzmännchen, entkommen? Er wird es bemerken, wenn wir alle vor dem Abendessen verschwinden. Und es *wird* vor dem Abendessen sein müssen, denn wenn ich nur eine Kakerlake essen muss, werde ich sterben, und dann nütze ich niemandem mehr etwas.«

»Mach dir keine Sorgen.« Heathcliff wackelte mit einer Augenbraue. »Ich habe einen Plan.«

»Alles, was du hast, sind Pilze, Herr Streber. Was nützen die schon?«

»Du wirst schon sehen.« In Heathcliffs Augen blitzte etwas Bösartiges auf, das mich zu sehr an Morrie erinnerte.

Wir hielten wieder an, damit Sam uns zeigen konnte, wie man einfache Schlingen und Tierfallen herstellte. Inzwischen fielen mir fast die Füße ab. Ich war mir sicher, dass mein linker Zeh mehr Blasen als menschliches Gewebe aufwies. Sogar Oscar schien auf dem letzten Loch zu pfeifen. Gerade als ich meinen Rucksack aus Protest auf den Boden werfen und erklären wollte, dass ich keinen Schritt mehr weitergehen würde, blieb Sam auf einer Lichtung stehen und erklärte, dass dies der perfekte Ort sei, um das Nachtlager aufzuschlagen.

Ich nahm fälschlicherweise an, dass das bedeutete, dass es Zeit zum Entspannen war, aber nein, wir mussten noch mehr Schlingen aufstellen, Holz für ein Feuer sammeln und einen Unterstand für die Nacht bauen. Oscar machte seine Sache die ganze Zeit über hervorragend, führte mich dorthin, wo ich hin musste, und rannte nicht hinter dem Eichhörnchen her, das über unseren Köpfen davonlief. Obwohl ich bezweifelte, dass wir mit einem Hund in der Nähe etwas in den Fallen fangen würden.

Als Nächstes zwang Sam mich und Quoth, einer Vorlesung über das Feuermachen beizuwohnen, während Heathcliff seine sporenreichen Fundstücke aufreihte und begann, sie auf zwei Töpfe zu verteilen.

»Ich koche«, erklärte er und pflückte mit geschickten Fingern Bärlauchblätter ab.

Ich kniff die Augen zusammen. »Aber du verbrennst Toast. Weißt du noch, als du versucht hast, mir einen Schokoladenkuchen zu backen, und er wie ein Hockey-Puck aussah?«

»Backen ist keine Fähigkeit, die man im Moor braucht.« Heathcliff rührte im Topf. »Mach dich auf etwas gefasst.«

»Ich kümmere mich um das Protein. Schmeiß die in die Pfanne, während ich den Bärlauch hacke.« Sam stellte eine Bratpfanne auf die Flammen und reichte Heathcliff die Kakerlaken.

Als Heathcliff den Deckel abnahm, sprang Oscar ihn an und scharrte an seiner Brust, um herauszufinden, was er tat. »Wau, wau.«

»Ach, verdammt.« Heathcliff ließ den Behälter fallen. Ich sprang zur Seite, als Kakerlaken über den Boden huschten und davonliefen. Nur eine Kakerlake landete in der Pfanne, wo sie sich mit angezogenen Beinen umdrehte und dem Tod erlag.

Ich schlang meine Arme um Oscars Hals. »Du bist der Beste, Junge. Ich wusste, dass ich auf dich zählen kann.«

»Wuff!«

Sam schmollte. »Verdammt. Ich hatte wirklich gehofft, dich mit meinen Knoblauch-Küchenschaben für mich zu gewinnen. Die meisten Leute sagen, dass sie ein bisschen wie Hühnchen schmecken.«

Ich wette mit dir um eine Million Pfund, dass sie das nicht tun. »Ein anderes Mal.«

»Da ist noch eine übrig. Ich werde sie probieren«, meldete sich Quoth zu Wort und starrte gebannt auf die einsame Schabe, die in der Pfanne brutzelte.

»Du bist mein Held.« Sam warf etwas Knoblauch und ein paar Kräuter hinein, die er gesammelt hatte, und rührte fröhlich um. Ein paar Minuten später präsentierte er Quoth eine geschwärzte Plötze inmitten eines Haufens welken Grünzeugs. Der Knoblauchgeruch war köstlich, aber ich konnte nicht mit ansehen, was als Nächstes kam. Ich wandte mich ab, gerade als Quoth das Insekt hinunterschlang.

Igitt. Igittttttttttt. Igitt.

»Mmmm.« Quoth schluckte, und mir wurde ein wenig übel. »Sehr knoblauchig. Schmeckt definitiv ein bisschen wie Hühnchen.«

Heathcliff nahm zwei dampfende Kessel vom Feuer. Obwohl sich mir bei Quoths Vorspeise der Magen umdrehte, musste ich zugeben, dass der Eintopf köstlich roch. Er verteilte den Inhalt des größeren auf drei Schüsseln und stellte den kleineren vor Sam ab. »Der hier ist nur für dich, unseren furchtlosen Anführer.«

»Danke, Heath, alter Kumpel.« Sam nahm einen tiefen Atemzug aus dem Topf. »Das sieht großartig aus.«

Heathcliff beobachtete, wie wir alle unser Essen verschlangen. Ich hatte die Vision, wie er eine Kochmütze trug und sonst nichts, Morrie finster anstarrte, während mein kriminelles Superhirn versuchte, ihm mit einem Pfannenwender auf den Hintern zu schlagen. Es war die Art von Bild, die mein Herz höherschlagen ließ und einen stechenden Schmerz zwischen meinen Beinen verursachte.

Ich wünschte, Morrie wäre hier. Das würde ihm gefallen.

Ich aß den Eintopf auf und kratzte meinen Teller sauber. Die Aromen waren unglaublich. Ich war ziemlich beeindruckt, dass wir alle Zutaten selbst gefunden hatten. Vor allem die Pilze waren göttlich und Heathcliff hatte sie perfekt zubereitet.

Sam schob seinen Teller beiseite und schmatzte mit den

Lippen. Im Feuerschein waren seine Augen groß wie Untertassen. Er sprang auf.

»Wir sollten Unterstände bauen. Schutz vor der Kälte. Ja, ja, wir brauchen Unterstand-Stöcke.« Er huschte über die Lichtung, sammelte Stöcke auf und wedelte mit ihnen in der Luft, wobei er fröhlich über Witze lachte, die der Rest von uns nicht verstand.

Ich warf Quoth einen Blick zu, aber er zuckte mit den Schultern. Heathcliff war mit Oscar zu einem nahegelegenen Bach spazieren gegangen, um die Pfannen zu waschen. Ich stand auf und streckte unserem Ausbilder die Hand entgegen. »Äh, Sam? Ich bin mir nicht sicher, ob du so nah am Feuer tanzen solltest ...«

»Ssssssssssh.« Sam sprang hinter mich und packte mein Handgelenk so fest, dass meine Finger kribbelten. Mit seinen Kulleraugen spähte er in die Bäume, sein Körper starr vor Angst. »Ist das ein Bär?«

»Ich sehe nichts ...«

»Ich habe gesagt, sei still!« Sam schüttelte meinen Arm. »Er ist da. Ich kann ihn sehen. Es ist ein riesiger Braunbär! Schnell, alle Mann zurück. Ich werde ihn vertreiben.«

Sam stieß mich mit dem Ellbogen in den Bauch und schob mich in Richtung der Bäume. Ich stolperte über einen Baumstamm. Warme Hände fingen mich unter den Armen auf. Quoth zog mich an seine Brust und hielt mich fest. Sam griff nach einem Holzscheit aus dem Feuer und schwang ihn wie ein Schwert vor sich her.

Eine dunkle Gestalt tauchte zwischen den Bäumen auf. Mein Magen verkrampfte sich, als die Gestalt hoch über Sam aufragte. *Das kann kein Bär sein. In England gibt es keine Bären. Das ist unmöglich ...*

»Der Bär hat ein Junges! Ihr müsst weglaufen. Bärenmütter verteidigen ihre Jungen mit aller Kraft.« Sam schwang den

Stock durch die Luft. Das Bärenjunge sprang hinter seine Mutter und stieß ein verängstigtes Wimmern aus.

Ein *bekanntes* Wimmern.

»Oscar!«

»Pass auf, was du mit dem Ding anstellst«, knurrte der Bär. Heathcliff trat in den Feuerschein, schloss seine Hand über Sams und verdrehte sein Handgelenk, sodass er den Holzklotz fallen ließ. »Du wirst noch jemandem ein Auge ausstechen.«

»Der Bär spricht!« Sam ging auf die Knie und berührte mit der Stirn ehrfürchtig den Boden. »Es ist ein Waldgeist. Oh, Geistführer, sag mir, was ich tun muss, um deine Gaben zu verdienen.«

»Was machst du denn da?« Ich schüttelte Sams Schulter. *Warum benimmt er sich plötzlich so seltsam?* »Das ist kein Bär. Das sind Heathcliff und Oscar, mein Blindenhund.«

»Ich weiß, dass du blind bist, Mina, daher wirst du mir vertrauen müssen. Ich kenne den Unterschied zwischen einem Hund und einem Bärengeist. Du musst dich in Ehrfurcht verneigen ...«

»Sam ...«, knurrte Heathcliff. »Die Waldgeister haben dich als unseren Vertreter auf der Erde auserwählt. Ich bin gekommen, um deine Würdigkeit zu prüfen. Du wirst für mich den Tanz des Waldes tanzen.«

»Ja, Bärengeist. Ich werde den Tanz des Waldes tanzen!« Sam rannte in den Wald, hüpfte wie ein Schulmädchen und sang dabei über Feen.

Ich riss Heathcliff Oscars Leine aus der Hand und funkelte ihn an. »Unser Lehrer tanzt wie ein Verrückter herum, und du scheinst nicht überrascht zu sein. Was hast du mit ihm angestellt?«

»Nichts.« Heathcliff grinste. »Er hätte besser auf die Pilze achten sollen, die ich in seinen Topf gegeben habe.«

»Ich bin der Wald«, trällerte Sam, während er eine Pirouette durch die Bäume drehte.

Es dauerte einen Moment, bis Heathcliffs Geständnis bei mir ankam. Müdigkeit überkam mich und ich sank zu Boden, unfähig, mich noch länger aufrecht zu halten. »Bitte sag mir, dass du unserem Wildnisüberlebenstrainer keine psychedelischen Pilze gegeben hast.«

Heathcliffs Mundwinkel verzogen sich nach oben. »Okay, ich werde es dir nicht sagen.«

Ich vergrub mein Gesicht in meinen Händen. »Das ist so eine Morrie-Antwort. Ist das dein Plan, um Sam für eine Weile loszuwerden?«

»Es hat doch funktioniert, oder? Bei der Menge an Pilzen, die er konsumiert hat, wird er sich nicht einmal an seinen zweiten Vornamen erinnern, geschweige denn daran, ob du über Nacht hier warst oder nicht.« Heathcliff drückte mir mehrere Gegenstände in die Hand. »Nimm das. Es ist eine Berg- und Wanderkarte mit eingezeichneten Unterständen und Wanderhütten. Ich habe sie aus Sams Schuppen geklaut, als er seinen blöden Sicherheitsvortrag gehalten hat. Und hier ist Morries Plunder.« Er holte seine Whiskyflaschen aus seinem Rucksack und hängte mir den Trageriemen über die Schulter.

»Woher weißt du über psychedelische Pilze Bescheid?«

»Ich habe tagelang in den Mooren verbracht. Was glaubst du, womit ich mir da die Zeit vertrieben habe?« Heathcliff hielt den Topf hin. »Willst du mal probieren? Sam hat die Hälfte des Eintopfs übriggelassen.«

»Verlockend, aber ich glaube, ich passe.«

»Jammer ruhig, aber ich habe den nervigen Öko aus dem Weg geräumt.« Heathcliff warf das brennende Holzscheit zurück ins Feuer. »Ich bleibe hier und sorge dafür, dass er nicht über eine Klippe tanzt. Du und das Vögelchen, ihr geht zu Morrie.«

Ich stöhnte. Obwohl sein Plan theoretisch gut klang, war das Letzte, was ich tun wollte, aufzustehen und noch mehr zu laufen.

Quoth zog an meinem Arm. »Wir müssen los.«

Meine Füße weigerten sich, sich zu rühren. »Ich rühre mich nicht vom Fleck. Ich bleibe hier sitzen, bis die Erosion die Wanderhütte zu mir bringt.«

»Willst du Morrie denn gar nicht sehen?«

»Welchen Morrie?« Ich gähnte. »Das Einzige, was mich im Moment interessiert, ist, nie wieder meine Füße zu benutzen.«

»Okay ...« Quoth sah verwirrt aus.

»War nur ein Scherz. Gib mir eine Sekunde, um aufzustehen, dann können wir los. Ich kann nur sagen, dass Morrie die Opfer, die wir für ihn gebracht haben, besser zu schätzen wissen sollte.« Ich rappelte mich auf. »Ich glaube nicht, dass wir Oscar mitnehmen sollten. Kannst du dich auch um ihn kümmern?«

Heathcliff nahm mir die Leine aus der Hand und kraulte Oscar hinter den Ohren. Er beugte sich vor, um mir einen Kuss auf die Stirn zu geben. »Pass auf dich auf.«

»Ich bin die Bäume«, trällerte Sam. Er sprang auf die Lichtung, rutschte aber mit einem Fuß über einen Baumstamm aus und landete auf dem Bauch. Er zuckte zusammen und murmelte in den Dreck.

»Klar, Sam. Du bist die Bäume.« Quoth und ich stiegen über unseren am Boden liegenden Ausbilder hinweg und gingen in den Wald. Quoth lehnte seinen Kopf an meine Schulter, aber ich wich zurück.

»Komm mir bloß nicht zu nahe mit deinem Kakerlakenatem. Außerdem brauche ich dich, um mich zu führen.«

Ich ergriff die Armbeuge von Quoth. So hatte man mir beigebracht, mich von einer Person führen zu lassen. Seine Haut fühlte sich warm und beruhigend unter meinen Fingern an. Im Dunkeln leuchteten Quoths Augen mit einem orangefarbenen Rand. Er behielt einen Großteil seiner Sehkraft als Vogel in menschlicher Gestalt bei, sodass er die Navigation für uns beide übernehmen konnte. Sogar mit dem Lichtstrahl seiner Taschenlampe, der auf die Bäume fiel, konnte ich nichts sehen. Jeder Schritt führte ins Ungewisse, aber bei Quoths gleichmäßigem Tempo, das mich führte, hatte ich keine Angst.

Wird es sich so anfühlen, wenn ich blind bin? Ich stellte mir vor, dass es so wäre, als würde ich mitten im Zimmer die Augen schließen: eine ständige und beängstigende Orientierungslosigkeit. Aber das hier war anders. Ich vertraute Quoth, und so war es alles andere als beängstigend. Es war einfach ... wie die Welt auf eine neue Art zu erleben. Ich lauschte aufmerksam und nahm nachtaktive Tiere wahr, das Rascheln des Windes in den Bäumen. Unsere Stiefel knirschten auf toten Ästen. All die Geräusche der Natur, für die ich mich vorher nie interessiert hatte, wurden mir bewusst, als ich die Schichten des Sehens abstreifte. Wunderschön.

»Ich kann die Hütte sehen«, sagte Quoth nach einer Weile.

Mein Herz schlug mir bis zum Hals. Ich stürmte vorwärts und blieb mit dem Fuß an einer Wurzel hängen. Quoth fing mich auf, bevor ich mit dem Gesicht voran im Dreck landete. *Urgs, ja. Blindheit ist immer noch scheiße.*

»Sachte.« Seine Lippen berührten meine, als er mich wieder aufrichtete. »Du wirst Morrie nicht sehen können, wenn du fällst und dir das Genick brichst.«

Brombeersträucher zerrten an meiner Leggings, als wir uns durch ein dichtes Gebüsch kämpften und auf eine freie Fläche traten. Ich konnte spüren, wie sich die Luft um mich herum bewegte, und die Baumkronen wirkten nicht mehr so erdrückend. »Wir sind jetzt auf einem Pfad«, sagte Quoth. »Er führt den Berg hinauf, und es gibt Stufen, die in den Fels gehauen sind. Soll ich dich tragen oder ...«

»Nein, wir schaffen das schon. Langsam und stetig.« Ich ließ Quoth vorgehen, wechselte meinen Griff und ließ meine Füße über den Boden gleiten, um den Weg zu ertasten. Nach einer Weile löste ich meine Hände von seinen und tastete mit ihnen beim Klettern die Stufen ab. Ich erinnerte mich an das letzte Mal, als ich diese Stufen hinaufgestiegen war und Sherlocks Waffe auf meinen Hinterkopf gerichtet gewesen war.

Morrie, Morrie, Morrie ...

Quoths Finger schlangen sich um mein Handgelenk und zogen mich über die letzte Stufe, damit ich stehen konnte. Die Hütte lag vor uns; ein düsterer, beklemmender Schatten. An den Fenstern brannten Lampen; feurige Augen, die mich aus der Dunkelheit anstarrten. Verdammt unheimlich, wie das Cover eines norwegischen Black-Metal-Albums.

Und darin befindet sich mein Napoleon des Verbrechens.

Das hoffe ich zumindest.

Ich hämmerte mit der Faust gegen die Tür. »Morrie, bist du da? Mach auf.«

Die Tür öffnete sich knarrend. Mein Herz schlug höher, als die flackernden Lampen, die in der Hütte verteilt waren, mir einen Blick ins Innere gewährten. Da, mit im Mondlicht leuchtender Haut, stand Sherlock Holmes.

Und zwar splitterfasernackt.

14

Sherlocks verdammt riesiger Schwanz wedelte mir zur Begrüßung entgegen. Das Licht im Raum gab mir einen perfekten Blick auf ... alles.

»Was machst du denn hier?«, krächzte er. »Ich bin beschäftigt.«

Er wollte die Tür schließen, aber ich schob meinen Fuß dazwischen und überlegte, ob ich ihn mit der Greif-Dreh-Zieh-Methode aus meinem Blickfeld bekommen sollte. *Warum ist er nackt?* Hunderte schreckliche Gedanken schwirrten in meinem Kopf herum, aber die einzige Möglichkeit, Antworten zu bekommen, war, hineinzugehen.

Sherlock knallte die Tür gegen meinen Stiefel, aber er hatte die Widerstandskraft meiner Docs unterschätzt. Ich zwängte mich mit den Schultern in den Spalt und schob mich an ihm vorbei, wobei ich mein Knie ausholte, um ihn in die Leiste zu treffen.

»Uff«, keuchte Sherlock und prallte mit dem Rücken gegen die Wand. Die Tür flog auf, als ich in die Kabine stürmte.

»Morrie? Wo bist du?«

Die hellen Lichter überwältigten mich und grelle grüne und

pinke Lichtblitze tanzten vor meinen Augen. Ich stolperte in den hinteren Teil des Raumes, wo ich mich noch daran erinnerte, dass dort ein Bett stand. *Bitte lass mich nicht sehen ...*

»Shhh, Hübsche. Ich bin hier.« Eine Gestalt tauchte aus der Dunkelheit auf. Warme Arme umschlangen mich und mein Herz machte einen Sprung, als ich den Duft von Grapefruit und Vanille einatmete, der nur von meinem kriminellen Lieblingsgenie stammen konnte.

Morrie.

Er ist hier.

Er lebt.

»Ich habe dich vermisst.« Ich vergrub mein Gesicht in Morries Nacken und genoss seinen Geruch, das Gewicht seines Arms um mich, die harten Flächen und Muskeln seines Körpers.

»Nicht so sehr, wie ich dich vermisst habe.« Finger umklammerten meinen Kiefer und legten meinen Kopf in den Nacken, während Morrie meine Lippen mit einem heißen Kuss versengte.

Mmmmmmh. Ich weiß nicht, wovor ich solche Angst gehabt habe. Morrie küsste wie ein Besessener, gab die Spiele, die er sonst so gerne mit mir spielte, auf und gab sich ganz der Verzweiflung hin. Er küsste, als bräuchte er mich zum Atmen.

Quoth flatterte in den Raum, als er als Rabe auf Morries Schulter landete und ihm mit dem Kopf gegen die Wange stieß. Morrie unterbrach unseren Kuss, um Quoth über den Kopf zu streicheln. »Ich habe dich auch vermisst, kleines Vögelchen.«

Ich sank erleichtert, ängstlich und sehnsüchtig zugleich gegen Morrie. Ich wusste nicht, ob ich ihn aufs Bett werfen und auf die bestmögliche Weise belästigen wollte oder ob ich ihm das Lächeln aus dem Gesicht schlagen und ihn dafür verfluchen wollte, dass er uns erst in diese Lage gebracht hatte.

Eine Gestalt tauchte hinter uns auf. Der größte beratende Detektiv der Literaturgeschichte ließ sich auf den Stuhl am

Kamin fallen und beäugte mich durch einen Schleier wilder Locken, die durch den Schlaf in alle Richtungen abstanden. »Welche dunklen Gespenster haben unseren Schlaf gestört?«

»Es ist Mina.« Morrie drückte mich fester an sich. »Und Quoth. Du hast keine Ahnung, wie sehr ich mich freue, dich zu sehen. Ich sitze seit drei Tagen mit ihm in dieser Hütte fest und denke bereits darüber nach, Sherlock umzubringen.«

»Morrie, warum ist Sherlock nackt?«

»So schläft er nun mal.« Morrie rollte mit den Augen, aber mir fiel auf, dass er selbst nur eine seidene Boxershorts trug. Schweißtropfen klebten an seiner nackten Brust. »Und er reißt alle Decken an sich.«

Ich starrte entsetzt auf den Raum, der nun langsam sichtbar wurde, und nahm die zerwühlten Laken und Kissen wahr, die überall verstreut waren, die Tatortfotos und -berichte, die darunter zerknittert lagen. Ich stellte mir vor, wie Morrie und Sherlock zusammenlagen und ihre Füße sich berührten, während sie über die Details seines Falles brüteten, wie Sherlocks Arm Morries streifte, als er nach dem gegossenem Schuhabdruck griff und wie sich Morries Mund sich zu diesem selbstgefälligen Grinsen verzog, bevor sich ihre Münder in heißer Begierde trafen. »Ihr teilt euch ein Bett?«

Morrie zuckte mit den Schultern, als wäre das keine große Sache, aber ich bemerkte, dass er Sherlock im Auge behielt. »Der Herr da drüben hat sich das Bett reserviert. Entweder ich teile es mit ihm oder nehme den Sessel, in dem gestern eine Kakerlake genistet hat, und das kam für mich nicht in Frage.«

Ich schauderte. »Red bloß nicht von Kakerlaken. Warum ist es hier so warm?«

»Wir haben ein kleines, schlecht isoliertes Häuschen und heizen mit offenem Feuer. Da wird es schonmal heiß«, sagte Sherlock hochmütig.

Morrie funkelte seinen Ex-Freund an, und es fand ein

unausgesprochenes Gespräch zwischen ihnen statt. Meine Finger umklammerten Morries Arm fester. Ich wusste, dass ich besitzergreifend, eifersüchtig und dumm war. Nur weil sie eine gemeinsame Vergangenheit hatten und in diesem winzigen Raum eingeschlossen waren, um das zu tun, was sie am besten konnten, nämlich ihre großen, dummen Gehirne zu benutzen, um ein Rätsel zu lösen, bedeutete das nicht, dass Morrie mich betrügen würde ...

»Ignorier ihn, Hübsche. Das hasst er.« Morrie wiegte Quoth in seinen Armen und führte mich zum Bett. Er schob einen Stapel Tatortmaterial auf den Boden und tätschelte die Matratze, damit ich mich zu ihm setzte. Ich hörte das Klicken eines Feuerzeugs und eine Reihe von Kerzen entlang des Kopfteils erstrahlten, winzige Glühwürmchen in der Dunkelheit. »Erzähl mir, was ihr zwei hier macht.«

»Ich musste wissen, ob es dir gut geht.«

»Mir geht es gut. Ich drehe hier ein wenig durch, weil nichts meinen beträchtlichen Intellekt stimuliert, aber nichts, was ein Kuss von dir nicht beheben könnte. Wie bist du hier hochgekommen, ohne dass Hayes dir gefolgt ist? Er muss dich wie ein Falke beobachten. Oder zumindest wie eine Taube mit leichter Demenz.« Morrie kniff die Augen zusammen. »Du hast doch dafür gesorgt, dass dir niemand folgt, oder?«

»Natürlich. Hayes denkt, wir wären auf einer Messe für seltene Manuskripte in Leeds. Er hat keine Ahnung, dass wir hier sind. Heathcliff, Quoth und ich verfolgen eine Spur. Wir haben uns für den Wild Oats Wildnis-Überlebenskurs angemeldet.«

»Hast du den alten Griesgram aus dem Laden bekommen?« Morrie blickte sich um. »*Meinetwegen*? Ich bin beeindruckt und ein bisschen verängstigt. Wo ist er?«

Morries Stimme versagte bei der letzten Silbe. Ich musste an den Kuss denken, den er mit Heathcliff im Laden geteilt hatte, und an die Spannung, die seitdem zwischen den beiden ungelöst geblieben war. Morrie wollte Heathcliff, und ich glaube, Heathcliff wollte Morrie auch, aber er wollte sich das nicht eingestehen. Heathcliff sah es als Betrug an, mit Morrie zusammen zu sein, und nichts, was ich sagte, konnte ihn vom Gegenteil überzeugen.

»Er ist in unserem Camp und kümmert sich um unseren Ausbilder Sam, während dieser einen magischen Pilztrip erlebt.«

»Das musst du mir erklären.« Morries Stimme klang abgehackt, als könne er sich nicht recht entscheiden, ob er lachen oder weinen sollte. Er umklammerte mich wieder fester, als wolle er in meine Haut kriechen.

»Du würdest mir nicht glauben, wenn ich es dir erzählte.« Ich rollte mit den Augen, aber dann fiel mir ein, mit wem ich sprach. »Okay, vielleicht würdest du es. Es hat sich herausgestellt, dass Heathcliff ein verborgenes Wissen über essbare Pflanzen hat, das er sich in all den Tagen angeeignet hat, die er wie ein wildes Tier durch die Moore gestreift ist. Er ist der Lehrerliebling in unserem Futtersuchkurs, was zum Totlachen ist. Sam hat ihn mit der Pilzsuche beauftragt. Heathcliff hat ein paar, äh, *besondere* Pilze in Sams Abendessen gemischt, damit er high wird und Quoth und ich uns davonmachen können, um dich zu treffen. Als wir gegangen sind, dachte Sam, er wäre eine Waldfee und Heathcliff hat Oscar gestreichelt und wollte gerade den letzten Rest des Eintopfs verputzen, also sind sie jetzt wahrscheinlich beide total high.«

Morrie brach in Gelächter aus. »Du willst mir also sagen, dass Heathcliff Earnshaw gerade irgendwo im Wald auf einem psychedelischen Pilztrip ist?«

»Krächz.« Quoth nickte energisch.

Morrie krümmte sich vor Lachen, dass sein ganzer Körper

zitterte. »Oh, was würde ich nur dafür geben, das sehen zu können. Und wer ist Oscar?«

»Mein Blindenhund.« Ein Kloß bildete sich in meinem Hals. »Ich hatte ein paar Tage Training mit ihm und seine Ausbilderin hat zugestimmt, dass ich ihn übers Wochenende mitbringen darf. Er ist ... erstaunlich. Er ist so aufgeweckt und intelligent und schelmisch und ich wünschte, du könntest ihn kennenlernen und ich ...«

Ich sank gegen Morrie und legte meine Lippen auf seine. Ich konnte die Worte nicht finden, um zu sagen, was ich sagen musste, aber in Morries Gegenwart brauchte ich keine Worte. Seine Finger umklammerten meinen Nacken und hielten mich fest, während er den Kuss vertiefte und ein Schauer der Begierde durch mich hindurchzog.

Hinter uns räusperte sich Sherlock und ließ sich tiefer in den Sessel sinken. Die Kerzen, die über den Tisch verteilt waren, gaben mir freie Sicht auf ... ihn in seiner ganzen Pracht. Ich wollte mich abwenden, hielt aber inne. Er saß nackt herum. Das sollte ihm peinlich sein, nicht mir.

Quoth saß auf der anderen Seite des Bettes, und nach einem Flattern von Flügeln und Gliedmaßen setzte sich ein weiterer nackter Mann neben mich. Nur dieser war schön. Ein Vorhang aus schwarzem Haar fiel über Quoths Brust, als er sich vorbeugte und den Rucksack über den Boden schob. *Schaaaaab.*

»Wir haben dir ein paar Vorräte mitgebracht.« Quoth ließ den Kopf sinken, als Sherlock ihn böse ansah. *Die Spannung in dieser Hütte ist geradezu greifbar.* »Wenn es dir nichts ausmacht, gehe ich kurz nach draußen. Ich ... Ich habe eine Maus gesehen und bin am Verhungern. Ruft mich, wenn ihr ... wenn ihr mich braucht.«

Er verwandelte sich erneut und flatterte aus dem Fenster in die Nacht hinaus, während ich mit Morrie und Sherlock und einem schmerzenden Bedürfnis in mir zurückblieb.

»Du hast meinen Vorrat geplündert. Ich glaube nicht, dass ich dich jemals mehr geliebt habe als in diesem Moment.« Morrie schüttete den Inhalt des Rucksacks aus und durchwühlte ihn. Er holte zwei der Wegwerfhandys heraus und schaltete sie ein. Nach ein paar Fingertipps reichte er mir eines davon. »Nimm das. So können wir kommunizieren. Ruf mich nicht an. Das Signal ist hier oben nicht gut, und wenn der Laden verwanzt ist, könnten sie etwas mithören. Nur Textnachrichten, und lösche sie, nachdem du sie gesendet hast. Und ich meine, lösche sie *richtig*. Weißt du, wie man eine SIM-Karte löscht?«

Meine Brust zog sich zusammen, während er sprach. Morries Vorsicht machte mir klar, wie ernst die Lage war. Ich war so sehr damit beschäftigt gewesen, mir Sorgen darüber zu machen, dass er mit Sherlock unter einem Dach lebte, dass ich aus den Augen verloren hatte, dass ein Haftbefehl gegen ihn vorlag. Wenn wir Kates Mord nicht aufklären konnten, würde Morrie nie wieder in ein normales Leben zurückkehren können. *So normal unser Leben auch sein mag, wenn man in einer verfluchten Buchhandlung lebt, eine polyamore Beziehung führt und Dracula jagt.*

Ich kniff die Augen zusammen. Eigentlich hätte alles für mich gutlaufen müssen. Ich hatte schon mehr als genug Mist erlebt. Mein Leben sollte jetzt eine mistfreie Zone sein. Offensichtlich hatte das Universum jedoch andere Pläne.

Bei Isis, ich lasse mir mein Glück nicht vom Universum, Dracula oder Sherlock Holmes nehmen.

Meine Augen flackerten auf. *Ich schätze, wir müssen da durch.*

Ich griff nach dem Handy. »Zeig es mir.«

Morrie führte mich durch eine App, die er installiert hatte, um alle Informationen auf der Karte zu löschen, und drückte mir dann das Handy wieder in die Hand. »Mach das jedes Mal, nachdem du mir eine Nachricht geschickt hast. Wir können nicht riskieren, dass die Polizei dich zufällig durchsucht und entdeckt, dass du mit mir in Kontakt stehst.«

Ich schluckte. Wir hatten die Polizei schon früher getäuscht, aber noch nie in dem Maße. *Wenn ich erwischt würde, würde ich mit allen möglichen Strafanzeigen rechnen müssen.* »Verstanden.«

»Was ist noch in dieser Trickkiste? Oh ja.« Morrie holte ein kleines schwarzes Etui heraus.

»Das ist doch keine Waffe, oder?«

»Es ist sogar noch besser.« Morrie öffnete den Verschluss des Kästchens und klappte den Deckel auf, der eine karierte Oberfläche und winzige schwarz-weiße Magnetfiguren enthüllte.

»Du hast *Reiseschach* in deinem Geheimversteck?«

»Lach dich ruhig kaputt, aber ich war drei Nächte lang hier oben gefangen und hatte nichts zu tun, außer mit *ihm* zu reden. Jetzt können wir wenigstens unser Turnier dort fortsetzen, wo wir aufgehört haben.« Morrie grinste seinen nackten Ex an. »Ich habe dich gründlich vernichtend geschlagen.«

Sherlock schnaubte. »Der Übergang von einer fiktiven Figur zu einem echten Mistkerl hat dir wohl das Gedächtnis vernebelt, Moriarty. Als wir das letzte Mal aufgehört haben, war ich der ungeschlagene Champion über dreizehn Runden.«

»Als wir das letzte Mal aufgehört haben?« Morrie grinste hämisch. »Du meinst, nachdem du mich durch ganz Europa gejagt und dann über einen Wasserfall geworfen hast?«

Sherlock beugte sich vor. Sein langer Körper schwebte gefährlich nah an Morrie. Die Spannung zwischen ihnen war zum Zerreißen gespannt. Sherlock verzog die Lippen zu einem Grinsen, das vor Verlangen nur so triefte. »Vielleicht wäre es anders ausgegangen, wenn du aufgehört hättest wegzulaufen.«

Sherlock bewegte sich auf ihn zu, aber ich war schneller. Ich warf mich auf Morrie, stieß ihn zurück aufs Bett und drückte meinen Körper an seinen. Morrie drehte mich um, sodass ich unter ihm lag, und seine Hände bewegten sich mit einer Besessenheit über mich, die absolut sündhaft war. Die stickige Luft in der Hütte wurde noch um ein Vielfaches heißer.

Mit meinen Lippen immer noch auf seinen, murmelte ich. »Wie läuft es mit Sherlock? Geht es dir … gut?«

»Sherlock wer?« Morrie kicherte, als seine Finger unter den Saum meines Fleecepullovers glitten und sich durch meine Schichten manövrierten, um seine Handfläche auf meine nackte Haut zu drücken. Seine Finger glitten entschlossen tiefer, tiefer, tiefer, bis sie unter den Bund meiner Leggings rutschten. Ich keuchte in seinen Mund, als er zwei Finger tief in mich stieß.

Morrie murmelte voller Anerkennung, als sich mein Körper um ihn herum zusammenzog.

Sherlock ist genau dort, *und das ist ihm bewusst, und trotzdem berührt er mich, und es ist mir egal …*

Mein ganzes Gesicht brannte vor Hitze, aber ich wusste, dass ich ihm nicht sagen würde, dass er aufhören soll. Ich bewegte meine Hüften gegen Morries Hand, bettelte um mehr und drückte ihn tiefer in mich hinein. Er blickte auf mich herab. Seine Augen waren verschleiert, sein Mund zu einem für ihn typischen Grinsen verzogen. Er wusste genau, was er tat, und verdammt, ich liebte es.

Er drückte seinen Daumen gegen meine pochende Klitoris und krümmte seinen Finger in mir, um eine Stelle zu streicheln, die mich nach Luft schnappen ließ. Morrie trommelte mit seinem Finger gegen meine Klitoris, und ein Zittern begann in meinem Körper.

Hinter uns nahm ich undeutlich ein scharfes Einatmen wahr. *Sherlock.*

Ich vergrub mein Gesicht in Morries Brust, während der Orgasmus durch meinen Körper strömte und mein Gehirn aus meinen Ohren tropfte. Morrie warf mir seinen verwöhnten

Prinzenblick zu. Er liebte es, dass er mich mit nur seiner Berührung umstimmen konnte.

Aber ich wusste auch, wie ich ihn umstimmen konnte. Ich streckte meine Arme nach oben, um ihn zu umarmen, zog seinen Kopf ganz nah heran und presste seine Lippen auf meine. Aber statt eines Kusses sprach ich aus, was er nicht zugeben wollte.

»Morrie, sag mir, was los ist. Warum seid ihr beide hier nackt?«

Morrie lehnte sich zurück und studierte mein Gesicht auf eine Art, die sich anfühlte, als würde er tief in meine Seele blicken. »Wenn du etwas fragen willst, Hübsche, dann rück einfach damit raus.«

»Das ist nicht das, was …«

»Du denkst, ich würde zu ihm zurückkehren.« Der zerrissene Klang seiner Stimme bohrte sich wie ein Messer in mein Herz.

»Nein. Überhaupt nicht. Ich wollte nur …« Ich konnte Sherlocks brodelnden Hass auf mich auf der anderen Seite des Raumes förmlich spüren. »Du hast die Dinge mit Heathcliff nach eurem Kuss nie geklärt, und jetzt bist du mit deinem Ex in einer Holzhütte eingesperrt. Das war bestimmt heftig. Und ich komme hier rein und ihr seid beide praktisch nackt und …«

Mein Protest löste sich in einem Stöhnen der Begierde auf, als Morrie mit den Hüften wackelte und seinen Schwanz an meiner Hüfte rieb. »Spürst du das?«, flüsterte er mit vor Verlangen heiserer Stimme.

Ich nickte, weil ich mir nicht zutraute zu sprechen.

»Der ist hart für *dich*, meine Hübsche. Nur für dich. Vielleicht war er früher für andere Herren hart, aber das liegt in der Vergangenheit. Vertraust du mir?«

Morrie wollte keine oberflächliche Antwort, wenn er mich so fragte. Er verlangte von mir, dass ich meine eigenen Gefühle unter die Lupe nahm und ihm die brutale Wahrheit sagte. Wenn da etwas zwischen uns war, musste ich es zugeben. Ich blickte Morrie in die Augen und ließ meine Gedanken zu all dem schweifen, was zwischen uns geschehen war, seit er in mein Leben gestürmt war und mir mein Frühstück und mein Herz gestohlen hatte. Morrie, wie er mit seiner sanften Stimme erotische Gedichte las, während er mich berührte, bis ich in seinen Händen zu Brei wurde. Morrie, wie er Quoth in seinen Armen wiegte, als er dachte, wir hätten ihn verloren. Das verschmitzte Grinsen, das jedes Mal über seine Lippen huschte, wenn er einen brillanten Plan hatte. Morrie, wie er auf dem Balkon von Lachlan Hall stand und zum ersten Mal sein dunkles Herz öffnete und den verletzlichen Mann darunter enthüllte. Morrie und Heathcliff, wie sie sich in diesem Lenden schmelzenden Kuss verschlangen ...

»Das tue ich. Ich vertraue dir.« Ich sagte die Worte und meinte sie auch so. »Ich bin eifersüchtig auf Sherlock, weil ich dich verdammt noch mal *vermisse* und weil ich Angst habe, dass wir denjenigen, der dir das angehängt hat, nicht schnappen können und ich dich nie wiedersehen werde.«

»Dann tu das, was du am besten kannst.« Morrie lehnte sich zurück und zog mich in eine sitzende Position. Seine Augen glühten. »Setz dein schönes Gehirn ein und hol mich hier raus.«

»Ich versuche es. Wir haben einige Verdächtige, aber da *Sherlock* sich weigert, mit uns zusammenzuarbeiten ...«, ich funkelte den nackten Mann im Sessel an, »... weiß ich nicht, was ihr herausgefunden habt.«

»Wir brauchen ihre Hilfe nicht.« Sherlock klang gereizt.

»Die Tatsache, dass ich immer noch mit dir in diesem Höllenloch festsitze, deutet eher darauf hin, dass wir sie brauchen.« Morries Arme schlangen sich enger um meinen Körper und ein kleiner Schauer der Angst durchfuhr mich. »Außerdem hast selbst du hin und wieder feststellen müssen, dass andere Dinge entdecken, die du übersehen hast. Ihr Fehler, wenn man dir glauben darf, ist, dass sie nicht aus dem, was sie sehen, schlau werden können.«

Sherlock runzelte die Stirn. »Ich gebe zu, dass Dr. Watsons unterlegener Intellekt manchmal eine nützliche Grundlage für meine eigenen Schlussfolgerungen bot. Manche Menschen, die selbst kein Genie sind, haben eine bemerkenswerte Fähigkeit, es zu stimulieren.«

Ich verschränkte die Arme. »Wenn du so denkst, kannst du mit deinem stimulierenden überlegenen Intellekt gerne den Anfang machen.«

»Sehr gut.« Sherlock verschränkte die Finger ineinander. Es war eine so typische Morrie-Geste, dass sich meine Brust zusammenzog. Mir gefiel der Gedanke nicht, dass irgendein Teil von Morries Persönlichkeit von diesem Kerl stammte. »Mein Vorgehen war einfach. Ich habe eine Liste von Moriartys Feinden in der kriminellen Unterwelt, in der er sich bewegt, zusammengestellt und unermüdlich daran gearbeitet, jeden einzelnen von ihnen aus dem Kreis der Verdächtigen zu streichen. Es gibt nur drei, die sich zur Tatzeit in der Nähe des Waldes aufgehalten haben könnten, und nur einer, dessen Angaben zu den hinterlassenen Hinweisen passen. Jetzt müssen wir nur noch diesen Unhold Aidan McFarlane ausfindig machen und ihn seiner gerechten Strafe zuführen, und genau da bin ich momentan ratlos.«

»Das ist derselbe Kerl, den du uns schon einmal gezeigt hast. Warum bist du dir so sicher, dass er es war?«

»Wie du weißt, kaufe ich meine Schuhe bei einem exklusiven Londoner Designer«, sagte Morrie. »Einen Monat bevor Kates Leiche gefunden wurde, hat Aidan einen Termin bei demselben Designer vereinbart. Da Aidan normalerweise Springerstiefel trägt und aus seiner Quittung hervorgeht, dass er ein Paar Budapester in Auftrag gegeben hat, können wir daraus schließen, dass er diese teuflischen Schuhe benutzt hat, um mir etwas anzuhängen.«

Ich schüttelte den Kopf. »Aber wie hat dieser Kerl die Schuhe in unser Haus geschmuggelt? Ich habe ihn noch nie zuvor gesehen, und du hättest dich daran erinnert, wenn er in die Nähe des Ladens gekommen wäre. Dennoch hat die Polizei sie im Haufen neben der Haustür gefunden, und Jo hat den Schmutz auf den Sohlen mit den Barsetshire Fells in Verbindung gebracht. Und wie ist er an deinen Brieföffner gekommen? Und kennt er sich mit giftigen Pilzen aus, denn das ist es, woran Kate *wirklich* gestorben ist.«

Sherlocks Kopf schoss hoch. »Wie bitte? Wie bist du an diese Informationen gekommen?«

»Ich habe mit Jo gesprochen. Die forensischen Untersuchungen an Kates Leiche waren seltsam. Es hat sich herausgestellt, dass die Messerwunde nicht die Todesursache war. Sie war bereits tot, gestorben an den Folgen von Giftpilzen. Sie hatte auch viel Blut verloren, möglicherweise durch eine Stichwunde, die Jo an ihrem Körper gefunden hat, sowie durch schwere Blutergüsse, die der Mörder verursacht hat, als er ihren Körper von einem anderen Ort durch den Wald geschleift hat.«

Sherlock tippte sich ans Kinn, eine weitere Geste von Morrie, die in mir den Wunsch weckte, ihm die Arme auszureißen. »Das würde die Unregelmäßigkeiten im Boden rund um den Tatort erklären.«

»Es ist auch möglich, dass McFarlane seine Budapester nach dem Mord entsorgt hat und das Paar, das die Spurensicherung gefunden hat, eines von meinen war. Der Schmutz auf den Schuhen, die Jo analysiert hat, könnte von dem Mal stammen, als ich letztes Jahr Kate in Wild Oats getroffen habe«, sagte Morrie. »Aber nichts an Kates Tod passt zu dem, was ich von McFarlane erwarten würde. Giftpilze? Sie nach ihrem Tod erstechen? Das ist alles zu seltsam, zu chaotisch, fast so, als wüsste er nicht, was er tut.«

»Ich glaube nicht, dass McFarlane der Mörder ist. Wir haben einen anderen Ansatzpunkt verfolgt. Ich bin mir nicht sicher, ob es dabei wirklich um Morrie geht, sondern eher um Kate und warum sie versucht hat, ihren eigenen Tod vorzutäuschen.« Ich zählte auf, was wir bisher über Kates finanzielle Situation und ihren ekelhaften Chef und Tara, die Cosplay-Glitzerkönigin, herausgefunden hatten. »Ich glaube nicht, dass ihr Ehemann Dave dafür verantwortlich ist, aber er hat ein finanzielles Motiv. Tara wollte Kate aus dem Weg haben, damit sie an der Spitze der Cosplay-Szene stehen kann. Sie hat Kate sogar vor laufender Kamera bedroht. Grant Hosking klingt nach einem rundum schrecklichen Menschen, also kommt er auch als Täter infrage. Und dann ist da noch Sam, unser Wild-Oats-Ausbilder. Ich glaube zwar nicht, dass er es getan hat, aber er könnte dem Mörder unwissentlich das Wissen vermittelt haben, wie man jemanden mit Sporen vergiftet. Außerdem hatte er Grund, Kate zu hassen, weil sie sein Geschäft ruiniert hat. Obwohl ich nicht sehe, was es bringen würde, sie zu töten, außer Wild Oats' Schicksal endgültig zu besiegeln.«

Sherlock schnaubte. »Du verdrehst die Fakten, um sie deinen Theorien anzupassen, anstatt die Theorien den Fakten anzupassen.«

»Ach ja? Nun, du stinkst.« Ich streckte ihm die Zunge raus. Morrie kicherte. »Ich würde mir den Tatort gerne ansehen und mir diese Unruhen selbst ansehen. Kannst du mich dorthin bringen?«

»Ich erspare dir den Weg durch ein ziemlich übles Dornengestrüpp, das meine Lieblingshose ruiniert hat. Wir waren schon dort draußen.« Morrie durchsuchte einen Stapel Kleinkram auf dem Tisch und schob mir einen Stapel Polaroids zu. »Die hat Sherlock gemacht.«

Ich fächerte die Bilder auf und erinnerte mich an sie anhand des flüchtigen Blicks, den ich an dem Tag darauf geworfen hatte, als Sherlock mich und Morrie zur Hütte gebracht hatte. Polizeiband war um die Stämme von fünf hoch aufragenden Eichen gewickelt und sperrte einen großen Teil des Waldes ab; der Hauptschauplatz, an dem ihrer Meinung nach der Mord tatsächlich begangen wurde. Sam hatte gesagt, er habe die Leiche in einem umgestürzten Baumstamm weiter unten am Berg gefunden, und tatsächlich, da lag er ... mehrere Bilder des Baumstamms aus allen Winkeln, mit Schleifspuren, wo der Mörder die Leiche in den Stamm gezogen haben musste, nachdem er sie erstochen hatte. *Natürlich, denn er hätte die Klinge nicht benutzen können, wenn Kate bereits im Baumstamm gewesen wäre.*

Ich machte mir nicht die Mühe, das laut auszusprechen. Sherlock hatte es offensichtlich schon herausgefunden. Ich blätterte durch den Rest der Bilder. Das meiste, was Sherlock aufgenommen hatte, sah für mich wie zufällige Steine und Haufen von Zweigen und Blättern aus, aber ich schaute mir jedes einzelne an und tat so, als würde ich daraus wichtige Informationen gewinnen.

»Das haben wir ebenfalls gefunden.« Morrie nahm etwas aus einer Petrischale und hielt es in die Nähe der Kerze. Es war ein silberner Knopf mit einem markanten Wappen, das in das Metall geprägt war. Es erinnerte mich an die Knöpfe an meinem alten Schuluniform-Blazer. »Die Polizei hat ihn übersehen. Wenn du kannst, finde von Jo heraus, was Kate getragen hat, als sie starb. Wenn es nicht ihrs war, gehörte es höchstwahrscheinlich ihrem Mörder.«

Ich nahm den Knopf und steckte ihn in meine Tasche. »Danke, Morrie. Kannst du hier oben bei dem schlechten Empfang irgendetwas hacken?«

Er hielt das Wegwerfhandy hoch. »Ich habe nicht meine

gesamte Ausrüstung dabei, aber ich kann etwas Chaos anrichten. Was brauchst du?«

»Ich muss alles wissen, was du über Kates Chef, Grant Hosking, finden kannst. Vor allem die pikanten, belastenden Dinge.«

»Kein Problem. Das habe ich wahrscheinlich schon für dich, bevor du diesen verfluchten Berg wieder verlassen hast.«

»Heißt das, du hast nicht die Ruhe und Beschaulichkeit der Natur genossen?« Ich strubbelte ihm durch die Haare, die normalerweise glatt rasiert und unglaublich gepflegt waren, aber nach nur drei Tagen fast schon an Heathcliff in seiner Ungepflegtheit erinnerten. *Ich kann nicht glauben, dass ich so sehr mit den Erdrosselungen beschäftigt gewesen war, dass ich nicht bemerkt habe, wie schlimm es um Morrie gestanden hat.*

»Du weißt, dass ich mit der Natur nichts anfangen kann.«, sagte Morrie und tätschelte den E-Reader, den ich für ihn eingepackt hatte. »Ich weiß das zu schätzen.«

»Das hoffe ich. Ich habe ihn mit all meinen Reverse Harem Lieblingsbüchern gefüllt: J Bree, Kim Faulks, Mila Young, Steffanie Holmes.«

Morries Stimme brach. »Hübsche, warum tust du mir das alles an?«

»Du wirst mir später danken. Erzähl Heathcliff nur nichts von dem E-Reader, sonst zieht er uns beiden bei lebendigem Leib das Fell über die Ohren. Oh, und dein Algorithmus hat eine neue Schlagzeile ausgespuckt. Anscheinend wurde eine weitere seltene rumänische Pflanze aus Lower Loxham gestohlen.«

Morrie verzog das Gesicht. »Das ist nah dran.«

»Ja. Wir werden dem nachgehen.«

»Gut.« Morrie schaute zur Seite. Seine Schultern zitterten.

Ich drückte sein Bein. »Woran denkst du?«

»Dass ich es hasse, nicht bei dir sein zu können, besonders jetzt, wo … unser Feind näher rückt.« Morrie sprach Draculas

Namen nicht aus für den Fall, dass Sherlock es mitbekam. Er seufzte. »Ich dachte, ich wäre vorbereitet. Ich dachte, ich hätte dir alles gegeben, was du brauchst, wenn sie mich einkassieren. Ich habe diesen Algorithmus erstellt und das letzte Geld, das ich noch legal verdient hatte, alles, was das MI5 nicht beschlagnahmt hatte, verwendet, um deiner Mutter aus der Patsche zu helfen. Ich weiß, dass du Lord Stachelhintern und das Vögelchen hast, die sich um dich kümmern ... aber ich hätte nicht gedacht, dass es so schwer sein würde, dich loszulassen.«

Ich erinnerte mich daran, wie Morrie ausgesehen hatte, als er mir den Algorithmus zum ersten Mal mit flauem Magen gezeigt hatte. Meine Finger gruben sich in seine Schulter. »Du wusstest, dass das passieren würde, oder?«

Morrie zuckte mit den Schultern. »Ich hatte eine Ahnung.«

»Wie lange?«, fragte ich. »Wie lange wusstest du es schon?«

»Ich habe mein ganzes Leben lang am Rande des Gesetzes gelebt, meine Hübsche. In meinem letzten Leben hat das dazu geführt, dass ich von dem Mann, den ich liebte, einen Wasserfall hinuntergestoßen wurde.«

»Komm drüber hinweg«, murmelte Sherlock vom Feuer aus. Rauch kräuselte sich um seine schmollenden Lippen.

»Leck mich«, rief Morrie zurück. »Ich habe eine zweite Chance erhalten, als ich auf diese Welt kam, und erst als ich dich traf, wurde mir klar, dass ich vielleicht wieder dieselben Fehler machen würde. Es bestand die Möglichkeit, dass ich mit meinen Verbrechen für immer ungestraft davonkommen würde. Ich hielt mich sogar für eine Art Robin Hood. Aber wenn eine Person, die ihren Tod vorgetäuscht hat, tatsächlich tot aufgefunden wird, beginnt die Polizei zu untersuchen, wie sie so lange unentdeckt bleiben konnte, und es würde nur einen bestochenen Beamten oder korrupten Grenzbeamten brauchen, um mich zu enttarnen. Die Fußabdrücke um die Leiche herum, der Brieföffner, meine Visitenkarte in ihrer Tasche. Das war ein kalkulierter und vorsätzlicher Versuch, mir etwas anzuhängen. Seit sie Kates Leiche gefunden haben, habe ich mit meiner Verhaftung gerechnet. Ich habe am Morgen von Danny Sledges Ermordung in der Zeitung darüber gelesen, falls du dich erinnerst.«

Jetzt erinnerte ich mich. Ich war aus Quoths Schlafzimmer nach unten gekommen und hatte Morrie mit einem Stirnrunzeln vor seinem Computer stehen sehen. Er hatte den Blick vom Bildschirm abgewendet, sobald ich hereingekommen war, aber ich war so abgelenkt von Dannys Tod und den Mordermittlungen gewesen, dass mir sein seltsames Verhalten nicht aufgefallen war.

»Warum hast du dir nicht irgendeine kriminelle Meisterleistung ausgedacht, um dich selbst zu retten? Es ist, als wolltest du dafür in den Knast wandern.« Und ich hasste es, dass ich wie eine egoistische Kuh klang, die sich nur darum kümmerte, was sie wollte, und nicht um das arme tote Mädchen, aber ich vermisste Morrie wie verrückt und bei dem Gedanken, dass er bereitwillig diese Situation angenommen hatte, obwohl er wusste, dass er am Ende hinter Gittern landen könnte, drehte sich mir der Magen um.

»Weil ...« Morrie sah mir nicht in die Augen. »Weil ich weiß, dass du Schwierigkeiten hast, deine Beziehung zu mir mit deinem nervigen Gewissen in Einklang zu bringen. Ich wollte das Richtige tun. Ich wollte, dass du stolz auf mich bist.«

Ein dicker Kloß stieg mir in die Kehle.

Verdammt.

»Morrie, ich ...«

Morrie stand auf. »Du solltest gehen, Mina. Danke für das Zeug. Sherlock und ich machen uns an die Arbeit. Halt mich auf dem Laufenden.«

Tränen stiegen mir in die Augen. *Wir können es doch nicht dabei belassen.* Ich streckte die Hand nach ihm aus, aber er wich mir aus und stellte sich neben Sherlock, der mir einen hämischen Blick zuwarf.

»Ruinier dir meinetwegen nicht das Leben, meine Hübsche«, flüsterte Morrie.

»Ich werde dich nicht aufgeben«, schoss es aus mir heraus.

Morrie wandte sich ab und verbarg sein Gesicht in der Dunkelheit. »Sag dem Vögelchen, dass ich ihn liebhabe.«

Sherlock tätschelte seine Schulter und flüsterte ihm etwas Tröstendes ins Ohr, dieser Wichser.

»Das weiß er bereits.« Ich atmete scharf ein. Der Schmerz, Morrie so zu sehen und zu wissen, dass ich ihn in diesem Zustand mit Sherlock allein lassen musste, brannte in mir. Es war ein tiefes, körperliches Zittern in meinen Knochen. Ich riss meinen Blick von den beiden los und stieß die Tür auf.

Die kalte Luft biss in meine Haut, sobald ich nach draußen trat. Eine dunkle Gestalt flatterte vom Baum herab und ließ sich auf meiner Schulter nieder. »Krächz?«

»Mir geht es gut«, murmelte ich, nahm den Kleiderstapel von Quoth von der Treppe und hielt ihn ihm hin, während er zur Veranda flatterte und sich wieder in seine menschliche Gestalt verwandelte. Er beugte sich vor, um die Träne aus meinem Auge zu wischen, aber ich duckte mich unter ihm hindurch.

»Komm mir nicht zu nahe, du Kakerlakenatem.«

Schweigend bahnten wir uns unseren Weg durch die Dunkelheit zurück. In meinem Kopf schwirrten die Gedanken, obwohl ich versuchte, sie zu verdrängen. Zweimal hielt Quoth an, um ins Unterholz zu flattern und sich einen Snack zu besorgen. Gerade als ich dachte, wir müssten gleich vom Rand der Welt fallen, so lange waren wir schon unterwegs, blieb Quoth stehen.

»Da ist Sam.« Quoth neigte den Kopf zur Seite. »Und ist das ... Heathcliff?«

Tatsächlich klammerten sich die beiden Männer mitten auf der Lichtung aneinander, nackt und schiefsingend. Oscar sprang zwischen ihnen hin und her und jaulte mit.

Ich stöhnte. »Wir müssen sie ins Bett bringen. Du holst unseren Streber. Ich versuche, Sam zu überreden.«

Als ich Sam unter den Schultern packte, schlang er seine Arme um meinen Hals. »Oh, Mutter, Mutter, ich liebe dich so sehr. Es tut mir leid, dass ich dich angeschrien habe, weil du nicht in mein Hanfgeschäft investiert hast.«

»Es ist ...« Ich erinnerte mich daran, dass es manchmal am besten war, mitzuspielen, wenn ich mit einem betrunkenen Heathcliff rang. »Das ist in Ordnung, Schatz. Ich mache dir eine Tasse heißen Kakao und bringe dich gleich ins Bett ...«

»Nein, keinen Kakao! Die Schokoladenplantagen zerstören die Regenwälder ...« Sam stürzte sich auf den Topf auf dem Feuer, kippte um und riss mich mit sich. Sein Kopf prallte gegen einen Baumstamm und er wurde still.

»Sam?« *Scheiße*. Ich rüttelte an seiner Schulter. »Alles in Ordnung?«

Sam blinzelte. Ich atmete erleichtert auf. Er setzte sich auf. Seine Augen waren verschwommen, als er sich den Kopf rieb. »M-M-Mina? Was ist los?«

Ich entschied mich für eine unverfrorene Lüge. »Du bist eingenickt, bevor wir mit dem Bau unserer Unterstände begonnen hatten. Du siehst ein bisschen krank aus. Vielleicht lag es an etwas, das du gegessen hast ...«

»Jetzt ist keine Zeit mehr für den Bau von Unterschlüpfen. In meinem Rucksack ist ein Notfallzelt. Du musst nur ... an der Schnur ziehen und es ... geht sofort auf.« Sam zuckte zusammen, als er die Seite seines Kopfes abtastete. »Ich hatte die wildesten Träume. Ein riesiger Bär hat mich angegriffen und dann hat sich Allan in einen Vogel verwandelt und Feen haben mich dazu verführt, ihre Waldlieder zu singen.«

»Das war nur ein schlechter Traum.«

»Ich fühle mich schrecklich. Ich hätte euch etwas über das Überleben lehren sollen, und stattdessen bin ich eingeschlafen.« Sam rieb sich die Augen. »Wir haben nicht einmal die Fallen überprüft oder ...«

»Keine Sorge, ich habe an diesem Wochenende schon so viel gelernt«, sagte ich grinsend. »Zum Beispiel weiß ich jetzt, dass ich mich nur dann in der Wildnis verirren sollte, wenn Heathcliff bei mir ist.«

Apropos Heathcliff ... Ich drehte mich zum Feuer um und sah meinen Freund über die Lichtung torkeln, die Hände über dem Kopf, während er Pirouetten wie eine Ballerina drehte. Ein Kranz aus Wildblumen schmückte seinen Kopf und jemand, wahrscheinlich Sam, hatte ihm weitere Blumen in den Bart geflochten. »Dah-dah-dah-duuuum«, rief er, während er einen anmutigen Ballettsprung versuchte und gegen einen Baum prallte. »Entschuldigen Sie, gnädige Frau.« Er trat er einen Schritt zurück und verbeugte sich tief, bevor er in einen weiteren ekstatischen Tanz überging.

Quoth stand am Rand der Lichtung, sein Handy ans Gesicht gehalten, während er Heathcliffs Übermut filmte.

»Was machst du da?«

»Ich halte diesen Moment für die Ewigkeit fest.« Quoth drückte auf seinem Video auf speichern und steckte sein Handy wieder in die Tasche. »Morrie wird das lieben. Er könnte etwas Aufmunterung gebrauchen.«

15

»Ich habe drei Gläser hausgemachten Apfelwein. Wissen Sie schon, was Sie essen wollen?« Die Kellnerin beugte sich über unseren Tisch im »Das Rechte Geflügel«, dem Pub, in dem ich an dem Tag, als Sherlock Holmes mich entführt hatte, auf den Bus gewartet hatte.

Nun, das war ein Satz, von dem ich nicht erwartet, dass er einmal auf mein Leben zutreffen würde.

Ich blickte von der Speisekarte auf, die ich so nah vor mein Gesicht halten musste, dass meine Nase das Papier berührte. »Ich nehme bitte die Würstchen mit Kartoffelbrei, dazu eine Portion Erbsenpüree. Oh, und die überbackenen Pommes und außerdem diese Bauernplatte mit Käse und Schweinefleischpastete. Und eine Scheibe Speck für Oscar und ein Stück Käsekuchen zum Nachtisch. Was ist mit euch?«

»Das ist alles für Sie?« Sie klang überrascht.

Ich grinste. »Ich bin am Verhungern. Wir kommen gerade von Wild Oats ...«

»Oh, der Wildnis-Nahrungssuche-Kurs.« Sie verzog das Gesicht. »Hat Sam Ihnen sein berühmtes Kakerlakenomelett zum Frühstück gemacht?«

Ich verzog das Gesicht. »Er war gestern Abend nicht ganz auf der Höhe, also hatten wir heute Morgen zum Glück nur Brennnesseltee. Der hat nach Füßen geschmeckt.«

»Sagen Sie nichts weiter. Ich bringe Ihnen noch ein Glas Apfelwein mit. Den werden Sie brauchen, um den Kakerlakengeschmack runterzuspülen.«

»Sie kennen sich demnach gut mit dem Wildniszentrum aus?«, fragte Heathcliff.

»Oh, sicher. Die Reisegruppen und Hippie-Touristen halten diesen Pub im Grunde am Laufen, besonders im Winter.« Sie nickte in Richtung der Berge. »Im Sommer wimmelt es in diesen Hügeln nur so von Wanderern, aber im Winter ist Sam der Einzige hier, der für Umsatz sorgt.«

»Dann ist er also recht beliebt hier? Finden Sie seine Arbeit nicht etwas seltsam?«

»Sam ist ein bisschen seltsam, das stimmt, aber im Großen und Ganzen ist er harmlos. Es ist schade, dass er so viel Ärger hatte, erst mit dem vermissten Mädchen und dann mit ihrer Leiche. Vor ein paar Wochen hat es hier von Polizisten nur so gewimmelt. Das ist das Aufregendste, was im Dorf passiert ist, seit wir an die Kanalisation angeschlossen wurden.« Sie wandte sich an Heathcliff und Quoth. »Was darf ich Ihnen bringen?«

Heathcliff warf einen Blick auf die Speisekarte. »Ich nehme das englische Frühstück mit Pommes als Beilage und absolut *keinen* Pilzen.«

»Haferbrei mit Beeren für mich«, fügte Quoth hinzu. »Und ich nehme auch ein Stück Käsekuchen.«

Die Kellnerin kam ein paar Minuten später mit unseren Apfelweinen und Käsekuchen zurück. Heathcliff trank sein Getränk in einem Zug aus. Ehrlich gesagt, lag ich nicht weit hinter ihm. Da ich wusste, dass die Kellnerin ein gesprächiger Typ war, drängte ich auf weitere Informationen. »Wenn Sam derjenige war, der die Leiche gemeldet hat, wer war dann ...«

»Sam war nicht derjenige, der die Straftat gemeldet hat«, sagte die Kellnerin. »Nun, technisch gesehen *war* er es, aber nur, weil er musste.«

»Was meinen Sie damit?«

»Es war wirklich seltsam. Ein deutscher Tourist kam in den Pub, nachdem die Polizei die Leiche entfernt hatte, und hat mir bei einem Bier die ganze Geschichte erzählt. Er war in den Wäldern auf den Wanderwegen unterwegs gewesen, die sich mit denen kreuzen, die Sam für seine Expeditionen nutzt. Er hat etwas Seltsames im Wald gehört, also hat er den Weg verlassen und Sam gefunden, der vor sich hin grunzte, während er einen schweren Gegenstand ins Tal schleppte. Der Tourist blieb stehen, um Hilfe anzubieten, und Sam ist ausgeflippt. Erst als der Tourist das Blut bemerkt hat, das aus der Rettungsdecke sickerte, ist ihm klar geworden, dass Sam eine Leiche mit sich schleppte. Sam hat gesagt, er bringe die Leiche zurück, um sie der Polizei zu übergeben. Sie sei bereits von Tieren schwer angegriffen worden, und er wolle sie nicht dort oben lassen, damit nicht noch mehr Beweise verloren gingen. Der Deutsche hat Sam überredet, die Leiche in einen umgestürzten Baumstamm zu ziehen und die Polizei dorthin zu führen.«

»Das ist nicht das, was er …« Ich hielt inne, bevor ich zugab, dass ich mit Sam über den Mord gesprochen hatte. Es wäre nicht gut, wenn die Leute im Dorf sich daran erinnerten, dass wir hier herumgeschnüffelt haben. »Das stand so aber nicht in der Zeitung.«

»Nein. Die Polizei hat Sam anfangs auch als Verdächtigen angesehen, aber in der Nähe des ursprünglichen Tatorts wurden Fußabdrücke gefunden, die deutlich größer als Sams Schuhe waren, und sie haben einen anderen Kerl dafür verfolgt. Die Polizisten haben Sams Verhalten anfangs zwar für verdächtig gehalten, aber Menschen tun dumme Dinge, wenn sie auf Tatorte stoßen. Sam schien wirklich zu glauben, dass er mit dem Abtransportieren der Leiche vom Berg helfen würde, und er hat sie direkt zum ursprünglichen Tatort weiter oben auf dem Bergrücken geführt.«

Sie ging, um unsere Bestellung aufzugeben, und ich holte mein Handy heraus und schrieb Morrie eine SMS. Er musste erfahren, dass Sam gelogen hatte, was die Entdeckung des Tatorts anging, und dass seine Bewegung der Leiche wahrscheinlich für viele von Kates Prellungen und die Schleifspuren um den Baumstamm herum verantwortlich war.

»Na, das war doch ein *super spaßiges* Wochenende mit unserem neuen Freund, dem Mörder«, sagte Heathcliff, während er seinen zweiten Apfelwein austrank.

Ich stöhnte in meine Hände. Wir waren dabei, Verdächtige auszuschließen, und jetzt hatten wir einen weiteren auf unserer Liste. Sam hatte die Leiche bewegt. Hatte er sie in einem Wutanfall wegen seines ruinierten Geschäfts getötet und dann versucht, die Beweise zu vertuschen?

Konnte unser gutherziger Kakerlakenkoch der Mörder sein?

16

Unsere Fahrt, um Oscar zurückzugeben, und dann zurück zum Laden verlief ereignislos, was auch gut so war, denn ich wälzte die Fakten des Falls immer wieder in meinem Kopf hin und her. Sam, der die Leiche wegschafft. Taras Drohung, Grants schmieriges Verhalten, Kates finanzielle Probleme und ihre Entscheidung, ihren Tod überhaupt erst vorzutäuschen ... ganz zu schweigen von der seltsamen Art und Weise, wie sie getötet worden war. Nichts davon ergab einen Sinn.

Als Heathcliff die Eingangstür des Ladens aufstieß, schnupperte er und verzog das Gesicht. »Hier stinkt etwas zum Himmel, und ich spreche nicht von dem mangelnden Interesse deiner Mutter, unseren Laden in eine Smoothie-Bar zu verwandeln.«

»Mama hat sich wohl wieder Fish and Chips von Oliver geholt.« Ich schnupperte, während ich das Schild auf GESCHLOSSEN umdrehte. Wir waren ein paar Stunden zu früh dran, aber nach all dem Laufen wollte ich mich direkt nach oben verziehen, um mich bei einer Tasse Tee zu entspannen.

Das riecht ja gar nicht nach Fish and Chips. Es riecht ... frischer.

Ich hoffe, Mama versucht nicht schon wieder, Krabbencocktails zuzubereiten. Das war die einzige Dinnerparty, die sie jemals ausgerichtet hat wollte, und sie hat zehn Leuten eine Lebensmittelvergiftung beschert ...

»Du hast das Schild umgedreht?« Quoth half mir, meinen Mantel auszuziehen, und hängte ihn in den versteckten Schrank am Ende des Bücherregals, wo wir unsere gesamte Regenbekleidung aufbewahrten. Er musste einen Haufen von Morries Schuhen aus dem Weg treten, um die Tür zu öffnen. Grimalkin kam auf uns zu, beschnupperte meine Stiefel, warf mir einen grimmigen Blick zu, als sie den Hundegeruch wahrnahm, und trottete davon.

»Ja. Ich weiß, dass wir früh zu Hause sind, aber ich bin so kaputt, dass ich im Moment nicht mit Kunden umgehen kann. Ich freue mich auf einen ruhigen Abend mit etwas Essen zum Mitnehmen, das nicht krabbelt ...«

Ich bog um die Ecke in den Hauptraum und blieb stehen. Mein Kiefer klappte auf, und so sehr ich mich auch bemühte, ich konnte nicht genug Luft holen, um ein Geräusch zu machen.

Was ... ist ... das ...?

Meine Mutter saß auf Heathcliffs Schreibtisch, ihr Laptop auf einem wackeligen Stapel Bücher. Sie blickte auf den Bildschirm und plapperte in die Kamera, während sie eine Austernschale hochhielt und sie aufknackte, wobei Saft und Austernstücke über den Teppich spritzten. Grimalkin huschte herein und verschlang die Meeresfrüchte, bevor sie unter dem Schreibtisch zusammenbrach und vor Zufriedenheit schnurrte.

Neben Heathcliffs Schreibtisch, wo der salzige Saft in den Teppich sickerte, türmten sich zwei riesige Berge von Austernschalen.

17

»Mama«, hauchte ich. »Was …«

Das ist … Ich kann nicht … aber was …

»Mina, Jungs, ihr seid aber früh zurück.« Mama knallte ihren Laptop zu und starrte uns drei böse an. »Ihr unterbrecht meine Live-Übertragung.«

»Deine …« Ich rieb mir die Augen und hoffte, dass die Berge von Austern auf magische Weise verschwinden würden, wie eine Art Fata Morgana, hervorgerufen durch meine erblindenden Augen. Aber nein, da waren sie: zwei riesige Berge stinkende Austern auf dem Teppich.

»Ja.« Mama runzelte die Stirn. »Es ist meine neueste Geschäftsidee. Ich veranstalte eine Perlenparty.«

Heathcliff prustete. »Was in aller Welt ist eine Perlenparty?«

Ich rieb mir die Schläfe. »Mama, ich dachte, du hättest gesagt, du würdest dich nicht mehr an Schneeballsystemen beteiligen.«

»Das ist kein Schneeballsystem. Es ist ein legitimes Geschäft.« Mama verschränkte die Arme. »Nur weil ihr den Wert der sozialen Medien noch nicht erkannt habt, um mit eurem Publikum in Kontakt zu treten, Mina, heißt das nicht, dass du meine Träume zunichte machen kannst. Habe ich nicht viele Bücher für euch verkauft?«

»Ja, schon, aber ...«

»Genau. Wie kann es ein Schneeballsystem sein, wenn ich dem Geschäft helfe? Und schau dir das an.« Mama öffnete die Auster in ihrer Hand und enthüllte eine winzige, leuchtend blutrote Perle. »Ist sie nicht wunderschön?«

»Sollte sie diese Farbe haben?« Sie sah aus wie das perfekte Accessoire für das Hochzeitskleid einer Vampirin.

»Schau, Mina, diese hier ist perfekt für dich. Rot steht für Leidenschaft, Vitalität und Romantik, siehst du?« Mama hielt mir eine Tabelle unter die Nase. Ich riss sie ihr aus der Hand und starrte auf die winzige Schrift. Sie beschrieb Perlen in zwanzig verschiedenen grellen Farben, jede mit einer Beschreibung, die einem bestimmten Persönlichkeitstyp entsprach.

»Mama, was *ist* das?«

»Das ist natürlich mein Unternehmen Juwelen des Ozeans. Es funktioniert ganz einfach: Meine Follower können eine Auster kaufen, und dann öffne ich sie vor dem Bildschirm und zeige ihnen die Perle darin. Sie können dann ein beliebiges Schmuckstück aus unserem Katalog auswählen, und ich füge ihre Perle in das Stück ein und versende es. Es ist wie ein ganz persönliches Erbstück.«

»Aber wie stellst du sicher, dass jede Auster eine Perle enthält und dass die Perlen diese Farbe haben?« Ich nahm eine Auster in die Hand und untersuchte die Schale. »Das ist weder natürlich noch ethisch vertretbar. Und warum verkaufst du sie hier im Buchladen?«

»Schatz, diese Perlen sind vom Internationalen Perlenrat zertifiziert, also bin ich sicher, dass sie in Ordnung sind. Ich habe meine Live-Übertragungen vorher aus der Küche gemacht, aber wenn ich es hier im Laden mache, hebe ich mich von der Masse ab. Ich bin die Perlenbuchladen-Lady. Meine Follower erhalten wunderschöne Perlen und Buchempfehlungen, und ich kann mein Geschäft aufbauen und meine Tochter unterstützen.«

Ein Kopfschmerz breitete sich in meinen Schläfen aus. »Warum kaufen deine Perlenkäufer all diese Bücher?«

»Ich muss versuchen, die Leute dazu zu bringen, so lange wie möglich auf meinem Live-Feed zu bleiben, und ich will nicht alle meine Perlen aufbrauchen.« Mama nickte in Richtung des Stapels stinkender Meeresfrüchte. »Das muss reichen, bis ich meine erste Perlenzahlung erhalte. Also habe ich die Bücherregale nach Büchern zum Thema Perlen durchstöbert.«

»Das glaube ich einfach nicht.«

Mama zeigte auf das Bild einer Meerjungfrau hinter Heathcliffs Schreibtisch. »Ich habe sogar das verkauft. Ich wollte dir eigentlich jetzt einen Scheck über die dreihundert Pfund ausstellen, aber nachdem du mein Geschäft schlechtgemacht hast, habe ich irgendwie Lust, es für mich zu behalten ...«

»Wage es ja nicht. Quo ... äh, Allan hat das gemalt. Er hat das Geld verdient.«

»Oh, Mina. Ich wünschte, du würdest Juwelen des Ozeans unterstützen. Ich habe mich von all dem inspirieren lassen, was du getan hast«, erklärte sie. »Du warst so kreativ, hast dir clevere Veranstaltungen, Ausstellungen und Werbeaktionen ausgedacht. Ich dachte, bei Perlenpartys könnte ich auch kreativ sein ...«

»Aber ... aber das ist eine Buchhandlung!«, stotterte Heathcliff.

»Nicht jetzt, wo Mina das Sagen hat.« Mama zeigte auf die Pinnwand, die ich neben Heathcliffs Schreibtisch mit unseren wöchentlichen Veranstaltungen angebracht hatte. »Jetzt ist es ein Treffpunkt für die Gemeinde, mit Buchclubs und Briefmarkensammlertreffen und sogar einer Science-Fiction-Convention. Ich sehe nicht ein, warum Juwelen des Ozeans nicht dazugehören sollte.«

Ich ließ die Schultern hängen. Ich wusste nicht, ob ich lachen oder weinen sollte.

»Klar, Mama.« Ich seufzte. »Du kannst deine Perlenparty hier ausrichten.«

Heathcliffs Finger gruben sich in meinen Arm. »Was tust du da? Du lässt deine Mutter in unserem Laden Austern öffnen.«

»Ich weiß, dass es verrückt klingt. Das ist alles meine Schuld. Sie hat einen halben Tag lang gute Arbeit geleistet und ich dachte, das würde sie verantwortungsbewusst machen. Aber sie hat sich wirklich großartig um Nevermore gekümmert, während wir weg waren. Sie hat dich nicht ein einziges Mal das Z-Wort genannt. Ich ...« Ich zuckte mit den Schultern und senkte dann meine Stimme zu einem Flüstern. »Ich möchte, dass sie sich einbezogen fühlt. Und ich möchte sie in meiner Nähe haben. Da Dracula herumstreunt ... und wenn er wirklich hinter mir her ist, weil ich Homers Tochter bin, dann könnte er auch hinter Mama her sein. Im Brief meines Vaters stand, dass ich in Nevermore sicher bin. Vielleicht beschützt es sie auch.«

Heathcliff schnaubte. Er war nicht wütend. Er *lachte*.

Ich rüttelte an seinen Schultern. »Wer bist du und was hast du mit Heathcliff gemacht?«

Heathcliff versuchte zu antworten, aber er war nicht mehr bei Sinnen. Er hielt sich an meiner Schulter fest, während ihm Tränen des Lachens über die Wangen liefen.

»Du hast nie erwähnt, dass du eine begeisterte Gärtnerin bist,

Mina«, sagte Edie, als Oscar und ich aus der Mitfahrgelegenheit stiegen.

»Oh, es ist ein ... brachliegendes Hobby.« Ich kreuzte meine Finger hinter meinem Rücken und dachte an die Zeit, als mein Nachbar mich gebeten hatte, mich um sein Cannabis-Beet zu kümmern, während er seine Mutter in Dublin besuchen wollte, und ich versehentlich das ganze Ding mit Unkrautvernichter statt mit Dünger eingesprüht hatte. Edie brauchte das zum Glück nicht wissen. Sie musste auch nicht den wahren Grund erfahren, warum wir hierhergekommen waren. »Ich interessiere mich besonders für ... ähm, Orchideen und so. Jetzt, wo der Frühling vor der Tür steht, ist ein guter Zeitpunkt, um nach neuen Exemplaren Ausschau zu halten.«

»Ausgezeichnete Idee. Außerdem ist es ein großartiger Ort für dich und Oscar, um etwas über Hindernisse zu lernen.«

Oscar trottete durch das Gartencenter und führte mich durch die labyrinthartigen Reihen von Pflanzen und Blumen, die überall mit bunten Töpfen und seltsamen und wunderbaren Statuen übersät waren. Im hinteren Teil des Ladens führte mich Oscar zu einer Tür mit einem Schild, auf dem stand: »SELTENE PFLANZEN: AN DER THEKE ERFRAGEN.«

Edie strahlte. »Auf dem Schild befindet sich Brailleschrift. Das ist tatsächlich auf allen Schildern so, ich bin beeindruckt.«

Eine freundlich aussehende Frau erschien an meiner Seite. Sie sprach mit einem osteuropäischen Akzent. »Meine Mutter liebte es ihr ganzes Leben lang, im Garten zu arbeiten; selbst als sie erblindete, konnte sie alles ertasten. Sie liebte es besonders, zwischen den duftenden und wunderschönen Wildblumen unserer Heimat spazieren zu gehen. Ihr verdanke ich die Gründung dieses Zentrums, und ich glaube, dass *jeder* Freude an der Gartenarbeit haben kann, so wie sie es tat.« Sie lächelte. »Mein Name ist Tatiana. Wie kann ich Ihnen behilflich sein?

»Hallo, mein Name ist Mina und ich bin dem Orchideen-

Fieber verfallen.« Ich kannte den modernen Begriff für Orchideenliebhaber nicht, aber ich hatte in einem von Jos Büchern alles über die viktorianische Faszination für die seltenen Pflanzen erfahren. »Ich interessiere mich besonders für wilde Orchideen aus Rumänien und habe gehört, dass Sie ein paar Exemplare von der *Orchis simia* haben. Ich würde gerne eine kaufen.«

»Das tut mir leid.« Tatiana ballte ihre langen Finger zu Fäusten. Ihre Wut war förmlich greifbar. »Wir hatten zwei perfekte Exemplare des seltenen Affenknabenkrauts, aber sie wurden kürzlich gestohlen.«

»Oh nein. Das tut mir aber leid.« Ich wusste natürlich, dass sie gestohlen worden waren. Das hatte alles im Zeitungsartikel gestanden. Aber ich wurde langsam ziemlich gut im Schauspielern. »Ich weiß, dass Sie auf seltene Pflanzen spezialisiert sind. Haben die Diebe alles mitgenommen?«

Tatiana runzelte die Stirn. »Nein, haben sie nicht. Es war sehr seltsam. Die *Orchis simia* ist bei weitem nicht unsere seltenste und wertvollste Orchidee, und dennoch haben die Diebe jedes andere Exemplar in unseren Lagern stehen gelassen, um nur diese beiden Pflanzen mitzunehmen. Gelegentlich kommt es zu solchen Raubüberfällen, bei denen Diebe mit einer bestimmten ‚Einkaufsliste‘ einbrechen. Sie wurden von einem Sammler beauftragt, eine bestimmte Art zu erwerben, weshalb wir unsere Orchideenarten nicht mehr auf unserer Website aufführen, aber ...« Sie verstummte.

»Was?«

Tatiana zuckte zusammen. Die Erinnerung an den Raubüberfall schien ihr körperliche Schmerzen zu bereiten. *Natürlich ist es schmerzhaft.* Ich erinnerte mich daran, wie verletzt und verängstigt ich mich gefühlt hatte, als der Weihnachtsbaum und die Geschenke der Wohltätigkeitsorganisation aus der Buchhandlung gestohlen worden waren.

Tatiana lehnte sich gegen die Wand und wischte sich erneut die Hände an ihrer Schürze ab. »Die Polizei hat unter dem Fenster, durch das die Pflanzen herausgebracht wurden, verstreute Blätter der *Orchis simia* gefunden. Warum sollte man sich die Mühe machen, die Orchideen zu stehlen, nur um sie dabei zu beschädigen? Für den Sammler ist eine beschädigte Pflanze wertlos.«

Das liegt daran, dass die Blume nicht wichtig ist. Der Dieb ist hinter dem Dreck her; der rumänischen Erde.

»Klingt nach stümperhaftem Diebstahl«, wagte ich zu sagen.

»Das war das andere Merkwürdige. Das Fenster war nach außen hin zerbrochen. Wenn sie durch das Fenster entkommen sind, wie sind sie dann hineingekommen? Alle unsere Türen waren verschlossen.«

Das ergibt durchaus Sinn, wenn man annimmt, dass Dracula das Gebäude in seiner Fledermausgestalt durch einen Lüftungsschacht betreten und sich dann in sein menschliches Antlitz verwandelt hat, um die Töpfe durch ein Fenster zu schleppen.

Tatiana schnalzte mit der Zunge. »Hören Sie nur, wie ich über mein Unglück jammere. Das kann Ihnen doch egal sein. Sie wollen nur die Orchideen sehen. Ich kann Ihnen sagen, dass wir in ein paar Wochen eine neue Lieferung rumänischer Exemplare bekommen. Wenn Sie sich in unsere Mailingliste eintragen, kann ich Sie benachrichtigen, wenn sie eintreffen. Im Moment haben wir eine große Auswahl an asiatischen und südamerikanischen Sorten.« Tatiana holte einen Schlüssel aus ihrer mit Erde besprenkelten Schürze und schloss die Tür auf. »Möchten Sie sie sehen?«

»Natürlich.«

Ich hielt es Tatiana zugute, dass sie nicht fragte, ob ich die Blumen tatsächlich sehen könne, oder verlangte, dass mein

Hund draußen bliebe. Sie riss einfach die Tür auf und bat mich herein.

Während Tatiana mich durch den kleinen Raum führte, Orchideen hochhielt und ihre Besonderheiten bewunderte, wagte ich einen Blick auf das zerbrochene Fenster, das mit Pappe abgedeckt war. Es befand sich hoch oben an der Wand; Dracula hatte auf die Regale klettern müssen, um wieder nach draußen zu kriechen.

Ich kaufte eine kleine Orchidee mit wunderschönen muschelförmigen Blättern für viel zu viel Geld, um meine Tarnung aufrechtzuerhalten, dann nahmen Edie und ich eine Mitfahrgelegenheit zurück zum Buchladen. Edie und Oscar kamen kurz mit rein, um sich im Geschäft umzusehen, bevor sie Oscar zurück zum Blindenführhundezentrum brachte. Ich gab ihm einen Abschiedskuss und spürte, wie mir bei dem Gedanken, mich zu verabschieden, das Herz schwer wurde. Aber Edie versprach, dass Sie beide morgen wiederkommen würden.

Quoth und Heathcliff kehrten gerade von ihrem Ausflug zurück, als sie gingen. »Wir sind nicht mehr bei dieser trotteligen Immobilienmaklerin, also kannst du aufhören, mir schöne Augen zu machen«, murmelte Heathcliff.

»Ich kann nichts dafür, wenn meine normalen Augen dich geil machen.« Quoth strich sich eine Strähne seines schimmernden schwarzen Haares aus dem Gesicht.

»Nur weil Morrie weg ist, heißt das nicht, dass du die Lücke seiner nervigen Anwesenheit füllen musst.«

»Wenn ich seine Lücke füllen wollte, hätte ich den ganzen Morgen damit verbracht, dich den Erzbischof von Zankerbury zu nennen, statt *meinen geliebten Ehemann*«, schoss Quoth zurück.

»Allein dafür,« Heathcliff riss einen Ring von seinem Finger und hielt ihn Quoth hin, »Kannst du deinen Verlobungsring zurückhaben, *Honigschnute*.«

»Haben die Frischvermählten das perfekte Liebesnest gefunden?«, neckte ich sie. Während Oscar und ich die Gärtnerei besichtigt hatten, waren Quoth und Heathcliff mit einer raffinierten Ausrede zum örtlichen Immobilienbüro gegangen, um sich leerstehende Immobilien in der Nähe anzusehen. Da in der letzten Woche im Dorf nichts verkauft worden war, was für Dracula infrage kam, hofften wir, dass er noch nicht zugeschlagen hatte.

»Wir haben uns alle sieben Immobilien auf unserer Liste angesehen«, sagte Quoth. »Nur zwei davon erfüllten die Anforderungen, und bei einer davon hatte man einen Blick auf einen alten Kirchhof und einen Friedhof, *und* direkt an der Grundstücksgrenze befand sich eine gruselige Gruft.«

»Das muss der Ort sein.«

Quoth nickte. »leider konnten wir keinen Blick hineinwerfen. Gerade als die Maklerin die Tür aufschließen wollte, klingelte ihr Telefon. Jemand stellte sich als Freund des Bauunternehmers vor und bot eine hohe Summe Geldes, um das Haus sofort zu erwerben. Sie wurde ganz aufgeregt und eilte mit uns zurück ins Büro, um den Papierkram für ihren illustren Käufer zu erledigen.«

Mir schnürte sich die Brust zusammen. Ich wusste, dass er es war.

»Es gibt noch etwas, das du wissen solltest.« Heathcliff knallte eine Hochglanz-Immobilienbroschüre auf den Schreibtisch. »Das Grundstück, das er gekauft hat, wurde von Lachlan Enterprises erschlossen.«

18

»Du meinst, Grey Lachlans Firma?«

Heathcliff nickte.

Die Information schwirrte in meinem Kopf herum. Grey Lachlan. Sein Name tauchte immer wieder im Zusammenhang mit den Morden hier in Argleton auf. Morde, in die auch immer der Nevermore Bookshop verwickelt zu sein schien. Er hatte versucht, uns die Buchhandlung abzukaufen, und jetzt schien er ein enger, persönlicher Freund von Dracula höchstpersönlich zu sein?

Das kann kein Zufall sein.

»Du hast diesen Blick im Gesicht«, knurrte Heathcliff. »Diesen hinterlistigen Blick.«

»Grey Lachlan hat in ganz Argleton Immobilien aufgekauft«, erinnerte ich sie. »Er hat die Wohnung von Frau Ellis gekauft und Oliver von der Bäckerei eine übertriebene Summe für sein Gebäude angeboten.«

»*Und* er hat uns gedroht, wenn wir ihm die Buchhandlung nicht verkaufen würden«, fügte Quoth hinzu. Grimalkin nutzte die Gelegenheit, um hereinzuschlendern, mir eine tote Maus vor die Füße zu legen und sich mit erhobenem Schwanz wieder davonzuschleichen.

»Na und?«, knurrte Heathcliff. »Er ist ein Bauunternehmer. Ist das nicht das, was sie tun?«

»Vergiss nicht, dass er alles über Morries Geld wusste. Er war derjenige, der uns erzählt hat, dass Morries Konten eingefroren worden waren. Das ist nichts, was ein Bauunternehmer wissen sollte.«

Heathcliff ging um Grimalkins Geschenk herum und ließ sich in seinen Stuhl fallen. »Er ist ein Drecksack, aber das ist nicht gerade eine Überraschung.«

»Er ist mehr als das. Er ist irgendwie darin verwickelt. Was, wenn er so etwas wie Draculas Immobilienmakler ist?« Ich holte mein Handy aus der Tasche und rief Morries Algorithmus auf. Die Karte auf dem Bildschirm blinkte und zeigte alle Immobilienkäufe in der Nähe der Orte der Erdraubüberfälle an. Ich scrollte durch alle und drückte auf die verschiedenen Schaltflächen, um die benötigten Informationen herauszusuchen.

Quoth spähte mir über die Schulter. »Sag uns, was du denkst ...«

»Ich denke, dass Dracula in Bram Stokers Buch Renfield hatte, einen Mann, der unter seinem Einfluss gestanden hatte. Was, wenn Grey Lachlan Draculas neuer Renfield ist? Wir könnten es vielleicht herausfinden, aber es scheint keine Möglichkeit zu geben, zu sehen, ob diese jüngsten Immobilienverkäufe in Lachlans Büchern stehen. Aber selbst ohne diese Informationen, wenn man sich das Muster ansieht ...« Ich hielt das Telefon hoch und schaltete die Immobilienüberlagerung aus, um nur die auf der Karte eingezeichneten Raubüberfälle anzuzeigen. Alle jüngsten Raubüberfälle konzentrierten sich auf einen Umkreis von zwei Stunden um Argleton. »Er kommt uns immer näher. Ich schreibe Morrie eine SMS. Er wird sich wahrscheinlich freuen, wenn er uns irgendwie helfen kann ...«

Ich brach ab, als die Ladenglocke läutete. Einen Moment später erschien eine Gestalt in der Tür.

»Na, wenn das nicht meine Lieblingstruppe aus der Buchhandlung ist.« Mein Blut gefror in den Adern, als ich die Stimme erkannte. Grey Lachlan.

Grey trat ins Licht und wischte eine feine Staubschicht von der Vorderseite seines Anzugs auf unseren Teppich. Heathcliff versteifte sich und ballte die Hände zu Fäusten. Quoth stellte sich neben mich, sodass sein Arm meinen berührte. Ich spürte das Zittern in seiner Haut, während er darum kämpfte, in Greys Gegenwart seine menschliche Form zu bewahren, aber er biss die Zähne zusammen und starrte den Bauunternehmer finster an.

Ich schob mein Handy in meine fledermausförmige Handtasche, damit Grey es nicht sehen konnte. »Was wollen Sie, Grey?«

»Warum dieser misstrauische Ton, Mina? Was wäre, wenn ich ein Buch kaufen wollte?« Er warf den Kopf in den Nacken und lachte, als wäre dies das Lustigste, was je jemand gesagt hätte. Unbehagen flackerte in meiner Brust.

Grey fuhr sich mit der Hand durch die Haare, die, wie ich bemerkte, ebenfalls mit einer feinen Staubschicht bedeckt waren. Tatsächlich ... jetzt, da er im Licht meiner Lampen stand, konnte ich sehen, dass der Entwickler ungewöhnlich ungepflegt aussah, der Anzug zerknittert, die Ärmel mit kleinen, dunklen Flecken übersät, dicke Augenringe und ein wahnsinniger Blick, der im Widerspruch zu seinem Beruf zu stehen schien.

»Sie verteilen Staub auf unserem Teppich.« Ich verschränkte die Arme.

Grey blickte auf seine geisterhaften Fußabdrücke und den

weißen Kreis um sich und kicherte noch mehr. »Ich bitte vielmals um Entschuldigung. Ich beaufsichtige derzeit die Renovierungsarbeiten an meinem neuen Anwesen und habe nicht bemerkt, dass ich mit Gipsstaub bedeckt bin. Ich bin in meiner Eigenschaft als guter Nachbar zu Besuch gekommen, um Sie über die Arbeiten zu informieren, die nebenan stattfinden werden.«

Grey stellte seine Aktentasche ab und kramte einen Stapel zerknitterter Papiere heraus, die er mir reichte. Ich hielt die Papiere unter die Schreibtischlampe und starrte auf die winzigen Wörter.

Es war ein Brief, der uns über die Bauarbeiten am Gebäude gegenüber informierte, zusammen mit einer Fotokopie einer behördlichen Genehmigung. Mir stockte der Atem, als ich die Worte las.

»Sie errichten ein Baugerüst über die gesamte Straße? Das können Sie nicht machen. Es wird den Eingang zu unserem Geschäft blockieren!«

»Leider ist das notwendig.« Grey faltete die Hände. »Es ist eine Gesundheits- und Sicherheitsanforderung für meine Arbeiter. Wir müssen dringend die Fugen erneuern. Die Stadtverwaltung hat es genehmigt. Sie haben noch einen weiteren Eingang, sodass es für Ihr Geschäft keine Beeinträchtigung darstellt.«

»Klar, eine schmale Tür in einer von Mülltonnen gesäumten Seitengasse.« Der Nevermore Bookshop war auf Touristen angewiesen, die mit Bustouren am Stadtplatz abgesetzt wurden. Wir waren perfekt gelegen, um von den Fußgängern zu profitieren, die sich ein Stück englisches Dorfleben wünschten. Aber selbst wenn sie durch Greys Gerüst zu unserer Eingangstür gelangen könnten, würden sie ihr Bestes tun, um den Baulärm zu vermeiden. Wir befanden uns bereits in einer prekären finanziellen Lage. Ein paar ruhige Monate würden uns den Rest geben.

Und es gab noch etwas, das wir nicht bedacht hatten. Zwischen unserem Keller und der Wohnung von Frau Ellis auf der anderen Straßenseite befand sich ein alter Tunnel. Sie hatte ihn im Januar zugemauert, nachdem wir herausgefunden hatten, dass ihre Nichte ihn benutzt hatte, um in den Laden zu schleichen und die Weihnachtsgeschenke für ihren Hund zu stehlen. Es war nur eine Frage der Zeit, bis Grey es herausfinden würde, und mir gefiel die Vorstellung nicht, dass dieser Kerl einen einfachen Weg in unseren Laden hatte, vor allem nicht, seit wir wussten, dass die Quelle des Meles irgendwo dort unten war.

»Meine Güte, das wird den Fußgängerverkehr zu Ihrem Geschäft wohl etwas einschränken«, stieß Grey hervor. »Ich verspreche, dass ich mich bei der Arbeit beeile, aber ich hoffe, dass Sie genügend Ersparnisse haben, um diese Zeit zu überstehen. Mein Angebot steht natürlich noch. Ich kaufe Ihnen dieses alte Gebäude gerne für das Sechsfache seines aktuellen Wertes ab. Sie wären Ihre Geldsorgen für immer los und hätten genug Geld, um sich auf dem Land zur Ruhe zu setzen.«

»Wir sind nicht interessiert, also hören Sie auf zu fragen. Und hören Sie auf, Oliver zu belästigen«, schnappte ich. »Er wird sein Gebäude auch nicht an Sie verkaufen. Manche Menschen interessieren sich für mehr als Geld.«

Grey winkte ab. »Oh, aber das wird er. Jeder hat seinen Preis, und ich habe einen endlosen Pool an Geld und Macht, aus dem ich schöpfen kann.«

»Entschuldigung?« Ein Junge, der nicht älter als fünfzehn gewesen sein konnte, kam zum Tresen und sah abwechselnd zwischen Heathcliffs finsterem Gesicht und Greys manischem Blick hin und her.

»Sie werden jetzt gehen«, sagte Heathcliff mit leiser Stimme und angespanntem Körper, während er Grey finster anblickte. »Ich möchte Sie nicht vor einem Kunden enthaupten müssen.«

»Wie Sie meinen.« Grey nahm seine Aktentasche. Dabei bemerkte er Grimalkins Gabe zu meinen Füßen. Er hob die Maus am Schwanz hoch und hielt sie hoch, wobei er sich die Lippen leckte, als wäre es eine Leckerei. Grey zwinkerte mir zu, drehte sich dann um und ging, die Maus am Schwanz schwingend, zur Tür. Einen Moment später läutete es und er verschwand aus unserer Gegenwart.

Was zum Teufel sollte das denn?

»Es tut mir leid.« Der Junge wich zurück. »Ich wollte Sie nicht stören.«

Ich drehte mich zu dem Jungen um und lächelte. »Mach dir keine Sorgen. Du hast uns tatsächlich einen Gefallen getan. Wie können wir dir helfen?«

Der Junge hielt einen E-Reader hoch. »Könnten Sie das reparieren? Die Scroll-Funktion klemmt.«

Heathcliff blickte vom Gesicht des Jungen zum Gerät und wieder zurück zu dem Jungen. In seinem Kopf drehten sich die Zahnräder.

Oh-oh.

»Ich halte es für keine gute Idee, ihm das zu geben ...« Ich streckte die Hand nach dem E-Reader aus, aber Heathcliff hielt ihn schnell außer Reichweite.

»Keine Sorge, Junge. Ich habe genau das Richtige dafür.« Heathcliff legte den E-Reader auf seinen Schreibtisch und holte etwas aus der Schublade. Bevor ich ihn aufhalten konnte, hob er den Hammer hoch und schlug auf das ahnungslose Gerät.

KRACH.

Teile des E-Readers flogen überall hin und Funken sprühten aus dem Gerät.

»Bitte schön.« Heathcliff reichte es dem fassungslosen Jungen zurück. »So gut wie neu.«

19

Da wir nun eine ungefähre Vorstellung davon hatten, wo sich Draculas Kisten befinden könnten, konnten wir unseren Plan, ihn aufzuhalten, in die Tat umsetzen. Glücklicherweise hatte Bram Stoker uns detaillierte Anweisungen hinterlassen. Ich fand ein abgegriffenes Exemplar von *Dracula* im Klassikerregal und blätterte darin, um mein Wissen über die traditionelle Vampirjagd aufzufrischen, und dann machten wir uns an die Arbeit.

Mit dem *Dracula*-Taschenbuch bewaffnet, ließen Quoth und ich Heathcliff mit spezifischen Anweisungen zurück, den Kellertunnel zu blockieren und mir auf jede erdenkliche Weise ein Treffen mit Grant Hosking zu verschaffen. Wir schlenderten über die Wiese zur katholischen Kirche des Dorfes. Ich schauderte, wenn ich daran dachte, wie ich einmal hier herein gestürmt war, nur um Ginny Buttons Leiche zusammengekrümmt am Fuße der Steintreppe zu finden, und wer könnte Brian Lettermans Erhängung in der Sonntagsschule vergessen? Mina Wilde und Kirchen vertrugen sich nicht.

Quoths Finger glitten in meine. »Du siehst besorgt aus.«

Ich wedelte mit dem Taschenbuch vor meinem Gesicht

herum. »Natürlich bin ich das. Morrie steckt in Schwierigkeiten und wir sind hinter einem blutrünstigen, unsterblichen Vampir her. Das und wir sind dabei, in einer Kirche ein Verbrechen zu begehen. Ich bin überrascht, dass du dir nicht mehr Sorgen um deine unsterbliche Seele machst.«

»Ich bin mir nicht sicher, ob Raben eine Seele haben.« Quoth sah den entsetzten Ausdruck auf meinem Gesicht und lächelte. »Tut mir leid, das sollte ein Scherz sein.«

Ich legte meinen Kopf auf seine Schulter. »Nein, *mir* tut es leid. Du solltest jetzt in der Schule sein und etwas über hochgestochene moderne Kunst lernen und Landschaften kopfüber in Unterwäsche malen. Stattdessen bist du hier bei mir.«

»Mina, ich werde immer über dich wachen. Die Schule kann warten. Ich muss hier bei dir sein.«

Auf dem Parkplatz der Kirche standen keine Autos. Eine der Holztüren stand offen. Auf einem Schild waren die wöchentlichen Gottesdienste aufgeführt und jeder wurde dazu eingeladen, hereinzukommen, um in Ruhe zu beten. Ich streckte meinen Kopf durch die Tür, konnte aber in der Dunkelheit niemanden sehen oder hören. Nicht, dass das heutzutage viel zu bedeuten hätte.

»Pater O'Sullivan?«, rief ich.

Keine Antwort.

»Komm schon.« Quoth drückte meine Hand und zog mich in die Kirche.

Von den Wandleuchtern flackerte Kerzenlicht und auch um den Altar herum flackerte es. Quoth führte mich direkt zur Apsis und zog mich die Stufen hinauf zum Altar, der mit einem makellos weißen Tuch bedeckt war.

»Ich habe mich ein wenig über die katholische Messe informiert und die Kommunion wird in diesem Tabernakel aufbewahrt.« Quoth griff nach einem reich verzierten, mit Gold eingelegten Schrank, neben dem eine einzelne Kerze brannte. Er griff hinein und holte eine Schale mit Hostien heraus. »Die müssen für die Abendmesse heute sein. Alles, was sich im Tabernakel befindet, ist gesegnet.«

»Perfekt.« Ich hielt meine Tasche auf, während Quoth die Schale in meine Handtasche kippte. Einige Oblaten verteilten sich auf dem Boden, aber die meisten landeten in meiner Handtasche. Ich stand auf und sah mich um. »Und wo ist jetzt das Weihwasser ...«

Eine scharfe Stimme schreckte mich auf. »Was zum Teufel geht denn hier ab?«

20

Ich wirbelte herum. Pater O'Sullivan stand mit verschränkten Armen und einem mürrischen Gesichtsausdruck in der Tür zur Sakristei.

»Oh, hallo, Pater. Ich wollte nur ...« Ich strahlte ihn an. »Wir hatten gehofft, Sie zu finden. Ich schreibe gerade ein Buch, in dem die Hauptfigur, ähm ... katholisch ist. Bei meinen Recherchen bin ich auf den Begriff ‚Cilice' gestoßen und habe mich gefragt, ob Sie mir etwas darüber erzählen können.«

Der Pater strahlte. »Ich bin froh, dass du an mich gedacht hast, Mina. So viele Menschen haben seltsame Vorstellungen von Katholiken und unseren Ritualen und Traditionen. Ich würde gerne mit dir über das Cilice sprechen. Es ist ein Gegenstand, der am Körper getragen wird, um Schmerzen zuzufügen und Buße zu tun. Früher trug man ein sogenanntes härenes Hemd aus rauem Stoff, das die Haut reizte, aber heute ist es üblicher, sich eine Kette um den Oberschenkel zu legen, deren Stacheln sich in die Haut bohren...«

Während wir beide dem Vortrag von Pater O'Sullivan nickend lauschten, schob ich die Hostien tiefer in meine Tasche. Wir dankten ihm für die Informationen und eilten so schnell wir konnten davon. Hand in Hand entschieden Quoth und ich uns einen Wanderweg, um das nächste Dorf zu erreichen, wo wir eine weitere Kirche betraten. Diese war leer, den Göttinnen sei Dank, und ich steckte alle Hostien in meine Handtasche, während Quoth eine Thermoskanne mit Weihwasser füllte.

Auf dem Heimweg hielten wir auf dem Dorfmarkt an. Frischer Knoblauch war ausverkauft, also schnappte ich mir mehrere Flaschen extrastarke Knoblauch-Aioli.

Jetzt waren wir bereit, einen Vampir zu jagen.

Als wir zurückkamen, hängte Heathcliff ein Bild an der Wand im Flur, am Ende der Reihe winziger ausgestopfter Köpfe von Nagetieren, die Grimalkin und Quoth getötet hatten, auf. Er richtete zwei Scheinwerfer auf seine Kreation und trat einen Schritt zurück, um sein Werk zu bewundern. »Was hältst du davon?«

»Ich halte davon, dass du nicht unten bist, um den Tunnel zuzumauern, oder ein Treffen mit Grant Hosking organisierst.«

»Hosking hat meinen Anruf nicht entgegengenommen und ich habe den Tunnel bereits repariert. Ich habe drei riesige Sperrholzplatten über das Loch genagelt und Handy Andy angerufen, damit er kommt und es zumauert. Er meint, er kommt nächste Woche, obwohl er ein Handwerker ist, also bedeutet das wahrscheinlich nächstes Jahr. Als ich im Baumarkt war, habe ich dieses Schild gesehen und bin auf die Idee gekommen. Was hältst du davon?«

Ich trat vor. Auf einem großen Holzschild hatte Heathcliff den kaputten E-Reader wie eine Jagdtrophäe montiert. Die Trophäe war zur Tür gerichtet, sodass sie das erste war, was Kunden sahen, wenn sie eintraten.

»Und du dachtest, Morrie wäre das Genie.« Heathcliff grinste. Es war ein seltsamer Anblick, eher furchteinflößend als amüsant, mit einer Menge entblößter Zähne. Ich fand es toll; ein wildes Lächeln für meinen wilden Jungen.

»Es ist ... ähm ...« Ich beugte mich vor, um einen Blick auf das Schild zu werfen. Hinter mir brach Quoth in schallendes Gelächter aus.

»Mina?« Heathcliff stieß mich an.

»Ich ... mir fehlen die Worte.«

Heathcliff legte seinen Arm um meine Schultern und führte mich in den Hauptraum. »Ich denke, das macht unsere Position zum Thema E-Books und dem Laden-Dessen-Name-Nicht-Genannt-Werden-Darf deutlich. Komm und sieh dir an, was ich sonst noch gemacht habe, während ihr spazieren wart.«

Als wir den Raum betraten, kam Grimalkin um die Ecke gerannt und schlug mit ihren Pfoten nach einem winzigen blauen Gegenstand. Quoth stürzte sich darauf und brachte eine Perle zum Vorschein, die er mir in die Tasche steckte. *Diese Dinger werden wir jetzt überall finden.*

Heathcliff zeigte auf einen Stapel Holzpflöcke an der Ecke des Schreibtisches neben der Orchidee, die ich von Tatiana gekauft hatte und die bereits am Welken war. »Die habe ich auch im Baumarkt gekauft. Sie sind für den Tomatenanbau. Ich habe sie angespitzt. Wie ist es euch ergangen?«

Ich öffnete meine Handtasche, um ihm die Oblaten, das Weihwasser und die Aioli zu zeigen. Heathcliff nahm eine Oblate und biss hinein. »Schmeckt wie Pappe. Ich verstehe, warum du die Aioli dazu wolltest.«

Ich nahm ihm die Oblate aus der Hand. »Du weißt, dass die nicht zum Essen gedacht sind. Wann sollen wir uns auf den Weg machen, um ein paar Vampire zu jagen?«

Ich warf einen Blick auf mein Handy und verfluchte mich zugleich dafür, als eine Welle limettengrünen Lichts vor meinen Augen auftauchte. Ich musste mich daran gewöhnen, nach der Uhrzeit zu fragen.

»Es ist halb sechs.« Quoth warf einen Blick auf seine Uhr. »Erst Abendessen, eine Folge von Midsomer Murders, und gegen 22 Uhr können wir zu unseren nächtlichen kriminellen Aktivitäten aufbrechen.«

»Es ist keine kriminelle Aktivität, wenn wir das Land vor einem psychotischen Vampir retten«, gab Heathcliff zu bedenken. »Die Queen würde das gutheißen. Eigentlich hätten wir alle Medaillen verdient.«

»Genau das Gleiche würde Morrie sagen«, sagte ich lächelnd, aber meine Mundwinkel bebten. Morries Abwesenheit wurde mir schlagartig bewusst. Ich klammerte mich an die Schreibtischkante, überwältigt von dem Bedürfnis, ihn zu sehen, ihn zu berühren, zu wissen, dass es ihm gut ging.

Ohne unser kriminelles Superhirn in unserer Mitte fühlte sich alles falsch an. Wir alle spürten es, weshalb wir immer wieder seine Sprüche zitierten, um die Leere seiner Abwesenheit zu füllen.

Heathcliff kam um den Schreibtisch herum, seine Augen dunkel, die Lider schwer. Er schlang seine Arme um mich und drückte mich an sich. »Quoth und ich können dich Morrie vergessen lassen«, knurrte er.

»Ich will ihn nicht vergessen.«

»Nein, aber du willst, dass der Schmerz verschwindet.«

Ich hob eine Augenbraue und bemerkte den sehnsüchtigen Ton in seiner Stimme. »Was ist mit Midsomer Murders?«

»Wir haben mehr als genug Mordfälle zu bewältigen. Ich glaube nicht, dass wir das vermissen werden.« Quoth trat hinter mich, legte seine Hände auf Heathcliffs und hauchte mir Küsse auf den Nacken.

Ich war noch nie *nur* mit Heathcliff und Quoth zusammen gewesen. Immer wenn mehr als einer meiner Freunde dabei war, war Morries Anwesenheit allgegenwärtig gewesen, und er hatte eine Art, die Dinge zu übernehmen und zu leiten. Er hatte gern die Kontrolle, was zum Teil seine Attraktivität ausmachte. Besonders, wenn sie mit Heathcliffs Wildheit zusammenstieß.

Kein Wunder, dass diese beiden so viel Ballast mit sich herumtrugen.

Und Quoth ... Quoth war der Leim, der uns alle zusammenhielt. Er war die Süße, der Sonnenschein, der meine Welt erhellte. In diesem Moment fanden seine Lippen die meinen, und sein Kuss machte alles besser. Quoth war wie reichhaltige belgische Schokolade *und* ein toller Haarschnitt. Er saugte meine Lippe in seinen Mund, und ich schmolz in seinen Armen.

Heathcliff streckte seinen Arm aus und fegte mit einem Schwung alles vom Schreibtisch. Eine Kaskade aus Büchern, Stiften, Büroklammern, Quittungen und zerbrochenen Austernschalen stürzte zu Boden. Die Kasse hüpfte über den Teppich und kam zum Stehen, als sie auf das Tischbein traf. Die Schublade sprang auf und verschüttete überall Münzen. Grimalkin jaulte vor Schreck und rannte davon.

Es würde Stunden dauern, bis wir das Chaos beseitigt hatten, das er angerichtet hatte. Und es war mir scheißegal. Quoth drehte mich herum und schob mich in Richtung Heathcliff, dessen raue Hände mich mit dem Gesicht nach unten auf den Schreibtisch drückten. Wenn es Morrie gewesen wäre, würde er jetzt hinter mir stehen und mit den Fingerspitzen über meinen entblößten Arsch streichen und etwas Schmutziges schnurren, das mich sofort feucht werden lassen würde.

Aber es war Heathcliff, und er machte keine Scherze und verführte nicht. Er schwang sein Herz, und seinen Schwanz, wie eine Waffe. Ich hatte keine andere Wahl, als mich zu ergeben.

Heathcliff stieß in mich hinein, so groß und so hart, dass ich nach Luft schnappte. Ich versuchte, mit den Hüften zu wackeln und ihn tiefer hineinzutreiben, aber sein Körper umschlang mich und hielt mich fest. Er grub seine Finger so fest in meine Oberschenkel, dass es auf die bestmögliche Weise schmerzte.

Ich warf den Kopf in den Nacken und starrte in Quoths Augen, die vor Liebe, Lust und Verlangen nur so überquollen, und ich kam so heftig, dass mir dabei schwindlig wurde.

Heathcliff war noch nicht fertig mit mir; noch nicht einmal annähernd. Er drehte mich irgendwie um, während er noch in mir war. Seine riesigen Hände umfassten meine Brüste, während er mich mit lüsternen Augen anstarrte. Seine Lippen pressten sich heiß und wild auf meine, und seine Finger verkrallten sich in meinen Haaren und zogen meinen Kopf nach hinten, um meinen Nacken freizulegen.

Ich presste meine Hüften gegen Heathcliff und wollte mehr, mehr, mehr, ohne mich darum zu kümmern, dass die Kante des Schreibtisches wahrscheinlich einen bleibenden Abdruck in meinem Arsch hinterlassen würde. Über meinem Kopf sah ich Quoth, der zusah, immer nur zusah, mit dem süßesten und sexigsten Lächeln auf den Lippen.

Ich warf den Kopf in den Nacken und gab mich den beiden und ihrer Magie hin.

Als Heathcliff kam, ließ er mich nicht sofort los. Er zog mich fest an sich, obwohl ich von den Orgasmen so high war, dass ich zu diesem Zeitpunkt nur noch Ballast war. Sein Körper bebte und er vergrub seinen Kopf in meiner Schulter, während er sich für einen letzten Stoß bereit machte.

»Ich verspreche dir, wir holen ihn zurück«, flüsterte er mir heiser und rau ins Ohr; so leise, dass ich fast dachte, ich hätte mir die Worte nur eingebildet.

Heathcliff glitt von mir herunter und taumelte mit weitaufgerissenen Augen zurück, als könnte er nicht recht glauben, was er gerade gesagt hatte. Seine Worte hingen zwischen uns, und anstatt Morrie zu vergessen, ließen sie die Sehnsucht nach ihm in meinem Herzen wie Nadeln aufsteigen. Heathcliffs Lider flatterten zu, und sein Atem entwich rasselnd, während er seine Faust an seine Brust presste, als würde auch er den Schmerz wegatmete, den er verspürte, weil er den Mann verloren glaubt, den wir beide mit einer Heftigkeit liebten, die unsere Seelen verdarb.

Quoth hob mich auf und trug mich zum Fenster, legte mich auf dem Sofa ab und nahm sich die Zeit, meine Gliedmaßen und Haare so zu arrangieren wie ein Künstler, der ein Stillleben komponiert. Seine Hände glitten suchend und erkundend meinen Körper hinunter. Er folgte seinen Fingern mit seinem Mund und legte Spuren federleichter Küsse, die die Nadeln in meiner Brust in eine Art Schmerz verwandelten, die nach Befriedigung verlangte.

Die Küsse wurden intensiver und auch die Verbindung zwischen uns vertiefte sich. Quoth presste seine Lippen auf meine Brust, genau dort, wo mein Herz in seinem rasenden, gebrochenen Takt klopfte. Und es fühlte sich an, als würden seine Lippen etwas in mir berühren, als würde er ein Loch in meiner Brust schließen und mich mit seinem Licht erfüllen.

Mein gequälter Künstler, mein wunderschöner Geist, der sein Herz entblößt.

Ich spreizte meine Beine und winkelte meine Hüften an, um mich ihm hinzugeben. Quoth drang mit einem Seufzer in mich ein, der sowohl traurig als auch exquisit war. Als er meinen Körper mit seinem bedeckte und ein Teil von mir wurde, fielen mir die Worte seines Schöpfers ein ...

»Doch eine Liebe, so groß, so grenzenlos
Wie die unsere gab es nie.
Wir liebten uns so, dass die Engel darob
Beneideten mich und sie.«

Später, als wir drei in einem Gewirr von Gliedmaßen auf dem riesigen Bett lagen, das die Jungs irgendwie für mich die Treppe hinaufgehievt hatten, ohne sich dabei gegenseitig umzubringen, fielen mir die Worte eines anderen Autors ein, Bram Stoker, und ich spürte, wie ein kaltes und untotes Ding durch die Dunkelheit griff, um mir ins Herz zu stechen, denn ich wusste, dass irgendwo da draußen ein Monster darauf aus war, mir alles zu nehmen, was ich liebte.

> *»Selbst wenn ihr nichts geschieht, könnte ihr Herz*
> *bei so viel Grauen und Schrecken versagen;*
> *und sie könnte in der Folge leiden …*
> *sowohl im Wachen, aufgrund ihrer Nerven,*
> *als auch im Schlaf, aufgrund ihrer Träume.«*

21

»Beweg deinen gefiederten Hintern, ich kann nichts sehen«, brummte Heathcliff.

»Krächz.«

»So etwas sagt man nicht vor einer Dame«, schoss es Heathcliff in einem ziemlich Morrie-mäßigen Ton zurück.

Heathcliff und Morrie hörten telepathisch mehr von Quoths Gedanken als ich, sodass ich seinen unhöflichen Kommentar nicht mitbekam. Die Geste, die er mit seinem Flügel machte, war ziemlich universell. Ich hörte nur die Gedanken, die Quoth an mich richtete, aber die drei schienen ganze Gespräche zu führen, von denen ich nur eine Seite hörte. Dies war einer dieser Momente. Da wir jedoch Grey Lachlans Grundstück beobachteten, war es wichtig, dass wir alle still waren.

»Warum hast du deinen Hund nicht mitgebracht, Mina, dann hätten wir einen richtigen Zirkus ... au!« Heathcliff rieb sich die Wange und funkelte den Raben an. »Wofür war das?«

»Krächz!«, zwitscherte Quoth verärgert. Heathcliff seufzte entnervt.

Ich funkelte die beiden an. »Könnt ihr euch nicht etwas leiser streiten?«

»Schuld daran ist das verfluchte, riesige Loch in meiner Wange«, brummte Heathcliff.

»Das hast du verdient. Quoth hat recht. In ein paar Monaten wird Oscar bei all unseren Ausflügen dabei sein, und er wird sich wahrscheinlich besser benehmen als ihr beide.« Ich stieß Heathcliff in den Arm. »Sag mir, was du siehst.«

»Absolut gar nichts.« Heathcliff ging durch die Hecke und richtete das Fernglas auf die Reihe modernistischer Stadthäuser. »Glaubst du, er ist überhaupt da drin?«

Quoth nahm dies als Stichwort, flatterte zum Balkon, setzte sich auf das Geländer und spähte in die dunklen Fenster. Er umrundete das Haus, bevor er zu den Büschen zurückkehrte.

Die Luft ist rein. Das Haus ist völlig leer. Keine Fledermaus in Sicht und kein Sarg im Wohnzimmer.

Ich tätschelte ihm den Kopf und setzte mein Vampir-Set auf. »Gehen wir.«

Wir stapften über den gepflegten Rasen und drängten uns dicht unter der Tür zusammen. Quoth hielt Ausschau auf der Straße, während Heathcliff mit Morries Dietrich-Set herumfummelte. »Diese verdammten Dinger sind nichts für meine Finger«, murmelte er, als er das winzige Metallwerkzeug zum dritten Mal fallen ließ.

»Gib her.« Ich streckte meine Hand aus.

»Du hast gesagt, du willst, dass ich das Schloss knacke.«

»Weil du, wenn ich dir keine Aufgabe gebe, nur herumstehst und den Rest von uns nervst und ablenkst. Natürlich dachte ich damals, dass du weißt, was du tust.« Ich wedelte mit der Hand. Heathcliff ließ das Set in meine Hand fallen.

»Und du weißt es?«

Ich kniete mich an der Tür hin und steckte den Pick in das Schloss. »Wenn Morrie sich langweilt, lässt er mich

Schlösserknacken üben. Ich kann nicht garantieren, dass ich es schaffe, vor allem, weil ich nicht sehen kann, was ich tue, aber laut Morrie geht es nur ums Gefühl ...«

KLICK.

Die Tür schwang auf. Triumphierend grinste ich Heathcliff an. Quoth flatterte von der Straße zurück und schlüpfte als Erster hinein, um das Innere auszukundschaften, bevor er uns mit einem Flügelschlag hereinbat.

Die Luft ist rein.

Ich schaltete das Licht ein, um das Stadthaus zu untersuchen. Bei all dem Glas sah es weniger verdächtig aus, als wenn wir mit Taschenlampen herumleuchten würden. Grey Lachlan mochte vieles sein, aber er hatte ein gutes Designteam. Wenn man auf minimalistische Würfel stand. Im Erdgeschoss befanden sich ein offener Wohnbereich, ein Essbereich und eine Küche. Die gesamte Rückwand bestand aus raumhohem Glas mit Blick auf den Fluss. Die Wohnung war bereits komplett mit frischen, modernen Möbeln und geschmackvoller »Nicht-Kunst« an den Wänden eingerichtet, alles in strahlendem Weiß, akzentuiert mit erdigen Hipster-Tönen.

Meine Augen suchten die glatten Oberflächen nach einer Kiste oder einem Topf ab, in dem Dracula seine Erde aufbewahrte, aber es war nichts Ungewöhnliches zu sehen. Heathcliff stapfte im Schlafzimmer im Obergeschoss herum, während Quoth auf den Fensterbänken entlanghüpfte und mit seinem Schnabel die Küchenschubladen öffnete.

Heathcliff polterte die Treppe hinunter. »Vielleicht hat er die Erde noch nicht verteilt?«

»Oder vielleicht wollte er nicht, dass es fehl am Platz wirkt, besonders wenn er annimmt, dass wir ihm auf der Spur sind. Zweifellos hat Grey ihm von uns erzählt.« Ich warf einen Blick in die Küche, wo eine Reihe nagelneuer Geräte die Arbeitsplatte säumten. Eine Kaltpress-Kaffeemaschine, ein schicker Brotbackautomat und ... war das ein Braueimer für Craft-Bier?

Ich zog eine Augenbraue angesichts der seltsamen Anordnung. »Ist Dracula ein Hipster?«

Hyuh-hyuh-hyuh. Quoth lachte sein Vogelgelächter.

»Wenn Morrie hier wäre, würde er uns anflehen, eines dieser Geräte für den Laden zu besorgen.« Heathcliff betrachtete die Kaffeemaschine. »Alle diese Küchenfoltergeräte haben Behälter, oder?«

Natürlich.

Heathcliff öffnete den Brotbackautomaten, während ich den Deckel des Craft-Beer-Eimers anhob. Ein erdiger Geruch stieg mir in die Nase, und als ich in den Eimer spähte, berührte meine Nase feuchte, frische Erde.

»Gefunden.« Triumphierend hielt ich den Eimer hoch. »Eine Packung Dracula-Erde, bereit zum Neutralisieren.«

»Hol die Abendmahl-Chips und dann nichts wie raus hier.« Heathcliffs Augen funkelten.

Ich klemmte mir den Eimer unter den Arm und tauchte meine Hand in meine Handtasche. »Sie heißen Oblaten, nicht Chips ...«

Hinter mir flatterten Flügel. Ich dachte, Quoth würde die Schränke untersuchen, aber dann stieß er ein ersticktes Krächzen aus. Unbehagen machte sich in meiner Brust breit. *Er steckt in Schwierigkeiten.*

Ich wirbelte herum. Quoths Flügel schlugen hektisch, während ein großer Mann ihn festhielt und meinen Raben an seine Brust drückte, während er ein Fleischermesser hochhielt. Der Schatten der Küchenschränke und eine tief ins Gesicht gezogene schwarze Kapuze verbargen die meisten seiner Gesichtszüge vor mir. Ein Lächeln, das man nur als wahnsinnig bezeichnen konnte, breitete sich auf einem Paar dünner Lippen aus.

Der Fremde drückte Quoth das Messer an die Kehle und streckte die Hand nach dem Eimer aus. »Ich glaube, der gehört mir.«

22

Er ist es.

Das ist Dracula.

Er trat ins Licht, und mein Körper erstarrte vor Schreck. Er hat Quoth. Er tut Quoth weh. Alles, was ich tun konnte, war, die Gestalt anzustarren, während sie auf mich zukam, die Finger immer weiter nach vorne gestreckt, ihre Spitzen mit dunklen Flecken befleckt.

Blut.

Quoth streckte den Schnabel aus und packte die Kapuze des Mannes am Rand, um sie herunterzuziehen. Ich taumelte, als ich das Gesicht darunter erkannte. Er war kaum wiederzuerkennen. Statt seines normalerweise glatten Anzugs trug er einen fleckigen schwarzen Trainingsanzug, der in Fetzen von seinem Körper hing, Hautstreifen waren aus seinen Wangen gerissen worden und seine Augen brannten wie verrückt.

Nicht Dracula.

Grey Lachlan.

Greys Hand schwebte in der Luft zwischen uns und seine

Finger griffen nach etwas. »Ich werde die Erde wieder an mich nehmen, danke.«

»Sie meinen diesen Dreck?« Ich kam wieder zu Sinnen und hielt meine Hand hoch, damit Grey die heilige Hostie in meinen Fingern sehen konnte. Grey stürzte sich auf mich, aber er war zu langsam. Ich schob die Hostie in den Dreck und verteilte Krümel auf den makellosen Fliesen.

Der Bauunternehmer erstarrte und ließ Quoth fallen. Mein Rabe schlug auf den Fliesen auf und krabbelte sicherheitshalber hinter Heathcliffs Beine. Greys Augen traten vor Schreck hervor wie bei einer Comicfigur, als er auf die Oblate starrte, die aus dem Dreck ragte.

»Du weißt nicht, was du getan hast«, zischte er.

»Ich weiß ganz genau, was ich getan habe.« Ich kippte den Eimer um, bespritzte Grey mit dem Dreck und verteilte ihn in der makellosen Küche. »Sag deinem Chef, dass wir ihm auf der Spur sind. Wir sind *dir* auf der Spur. Er wird den Nevermore Bookshop auf keinen Fall in die Finger bekommen, und wir werden ihn aufhalten, bevor er England zu seinem neuen Jagdrevier machen kann.«

Grey kniff die Augen zusammen. »Du glaubst, du hast die Macht, ihn aufzuhalten, Tochter Homers? Du glaubst, seine Pläne beschränken sich darauf, England zu kontrollieren? Du bist ein dummes, blindes Mädchen mit einem Schläger, der um sein gebrochenes Herz weint, und einem nutzlosen Gedichtfetzen, dessen einzige Macht darin besteht, dass ihm Federn aus dem Arsch wachsen. Der Einzige, der eine echte Bedrohung dargestellt hat, war der viktorianische Kriminelle, aber den habe ich bereits neutralisiert. Jetzt steht uns nichts mehr im Weg.«

Er weiß es.

Er kennt die Geheimnisse des Nevermore Bookshops. Aber woher?

Ich öffnete den Mund, um von Grey Antworten zu verlangen. Er hätte von Morries Entführung aus der Zeitung erfahren können, aber alles andere, was er gesagt hat …

Ein Blitz zuckte vor dem Fenster und tauchte den Raum in gleißend helles Licht, das mich blendete. Ich blinzelte hektisch und umklammerte mit der Hand einen Pflock. Ich stürzte mich blindlings nach vorne, aber mein Pflock durchbohrte nur Luft.

Grey Lachlan war verschwunden.

23

»Hör auf, mit den Füßen zu scharren«, murmelte Heathcliff.

»Woher *weiß* er das?« Ich fuhr mir mit den Fingern durch die Haare und stampfte mit den Docs auf den Dielen auf, während ich weiter durch den Raum stapfte.

Wir waren wieder in der Buchhandlung. Es war weit nach Mitternacht, aber ich konnte auf keinen Fall schlafen. Heathcliff hatte das Feuer angezündet und sich in seinem Stuhl zusammengerollt. Grimalkin, in menschlicher Gestalt, saß auf der Ecke des Teppichs zu seinen Füßen. Und Quoth stand im Schatten, ließ den Kopf hängen lassend und verzog seinen Schmollmund zu einer dünnen Linie.

»Er weiß von dem Laden, weil Dracula es ihm erzählt hat. Wenn Herr Simson, ich meine dein Vater, ihn all die Jahre gejagt hat, dann hat Dracula den Laden wahrscheinlich beobachtet. Er weiß von seiner Magie, weil er von dort stammt, und er hat unsere Identität wahrscheinlich durch Ausschlussverfahren herausgefunden. Es ist ja nicht so, dass unsere Namen es nicht offensichtlich machen würden. Was dich betrifft, so glaubte dein Vater, dass du hier in Sicherheit bist. Wenn man seinen Briefen Glauben schenken darf, wusste Dracula nicht, dass du existierst, was ...« Heathcliff hustete und unterbrach sich.

»... was bedeutet, dass meinem Vater wahrscheinlich etwas Schreckliches zugestoßen ist«, beendete ich für ihn. »Das habe ich mir schon gedacht. Was ich nicht verstehe, ist ... warum passiert das alles jetzt? Wenn Dracula schon so lange auf der Erde ist, warum hat er dann bis jetzt gewartet, um aktiv zu werden?«

»Weil du nach Amerika gegangen bist«, sagte Quoth leise.

»Hä?«

»Er wusste nicht, dass es dich gibt. Du hast in Amerika gelebt. Vielleicht hat er erst bei deiner Rückkehr von dir erfahren. Außerdem ...« Quoth kniff die Augen zusammen, ein sicheres Zeichen dafür, dass er etwas sagen wollte, von dem er wusste, dass ich es nicht hören wollte. »Wenn du dich erinnerst, hat Dracula eine telepathische Verbindung zu Mina Harker gehabt. Vielleicht glaubt er irgendwie, dass du notwendig bist.«

»Aber ich bin nicht Mina Harker. Dass wir denselben Vornamen haben, ist reiner Zufall. Ich bin die ganz normale, nicht aus einer fiktiven Geschichte stammende Mina Wilde. Es kann sich nicht alles um mich drehen.« Ich warf die Hände in die Luft. »Ich bin ein Niemand, eine gescheiterte Modedesignerin, die zur Mitinhaberin einer Buchhandlung geworden ist.« *Und eine aufstrebende Schriftstellerin,* dachte ich leise, brachte aber nicht den Mut auf, das laut auszusprechen.

»Du bist Homers Tochter«, erwiderte Heathcliff.

»Und meine Enkelin«, erinnerte uns Grimalkin, als wäre das das Wichtigste.

»Na und? Das verleiht mir keine besondere Magie. Es hat nur zu einem Verlustkomplex und kaputten Augen geführt.«

»Mein Sohn wurde in den Wassern von Meles gewaschen.«

Grimalkin richtete sich zu ihrer vollen Größe auf, wobei sich ihr geschmeidiger Körper streckte. Sie legte ihre Hände auf meine Schultern. Ihre scharfen Nägel gruben sich in mein Fleisch. Ihre Augen loderten mit einem Feuer, das aus ihrem Inneren zu kommen schien. Ein Feuer, das von alten, antiken Riten und Göttinnen, die auf der Erde wandelten, kündete. In diesem Moment wirkte sie wie die beeindruckende, magische Nymphe aus der Legende. »Dieselbe Magie fließt in deinen Adern.«

Ich starrte auf meine Hände hinunter. »Ich bin nicht magisch. Das ist lächerlich.«

Grimalkin grinste. »Warum reagiert dann dieses Gebäude auf deine Anwesenheit? Warum benutzt Dracula seinen Diener, um dich auszuspionieren?«

»Dracula will den Laden, nicht mich.«

»Er braucht beides, wenn er die Quelle von Meles nutzen will, um durch die Zeit zu reisen.«

Ich zuckte überrascht zurück, stieß mit meinem Bein an die Kante des Couchtischs und warf einen Stapel Bücher zu Boden. »Woher weißt du, dass es das ist, was er vorhat?«

»Das ist doch offensichtlich.« Grimalkin blies auf ihren makellosen Nagellack. »Warum sollte Dracula sich damit begnügen, das gesamte Blut Englands zu trinken, wenn er stattdessen durch die Zeit reisen und in die Welt der Bücher eintauchen könnte, um jeden Menschen zu verzehren, der jemals gelebt hat und jemals leben wird? Er könnte die Könige und Königinnen der Geschichte entthronen und sich selbst auf ihre Throne setzen, ganze Armeen seiner untoten Sklaven aufbauen und in eine neue Ära aufbrechen, wenn er sich nach frischem Blut sehnt. Wenn man unsterblich ist, sind die Möglichkeiten, Zeitreisen zu unternehmen, irgendwie verlockend.«

Ich ließ mich auf den Stuhl gegenüber Heathcliff fallen.

Grüne Blitze tanzten vor meinen Augen und ich rieb mir die Schläfen. »Toll. Einfach wunderbar.«

»Wir haben es verstanden. Dracula ist ein verdammt furchteinflößender Mistkerl. Aber wir werden ihn nicht heute Nacht besiegen«, schnappte Heathcliff. »Und wir werden es ganz sicher nicht ohne Moriarty schaffen. Wir müssen uns wieder seinem Fall widmen.«

Morrie. Ich sehnte mich danach, ihn in die Arme zu schließen. Ich musste unbedingt seine sanfte, selbstbewusste Stimme hören, seine Arme um mich spüren. Ich holte mein Handy heraus und starrte auf den Bildschirm, der mit SMS von ihm gefüllt war, in denen er fragte, wie unser erster Vorstoß in die Vampirjagd verlaufen sei. Sie begannen in seinem üblichen flapsigen Stil, wurden aber schnell besorgter. *Er will auch unbedingt hier bei uns sein.*

Ich tippte eine Nachricht über die Zerstörung des Drecks, das Treffen mit Grey Lachlan und die Erkenntnis, dass Dracula hinter dem Wasser von Meles her war. *Scheiße. Wenn Grey für ihn arbeitet, sind wir wirklich in Schwierigkeiten, falls er den Tunnel entdeckt. Ich hoffe, Heathcliff kann Andy dazu bringen, bald zu kommen. Vielleicht sollten wir dennoch Weihwasser verspritzen und ein paar Teller mit Aioli aufstellen ...*

Mein Handy piepste mit einer Nachricht von Morrie. »Dass Dracula Nevermore will, ergibt tatsächlich Sinn, vor allem, wenn man die mathematische Unmöglichkeit von Vampiren bedenkt.«

»Entschuldige bitte, was?«

Er tippte zurück. »Ein amerikanischer Physiker hat das mal durchgerechnet. Wenn ein Vampir auf die Erde käme, sich nur einmal im Monat ernähren würde und jede Person, von der er sich ernährt, schließlich selbst zum Vampir würde, wäre die gesamte Erdbevölkerung innerhalb von drei Jahren zu Vampiren geworden. Angenommen, Vampire können das Blut anderer Vampire nicht trinken und brauchen menschliches Blut zum Überleben, dann ist es einfach rein rechnerisch nicht möglich. Aber wenn Dracula nicht nur an den Hälsen aller Menschen in der Geschichte saugen könnte, sondern an allen Menschen in allen Büchern, die jemals geschrieben wurden ... Ich bin froh zu hören, dass es dir gut geht, meine Hübsche. Ich hatte schon angefangen, mir vorzustellen, wie dein Hals von Vampirbissen durchlöchert wurden. Sag diesem Dracula-Bastard, dass der Einzige, der dich beißen darf, ich bin.«

Meine Mundwinkel verzogen sich zu einem Lächeln, als ich eine Antwort diktierte und ihn fragte, wie es ihm ging.

»Mir geht es gut, jetzt, wo ich Bücher und Schach und deine gelegentlichen Sendschreiben als Gesellschaft habe. Sherlock verhält sich seltsam. Die Spur von Aidan ist kalt geworden, aber trotz der Beweise, die du vorgelegt hast, weigert er sich, Grant oder Tara oder sogar Sam, den Kakerlakenmann, als Verdächtige zu betrachten. Ich mache mir Sorgen, dass die Zeitreise sein Gehirn durcheinandergebracht hat oder so etwas. Was hast du herausgefunden?«

»Nicht viel. Wir konnten noch kein Treffen mit Grant vereinbaren und von Jo habe ich noch nicht erfahren, was Kate bei ihrem Tod anhatte.«

»Keine Sorge, ich bin weiter den Berg hinaufgewandert und habe heute einen anständigen Empfang bekommen. Der Knopf zeigt das Wappen von Abbythorne, einer Elite-Privatschule. Dir würde der Ort gefallen, meine Hübsche. Die Gebäude sehen aus, als würden sie aus Hogwarts stammen. Ein kurzer Blick in die Abbythorne-Ehemaligenliste zeigt, dass Grant Hosking als Junge die Schule besucht hat. Und schau dir das an. Er hat kürzlich an einem Klassentreffen teilgenommen, bei dem alle Schulsprecher Blazer trugen.«

Morrie schickte mir ein Bild von Grant Hosking mit seinem selbstgefälligen Bart, der in einer Reihe von ebenso selbstgefällig aussehenden Typen mittleren Alters stand. Alle Männer auf dem Bild trugen schwarze Jacken mit glänzenden Knöpfen. Dieselben Knöpfe, die Sherlock in der Nähe von Kates Leiche gefunden hatte.

Etwas anderes auf dem Bild kam mir ebenfalls bekannt vor. Irgendetwas an den Blazern … Es ließ mir keine Ruhe, aber ich konnte es nicht zuordnen.

Ich schickte meine Antwort. »Es hängt alles zusammen. Ich habe das im Gefühl. Tara und Grant waren ein Paar. Wenn wir nur mit Grant sprechen könnten, aber bisher waren wir leider nicht erfolgreich.«

Morrie schickte mir einen Link zu einer Jobbörse. Neugierig und mit einer gehörigen Portion Nervosität klickte ich darauf. Mein Handy las die Anzeige vor. Gesucht wurde eine persönliche Assistentin, die »hautnah und persönlich« mit dem Gründer von Ticketrrr zusammenarbeiten sollte.

Meine Lippen verzogen sich zu einem wilden Grinsen. Ich wusste genau, was Morrie vorschlug. Auf ihn konnte man sich immer verlassen, wenn es darum ging, den perfekten Weg zu finden, um mir eine persönliche Audienz bei unserem Hauptverdächtigen zu besorgen.

Quoth ließ sich auf die Armlehne des Sessels fallen und schlang seine Arme um meinen Hals. »Was meint Morrie dazu?« Seine Stimme klang besorgt. »Erträgt er die Rolle als eingesperrter Vogel einigermaßen?«

»Morrie geht es gut. In der Tat«, ich hielt Quoth mein Handy hin, um ihm die SMS zu zeigen. »Wenn du mich jetzt entschuldigst, ich muss ins Bett, wenn ich morgen früh meinen neuen potenziellen Arbeitgeber mit meinem Witz und meiner Schönheit beeindrucken will.«

24

»Hallo, Herr Hosking. Mein Name ist Mina.« Ich klimperte mit meinen falschen Wimpern. »Ich bin so aufgeregt, hier zu sein. Ich liebe ... ähm, Technik.«

In der Tech-Welt geht alles sehr schnell, also wurde ich eine Stunde nach Einreichung meines Lebenslaufs zu einem »informellen Gespräch« gebeten. Heathcliff war im Laden geblieben, um auf Handy Andy zu warten und meine Mama davon abzuhalten, noch mehr Austern dorthin liefern zu lassen, während ich mit Oscar und Quoth mit dem Zug nach London fuhr. Quoth kam mit Oscar so gut zurecht, dass ich sie im Hyde Park herumlaufen ließ, um sich besser kennenzulernen, während ich Grant Hosking mit meinen ... Vorzügen beeindruckte.

Ich hatte nicht viel Zeit gehabt, mich auf mein Vorstellungsgespräch vorzubereiten, daher war ich mir immer noch ziemlich unsicher, was genau Ticketrrr eigentlich tat, außer eine Art Cloud-Ticketing-App für Großveranstaltungen bereitzustellen und drei überflüssige »r« im Namen zu haben. Es sah nicht so aus, als würde mein mangelndes Wissen ein

Problem darstellen. Als Grant seinen Blick an meinem Körper hinaufwandern ließ, als wäre ich eine zarte Rinderbrust und er hätte gerade eine zweiwöchige Saftkur hinter sich, wusste ich, dass ich das richtige Outfit gewählt hatte. Es war gerade geschäftsmäßig genug, um mich durch die Tür zu bringen, aber der Rock bedeckte kaum meinen Hintern, und dazu die kniehohen weißen Socken mit den Schleifen? Genial.

Das hat mir zumindest Morrie gesagt, nachdem ich ihm ein Selfie geschickt hatte. Er hat noch ein paar andere Dinge gesagt, die so schmutzig waren, dass ich allein bei der Erinnerung daran rot wurde.

Konzentrier dich, Mina.

Ich hatte vergessen, worüber ich gesprochen hatte, also klimperte ich einfach wieder mit den Wimpern. Grants Adamsapfel hüpfte auf und ab, während er sich bemühte, zusammenhängende Gedanken zu formulieren. Er hatte seinen Laptop so über seinem Schritt platziert, dass ich wusste, dass ihm anstößige Dinge durch den Kopf gingen. Ich war fast stolz auf mich, bis mir einfiel, dass dieser Typ möglicherweise Kate Danvers getötet hatte.

»Bei Ticketrrr laufen die Dinge anders. Wir glauben nicht daran, Menschen in Büros und Cubicles einzusperren. Wir arbeiten in einem großen gemeinsamen Arbeitsbereich ohne feste Schreibtische. Man weiß nie, neben wem man sitzt, und manchmal kann ein zufälliges Gespräch eine millionenschwere Idee auslösen. Dieser Raum ist einer unserer Besprechungsräume.« Grant warf einen Blick auf den Bildschirm an der Wand. »Wir müssen in zweiundzwanzig Minuten hier raus, damit das Pub-Quiz-Team des Büros üben kann.«

Wie übt denn ein Pub-Quiz-Team? Aber dann bemerkte ich einen Bierkühlschrank in der Ecke des Raumes, auf dem Tüten mit Chips und Kisten mit Donuts standen, und ich ahnte, dass ich die Antwort auf diese Frage bereits kannte.

»Faszinierend. Ich freue mich schon so darauf, ein ... Teamplayer zu sein.« Ich zwirbelte eine Haarsträhne um meinen Stift. *Irgs, ich bin fast schon kriminell gut darin.*

»Das weiß ich zu schätzen, Mina. Es ist schwierig, jemanden zu finden, der sich mit dem harten und schnellen Arbeitstempo hier anfreunden kann. Ich hatte früher eine großartige leitende Entwicklerin, Kate, aber seit sie gegangen ist, konnte ich niemanden finden, der länger als ein paar Wochen ausgehalten hat.«

Wahrscheinlich, weil du ein erstklassiger Wichser bist. Ich strahlte. »Nun, ich gebe nicht so leicht auf. Sagen Sie mir, warum hat diese Kate denn gekündigt? Hat sie eine bessere Position in der Firma bekommen?«

»Äh, nein. Es ist eigentlich eine traurige Geschichte. Sie ist gestorben.« Grants Blick glitt zu einer Stelle hinter meinem Kopf. Mir fiel auf, dass er nicht sagte, *wie* sie gestorben war.

»Wie schade.«

»Ja ... aber wir können uns nicht mit negativen Dingen aufhalten, wenn wir dabei sind, die Ticketverkaufsbranche aufmischen. Es ist eine aufregende Zeit. Wir sind ein Team von Ninja-Rockstar-Entwicklern und bauen die Rakete, während wir sie fliegen. Im Moment sind wir nur profitabel genug für Ramen, aber unser großer Börsenstart steht kurz bevor. Habe ich Ihnen schon unser System gezeigt? Wir machen alles in der Cloud, sodass wir skalierbar und flexibel sind. Ich zeige Ihnen mal, wie unsere App funktioniert ...« Grant rückte seinen Stuhl so nah heran, dass er praktisch auf meinem Schoß saß, und strich mit seinem Arm über meinen, als er eine App auf seinem Laptop öffnete.

Was für ein Wichser. Ich bin nicht einmal im technischen Bereich tätig und ich kann jetzt schon sagen, dass er gerade jedes

Klischee und jedes Fachwort aus dem Lehrbuch auf mich losgelassen hat, um sich selbst als schlau darzustellen. Ich versuchte, interessiert zu wirken, während Grant die App beschrieb und dabei mit den Fingern Kreise auf meinem Oberschenkel malte. Jeder Zentimeter von mir kribbelte mit dem Wunsch, hier rauszukommen, aber ich würde nicht gehen, bevor er mir wenigstens *etwas* gegeben hatte.

Aber wie sollte ich Kate und Tara auf natürliche Weise erwähnen?

Grant schloss das Fenster seines Laptops und ich bemerkte, dass sein Hintergrundbild nicht die übliche zufällige einsame Insel war, sondern ein Foto von zwanzig Kumpels, die in die Kamera grölten. *Ekelhaft. Ich wette, sie sind alle Ed-Sheeran-Fans, die noch nie in ihrem Leben einen Punk- oder Metal-Song gehört haben.*

Irgendetwas in der hinteren Reihe fiel mir auf. Oder besser gesagt, *jemand.*

Grant drehte den Computer weg, aber ich packte ihn am Arm. Er erstarrte vor Überraschung. Es war wahrscheinlich das erste Mal, dass eine Frau ihn von sich aus berührte. Seine Haut fühlte sich feucht an und ich unterdrückte ein Schaudern, aber ich blieb cool und klimperte wieder mit den Wimpern.

»Das Bild auf Ihrem Desktop ... das sieht nach einer lustigen Veranstaltung aus. Kann ich es mir genauer ansehen?«

»Klar.« Grant reichte mir den Laptop zurück und ich warf einen Blick auf das Bild.

Das ist er, ich weiß es.

Sein Haar war rot, er trug einen Hipster-Bart und ein Holzfällerhemd, und seine Augen hatten eine andere Farbe, aber *er* war es. Ich würde dieses Gesicht inzwischen überall erkennen.

Wut durchströmte mich, wie geschmolzene Lava in meinen Adern. Ich war so schockiert und wütend, dass ich kaum bemerkte, dass Grant immer noch sprach. »Das Foto wurde vor zwei Jahren auf unserem Führungskräftetreffen aufgenommen. Jedes Jahr laden wir die besten und klügsten zukünftigen Führungskräfte des Unternehmens zu einer exklusiven Reise ein, bei der alle Kosten übernommen werden. Wir verbringen die Woche in einem Luxusresort, machen ein Führungstraining und coole Aktivitäten. Nur außergewöhnliche Leistungsträger werden eingeladen. Ich kann mir vorstellen, dass Sie für die diesjährige Veranstaltung bereits gesetzt sind.«

Vor zwei Jahren.

Ich schluckte. Dieses Foto veränderte *alles*. »Wer ist dieser Mann?«, fragte ich und zeigte mit dem Finger auf das Gesicht des Mannes.

»Oh, Clarence? Er ist aus unserem Pariser Büro. Ein bisschen ein Spielverderber, der sich mehr für Kreuzworträtsel als für Prostituierte und Kok...« Grant hüstelte, um zu vertuschen, was er sagen wollte. »Ja, nun, diese Ausflüge können ziemlich wild werden, aber wir versuchen, die schlimmsten Sachen aus den sozialen Medien herauszuhalten, um den Ruf des Unternehmens zu wahren. Aber dieser Typ nutzt nicht einmal soziale Medien. Ich sage Ihnen, er ist ein Freak. Ich musste ihm mit dem Verlust seines Jobs drohen, nur damit er auf diesem Bild posiert.«

»Wie lange arbeitet Clarence schon in Ihrer Firma?«

»Ich bin mir nicht sicher, ob er überhaupt noch da ist. Er verschwindet ein wenig im Hintergrund und bei uns kommen und gehen die Leute recht schnell.«

»Das mag seltsam klingen, aber kann ich eine Kopie davon haben? Ich möchte es auf mein Vision Board kleben, als ein Ziel, das ich anstreben möchte.«

Klimper, klimper, klimper. Meine Wimpern hatten noch nie so viel Einsatz zeigen müssen.

»Aber gerne doch. Ich drucke Ihnen ein Exemplar aus.«

Grant tippte auf ein paar Tasten und stand dann auf. »Der Drucker steht im Zimmer nebenan. Möchten Sie eine Tasse Kaffee, wenn ich schon auf den Beinen bin?«

»Gerne, danke schön.«

Grant ging und schob die Milchglastür hinter sich zu. Sobald die Tür ins Schloss fiel, drehte ich seinen Computer zu mir und öffnete seinen Posteingang. Die Suche nach Kates Namen verlief ohne Ergebnis, was keinen Sinn ergab, wenn sie seine leitende Entwicklerin gewesen sein sollte. Dann bemerkte ich eine Chat-Benachrichtigung in der Ecke.

Natürlich wäre ein Büro voller Super-Technikfreaks wie dieses zu cool für E-Mails. Ich klickte auf den Chat und fand eine lange Reihe privater Unterhaltungen zwischen Kate und Grant. Ich hatte keine Zeit, sie zu lesen, also schickte ich sie per E-Mail an Morries geheimes Cloud-Konto, um sie mir später anzusehen. Ich schloss den Bildschirm und schob den Computer zurück, gerade als Grant mit Kaffee und meinem Foto zurückkam.

»Vielen Dank dafür.« Ich schob das Foto in meine Tasche und stand auf. »Ich würde gerne noch auf einen Kaffee bleiben und mehr über das Wiederholen und Ausführen und Umschwenken und Ihren wirklich beeindruckenden Bart reden, aber ich habe doch glatt vergessen, dass ich noch ... ein anderes Vorstellungsgespräch habe, für dieses Start-up namens ReWined. Haben Sie schon davon gehört? Es ist eine App, mit der man angebrochene Weinflaschen, die einem nicht schmecken, mit anderen Leuten teilen kann, die auch eine Flasche geöffnet haben, die ihnen nicht schmeckt. Aber Sie waren *so* wunderbar, und ich habe mich sehr gefreut, dass ich zu diesem Vorstellungsgespräch eingeladen wurde.«

Ich rannte aus dem Gebäude, bevor Grant eine andere Ausrede finden konnte, um mich noch einmal zu berühren. Quoth lehnte an einem Telefonmast, die Hände tief in den

Taschen und den Blick fest auf den Himmel gerichtet. In der Tristesse der engen Londoner Straßen stach Quoth hervor; strahlend und leuchtend, sein Haar ein schimmernder Wasserfall aus Schatten. Oscar saß brav zu seinen Füßen und war das Ebenbild von Gehorsam und hündischer Perfektion. Kein Wunder, dass eine vorbeigehende Frau so abgelenkt war, dass sie über den Bordstein stolperte.

Ich warf mich in Quoths Arme. Seine Lippen berührten meine und wuschen Grants widerliche Berührung weg. Ich erschauerte an ihn geschmiegt, während die Erinnerung von Grants klammen Fingern immer noch meinen Oberschenkel umkreiste.

»Dieser Mann war so ekelhaft.« Ich vergrub mein Gesicht in Quoths Schulter und sog seinen frischen Duft in mich auf. Oscar sprang auf und wollte auch an der Umarmung teilhaben, also schlang ich auch einen Arm um ihn.

Quoths Blick wanderte meinen Körper hinunter und erfasste das lächerliche Outfit. Die Ränder seiner dunklen Augen leuchteten orange auf. »Du siehst umwerfend aus.«

Er bewegte sich ein wenig, sodass ich seine Erektion an meinem Oberschenkel spürte. Ich erinnerte mich an das erste Mal, als ich mit Morrie und Quoth nach London gekommen war, um die Modedesignerin Holly Santiago zu untersuchen, von der wir angenommen hatten, dass sie meine Ex-beste Freundin Ashley getötet hatte. Morrie hatte mich in eine Gasse gezerrt und seine Hand unter meine Leggings geschoben. Quoth hatte aus seinem engen Vogelkäfig zugesehen, wie Morrie mich mit seinen Fingern und seiner schmutzigen, bösartigen Zunge verrücktgemacht hatte.

Bei der Erinnerung schoss mir eine warme Röte ins Gesicht. Quoth musste auch an diesen Tag gedacht haben, denn seine Finger verhedderten sich in meinen Haaren und er zog mich zu einem tiefen, leidenschaftlichen Kuss heran.

»Ich bin froh, dass ich diesmal nicht in einem Käfig stecke.« Er zog mich an sich, und mir wurde ein wenig schwindlig. Normalerweise stand ich nicht so auf öffentliche Liebesbekundungen, aber das war, bevor ich einen Quoth in meinem Leben gehabt hatte, den ich auf der Straße umarmen konnte. »Oscar und ich haben den Park genossen. Er hat versucht, ein Eichhörnchen zu jagen, aber ich habe ihn mit ein paar Leckereien abgelenkt. Er scheint mich zu mögen und hat kein Interesse daran, mich zu fressen. War dein Outfit wenigstens ein Erfolg?«

»Du hast ja keine Ahnung. Ich habe es geschafft, Grants Chatverlauf mit Kate zu kopieren. Wenn wir nach Hause kommen, können wir ihn durchgehen, oder ich schicke ihn an Morrie. Ich bin mir sicher, dass etwas zwischen ihm und Kate vorgefallen ist, aber nur weil er ein schleimiger Mistkerl ist, heißt das nicht, dass er ein Mörder ist. Vor allem, wenn ...«

»Was ist los, Mina?«, fragte Quoth.

Ich kramte das Foto aus meiner Handtasche und reichte es ihm. »Das ist ein Bild, das vor zwei Jahren auf dem Ticketrrr-Führungsgipfel aufgenommen wurde. Schau dir mal den zweiten Mann von links an. Ich könnte aufgrund meiner Augen einer optischen Täuschung unterliegen, aber ...«

»Scheiße«, flüsterte Quoth mit belegter Stimme.

»Ja.«

Ich starrte auf das Bild hinunter und wusste, dass wir es jetzt mit einem noch größeren Rätsel zu tun hatten. Warum war *Sherlock Holmes vor zwei Jahren* beim Führungskräftetreffen von Ticketrrr anwesend gewesen und was verbarg er?

25

»Er hat uns belogen«, flüsterte ich mit vor Wut belegter Stimme. »Dieser Bastard hat *gelogen*. Er hat gesagt, er wäre erst seit ein paar Monaten in unserer Welt. Dabei arbeitet er schon seit mindestens *zwei Jahren* in dieser Firma. Grant hat erzählt, er hätte sich geweigert, auf anderen Fotos zu erscheinen, also nehme ich an, dass er darauf geachtet hat, Beweise für seine Anwesenheit zu vermeiden.«

Quoth runzelte die Stirn. »Glaubst du, das ist der wahre Grund, warum Sherlock deine Hilfe bei Morries Fall ablehnt? Er wusste, dass es dich zu Kates Chef führen würde, und er wollte nicht, dass du dieses Foto findest.«

»Genau. Aber *warum*? Was spielt es für eine Rolle, dass er für dieselbe Firma gearbeitet hat wie Kate? Warum würde Sherlock Grant als Verdächtigen ausschließen? Wenn überhaupt, sollte es ihn noch misstrauischer machen. Er musste doch wissen, was für ein kompletter Mistkerl Grant war ...« Meine Augen weiteten sich. »Das bedeutet, dass Sherlock bei Kates erstem Verschwinden ebenfalls beim Wild Oats-Retreat gewesen sein könnte. Er steckt tiefer in der Sache drin, als er uns glauben machen will.«

»Er ist entschlossen, den Mord einem von Morries Ganovenfreunden anzuhängen«, betonte Quoth. »Was, wenn er damit die Aufmerksamkeit von Grant oder jemand anderem bei Ticketrrr ablenken will?«

»Genau.« Mir gefror das Blut in den Adern. »Oder ... von sich selbst.«

»Dir ist klar, was das bedeutet.« Quoths dunkle Augen bohrten sich in meine. »Morrie ist mit unserem Hauptverdächtigen in dieser Hütte gefangen.«

Ich klammerte mich an Quoth, als mich das Grauen überkam und mein Blut gerann. Die ganze Zeit über war ich davon ausgegangen, dass er hier war, um Morries Liebe zurückzugewinnen. Aber könnte Sherlock Holmes unser Mörder sein?

26

»Dieser elende Mistkerl.« Heathcliffs Finger verkrampften sich um die Ränder des Fotos.

Nach einem weiteren tränenreichen Abschied von Oscar und Edie waren Quoth und ich wieder im Laden, wo ich das Foto in Heathcliffs riesige Hände gedrückt und ihm die ganze Geschichte erzählt hatte.

»Vorsicht.« Ich nahm es ihm wieder ab. »Ich brauche das als Beweis. Außerdem bedeutet das nicht, dass er *definitiv* der Mörder ist. Ich habe mir die Nachrichten zwischen Grant und Kate angesehen. Dieser Typ war der totale Abschaum. Nachdem sie seine Annäherungsversuche zurückgewiesen hatte, hat er Tara als Cosplay-Beraterin und Markenbotschafterin eingestellt, obwohl er wusste, dass Kate genau die richtigen Kontakte in der Branche hatte. Als er anfing, sich mit Tara zu treffen, hat Grant Kate schlüpfrige Details über ihre Wochenenden erzählt, nur um sie zu ärgern. Und als sie sich über ihn beschwert hat, hat er alle seine Kumpels im Team dazu gebracht, ihm beizupflichten und zu behaupten, dass Kate seine ‚knabenhaften Scherze‘ als Belästigung missverstanden hat. Grants letzte Worte an sie, ein paar Wochen bevor sie alle nach

Wild Oats aufbrachen, waren: Pass besser auf. Niemand will eine Spaßbremse im Ticketrrr-Team. Wir haben uns bereits um deine kleine Eventfirma gekümmert. Wenn du noch einmal so eine Beschwerde einreichst, werden Tara und ich dafür sorgen, dass du dafür bezahlst.«

»Das klingt nach einer Drohung«, knurrte Heathcliff.

»Das ist *absolut* eine Drohung. War es das, was Kate den Rest gegeben und sie dazu gebracht hat, den vorgetäuschten Tod durchzuziehen? Aber wenn ihr Scheintod so erfolgreich war, warum ist sie dann überhaupt nach England zurückgekehrt? Warum ist sie nicht auf den Philippinen geblieben? Ist sie wegen Dave zurückgekommen? Ich glaube nicht, dass er sie noch einmal lebend gesehen hat. Er scheint nicht der Typ zu sein, der so überzeugend lügen kann. Oder hatte Kate altruistische Motive? Vielleicht hat sie gesehen, dass Grant immer mehr junge, heiße Frauen aus der Cosplay-Szene angeworben hat. Sie entschied sich, zurückzukommen und sie zu warnen, und deshalb konnte Grant seitdem keine Entwicklerin mehr halten. Vielleicht hat Grant herausgefunden, dass es Kate war, die all seine potenziellen Opfer verschreckt hat, und deshalb hat er beschlossen, sich zu rächen ...«

Mein Handy summte. Ich griff danach. »Morrie, geht es dir gut ...«

»Mina, ich muss mit dir reden.« Daves Stimme war belegt. Er klang völlig *verängstigt*. »Können wir uns bei mir treffen? Bitte? Ich kann mich an niemanden sonst wenden und muss dir die Wahrheit über den Mord an meiner Frau zeigen.«

27

»**D**u gehst da nicht allein rein.« Heathcliff packte meinen Arm, als ich aus der Mitfahrgelegenheit schoss. »Dieser Typ steht immer noch auf unserer Verdächtigenliste.«

»Dave kennt mich. Wenn ich mit einem gewaltigen, wütenden Heathcliff da reinrenne, werde ich ihn verschrecken. Das ist bisher die heißeste Spur, die wir haben, und ich werde nicht zulassen, dass du ihn durch deine Angst um mich zum Schweigen bringst.«

»Na gut. Aber Quoth wird mit dir mitkommen.« Heathcliff riss die Käfigtür auf und setzte den schweren Raben auf meine Schulter.

Ich passe auf dich auf, hörte ich Quoths beruhigende Stimme in meinen Kopf. Ich funkelte Heathcliff an, bis er sich in den Schatten der Bäume am Rande des Parks zurückzog, und machte mich dann auf den Weg zum Haus.

Der Zustand des Vorgartens war noch schlimmer als beim letzten Mal. Als ich mich der Eingangstür näherte, huschte eine Gestalt an der Seite des Hauses entlang und rannte die Gasse hinter Daves Wohnblock entlang. Vielleicht spielte mir meine

Sehschwäche einen Streich, aber es *sah* so aus, als trüge die Gestalt ein weißes Engelskostüm, das mit roter Farbe bespritzt zu sein schien.

Das war Tara Delphine, sagte Quoth. *Soll ich ihr folgen?*

»Geh.« Ich schob ihn von meiner Schulter. Er stürzte die Gasse hinunter hinter Tara her und ließ mich allein auf der Treppe zurück. Angst schnürte mir die Kehle zu. *Was macht sie hier und warum ist sie weggerannt, sobald sie mich kommen sah?*

Ich hob die Faust, um anzuklopfen, sah aber, dass die Tür bereits einen Spalt offenstand. Ich drückte sie mit dem Fuß auf. Obwohl ich mir nichts sehnlicher wünschte, als nicht hineingehen zu müssen, wusste ich, dass ich keine Wahl hatte.

Ich warf einen Blick über meine Schulter. Ich konnte Heathcliff auf der anderen Straßenseite nicht sehen, aber zu wissen, dass er da war, bereit, mit fliegenden Fäusten hineinzustürmen, gab mir den Mut, den ich brauchte, um einen Schritt nach vorne zu machen. Ich trat ein. Kate blickte mich von den Fotos, die die Wände säumten, an. Dieselben leuchtend grünen Augen und dasselbe lächelnde Gesicht auf hundert verschiedenen Kostümen, von denen jedes eine Facette ihrer Persönlichkeit enthüllte. Ich bemerkte eine Lücke, wo eines der größeren Bilder fehlte. Vielleicht war dieses bestimmte Bild zu viel für Dave gewesen. Ich versuchte mich zu erinnern, welches Kostüm es war, doch mir fiel nichts ein.

Das Haus war still. *Unheimlich* still.

»Dave?«, flüsterte ich. Keine Antwort. Ich versuchte es noch einmal, diesmal lauter. »Dave. Ich bin's, Mina. Wo sind Sie?«

Ich stieg über einen Haufen durcheinandergeworfener Schuhe, hauptsächlich Herrenschuhe, aber auch ein Paar klobige rosa Damenstiefel, und eine Kühltasche, aus der eine Flasche Wein und etwas Käse und Cracker herausschauten, und spähte ins Wohnzimmer.

Ein Schrei erstarrte in meiner Kehle.

Dave Danvers lag auf dem Boden, gekleidet in einer Schuluniform, die nur aus Hogwarts stammen konnte. Ein schwarzer Umhang lag unter ihm ausgebreitet wie Engelsflügel. Seine Finger umklammerten einen langen, knorrigen Zauberstab, der in zwei Teile zerbrochen war, und sein Gesicht war in einem Ausdruck unvorstellbaren Schreckens erstarrt.

Ein langer, mit Kristallen besetzter Stab ragte aus seinem Bauch. Ich erkannte den Stab von dem Foto von Kate bei den FanCon-Cosplay-Awards wieder. Jemand hatte ihn mit solcher Wucht in Dave hineingestoßen, dass er ihn am Boden festgenagelt und sein Blut an die Wände und die Decke gespritzt hatte.

Dave war ermordet worden.

28

»Erklär mir bitte mal, woher du Dave Danvers kennst«, verlangte Jo zu wissen, während sie ihre Schutzausrüstung anzog. Hinter ihr sperrten Hayes und Wilson das Haus mit Absperrband ab. Normalerweise wären sie nicht hier, da dieser Fall in die Zuständigkeit der Kriminalpolizei von Loamshire fallen würde, aber sie waren wegen der Verbindung zu Kates Mord hinzugezogen geworden.

Ich stand am Rande des Tatorts, meinen Mantel bis zum Hals hochgezogen, während meine beste Freundin mich anfunkelte, als würde sie mir kein Wort glauben. »Du steckst deine Nase doch nicht etwa in Morries Ermittlungen, oder? Ich habe dir gesagt, dass ihm das nicht helfen wird, und ich könnte in echte Schwierigkeiten geraten, wenn ...«

»Keine Sorge, ich bin von ganz alleine auf Dave gestoßen. Ich würde nie im Traum daran denken, dich in Schwierigkeiten zu bringen.« Ich versuchte, sie anzulächeln, aber sie schüttelte verärgert den Kopf.

»Wenn du nicht aufpasst, werden sie anfangen, dich als Komplizin statt als Opfer zu betrachten.« Jo kniff die Augen zusammen. »Mina, ich meine es ernst. Ich weiß, dass du klug bist und schon öfter in Mordfragen Zusammenhänge herausgefunden hast, und ich weiß, dass du dir Sorgen um Morrie machst, das tue ich auch, aber das Beste, was du im Moment für ihn tun kannst, ist, dich zurückzuhalten und die Polizei ihre Arbeit machen zu lassen. Lass dich nicht von Morrie mit in den Abgrund ziehen.«

Ihre Worte trafen mich wie ein Schlag. Ich wich zurück, als hätte sie mir eine Ohrfeige verpasst. Es klang, als hätte Jo bereits für sich entschieden, dass Morrie schuldig war. Ich verkniff mir eine Erwiderung. Jo warf mir einen letzten Blick zu, zog sich Handschuhe an und machte sich an die Arbeit. Ich wandte mich ab und wäre beinahe mit Wilson zusammengestoßen.

»Mina Wilde. « Sie sagte meinen Namen so, wie meine Mama es immer tat, wenn ich etwas tat, das sie enttäuscht hatte. »Wir müssen reden.«

»Ja, das müssen wir. Ich verstehe nicht, warum Sie hier sind und mich befragen, wenn Sie doch da draußen Tara Delphine jagen sollten. Sie ist blutüberströmt aus dem Haus gerannt!«

»Ich befrage Sie, weil Ihr Freund der Hauptverdächtige in einem Mordfall ist, und obwohl man Ihnen gesagt hat, dass Sie sich aus der Sache heraushalten sollen, sind Sie am Tatort eines zweiten Mordes aufgetaucht und behaupten, sowohl das Opfer als auch eine weitere mögliche Verdächtige zu kennen.« Wilson feuerte Fragen auf mich ab, eine heftiger als die andere. Das war nicht die feinfühlige Art und Weise, wie Hayes mich nach Morries Entführung befragt hatte. Sie hatte keine Geduld. Sie dachte, ich hätte etwas mit Daves Mord zu tun und ich konnte es ihr nicht verübeln.

Als Wilson endlich mit mir fertig war, schlich ich über die Straße und ließ mich auf der Parkbank neben Heathcliff nieder.

Quoth war immer noch nicht zurückgekehrt, und die Polizei hatte glücklicherweise nicht bemerkt, dass Heathcliff dort saß, sonst wären sie auch hinter ihm her gewesen.

»Das lief ja super«, bemerkte Heathcliff.

»Das ist nicht witzig.« Ich konnte Daves Körper immer noch vor mir sehen; seinen entsetzten Gesichtsausdruck, den Blutbogen an den Wänden, den Stab, der noch in seiner Brust gezittert hatte. Ich schauderte.

Heathcliff drehte sich zu mir. Unter seinem zotteligen Haar funkelten seine dunklen Augen mit schwarzem Humor. Er streckte die Hand aus und drückte mein Knie. »Na los. Ich weiß, dass du unbedingt eine Theorie darüber aufstellen willst, was hier passiert ist. Normalerweise würden du und Morrie euch gegenseitig mit Theorien überschütten, also los. Gib mir deine beste Erklärung.«

»Sollten wir nicht zuerst Quoth finden?«

»Er ist da drüben.« Heathcliff zeigte auf einen tiefhängenden Ast am Ende der Gasse. »Er sitzt auf dem Baum und belauscht deinen Lieblingskommissar da drüben. Er ist vor einer Weile zum Haus zurückgekehrt, während du und Jo euch gegenseitig böse angefunkelt habt. Ich vermute, er hat die Spur des Mädchens verloren.«

»Hauptsache, er ist in Sicherheit.« Ich räusperte mich und richtete mich auf. Heathcliff kannte mich zu gut. Die einzelnen Puzzleteile des Verbrechens zusammenzufügen, half mir, den Schrecken dessen, was ich gesehen hatte, zu verarbeiten. »Fangen wir mit den Fakten an. Dave wollte mir die Wahrheit über den Tod seiner Frau erzählen, aber jemand hat ihn getötet, bevor ich hier eingetroffen bin. Das bedeutet, dass drei Dinge wahr sind. Erstens: Bis zu seinem Tod hat Dave niemandem die Wahrheit über den Tod seiner Frau gesagt. Zweitens: Dave wurde getötet, um ihn davon abzuhalten, die Identität des

Mörders preiszugeben. Drittens: Der Mörder hat Daves Telefonat belauscht und war Dave bekannt, weil die Haustür offenstand und Dave ihn hereingelassen hat.«

»Und wir gehen davon aus, dass es eine Frau ist?« Heathcliff hob eine buschige Augenbraue.

»Tara Delphine ist kurz vor meiner Ankunft blutüberströmt vom Tatort geflohen, und glaub mir, diese schreckliche Tat war gerade erst begangen worden.« Ein anderer Gedanke kam mir in den Sinn. »Du könntest aber recht haben. Entweder hat Tara Dave ermordet oder sie hat gesehen, wer es getan hat. Neben der Tür standen pinkfarbene Stiefel. *Damenschuhe.* Und eine Kühltasche mit einer Flasche Wein, ein paar Crackern und Brie. Ich glaube, Dave hat eine Freundin.«

»Tara?«

Ich verzog das Gesicht. »Das kann ich mir nicht vorstellen, nicht nach dem, was sie Kate angetan hat. Aber das könnte erklären, warum sie in seinem Haus war. Die ganze Situation ist beschissen, und Menschen tun seltsame Dinge, also sollten wir es nicht ausschließen. Aber jetzt, wo ich darüber nachdenke, gibt es noch eine andere Möglichkeit. Tara ist vielleicht nicht weggelaufen, weil sie die Mörderin war. Vielleicht ist sie weggerannt, um dem Mörder zu entkommen, der durch die Tür geschlichen ist, nachdem Dave sie für sie geöffnet hatte.«

»Wer sonst könnte ihn getötet haben?«

»Ich muss eine Theorie überprüfen.« Ich nahm mein Handy und diktierte Morrie eine Nachricht. »Ist Sherlock bei dir?«

Quoth ließ sich auf meiner Schulter nieder und spähte auf mein Handydisplay. *Sie hat offenbar große Angst gehabt, aber ob das daran lag, dass sie Zeugin eines Mordes geworden war, oder daran, dass sie nicht erwischt werden wollte, darüber konnte ich nur spekulieren. Ich bin ihr acht Straßen lang gefolgt, bis sie in eine Mitfahrgelegenheit eingestiegen ist und ich sie aus den Augen verloren habe. Ich habe mir das Kennzeichen gemerkt, damit Morrie vielleicht dabei helfen könnte, das Fahrzeug zu finden. Die Polizei sucht jetzt nach ihr, aber sie überlegen auch, ob sie dich über Nacht zum Verhör festhalten sollen. Wilson ist dafür, Hayes dagegen.*

Ich legte den Finger an die Lippen. Ein paar Augenblicke später kam eine SMS zurück. »Er ist unterwegs, um einer Spur nachzugehen, und hat mich hier ganz allein zurückgelassen. Ich vertreibe mir die Zeit damit, alle seine Socken zu vertauschen. Wenn er zurückkommt, kannst du vielleicht von Argleton aus sehen, wie sein Kopf explodiert.«

»Kannst du herausfinden, wo er hin ist? Es ist wichtig.«

Quoth spähte mich mit großen, orangefarbenen Augen an. Er wusste sofort, woran ich dachte.

Einen Moment später schickte mir Morrie einen Link, der eine Stecknadel auf meiner Karte öffnete. Eine Stecknadel, die sich nur drei Blocks von Dave Danvers' Haus entfernt die Straße entlang bewegte.

»Krächz!«, sagte Quoth, flog von meiner Schulter und stürzte sich auf die Bäume. Heathcliff sprang auf, packte meinen Arm und zog mich um die Ecke. »Lock ihn hierher, Vögelchen. Wir schneiden ihm den Weg ab.«

»Was ...« Die Worte blieben mir im Hals stecken, während ich mich bemühte, mit Heathcliffs wildem Tempo Schritt zu halten. Er zog mich an Reihen identischer Stadthäuser vorbei, bis wir den Waldrand erreichten. Ich schaute mich um und suchte nach einem Zeichen von Quoth. Bitte lass es ihm gut gehen ...

»Krächz, krächz, krääääächz!«

Eine große, dunkle Gestalt schoss aus den Bäumen; ein Mann, der aus vollem Halse schrie, während zwei große, schwarze Flügel auf sein Gesicht einschlugen. Meine Brust brannte, als wir auf sie zurannten.

Sherlock Holmes stolperte auf die Straße und versenkte seine knochigen Hände in Quoths Nacken.

»Kräää...!« Quoths Schrei verwandelte sich in panische Angst. Seine winzigen Vogelfüße kratzten und zappelten auf der Suche nach Halt. Sherlock schrie vor Triumph, als er sich Quoth aus dem Gesicht riss und ihn in die Höhe zog, bereit, ihm auf der Straße den Schädel einzuschlagen.

29

Mit unmenschlichem Gebrüll stürzte sich Heathcliff auf den beratenden Detektiv. Sherlock stürzte zu Boden, als der größte Gothic-Antiheld der Literatur ihm wütend die Fäuste ins Gesicht schlug.

»Krächz!« Quoth fiel auf den Bürgersteig und hüpfte erzürnt herum, während seine Federn stoben.

Sherlock, der in den illegalen Boxringen im viktorianischen London das eine oder andere gelernt hatte, schaffte es, Heathcliff in einen Schwitzkasten zu nehmen. Aber Heathcliff rollte einfach seinen Oberkörper nach vorne, warf Sherlock über seine Schulter und schleuderte ihn auf den Bürgersteig. Sherlock landete unsanft auf dem Boden und sackte in sich zusammen, den Kopf zur Seite geneigt.

»Niemand tut meinem Vögelchen weh.« Ich erschauerte bei Heathcliffs Knurren, während er seine Hände um Sherlocks Hals legte. Er klang wie ein Höllenwesen. So groß und schrecklich war seine Rache. »Und *niemand* hängt meinem nervigen Freund etwas an und kommt damit davon. Es war dumm von ihm, dir zu vertrauen, aber das wird nicht mehr lange ein Problem darstellen.«

»Heathcliff, bring ihn nicht um.« Ich schlang meine Arme um Heathcliffs Hals und zog daran, aber es war, als würde man versuchen, einen Elefanten aus einer Schüssel gesalzener Erdnüsse zu ziehen. Quoth hüpfte auf Sherlocks Kopf und zwickte Heathcliff in die Nasenspitze.

»Aaaaaaauuuu.« Heathcliff ließ Sherlock fallen und hielt sich mit beiden Händen die Nase. »Das tut verdammt weh. Ich wollte dich nur rächen.«

Ich stieß Sherlock mit der Stiefelspitze an und drehte ihn auf den Rücken. Er zuckte zusammen, als er langsam eine Hand an sein Gesicht hob und sich das Blut aus den Augen wischte.

»Danke, dass du ihn aufgehalten hast«, murmelte er mit vor Schmerz belegter, hochmütiger Stimme.

»Dank mir noch nicht. Ich bin noch nicht fertig mit dir. Ich dachte, du wärst ein ausgebildeter Boxer.« Ich runzelte die Stirn und sah auf Sherlock hinunter.

»Ja, nun.« Er hielt sich weiterhin die Hände vor das Gesicht, während er seinen Körper in eine sitzende Position brachte. »Es scheint, als wäre ich deinem brutalen Zigeuner nicht gewachsen.«

»Ich werde ihn umbringen.« Heathcliff stürzte sich erneut auf ihn. Ich schaffte es, mich unter seinen Arm zu schieben und zwischen die beiden zu springen, bevor Sherlock zu Brennholz verarbeitet wurde.

»Zuerst brauchen wir Antworten.« Ich drückte meine Handflächen gegen Heathcliffs Brust. »Dann kannst du ihn töten.«

»Woher kommt diese plötzliche Feindseligkeit?«, spottete Sherlock und spuckte Blut auf den Bürgersteig. »Ich dachte, wir arbeiten alle auf dasselbe Ziel hin, nämlich die Freiheit unseres guten Freundes zu gewährleisten.«

»Morrie ist *nicht* dein Freund. Vor allem nicht, nachdem wir ihm das hier gezeigt haben.« Ich holte das Foto heraus und hielt es ihm unter die Nase. »Möchtest du mir erklären, was du vor *zwei Jahren* bei einem Ticketrrr-Retreat gemacht hast?«

Sherlocks Gesicht blieb vollkommen regungslos. Nicht ein Haar bewegte sich. Er verriet nichts, während er auf das belastende Beweismittel in meiner Hand starrte. »Wenn du vorhast, mich der Polizei zu übergeben, schlage ich vor, es jetzt zu tun. Wenn sie so inkompetent sind wie Lestrade und seine Polizisten, wirst du eine Pantomime aufführen, ein Bild malen und Semaphorsignale lernen müssen, um zu erklären, wer ich bin und was meine Verbindung zu Moriartys Fall ist.«

Ich warf Heathcliff einen Blick zu. Natürlich konnten wir Sherlock nicht der Polizei übergeben. Wir konnten nicht darauf vertrauen, dass er ihnen nicht die Wahrheit über die Buchhandlung verraten würde. *Er hat gesehen, wie Quoth sich verwandelt hat. Er würde uns verraten und sie würden meinen Freund in ein Labor bringen, um ihn aufzuschneiden und zu untersuchen.* Instinktiv schossen meine Finger nach oben, um den Raben an meine Brust zu drücken.

»Das geht nur uns etwas an.« Heathcliff ballte die Hände zu Fäusten. »Und Morrie.«

Sherlock seufzte. »Na gut. Ich schwöre dir, dass ich die Frau nicht getötet habe, und ich verspreche, euch alles zu erklären. Aber ich sollte diese Geschichte zuerst Moriarty erzählen. Sobald wir in der Hütte sind, werde ich mich von diesem Geheimnis befreien.«

»Es wird Stunden dauern, bis wir mit dem Bus in Barset Reach sind«, knurrte Heathcliff. »Kannst du Morrie nicht einfach anrufen, damit ich dich hier töten kann?«

»Ich habe einen Fahrer.« Sherlock nickte einem verbeulten alten Skoda zu, der am Ende der Straße geparkt war. Heathcliff packte den Detektiv am Hemdkragen und zerrte ihn zum Fahrzeug. Ich folgte ihm mit Quoth, der immer noch auf meiner Schulter saß. Als ich einstieg, stellte ich fest, dass der Fahrer der Besitzer der Tankstelle in Barset Reach war.

Wir fuhren in absoluter Stille. Quoth saß auf meinem Schoß und starrte mich mit seinen großen, seelenvollen Augen an. Ich ging jede Information in meinem Kopf durch und versuchte, die verschiedenen Fäden zu verstehen. Dave Danvers. Tara Delphine. Grant Hoskings Jackettknopf am Tatort. Ein schamlos lügender Sherlock. Aber was bedeutete das alles? Wer hat Morrie hereingelegt und warum?

Der Fahrer brachte uns zu derselben Lichtung, auf der Sherlock den Polizeiwagen geparkt hatte. Als ich ausstieg, schoss mir Morries Gesicht in den Sinn von dem Tag, an dem ich ihn bei Sherlock zurückgelassen hatte, er mich auf die Motorhaube gelegt und mich schwindlig gevögelt hatte. Mein Herz hämmerte gegen meine Brust. Ich würde Morrie wiedersehen, ihn in meinen Armen halten, seine schmutzigen Worte hören und dieses Grinsen sehen, das mein Gehirn zu Brei werden ließ.

Und ich war auch kurz davor, ihm zu offenbaren, dass sein Ex-Liebhaber ein gefährliches Geheimnis bewahrt hatte und er womöglich für dieses Chaos verantwortlich war.

Wenn jemand Morrie aus dem Weg räumen wollte, konnte er ihn einfach töten. Wer auch immer das getan hat, hasste Morrie so sehr, dass er wollte, dass er ihn leiden sehen wollte. Er hatte ihm das Einzige genommen, das Morrie über alles andere schätzte, mehr als Geld oder guten Wein oder versauten Sex.

Seine Freiheit.

Heathcliff ging voran und zog Sherlock hinter sich her. Quoth blieb auf meiner Schulter, als ich den inzwischen vertrauten Weg zur Wanderhütte entlangkletterte. Mit jedem Schritt wuchs meine Wut und ich war mir immer sicherer, dass Sherlock für all das verantwortlich war.

Als wir die Felswand erklommen hatten, riss Morrie die Tür der Hütte auf und kam heraus.

»Bitte sag mir, dass du einen Bordeaux mitgebracht hast. Ohne Wein werde ich verrückt, und das Gesöff, das du in der Toilettenschüssel gebraut hast, ist definitiv nicht das Gelbe vom Ei ...« Morrie erstarrte, als er Heathcliff erblickte, wie er Sherlock den Hang hinaufzerrte. »Was geht hier vor sich?«

30

»Sherlock hier wollte uns gerade erklären, warum er Kate Danvers und ihren Ehemann getötet hat.«

»Was?«, stotterte Sherlock. »*Darum* geht es also? Du glaubst doch nicht, dass ich …«

»Noch eine Lüge und ich breche dir das Genick.« Heathcliffs Augen funkelten bösartig, während er Sherlock schüttelte. »Ich werde es genießen.«

»Moment mal. Das glaube ich nicht. Sherlock ist ein egozentrischer Mistkerl, aber er ist kein brutaler Mörder.« Morrie blickte von meinem Gesicht zu Sherlock und dann wieder zu mir. »Ich dachte, wir hätten darüber gesprochen, meine Hübsche. Wie du wird Sherlock von dieser lästigen Moral geplagt. Er fängt Mörder. Er hat kein Interesse daran, sich ihnen anzuschließen.«

»Er hat es getan, Morrie. Dave Danvers wurde heute ermordet und wir haben Sherlock am Tatort erwischt. *Und* er hat uns von Anfang an belogen. Sieh dir das an.« Ich holte das Foto heraus und hielt es Morrie unter die Nase. »Ich habe endlich dieses Treffen mit Grant bekommen. Du hattest recht.

Sherlock hat versucht, uns davon abzuhalten, ihn zu treffen. Damit wir das hier nicht entdecken.«

»Warum sehe ich mir einen Haufen von Typen an, deren Gesichtsbehaarung bei weitem nicht so toll ist wie Heathcliffs zotteliger Charme?« Morrie runzelte die Stirn und betrachtete das Bild.

»Das ist ein Foto des Ticketrrr-Teams bei ihrem Führungskräftetreffen. Von vor zwei Jahren. Schau mal, wer in der hinteren Reihe steht.«

Morries Blick huschte über das Papier. Er hielt mir das Foto hin. »Danke, meine Hübsche.« Seine Stimme klang seltsam, weit entfernt und hölzern, ohne seine übliche Überheblichkeit. Er wandte sich an Sherlock.

»Ich nehme an, es sollte mich nicht überraschen. Schließlich war unsere ganze Beziehung eine Lüge, ein Trick, um mich dazu zu bringen, dir zu vertrauen, damit du mein Imperium demontieren und mich über einen Wasserfall werfen konntest. Aber du hast einen entscheidenden Fehler gemacht, als du in diese Welt gekommen bist. Du hast dich mit meinen Freunden angelegt. Du hast meiner Freundin Sorgen bereitet. Allein dafür werde ich es genießen, dich zu zerstören.«

»Ich schwöre, ich habe die Frau nicht getötet.« Sherlock wehrte sich gegen Heathcliffs Griff. »Sag deinem Riesen-Trottel, dass er mich loslassen soll, dann kann ich alles erklären.«

»Ich kann ihm sofort den Schädel einschlagen. Du musst es nur sagen«, knurrte Heathcliff. »Es wäre mir ein Vergnügen.«

Morries Blick fiel auf Heathcliff, und wenn ich jemals daran gezweifelt hätte, dass zwischen ihnen etwas war, dann hätten die Funken, die flogen, als sich ihre Blicke trafen, es in Neonfarben erstrahlen lassen. Morrie steckte seine Hand in seine Boxershorts und holte den silbernen Dildo heraus. Er schnippte mit dem Handgelenk, und eine dünne, glänzende Klinge glitt aus der Spitze.

Bei Isis. Ich zuckte zusammen. *Wo zum Teufel glaubte er, dieses Ding reinstecken zu können?*

»Ich übernehme ab hier, Ritter Bissigton.« Morrie trat vor, und das bösartige Grinsen, das sich auf seinem Gesicht ausbreitete, ließ mir das Blut in den Adern gefrieren.

Heathcliff knurrte, aber er stieß Sherlock zu Boden und trat zurück. Morrie starrte auf seinen ehemaligen Freund herab, und der Ausdruck in seinen Augen war so unheimlich, dass es mich schaudern ließ.

Zum ersten Mal wurde mir klar, dass ich *den* James Moriarty vor mir hatte, den Mann, der er vor dem Nevermore Bookshop, vor Heathcliff und Quoth gewesen war. *Vor mir.* Er war nicht länger mein moralisch verdorbener Freund mit dem teuflischen Grinsen. Vor uns stand der Napoleon des Verbrechens, rücksichtslos und gefühllos und absolut gnadenlos; die Spinne mit dem tödlichen Biss.

Sherlocks Verrat hatte ihn zu seinen alten Gewohnheiten zurückgeführt, zu dem Mann, der er nie wieder hatte sein wollen.

Morrie trat Sherlock mit der scharfen Spitze seiner Budapester in die Seite. »Dass du mich verraten hast, ist schon schlimm genug, aber dass du Mina in Gefahr gebracht hast, werde ich dir nie verzeihen.«

»Wenn du glaubst, dass ich um Gnade flehe, wirst du bitter enttäuscht sein.« Sherlock hob den Blick mit schmerzverzerrtem Gesicht zu Morrie. »Aber wenn du mir jetzt die Kehle durchschneidest, wirst du die Wahrheit nie erfahren.«

Morrie lachte. »Du warst doch immer derjenige, der von der Wahrheit besessen war. Mir macht es nichts aus, sie ein wenig auszuschmücken.«

»Willst du mir wirklich hier, vor Mina, die Kehle

durchschneiden?«, säuselte Sherlock. »Sieh dir ihr Gesicht an, Moriarty. Sie mag wütend auf mich sein, aber sie dürstet nicht nach meinem Blut. Ich könnte mein Leben verlieren, aber du ... du würdest so viel mehr verlieren.«

»Das ist genau wie in unserer Geschichte!«, schrie Morrie. »Nur dass ich dich dieses Mal zuerst vernichten werde, damit du mir nie wieder wehtun kannst.«

»Verstehst du nicht? Du kannst mich nicht vernichten, ohne auch ein Stück von dir selbst zu töten. Du brauchst Reichenbach nicht, um zu fallen, James. Wir werden immer zusammen untergehen«, schoss Sherlock zurück. »Du und ich, Auge um Auge, unsere letzte Schlacht und die Antwort auf das letzte Problem.«

Morries Grinsen war ungebrochen. »Du bist noch verkorkster, als ich dachte.«

»Du kapierst es nicht«, schrie Sherlock. »Du musstest verschwinden. Ich musste London von deiner Plage befreien. Aber ich konnte nicht in einer Welt leben, in der du nicht existierst. Ich habe mich dir an diesem Tag in den tosenden Fluten angeschlossen, genauso wie ich mich dir in diesem Höllenloch angeschlossen habe. Es ist nicht meine Schuld, dass mein Autor es für angebracht hielt, mich danach wiederzubeleben.«

Morries Gesicht verzerrte sich. Seine Finger schlossen sich um das Messer. Er hob es höher ...

Ich warf mich über Sherlocks Körper und starrte zu Morrie auf, während das Messer über mir schwebte. »Morrie, tu es nicht.«

Morries Hand erstarrte. Sein Lächeln blieb unerschütterlich. »Das ist nicht für dich, meine Hübsche.«

»Ich weiß. Es ist für dich, und ich finde, dass du es genau deshalb nicht tun solltest. Du kannst nicht einfach losziehen und Leute erstechen, nur weil sie dir das Herz brechen.« Ich schluckte. »Das ist der alte James Moriarty. Der Kriminelle. Aber der Morrie, den ich liebe, ist nicht so.«

»Vielleicht weiß ich nicht, wie man Morrie ist.« Seine Stimme triefte vor Bitterkeit. »Vielleicht bin ich einfach Moriarty, der Bösewicht, der Betrüger, jetzt und für immer. Vielleicht können wir unseren Geschichten nie wirklichentkommen.«

»Das ist nicht wahr. Ich weiß, dass du das nicht wirklich glaubst.« Obwohl das Messer über meinem Kopf schwebte, sah ich Morrie tapfer entgegen. »Du hast dein neues Leben dem Schutz der Menschen gewidmet, die dir wichtig sind. Du hast deine kriminellen Fähigkeiten in dieser Welt kultiviert, um deinen Freunden zu helfen, damit du Papiere für Quoth bekommen konntest, Lydia Bennet dabei helfen konntest, sich der Armee anzuschließen, und allen anderen fiktiven Figuren, die in den Laden kamen, eine gute Anstellung verschaffen konntest. Selbst dieses Scheintodgeschäft war dein fehlgeleiteter Versuch, Gutes in der Welt zu tun. Du hast gesagt, dass es dir egal war, warum Kate Danvers ihren eigenen Tod vortäuschen wollte, aber ich wette, das stimmt nicht. Ich wette, es hat dich sehr interessiert. Du willst es nur nicht zugeben.«

Morries Mundwinkel zuckten. Mein Herz flatterte vor Hoffnung.

Morries Lippen verzogen und er knurrte, während er das Messer in Richtung Hütte warf, wo es in das Holz einschlug und stecken blieb. Der silberne schwanzförmige Griff zitterte im Wind.

»Was sollen wir mit ihm machen?«

»Ich denke, wir sollten die Wahrheit herausfinden.« Ich kniete mich neben Sherlock. »Warum hast du Kate getötet? Welche Informationen hatte Dave über dich? Warum hast du ihn getötet? Ich möchte dich daran erinnern, dass ich Morries Messer vielleicht losgeworden bin, aber Heathcliff könnte dir immer noch das Genick brechen, als ob es ein Streichholz wäre.«

»Ich habe nichts davon getan.» Sherlock zog die Beine an die Brust. »Ich bin hierhergekommen, um die Wahrheit zu sagen, aber ich sehe, dass es sinnlos ist. Ich bin von Verrückten und Schwachsinnigen umgeben.«

»Wir haben dich bei der Flucht von Daves Haus gefunden.«

»Ich bin nicht aus Daves Haus geflohen. Ich habe es *beobachtet*. Ich hatte Grund zu der Annahme, dass Dave ein Ziel sein könnte. Ich habe eine ganz in Schwarz gekleidete Gestalt gesehen, die sich aus den Schatten geschält hat, um zu klingeln. Dave hat die Tür geöffnet und sie hereingebeten. Etwa zwanzig Minuten später ist die Pinkhaarige aufgetaucht und hat sich selbst eingelassen. Ich bin näher heran getreten, um einen Blick zu erhaschen, als du aufgetaucht bist.«

»Warum dachtest du, dass Dave ...« Ein Rascheln in den Bäumen erregte meine Aufmerksamkeit, gefolgt von einem merkwürdigen Summgeräusch. »Was war das?«

»Dieses Geräusch? Es klingt wie ...« Morries Augen huschten über die Baumgrenze und folgten dem Summen. Ein Grinsen huschte über seine Mundwinkel. »Es klingt, als hätten wir einen Spion in unserer Mitte.«

Heathcliff verschwand im Wald. Es gab einen dumpfen Schlag und jemand schrie vor Schmerz auf. Eine Minute später kehrte Heathcliff zurück und schleppte einen stöhnenden Körper, den er neben Sherlock fallen ließ. Die Gestalt kauerte sich zusammen und starrte uns mit wilden Augen an. In ihren zitternden Fingern hielt sie ein Handy.

»Wer ist das?«, fragte Morrie und warf ihm einen prüfenden Blick zu.

»Das ist Sam, der Besitzer von Wild Oats. Er hat gelogen, als er sagte, er hätte Kates Leiche bewegt. Aber ich verstehe nicht, warum er uns hier draußen ausspioniert.« Ich beugte mich vor. »Es sei denn ... er ist der wahre Mörder.«

31

»Wovon redet ihr?«, rief Sam, als Heathcliff ihn neben Sherlock fallen ließ. »Ich bin kein Mörder. Ich habe diese beiden schlaksigen Herren noch nie getroffen.«

»Warum spionierst du uns dann nach?«

»Weil ich in der Nähe unterwegs war, als ich Schreie aus einer vermeintlich leeren Wanderhütte gehört habe. Ihr hättet mich nie gehört, wenn ich nicht diesen Anruf bekommen hätte.«

»Ist das wahr?« Ich kniff die Augen zusammen. »Du hast uns belogen, als du sagtest, du wärst über Kates Leiche gestolpert. Du hast versucht, sie wegzuschaffen, als ein Tourist dich aufgehalten hat. Das ist nicht das Verhalten eines unschuldigen Mannes.«

»Hier geht es also um Kate?« Sam warf die Hände in die Luft. »Na schön! Ich habe die Leiche bewegt. Ich gebe es zu. Es war eine schreckliche Tat, und ich fühle mich immer noch furchtbar, aber ich habe es getan.«

»Warum?«

287

»Weil ich sie auf dem Gebiet von Wild Oats gefunden habe. Ich wollte sie irgendwo weit weg entsorgen, vielleicht auf einem der Felder in der Nähe des Dorfes. Ich dachte, ich könnte es so aussehen lassen, als wäre sie trampen gewesen, bevor jemand sie so zugerichtet hat. Ich weiß nicht, ich habe nicht nachgedacht. Das Geschäft hatte wieder angezogen, und der Mord an dem Mädchen hätte uns ruiniert. Es *hat* uns ruiniert.« Sam ließ den Kopf hängen und starrte auf das Telefon in seinen Händen. »Das war die Bank. Ich bin mit meinen Krediten in Verzug. Wild Oats ist offiziell bankrott.«

»Erzähl die Geschichte zu Ende«, knurrte Heathcliff und ging auf ihn zu.

»Richtig, ja.« Sam schluckte. »Ich beschloss also, die Leiche zu vergraben. Aber dann, auf halber Strecke den Berg hinunter, bin ich auf einen deutschen Touristen getroffen, und so musste ich mir einen Grund ausdenken, warum ich gerade eine Leiche durch den Wald trug. Ich erfand die Geschichte, dass ich sie zur Polizei bringen wollte. Aber dann wollte er nicht verschwinden, also musste ich die Leiche zurücklassen und mit ihm ins Dorf zurückgehen. Und das waren die längsten zwei Stunden meines Lebens gewesen. Nicht nur wegen des Schreckens über Kates Tod und der Sorge um mein Geschäft, sondern auch, weil dieser Typ seltsam war.«

Zu hören, wie Sam, der Kakerlaken-Koch, eine andere Person als seltsam bezeichnete, schien ... eine Nachfrage wert zu sein. »Wie meinst du das?«

Sam ließ die Schultern sinken. »Ich weiß nicht, einfach ... deutsch. Sprach mit einer gestelzten Stimme. Schien eine Menge über Leichen und Polizeiverfahren zu wissen. Und obwohl er im Wald wandern war, hatte er die seltsamste Kleidung an: einen taillierten Blazer, wie man ihn in einem schicken Internat tragen würde, mit einem Wappen auf der Brusttasche und allem, und ein Paar schicke Schuhe.« Er zeigte auf Morries Budapester. »Genau wie diese, gleiche Farbe und alles.«

Ach du heilige Scheiße.

Natürlich.

Wieso habe ich das nur nicht früher bemerkt?

»Du.« Heathcliff brüllte Sherlock an. »Du bist der deutsche Tourist. Du hast in jeder deiner Geschichten damit angegeben, wie gut du dich verkleiden kannst.«

»Nein, er ist es nicht.« Endlich dämmerte es mir, was mich an der Jacke so gestört hatte. Die Details fügten sich in meinem Kopf zusammen. Es gab noch jemanden, der Teil der Cosplay-Szene war und sich mit Kostümen auskannte. Jemanden, der ein Motiv hatte, nicht nur Kate zu töten, sondern auch Morrie die Schuld in die Schuhe zu schieben.

Menschen tun verrückte Dinge im Namen der Liebe. Und manchmal macht die Liebe sie verrückt.

Ich dachte an Sherlock und Morrie und wie sie einst etwas Großartiges gehabt haben könnten. Eine Liebe, die für die Ewigkeit bestimmt gewesen wäre, wenn sie diese nicht beide zu Asche verbrannt hätten, um ihr eigenes Ego zu befriedigen. Morrie hatte aus seinen Fehlern gelernt und war jetzt ein anderer Mensch. Sherlock würde es vielleicht auch noch lernen, wenn Heathcliff ihn nicht zuerst erwürgen würde.

Manchmal kann selbst die größte Liebe vergehen.

Manchmal gab es kein Happy End, vor allem nicht, wenn das Ego ins Spiel kam.

Mir kam eine Idee. Vor meinen Augen blitzten hellgrüne Lichtfunken auf. Ich verstand, worum es wirklich bei diesem Verbrechen ging. Oder zumindest begann ich es zu verstehen.

»Was soll dieser Gesichtsausdruck, Hübsche?«, fragte Morrie. »Du siehst aus, als hättest du gerade den Jackpot geknackt.«

»Das ist ihr Morrie-Gesicht«, brummte Heathcliff. »Sie führt etwas im Schilde.«

»Sie führt nichts im Schilde. Sie hat etwas vor.« Ich warf einen Blick auf die verwirrten und wahnsinnigen Gesichter. »Ich weiß genau, wer unser Mörder ist.«

32

Heathcliff trat Sherlock in die Seite. »Natürlich tun wir das. Deshalb sind wir hier. Um ihm seinen dürren Hals umzudrehen.«

»Nein.« Ich lächelte. »Sherlock ist ein echter Wichser, aber er ist nicht unser Mörder. Und in einer Sache hatte er recht. Bei diesem Verbrechen dreht sich alles um Besessenheit. Aber nicht auf die Art und Weise, wie wir es vermutet haben. Und ich weiß genau, wie wir den Mörder seiner gerechten Strafe zuführen werden. Das bedeutet jedoch, dass ich Heathcliff und Quoth bitten muss, etwas Gefährliches zu tun ...«

»Ja«, knurrte Heathcliff und ließ Morries Augen nicht aus den Augen.

»Krächz«, fügte Quoth hinzu.

»Ich helfe auch, wenn das bedeutet, dass Morrie freikommt«, meldete sich Sherlock zu Wort.

»Ich habe zwar keine Ahnung, wovon ihr redet, aber wenn es mein Geschäft rettet, bin ich auch dabei«, fügte Sam hinzu.

»Gut.« Ich bückte mich und streckte Sherlock Holmes meine Hand entgegen. Er starrte sie an, als würden ihr Tentakel entspringen, nahm sie dann jedoch und schüttelte sie zaghaft. Ich zog ihn auf die Beine. »Dann sind wir uns ja alle einig. Lasst uns einen Mörder fangen.«

»MINA, ich halte es nicht mehr aus.« Morries Stimme schwankte vor Unsicherheit; ein Klang, der so seltsam und fremd auf seinen Lippen klang, dass es mir das Herz zerriss. »Sie werden nicht aufhören, mich zu jagen. Ich muss aus dem Land fliehen. Aber bevor ich das tue, muss ich mich verabschieden. Triff mich morgen Abend nach Ladenschluss in der Buchhandlung. Punkt 19 Uhr. Lass das Fenster im Kinderzimmer unverschlossen. Geh sicher, dass du allein bist und sag es niemandem, *vor allem* nicht der Polizei.«

Morrie schaltete sein Wegwerfhandy aus und warf es über den Berg. Es klapperte auf den Felsen, bevor es im Gebüsch verschwand. Als er sich wieder zu mir umdrehte, war sein üblicher großspuriger Mund zu einer festen Linie verzogen.

»Das gefällt mir ganz und gar nicht, meine Hübsche.« Morrie wandte sich wieder der Hütte zu. Die Sonne war inzwischen untergegangen, und ich konnte die Umrisse seines Körpers in der Dunkelheit kaum erkennen, aber ich konnte allein an der Anspannung in seinen Schultern erkennen, dass Morrie diesen Plan nicht befürwortete. Was seltsam war, denn normalerweise war er für jeden verrückten Plan zu haben. Und dieser Plan war definitiv verrückt.

»Der einzige Weg, den Mörder aus der Reserve zu locken, ist, ihn glauben zu lassen, dass dies seine letzte Chance ist, dich zu kriegen«, betonte ich, als ich auf ihn zuging. »Wir wissen, dass sie den Laden im Auge behalten. Quoth, Heathcliff und Sherlock werden darauf warten, sich auf ihn zu stürzen. Und da unser Telefon von der Polizei überwacht wird, wird Kommissar

Hayes nicht lange auf sich warten lassen. Mit all dem Schutz wird uns beiden nichts passieren.«

»Das ist nicht wie damals, als wir Ashleys Mörder in den Laden gelockt haben. Diese Person ist gerissen. Wir wissen nicht, wie lange sie uns schon beobachtet.« Morrie drehte sich abrupt um und drückte mich an seinen Körper, um seine Lippen auf meine Stirn zu pressen. »Wenn dir wegen mir etwas zustößt ...«

»Darüber mache ich mir keine Sorgen.« Okay, ein bisschen besorgt war ich schon, aber das brauchte Morrie nicht zu wissen. Die Situation schien ihn bereits völlig überwältigt zu haben. Als ich ihm gesagt hatte, wer meiner Meinung nach der Mörder war, ... James Moriarty war selten überrascht, aber das hatte ihn aus der Bahn geworfen.

»Ich habe dich mehr geprägt, als mir klar war.« Die Ernsthaftigkeit, die er am Telefon an den Tag gelegt hatte, war immer noch in seiner Stimme zu hören. Wir gingen zur Wanderhütte zurück, wo sich die anderen um die restlichen Kerzen versammelt hatten. Morrie warf seine Kleidung, Bücher und sein magnetisches Schachspiel in seinen Rucksack.

»Was ist mit all deinen Hemden?« Ich zeigte auf den kleinen Haufen zerknitterter Designerkleidung in der Ecke.

»Machst du Witze? Die kommen nie wieder in die Nähe meines Körpers. Die stinken nach Natur.« Morrie griff nach dem maßgeschneiderten Hemd, das er trug. »Wenn ich dieses Outfit nicht bräuchte, um hier rauszukommen, würde ich es auch zurücklassen, aber ich habe vor, es zu verbrennen, sobald ich zu Hause bin.«

Ich legte meine Hand auf die Lasche seines Rucksacks. »Freu dich nicht zu früh. Du wirst dich hier mit Sam verstecken, bis die Zeit reif ist. Du wirst allein nach Argleton zurückkehren müssen, ohne Aufmerksamkeit zu erregen. Schaffst du das?«

»Natürlich.« Morrie klopfte Sherlock auf die Schulter.

Sherlock versteifte sich unter der plötzlichen Berührung und warf Heathcliff einen nervösen Blick zu. »Ich bin zufällig mit einem Meister der Verkleidung befreundet.«

Ich schlang meine Arme um Morrie. Er zog mich an sich und streichelte mein Haar auf eine sanfte Art und Weise, die so gar nicht zu ihm passte. Etwas Schreckliches brodelte in meinem Bauch.

Mach dich nicht verrückt. Das ist kein Abschied für immer. Du wirst ihn morgen wiedersehen.

Obwohl ich das wusste, klammerte ich mich an Morrie, bis Heathcliff mich wegzog. »Mach keine Dummheiten«, schnauzte er Morrie an, der ihm spöttisch salutierte.

Heathcliff, Quoth, Sherlock und ich wanderten den Berg hinunter und stiegen in das Auto des alten Mannes. Wir hatten von Sherlock noch nicht einmal die Wahrheit darüber erfahren, wie er diesen Kerl dazu gebracht hatte, uns zu helfen, aber im Moment war mir das egal.

Unser Fahrer setzte uns am Bahnhof ab. Ich erwartete, dass Sherlock ihn bezahlen würde, aber stattdessen schob er lange Finger in seine Jackentasche und holte einen Umschlag heraus. »Ich habe Ihre Tochter ausfindig gemacht. Sie freut sich darauf, wieder von Ihnen zu hören. Alles, was Sie brauchen, befindet sich hier drin.«

Mit einem stummen Nicken nahm der alte Mann den Umschlag entgegen. Als er ihn aufschlitzte, liefen ihm Tränen über die Wangen. Was auch immer Sherlock für ihn getan hatte, es war eine schöne Sache.

Ich bedauerte fast, wie wir ihn behandelt hatten.

Fast.

Wir stiegen alle aus dem Auto und nahmen den nächsten Zug. Ich vermisste es, mit Oscar zusammen die Treppe und das Geländer zu suchen. Er war bereits solch ein normaler Teil meines Lebens geworden, dass ich seine Abwesenheit wie einen

Schlag in die Magengrube spürte, genauso wie ich Morrie mit jeder Faser meines Seins vermisste.

Mama, die sich bereit erklärt hatte, auf den Laden aufzupassen, während wir nach Crookshollow gefahren waren, eilte zur Tür hinaus, um einer Kundin am anderen Ende der Stadt ein Paket mit stinkendem Austernschmuck zu liefern. Sie hatte einen Eimer Austern und einen weiteren Stapel Bücher zum Thema Perlen zurückgelassen, die sie verkauft hatte. Nachdem sie sich mit den wirklich fantastischen Fish and Chips von Oliver den Bauch vollgeschlagen hatte, schlief Sherlock auf dem Sofa unten, während Heathcliff, Quoth und ich uns in mein Bett quetschten.

Am nächsten Morgen wachten wir mit dem Geräusch von Hämmern und Klopfen auf. Ich spähte aus dem Fenster und sah Arbeiter, die in Frau Ellis' alter Wohnung herumwuselten. *Dieser verdammte Grey Lachlan. Wenn er glaubt, dass er uns mit dem Beginn der Bauarbeiten um 6 Uhr morgens verschrecken kann, hat er sich geschnitten.*

Ich zog eine enge Jeans und meinen Blood Lust-Band-Kapuzenpullover an und schlurfte hinunter, um Kaffee zu kochen und den Laden für die Eröffnung vorzubereiten. Ich öffnete alle Fenster, um den Austerngeruch zu vertreiben, aber dadurch wurde nur Staub von der Baustelle ins Haus geweht, also schloss ich sie alle wieder, bis auf das im Kinderzimmer.

Stattdessen versuchte ich, Mamas Austernkübel nach draußen zu bringen, aber Grimalkin bekam einen Anfall, krümmte den Rücken und fauchte, bis ich ihn wieder im Flur abstellte.

»Na gut, behalt du deine stinkenden Austern.« Ich sah zu, wie sie mit ihrer Pfote eine Muschel über den Boden schlug und darauf sprang, um die Leckereien darin zu befreien. »Erstick nur nicht an einer kaugummirosa Perle.«

Edie kam mit Oscar vorbei. Sie blieb eine Stunde, um zu

sehen, wie wir zusammenarbeiteten, und kehrte dann zu den Zwingern zurück. Ich warf Mamas Umschläge in den Postsack, kümmerte mich dann um die Kunden, trug Bücher in unseren Katalog ein und räumte sie in die Regale. Ich schaute alle zehn Minuten auf die Uhr, da jeder Moment des Tages im Schneckentempo verging. Jedes knarrende Dielenbrett und jeder fluchende Kunde ließ mich herumwirbeln, das Herz in der Brust.

Verdammt, ich hoffe, das funktioniert.

Um 17:02 Uhr gingen Heathcliff, Sherlock und Quoth ins Pub. Ich vermutete, dass unser Mörder den Laden bereits beobachtete, und ich wollte, dass er das Gefühl hatte, ich wäre allein. Ich drehte das Schild auf GESCHLOSSEN und überprüfte noch einmal, ob das Fenster im Kinderzimmer offen war.

Ich spähte nach draußen in die hoch aufragenden Efeubüsche, von denen Heathcliff versprochen hatte, sie zurückzuschneiden, es aber nie getan hatte, konnte aber nichts über den Rand meiner Nase hinaus sehen. *Ist der Mörder da draußen?*

Ich schaltete das Licht aus, verließ den Raum und schloss die Tür hinter mir. *Komm raus, komm raus, wo immer du bist.*

Im Laden war es unheimlich still. Ich setzte mich hinter Heathcliffs Schreibtisch, den ich immer noch betrachtete als seinen betrachtete, obwohl ich dort mehr arbeitete als er es jemals getan hatte, und versuchte, mit unserer Abrechnung zu beginnen, aber die Zahlen verschwammen vor meinen Augen. Zum Teil, weil es zu dunkel war, zum Teil, weil ich mich auf nichts anderes als die geschlossene Tür des Kinderzimmers konzentrieren konnte. Zu meinen Füßen wand sich Oscar unruhig hin und her.

Um 18:03 Uhr nahm ich den letzten Schluck von meinem kalten Tee, verzog das Gesicht und öffnete Heathcliffs oberste Schublade, um seinen Whiskyvorrat zu plündern.

Um 18:16 Uhr stellte ich fest, dass ich über zwei Monate alte Rechnungen mit *»Mörder mörder mörderisch mord«* beschriftet hatte, und warf den gesamten Stapel in den Müll.

Um 18:18 Uhr zog ich eine zerbrochene Austernschale zwischen den Kissen auf Heathcliffs Stuhl hervor und schleuderte sie nach dem Gürteltier.

Um 18:21 Uhr schenkte ich mir einen weiteren Whisky ein.

Um 18:24 Uhr spitzten sich Oscars Ohren. Die Hintertür raschelte und die Dielen knarrten, als Heathcliff, Sherlock und Quoth auf Zehenspitzen durch das Haus gingen und sich in Position begaben.

Um 18:35 Uhr spitzte Oscar erneut die Ohren. Meine Hand flog zu seiner Leine. Hinter der Tür zum Kinderzimmer hörte ich leises Kratzen, als das Fenster hochgedrückt wurde, und das Geräusch eines Fußes, der auf den Teppich traf, aber ich ignorierte es und beruhigte Oscar wieder.

Um 18:41 Uhr verkrampfte sich mein Magen vor Angst und ich musste meine Beine übereinanderschlagen und versuchen, nicht daran zu denken, wie sehr ich auf die Toilette gehen wollte. Ich bereute es wirklich sehr, den Whisky getrunken zu haben. Aber nicht genug, um aufzuhören, ihn zu trinken.

Um 18:45 Uhr trank ich den Rest des Whiskys in einem Zug aus.

Um 18:58 Uhr hörte ich, wie das Fenster aufgestoßen wurde und etwas Schweres auf den Boden fiel. Einen Moment später ein weiterer dumpfer Aufprall, ein trotziges Krächzen von Quoth und ein erstickter Schrei. Oscar bellte vor Aufregung, als wir hinter dem Schreibtisch hervorkletterten und ins Kinderzimmer stürmten.

»Hab ich dich!«, rief ich und leuchtete mit einer Lampe in die Mitte des Bodens.

Morrie lag auf dem Teppich, hielt sich den Kopf und stöhnte. Hinter ihm stand eine Gestalt in einem schwarzen

Catsuit, deren Arme von Heathcliff festgehalten wurden, während Sherlock versuchte, die Sturmhaube herunterzureißen, die ihr Gesicht verdeckte. Quoth hüpfte auf dem Fensterbrett entlang und krächzte aufmunternd.

»Lasst mich los«, schnappte der Mörder und riss seinen Kopf aus Sherlocks Griff.

Ich schaltete die größte Lampe ein, gerade als Sherlock die Sturmhaube abriss, und wir alle fünf erhaschten einen ersten Blick auf unseren *wahren* Mörder.

Morries Lippen verzogen sich zu einem Grinsen. »Hallo, Kate.«

33

Die offiziell tote Cosplayerin funkelte jeden von uns an, während sie sich aus Heathcliffs Griff befreite. Sie sah nicht ängstlich aus, sondern nur leicht amüsiert. »Wie habt ihr das herausgefunden?«

»Ich überlasse es Mina, dich später mit den Details zu langweilen, während du im Gefängnis verrottest.« Morrie kam schwankend auf die Beine. Ich eilte an seine Seite. Der Schlag, den sie ihm versetzt hatte, musste heftig gewesen sein. »Fürs Erste genügt es zu sagen, dass Mina *fast* so schlau ist wie ich.«

Kate betrachtete mich mit einem distanzierten Interesse. »Ich würde lügen, wenn ich sagen würde, dass es mir ein Vergnügen wäre, dich kennenzulernen, Mina. Was hat mich verraten?«

Ich griff in meine Tasche und hielt den silbernen Knopf hoch. »Das. Zuerst bin ich davon ausgegangen, dass er Grant gehört, weil er zu seiner alten Schuluniform passte, aber dann wurde mir klar, dass ich dich in einem deiner Kostüme genau diesen Blazer tragen sah. Du hast daraus eine Hogwarts-Uniform gemacht.«

»Mhmmm. Ich habe mich schon gefragt, ob jemand diesen

Knopf gefunden hat.« Kate starrte auf meine Hand. »Grant hat den Blazer nach seinem Klassentreffen in den Büroabfalleimer geworfen, und ich habe gesehen, dass er die perfekte Farbe für mein Harry-Potter-Kostüm hatte. Ich musste das Bild von der Wand nehmen, als Dave zu Hause besucht habe, für den Fall, dass jemand darauf kommt. Ich habe das Hauswappen von Hand gestickt, weißt du.«

»Das dachte ich mir. Du bist sehr talentiert.« Ich lauschte aufmerksam. *Wo ist Hayes? Er muss doch Morries Anruf gehört haben, und ich habe sogar für ihn die Haustür unverschlossen gelassen. Warum ist er noch nicht hier mit gezückter Waffe hereingestürmt?* »Die meisten Details sind mir bereits klar, aber eine Frage habe ich noch. Warum hast du das getan? Warum bist du nach England zurückgekehrt, hast vorgegeben, ermordet worden zu sein, und Morrie angeschwärzt? Warum hast du deinen Ehemann ermordet?«

Ich hatte nicht erwartet, dass Kate reden würde, aber bei der Erwähnung von Daves Namen verkrampfte sich ihr ganzes Gesicht. »Dave war ein Unfall. Ich wollte ihn besuchen, um ihm zu sagen, dass ich am Leben bin und dass er mit mir auf die Philippinen zurückkehren und wir zusammen sein könnten. Aber dann ist Tara zur Tür hereingekommen, hat ihren Mantel an den Haken gehängt und ihre Schuhe ausgezogen, als ob ihr das Haus gehören würde, und ich habe nur noch rot gesehen. Ich packte meinen Stab von der Wand und stürzte mich auf sie, aber Dave muss sich vor mich gestellt haben, denn das Nächste, woran ich mich erinnere, ist, wie er auf dem Boden liegt und sein Blut ... sein Blut war überall ...«, ihre Brust hob und senkte sich. »Tara ist davongerannt und ich wusste, dass es nur eine Frage der Zeit war, bis sie der Polizei sagen würde, dass sie mich gesehen hat. Alles, was ich wollte, war, meinem Leben zu entkommen, aber ist alles außer Kontrolle geraten. Aber was sind schon ein paar Leichen mehr, oder? Ich bin heute Abend hierhergekommen, um Morrie loszuwerden, und dann wollte ich mich um Tara kümmern, dann Daves Bankkonten mit dem Versicherungsgeld leeren und zurück auf die Philippinen gehen.«

»Warum bist du überhaupt abgehauen?«, fragte Morrie mit zusammengekniffenen Augen. »Ich habe dir einen vorbildlichen Service geboten. Du bist deinem Leben entkommen. Warum alles ruinieren, nur um mich anzuschwärzen?«

»Du verstehst es nicht«, schrie Kate. »Es ging nie um dich. Es ging immer nur um Dave. Ich habe das alles für Dave getan, und wegen dir ging es ihm schlechter als zu meinen Lebzeiten.«

»Du sprichst von der Versicherung«, sagte ich.

Kate nickte. »Dave bedeutet mir alles. Er ist meine ganze Welt, und er hätte alles getan, um mich glücklich zu sehen. Er hat nur zugestimmt, unsere Ersparnisse für das Veranstaltungsgeschäft auszugeben, weil ich Ticketrrr unbedingt verlassen wollte und weil er an mich glaubte. Aber ich habe ihn enttäuscht. Ich habe unser ganzes Geld verspielt und konnte das Geschäft nicht zum Laufen bringen. Wir haben alles verloren, und die Bank wollte noch mehr, und ich konnte es einfach nicht ertragen, ihn zu enttäuschen. Und dann ...« Kate hob den Kopf. »Und dann habe ich mich an einen Typen von der Management-Tagung vom Vorjahr erinnert, Clarence irgendwas. Er sah ein bisschen aus wie dieser Typ«, sie nickte Sherlock zu, »nur dass sein Bart beeindruckender war. Ich war wahrscheinlich etwas betrunken, nachdem Grant versucht hatte, mich zu begrapschen, und ich habe Clarence all meine Geheimnisse anvertraut, wie deprimiert ich war und wie sehr ich mir wünschte, ich wäre mutig genug, mich umzubringen, damit Dave das Geld aus der Lebensversicherung bekommen würde. Dieser Clarence hat mir die ganze Nacht lang von diesem Typen erzählt, in den er verliebt war und der ihn verlassen hatte, um ein Geschäft zum Vortäuschen von Todesfällen zu gründen, und mir kam der Gedanke, dass, wenn ich diesen Freund finden könnte, er all meine Probleme lösen würde.«

Ich warf einen Blick auf Sherlock, dessen Gesicht blass geworden war. »Ich dachte, du hättest gesagt, du würdest ihn anheuern wollen, nicht ihn reinzulegen und dann versuchen, ihn umzubringen.«

»Und genau das wollte ich«, schoss Kate zurück. »Grant wurde immer schlimmer. Er fing an, sich mit Tara zu treffen, aber er hat nie aufgehört, mich zu belästigen. Er sagte, wenn ich nicht mit ihm schlafe, würde er dafür sorgen, dass ich nie wieder als Entwicklerin arbeite, und er hat Tara dazu gebracht, meine Firma online schlechtzumachen, bis unser Ruf völlig zerstört war. Dave hatte seinen Job gekündigt, um in unserem Start-up zu arbeiten, und ich war die Einzige gewesen, die Geld einbrachte, aber ich konnte nicht mehr mit Grant zusammenarbeiten. Ich *konnte* einfach nicht. Mir war egal, was er mir antat, aber Dave ...

»Ich wollte ihn umbringen, aber ich bin keine Mörderin. Zumindest«, sagte sie bitter lachend, »war ich es damals nicht. Also beschloss ich, *mich* umzubringen, zumindest auf dem Papier. Ich habe Morrie gefunden und er hat gesagt, er könnte mir helfen. Ich sollte einen Abschiedsbrief in meinem Unterschlupf in der Wildnis hinterlassen, und er würde sich ein neues Leben auf den Philippinen einrichten und dafür sorgen, dass Dave die Versicherungssumme kassierte. Ich wollte es Dave unbedingt sagen, aber Morrie meinte, das ginge nicht. Wenn die Polizei oder die Versicherungsermittler auch nur einen Moment lang den Verdacht hegen würden, mein Tod wäre nur vorgetäuscht, würden sie seinen Anspruch ablehnen. Dave musste glauben, dass ich tot war. Er ist kein guter Schauspieler, nicht so wie ich.« Sie lächelte, aber diesmal war es ein trauriges Lächeln. »Ich hoffte, dass ich ihn in ein paar Jahren, wenn ich etwas Geld gespart hätte, zu mir holen könnte und wir gemeinsam in den Sonnenuntergang reiten könnten. Wie sehr ich mich doch geirrt habe.

»Am Morgen des Wildnisausflugs habe ich meine Sachen ins Auto geladen und Dave einen Abschiedskuss gegeben, als wäre alles normal. Ich bin zu Wild Oats gefahren und habe Grants widerliche Kommentare und unangemessene Berührungen ertragen. Ich habe bis zur letzten Nacht gewartet, als Sam uns allein wegschickte, und dann habe ich meinen Abschiedsbrief gekritzelt und bin zu einem Feldweg gewandert, um Morrie zu treffen, der mich mit dem Hubschrauber zu einem privaten Flughafen gebracht und mir eine Schachtel mit meinem Reisepass, meinem Führerschein und meiner Geburtsurkunde gegeben hatte; eine völlig neue Identität. Mein Bild, aber nicht mein Leben. Nicht mein Name. Nicht der Name, den ich angenommen hatte, als Dave und ich geheiratet haben.«

Tränen liefen Kate über die Wangen, aber sie redete weiter. »Ich bin auf die Philippinen geflogen, habe mir einen Job gesucht und mein Bestes getan, um Dave und alles, was ich zurückgelassen hatte, zu vergessen. Und das hat etwa ein Jahr lang funktioniert. Dann ist ein Mann in meiner Wohnung aufgetaucht. Er wusste von Morries Geschäft und wusste, wer ich war und was ich getan hatte. Er sagte, wir hätten ein gemeinsames Interesse daran, Morrie zur Rechenschaft zu ziehen.«

Dieser Bastard.

Die letzten Teile des Puzzles fügten sich zusammen. Ich zog eine zerknitterte Broschüre aus meiner Tasche und reichte sie Kate. »Ist das der Mann?«

Kate nickte. »Das ist er. Grey Lachlan.«

Heathcliff grunzte, als ihm die Wahrheit dessen, was Kate

gerade zugegeben hatte, bewusstwurde. Morrie zuckte zusammen, wahrscheinlich mehr verärgert, dass er es nicht selbst herausgefunden hatte, als besorgt darüber, was es bedeutete. Das war in Ordnung. Es gab später noch genug Zeit, sich Sorgen zu machen.

»Warum ist Grey zu dir gekommen?«, fragte ich.

»Er sagte, er habe meinen Fall in den Nachrichten verfolgt und er dachte, ich sollte wissen, was in meiner Abwesenheit passiert ist. Morrie hatte mir immer wieder eingeschärft, wie wichtig es sei, dass ich nicht versuchte, Dave zu kontaktieren oder seine Social-Media-Kanäle zu verfolgen, also hatte ich keine Ahnung, wie sehr ... wie ...« Kate kämpfte mit den Tränen. »Grey hat mir Beweise dafür vorgelegt, dass Dave das Versicherungsgeld nie erhalten hat. Er hat unser Haus verloren. Er musste diese winzige Wohnung mieten und wieder als Klempner im Geschäft seines Vaters arbeiten, einen Job, den er hasste. Er hat alle seine Freunde wegen unseres Geschäfts verloren. Er hat *alles* verloren. »Während mein Mann litt, hat Morrie auf großem Fuß gelebt. Er stolzierte durch Argleton, als würde ihm der Ort gehören. Grey zeigte mir Fotos, die er von Morrie in diesem Geschäft und unten in London gemacht hatte, und er stellte mir alle möglichen Fragen über den Überlebenskurs und alles, was ich gelernt hatte. Er sagte, er könne mir helfen, Morrie zu Fall zu bringen.«

Bei Isis' Titten, es ist noch schlimmer, als ich dachte. Ein Schauer lief mir über den Rücken. Ich hatte alle Teile direkt vor meiner Nase gehabt, aber ich hatte sie nicht gesehen. Keiner von uns hatte sie gesehen.

Grey Lachlan hatte behauptet, Morrie wäre außer Gefecht gesetzt. Er hatte Morrie ausgeschaltet, weil er wusste, dass Morrie Dracula auf der Spur war. *Es führt alles wieder zu Dracula ...*

»Grey und ich schmiedeten einen Plan. Er würde Morrie bei

der Regierung melden und seine Konten einfrieren lassen, damit Morrie nicht über die Mittel verfügte, um sich aus den gleichen Schwierigkeiten herauszukaufen. Ich habe von Morrie viel über Todesbetrug gelernt. Genug, um zu glauben, ich könnte meinen eigenen Mord vortäuschen. Grey sagte, er könne mir eine Leiche besorgen, die mir sehr ähnlich sieht und eines natürlichen Todes gestorben ist. Wenn wir ihr Gesicht gut genug zerschlagen und die DNA übereinstimmt, würden alle glauben, dass ich es war.«

Das arme Mädchen, dessen Leiche ihr benutzt habt, ist keines natürlichen Todes gestorben. Dracula hat sie ausgesaugt und dann hat Grey sie mit den Pilzen erledigt. Er hat seine Spuren verwischt, für den Fall, dass jemand Schlaues wie Jo es herausfindet. Oh, Jo. Es tut mir so leid, dass ich so gemein zu dir war. Ich dachte, ich wäre egoistisch, weil ich nur an Dracula gedacht habe, aber wenn ich auf das, was du über die Autopsie gesagt hast, eingegangen wäre, hätte ich das alles vielleicht schon früher herausgefunden.

Kate fuhr fort: »Grey hat den Brieföffner aus dem Laden gestohlen, unter dem Vorwand, euch davon überzeugen zu wollen, das Gebäude zu verkaufen. Alles, was noch fehlte, war, am Tatort Fußabdrücke mit Morries genauem Schuhabdruck zu hinterlassen. Eine Kleinigkeit, da ich seine Budapester bewundert hatte und er mir erzählt hatte, von welchem exklusiven Londoner Designer sie stammten und wie viel sie genauso gekostet hatten. Ich habe einfach ein neues Paar bestellt. Ich habe sie Grey nach dem vorgetäuschten Mord gegeben und er hat sie auf den Haufen neben der Ladentür geworfen.«

»Das war kein vorgetäuschter Mord, Kate«, sagte ich. »Grey hat nicht die Leiche eines armen Mädchens gefunden, das eines natürlichen Todes gestorben ist. Er hat diese Frau selbst getötet, mit den Giftpilzen aus den Barsetshire Fells, von denen du ihm erzählt hast.«

Kate wurde blass. »Das ist nicht wahr.«

»Es ist wahr. Du hast keine Ahnung, mit was für einem Monster du die ganze Zeit zusammengearbeitet hast.« *Warum ist die Polizei noch nicht hier reingestürmt? Warum hören sie sich das nicht an? Sie könnten Kate und Grey verhaften, und Dracula würde seinen treuen Diener verlieren ...*

»Grey hat sich um mich gekümmert.« Frische Tränen stiegen Kate in die Augen. »Er wollte mir helfen, im Gegensatz zu Morrie. Morrie war es egal, warum ich meinem Leben entkommen wollte. Ihn hat nur die intellektuelle Herausforderung interessiert, wie ich meinen Tod vortäuschen kann.«

Das klingt durchaus nach Morrie. Oberflächlich betrachtet. Aber das ist nicht die ganze Wahrheit.

»Verdammt richtig. Und es gibt ein Teil dieses Puzzles, das mich immer noch vor ein Rätsel stellt. Die DNA an der Leiche stimmte mit deiner überein«, betonte Morrie.

»Das war einfach. Ich habe mich in die Datenbank der Leichenhalle gehackt und die DNA-Aufzeichnungen der Leiche so geändert, dass sie mit meinen übereinstimmen. Dann habe ich ihr Morries Visitenkarte in die Tasche gesteckt, damit die Polizei wusste, nach wem sie suchen musste. Grey und ich haben sie in den Wald getragen, wo ich sie mit deinem Brieföffner erstochen und sie dort zurückgelassen habe, damit sie gefunden wird.«

»Aber dann hat Sam beschlossen, sie zu bewegen.«

Kate nickte. »Ich habe ihn von einem sicheren Aussichtspunkt aus beobachtet und gesehen, wie er sie wegzog. Ich konnte nicht zulassen, dass er sie versteckt oder die Leiche vernichtet. Ich musste dafür sorgen, dass sie entdeckt wird, und er war dabei, alles zu ruinieren. Ich hatte zwar eine Männerverkleidung in meinem Rucksack, aber das Einzige, was ich bei mir hatte und die meine Brüste verbergen konnte, war der Hogwarts-Blazer. Ich habe mich schnell umgezogen und bin Sam über den Weg gelaufen. Jetzt, wo er erwischt worden war, hatte er keine andere Wahl, als die Leiche der Polizei zu melden. Ich blieb bei ihm, bis er die Polizeiwache betrat, dann bin ich abgehauen.«

»Sehr clever«, murmelte Morrie.

»Das sollte selbstverständlich sein. Als ich sicher war, dass die Polizei auf der richtigen Spur war, versteckte ich mich auf einem leeren Grundstück, das Grey mir angeboten hatte, um auf Morries Verhaftung zu warten.« Kate drehte sich zu Sherlock um. »Aber ich hatte nicht damit gerechnet, dass *er* Morrie entführt. Grey erklärte, dass ihr herumschnüffeln würdet, aber ihm war nicht klar gewesen, wie hartnäckig ihr sein würdet. Ich wollte Dave alles erzählen, ihn anflehen, mit mir zu kommen, bevor es zu spät war, aber als er in die Küche ging, um uns noch einen Tee einzuschenken, muss er euch angerufen haben. Er wollte euch sagen, dass ich noch am Leben bin.« Ihr ganzer Körper zitterte. »Und jetzt ... und jetzt ...«

Sie verzog entschlossen das Gesicht. Dann drückte sie die Ellbogen zusammen, zog ihr Knie an die Brust und stieß zurück, wobei sie sich aus Heathcliffs Griff befreite und ihm gleichzeitig mit dem Fuß in die Eier trat.

KNACK. Heathcliff keuchte, während er mit blassem Gesicht und weitaufgerissenen Augen auf die Knie fiel. Sherlock stürzte sich auf Kate, aber sie krabbelte davon und zog etwas aus ihrem Gürtel, das sie auf Morries Kopf richtete.

Eine Waffe.

Scheiße. Mein Blut gefror zu Eis. *Sie hat eine Waffe. Wo zum Teufel ist Kommissar Hayes?*

»Miau?« Die Tür wurde aufgestoßen und Grimalkin kam hereingetrottet, den Schwanz hoch und geknickt wie ein Periskop, während sie eine von Mamas blutigen Austern im Maul hielt.

»Grimalkin, nicht jetzt«, zischte ich.

Ich versuchte, ihr mit meinen Augenbrauen zu signalisieren, dass sie losrennen und den Kommissar suchen sollte, aber sie schlich weiter auf uns zu und betrachtete Heathcliff, der stöhnend auf dem Boden lag, Morrie, der wie erstarrt war, und Kate, die mit der Waffe direkt auf seinen Kopf zielte, mit großen Augen.

Grimalkins Schnurrhaare zuckten vor Unheil. *Ich weiß, dass du etwas vorhast, Großmutter. Jetzt ist nicht der richtige Zeitpunkt, um die Heldin zu spielen. Bitte hol einfach Kommissar Hayes, oder verdammt noch mal, sogar Earl Larson oder Frau Ellis würden es tun ...*

»Miaaaau«. Grimalkin sprang auf Kate zu.

Kates Augen weiteten sich. Der Lauf der Waffe wackelte. »Was hat die Katze da im Maul?«

»Miaaaau?« Grimalkin sprang auf das Bücherregal und schlenderte auf Kate zu.

»Ich bin allergisch gegen Schalentiere«, schrie Kate und nahm eine Hand von der Waffe, um Grimalkins Gesicht herumzuwedeln. »Los, husch!«

Grimalkin krümmte den Rücken und sprang. Sie flog durch den Raum und landete auf dem obersten Regalbrett, direkt über Kates Kopf. Sie ließ die schleimige Auster aus ihrem Maul fallen. Sie landete auf Kates Gesicht, rutschte an ihrer Wange hinunter und prallte dann auf dem Teppich auf.

»Nein, nein, nein ...« Kate ließ die Waffe fallen und wischte sich den Saft von der Wange. Morrie stürzte sich darauf, aber Sherlock war schneller und trat sie unter das Regal. Kate wirbelte zur Tür und riss sie auf, aber sie war so benommen, dass sie nach vorne fiel und mit dem Fuß in den Austernkübel trat, den ich im Gemeinschaftsraum stehen gelassen hatte.

»Arrrrrgh!«, schrie Kate, als sie hinfiel. *RUMMS*. Austern flogen überall hin und prasselten auf ihren Körper nieder, wie, nun ja, wie stinkender Austernregen. Kate stieß ein grässliches Keuchen aus, als sie um sich trat und zuckte, um sich aus dem schleimigen Weichtierhaufen zu befreien. Grimalkin miaute fröhlich und begann, die Schalentiere über den Teppich zu schubsen.

Morrie schlüpfte gerade in den Schatten des Kinderzimmers, als die Eingangstür aufschwang und so laut gegen die Wand schlug, dass die Regale klapperten. Hayes stürmte in den Flur, gefolgt von Wachtmeisterin Wilson und vier Polizisten. »Gut gemacht, Mina. Wir haben alles gehört. Kate Danvers, Sie sind verhaftet wegen des Mordes an Dave Danvers. Sie haben das Recht zu schweigen ...«

»Das ist mir egal!«, schrie Kate und versuchte, sich zur Seite zu drehen, während Grimalkin eine weitere Auster nach ihr warf. »Holt mich einfach von dieser verdammten Katze weg, bevor ich ... argh ...«

Kate griff nach ihrer Kehle. Wilson bellte einen der Beamten an, einen Krankenwagen zu rufen, während sie und Hayes versuchten, Kate aus der schleimigen Falle zu befreien.

»Morrie, wo bist du?« Ich blickte mich um, aber der Raum lag größtenteils in völliger Dunkelheit, dass ich kaum das Ende meiner Nase sehen konnte. »Hast du das gehört? Ich glaube, du bist offiziell ein freier Mann. Ist das nicht ... Morrie? Wo bist du?«

Eine schlaksige Gestalt schälte sich aus der Dunkelheit, aber es war nicht Morrie. Sherlock neigte den Kopf und spähte mich über seine Habichtsnase an. »Er ist aus dem Fenster geklettert.«

Was? »Hat er gesagt, wohin er wollte?«

Sherlock zuckte mit den Schultern. »Er meinte, er habe Lust auf einen Spaziergang. Sam hat ihm von einem Pfad zu einem wunderschönen Wasserfall erzählt und ...«

Ein Wasserfall.

Mein Herz schlug mir bis zum Hals. Ich packte Heathcliff und schob ihn zur Tür. Hayes winkte mir zu, ich solle bleiben, aber ich zog bereits Oscars Jacke an. »Keine Zeit für Erklärungen, aber Morrie steckt in Schwierigkeiten. Wir müssen zurück zu den Barsetshire Fells. Sofort.«

34

Heathcliff bellte dem Polizisten Befehle zu, als er auf den Parkplatz von Wild Oats fuhr. Mit heulender Sirene schafften wir es in Rekordzeit zum Wild Oats Center, aber wir begegneten einem schwarzen Taxi, das in die entgegengesetzte Richtung fuhr. Morrie war schneller gewesen.

Ich stieß meine Tür auf und hob Oscar heraus, bevor das Auto vollständig zum Stehen kam.

»Was zum Teufel machen wir jetzt?« Heathcliff hielt sein Handy hoch und ließ einen schwachen Lichtstrahl auf den Boden fallen. Wir würden Morrie nie im Dunkeln finden, wenn er nicht gefunden werden wollte.

»Aruff?« Oscar scharrte an meinem Bein.

Natürlich. Meine Finger schlossen sich um Oscars Leine.

»Oscar, finde Morrie.« Ich hatte mir ein Paar von Morries Budapestern aus dem Flur geschnappt, als ich zur Tür hinausgerannt war, und hielt sie Oscar vor die Nase. Oscar schnüffelte an der Luft und kläffte vor Aufregung, als er mich hinter das Haus zerrte, wo ein kleines Schild auf einen überwucherten Waldweg zeigte.

Ich rannte den Pfad hinunter, wobei meine Stiefel im weichen Schlamm versanken. Schmerz breitete sich in meiner Brust aus, während ich schrie: »Morrie, wo bist du? Morrie, ich bin's, Mina.«

Von meiner Geschwindigkeit angetrieben, trabte Oscar voran, die Nase dicht am Boden, während er Morries Geruch folgte. Meine Stiefel rutschten über den unebenen Boden, aber ich wurde nicht langsamer. Ich konnte nicht.

Bitte, lass mich nicht zu spät kommen.

Der Weg wurde breiter und das Rauschen des Wassers dröhnte in meinen Ohren. Wir hatten den Wasserfall erreicht. Oscar führte mich zum Rand eines Flusses, wo eine wackelige Holzhängebrücke zum gegenüberliegenden Ufer führte. Meine Finger umklammerten das Geländer und ich beugte mich über die Seite.

Wasser strömte in das zehn Meter tiefer gelegene Becken und wirbelte weißen Schaum auf, der gegen die Felsen krachte. Das Wasser rauschte in meinen Ohren, schnell, hart und tödlich. Wenn dort jemand hineinfiele, würde er mit Sicherheit unter Wasser gezogen und an den Felsen zerschmettert werden ...

»Wau, wau!«, Oscar kratzte am Geländer und sprang gegen die Seite, als ob er etwas im Wasserfall sehen würde.

Er kann etwas sehen, was ich nicht sehen kann.

Tränen brannten in meinen Augen, aber der Wind peitschte sie weg, bevor sie zu Boden fielen. »Morrie, wo bist du?«

»Er ist da drüben.« Heathcliff beugte sich über das Geländer und deutete mit dem Finger auf die Felsen. Der Vollmond stand am Himmel, und im Lichtstrahl konnte ich gerade noch die Umrisse einer Gestalt erkennen, die auf einem Felsen am äußersten Rand des Wasserfalls stand.

»Was zum Teufel machst du da?« Heathcliff ballte die Hände zu Fäusten und schrie über den Abgrund. Morries Kopf schoss bei dem Lärm hoch. Ich war zu weit weg, um seine Gesichtszüge zu erkennen, aber allein die Tatsache, dass er auf diesem prekären Felsen stand …

»Dreh jetzt bloß nicht durch. Ich denke nur nach. Bring Mina hier weg. Es ist nicht sicher«, rief er zurück, seine Stimme klar und entschlossen.

»Das werde ich ganz sicher nicht. Wenn du etwas so unglaublich Dummes tun willst, wie dich über einen Wasserfall zu stürzen, dann hab wenigstens den Mumm, es ihr ins Gesicht zu sagen.«

»Du solltest Geiselverhandlungen führen«, schrie Morrie zurück. »Du hast ein verborgenes Talent dafür. Ich werde mich nicht hinunterstürzen. Ich brauchte nur … ach, verpiss dich. Du würdest es nicht verstehen.«

Der Wind frischte auf und ließ eine Gischt aus Eiswasser über die Brücke stürzen. Ich biss die Zähne zusammen, während eisige Nadeln an meinem Körper zerrten.

»Wau, wau!«, Oscar krallte sich an der Brücke fest. Heathcliff packte seine Pfoten und setzte sie auf die Planken.

»Du bleibst hier«, knurrte er den Hund an. »Bring Mina in Sicherheit. Diese Brücke sieht nicht stabil genug für uns drei aus.«

Er schob sich an mir vorbei und rannte zum anderen Ufer. Ich klammerte mich an das Geländer und kämpfte mit meinen Docs auf der rutschigen Oberfläche, während Heathcliffs Körper die Brücke im heulenden Wind hin und her warf. Oscar wimmerte, als die Brücke schwankte und noch mehr eisiges Wasser über die Seite spritzte.

»Was machst du da?«, schrie ich über das Tosen des Wasserfalls hinweg.

Heathcliff drehte sich um. Das Mondlicht fing den Wahnsinn in seinen Augen ein, den wilden Zug seines starken

Kiefers. »Was denkst du denn? Ich werde diesen Idioten vor sich selbst retten.«

»Heathcliff ...«

Er sprang von der Brücke und verschwand aus meinem Blickfeld. Oscar wimmerte erneut. Ich packte seine Leine mit aller Kraft und befahl ihm, umzukehren.

»Geh zurück, meine Hübsche.« Morries Stimme erreichte mich wieder. »Ich will nicht, dass du mich so siehst.«

»Ich kann überhaupt nichts sehen«, schoss es aus mir heraus, als Oscar einen weiteren zitternden Schritt in Richtung Sicherheit machte. »Und ich werde nicht weggehen. Mach keinen solchen verdammten Blödsinn. Warum sitzt du mitten in der Nacht am Rand eines Wasserfalls?«

»Ich sagte doch, ich muss nachdenken.« Morrie hatte noch nie so sicher geklungen. »Ich denke darüber nach, was Sherlock gesagt hat, dass es nur einen Weg gibt, wie das enden kann. Ich bin eine Geißel für die Welt, Mina. Selbst wenn ich versuche, etwas Gutes zu tun, geht es schief. Unschuldige Menschen werden getötet.«

»Kate hat die Entscheidung getroffen, zur Mörderin zu werden. Das ist ihre Schuld, nicht deine.«

»Ja, und sie hat sich mit Draculas Spielzeug verbündet und ist uns gefolgt. Dieses Mal hatten wir Glück, aber wie lange wird es dauern, bis eines meiner ruchlosen Geschäfte dich wieder in Gefahr bringt? Oder Quoth oder Heathcliff? Ich würde sterben, wenn dir etwas zustoßen würde, aber die bittere Wahrheit ist, dass *ich* dir bereits zugestoßen bin. Ich bin die größte Gefahr für dich. Ich habe in meinem Leben zu viele böse Dinge getan, Mina. Ich verdiene weder deine Güte noch deine Liebe. Dir, Heathcliff und Quoth würde es bessergehen, wenn du mich nie kennengelernt hättest. Ich überlege also, dass ich Dracula vielleicht alleine bekämpfen werde. Vielleicht triumphiert dann das eine Böse über das andere. Oder vielleicht ist es für uns alle am besten, wenn ich jetzt mit einem glorreichen Abgang gehe. So hat meine Geschichte schon immer enden sollen.«

»Das nennst du einen glorreichen Abgang?« Tränen strömten mir über die Wangen. Nicht einmal der bittere Wind konnte sie aufhalten. Ich hätte ihn so gerne in den Arm genommen. »Ich nenne es den Ausweg eines Feiglings, und ich traue dir vieles zu, James Moriarty, aber niemals, dass du ein Feigling bist.«

Morrie senkte das Kinn, während er auf den Strudel hinunterblickte. »Ich würde es tun, wenn du dafür sicher wärst.«

»Aber das wird es nicht, oder? Sieh mal, die Sache mit dem Scheintod-Unternehmen war wahrscheinlich eine deiner weniger cleveren Ideen. Du hast es vermasselt. Das passiert uns allen mal. Stürz dich doch nicht gleich von einem Wasserfall, nur weil die Dinge einmal nicht nach deinem Kopf gehen. Weißt du, wie oft ich nach meiner Diagnose darüber nachgedacht habe, dem Ganzen ein Ende zu setzen? Ich kann dir gar nicht sagen, wie oft ich eine Flasche mit Schmerztabletten aus dem Medizinschrank genommen und sie in meine Hand geschüttet habe, nur um die Erleichterung zu spüren, zu wissen, dass ich nur einen Schritt vom Vergessen entfernt war.«

Mein Körper zitterte bei den Erinnerungen, die ich an einem dunklen und geheimen Ort weggesperrt hatte, an eine Zeit, in der ich wirklich geglaubt hatte, ich wäre ein *Niemand*. Die Sinnlosigkeit, die mich verfolgt hatte, durchflutete meinen Körper, und ich hasste den Gedanken, dass Morrie so über sich selbst denken könnte ...

Morries seltsame Verhalten in den letzten Monaten wurde mir mit einem Schlag bewusst. Sein Herz hatte sich geöffnet, und das hatte ihn an allem zweifeln lassen, was er wusste, vor allem an sich selbst.

»Nein, Mina.« Morries Stimme war von Emotionen geprägt. »Das bist nicht du.«

»Das *war* verdammt noch mal ich. Es war Teil *meiner Geschichte*. Und jetzt kann ich mich nicht einmal mehr mit der Person identifizieren, die diese dunklen Gedanken hatte. Sie ist mir fremd, aber ich muss mich an sie erinnern und sie anerkennen, denn wenn man sich vor der Dunkelheit versteckt, schleicht sie sich unversehens an. Genauso wie du nicht mehr die Person von damals bist. Du bist ein *guter* Mensch, Morrie. Du bist nicht mehr die Spinne, die die Menschheit wie Fliegen verschlingt. Du trägst nicht mehr die Last des Bösen der Welt auf deinen Schultern. Du hättest jedes kriminelle Unternehmen wählen können, und doch hast du dieses gewählt: Menschen einen Neuanfang zu ermöglichen. Das hast du für mich getan.« Ich schniefte. »Also *wage* es ja nicht zu sagen, dass es besser für mich gewesen wäre, dich nicht zu kennen. Ich verdanke dir so viel, du hast ja keine Ahnung. Du hast mir einen Neuanfang ermöglicht. Du hast mir gezeigt, dass ich schön, klug und lustig bin. Mit dir wird jeder Tag zu einem Abenteuer, und es wäre ein verdammtes Verbrechen, die Welt deiner Kusskünste zu berauben. Du bist wertvoll, Morrie. Und das darfst du nie vergessen. Und jetzt schwing deinen hübschen Arsch von diesem Felsen, bevor du ausrutschst.«

Ich war nahezu hysterisch und mein ganzer Körper zitterte. Oscar zog an der Leine und zog mich zum Ufer, während die Brücke wild schwang. »Bitte, bitte, bitte ...« Ich konnte kaum noch sprechen, so sehr weinte ich. »Wenn du es nicht für dich selbst tun kannst, dann tu es für uns, für Heathcliff, für Quoth. Für mich. Ich kann es nicht ertragen, wenn du mich verlässt ...«

»Hübsche, bitte hör auf zu weinen.«

»Das w-w-werde ich nicht, bis du von der Kante

zurücktrittst.« Ich hatte Schluckauf. Die Kälte war wie eine Folter für meine Lungen. Oscar zog mich weiter und versuchte, mich in Sicherheit zu bringen, aber ich konnte mich nicht bewegen, bis ich wusste, dass Morrie in Sicherheit war.

Morrie trat einen Schritt zurück und hob die Hände.

»Du hast recht, Mina.« Seine Stimme zitterte. Ich konnte natürlich nichts sehen, aber es klang, als würde er auch weinen. »Ich war ein egoistischer Idiot. Hierher zu kommen, muss dir große Angst gemacht haben. Ich habe nicht ... Ich glaube, dass die Begegnung mit Sherlock mich innerlich völlig durcheinandergebracht hat. Aber das war nur ein dummer Schwächeanfall und ich habe einen Vampir zu töten. Ich komme jetzt zurück. Ich werde ...«

Morrie schrie, als er auf dem rutschigen Stein den Halt unter dem Fuß verlor. Er fiel auf die Brust auf die Felsen und begann, in Richtung des Abgrunds zu rutschen. Er streckte die Hände aus, um sich daran festzuhalten, doch der Wasserfall hatte die Felsen glattgeschliffen, sodass er keinen Halt finden konnte.

»Morrie«, schrie ich.

Der Napoleon des Verbrechens hob den Kopf, den Mund zu einem stummen Schrei geöffnet, dunkel vor Schmerz und Reue, als er über den Rand des Wasserfalls stürzte.

35

Der Wind verschluckte meinen Schrei.

Die Welt bewegte sich wie in Zeitlupe. Morrie taumelte durch die Luft, seine Arme wild um sich schlagend. Ich lehnte mich weit nach vorne und streckte meine Hände nach ihm aus, als könnte ich seinen Sturz irgendwie auffangen. Eisiges Wasser stach mir ins Gesicht und Oscars Wimmern drang dumpf an meine Ohren.

Nein.

Morrie.

Nein.

Geh nicht dorthin, wo ich dir nicht folgen kann.

In dem Moment, als mein Herz zersprang und die Zeit stillstand und Morrie in der Luft hing und sich den aufgewühlten Wellen und scharfen Felsen näherte, raste eine dunkle Wolke von den Bäumen weiter unten heran. Sie packte Morrie am Oberkörper und schleuderte ihn gegen die Felsen.

»Heathcliff!«

Der größte Gothic-Antiheld der Literatur war völlig durchnässt, während er versuchte, Morrie aus dem reißenden

Wasser des Wasserfalls zu ziehen. Die beiden rutschten aus und schlitterten über die Felsen, während Heathcliff Morrie das Ufer hinauf in Sicherheit zog.

Mein gebrochenes Herz jubelte vor Freude und Erleichterung. Oscar kratzte an meinem Bein, sein Fell durchnässt und seine Augen vor Schreck geweitet. »Tut mir leid, Junge. Wir können jetzt runter.« Ich bewegte mich langsam über die Brücke und betrat endlich festen Boden. Oscar trottete in die Bäume und bellte fröhlich die Gestalten an, die aus der Dunkelheit auftauchten.

Ich rannte zu Morrie, umarmte ihn und scherte mich kein Stück darum, dass er durchnässt war und zitterte.

»Mach so etwas nie wieder«, knurrte Heathcliff und umklammerte Morries Hemd mit den Händen.

»Nein, ich ...« Morries Worte wurden abgeschnitten, als Heathcliff ihn mit einem wütenden Kuss überraschte.

Mein Atem stockte, als ich beobachtete, wie die beiden ihre Münder erforschten, wie sie sich aneinanderklammerten, als wären sie von der Titanic geworfen worden und hätten einen Kleiderschrank gefunden, an dem sie sich festhalten konnten. Etwas Neues, Freies und Aufregendes erblühte zwischen ihnen. Morries Augen flatterten zu, und ich wusste, dass er den Moment genoss.

Als ich es nicht mehr aushielt, als mein Hunger und meine Erleichterung in mir aufwallten und durch meine Haut nach außen drangen, zog ich sie mit meinen eigenen Lippen auseinander und küsste sie. Ich schmeckte sie und sie schmeckten einander. In mir brodelte das Lachen, ein unruhiges wildes Ding, weil ich eben noch gedacht hatte, ich hätte Morrie an die Dunkelheit verloren, ihn aber nun wieder in meinen Armen hielt.

~

»Ein weiteres Rätsel gelöst.« Morrie warf einen Blick auf den Eimer mit den Austern und rutschte dann auf den Stuhl mir gegenüber. »Dank des neuesten verrückten Plans deiner Mutter.«

»Sag ihr das bloß nicht, sonst kriegen wir sie und ihre Austern nie aus diesem Laden raus. Und wir haben noch nicht alles gelöst.« Ich warf einen finsteren Blick auf das Schachspiel, das ich zwischen uns in den Schatten des Poesieregals aufgebaut hatte, wo ich nur Minuten zuvor einen gewissen beratenden Detektiv hatte herumschleichen sehen. »Die Polizei versucht immer noch, Grey Lachlan für eine Befragung aufzuspüren, und Sherlock hat *immer* noch nicht erklärt, warum er uns belogen hat, als er sagte, er wäre seit zwei Jahren auf der Erde.«

»In der Tat.« Morries Mund verzog sich zu seinem vertrauten Grinsen. Er bewegte seinen Bauern über das Brett, als müsste er sich um nichts auf der Welt Sorgen machen. Für einen Moment hatte er mich völlig getäuscht. Ich hätte den alten Morrie vor mir haben können, den, dem alles und jeder egal war. Aber nachdem ich gesehen hatte, wie tief er gefallen war, wusste ich, dass das Grinsen, das er trug, nur eine Maske war. Ich konnte es spüren, auch wenn ich es nicht sehen konnte: das Zittern in seinen Schultern und die Unsicherheit hinter seinen Augen.

»Mina hat recht. Der Mann auf dem Foto war ich.«

Ich wirbelte herum. Sherlock lehnte am Türrahmen. Er hatte nur Augen für Morrie.

»Ich bin nicht die Treppe hinuntergeschlichen, während ihr vier vom Sex benommen wart. Obwohl ihr aufpassen solltet, dass das in Zukunft nicht mehr passiert. Man weiß nie, wer als Nächstes aus den Seiten kriecht.« Er sagte das mit einem Blick in Richtung Heathcliff. »Die Wahrheit ist, dass ich seit drei Jahren in dieser Welt bin.«

»Warum hast du uns nicht einfach von Anfang an die Wahrheit gesagt?«, verlangte Morrie zu wissen und brachte seine Dame ins Spiel. Ich wusste, dass ich in Schwierigkeiten steckte.

»Weil ich wusste, dass ihr so reagieren würdet. Ihr würdet euch fragen, warum ich mich nicht früher bei euch gemeldet habe. Ihr würdet mich verdächtigen, vor allem angesichts der zunehmenden Beweise, die auf einen persönlichen Groll hindeuteten. Ich hatte euch lange genug beobachtet, um zu wissen, dass Mina versuchen würde, dich zu retten, die falschen Schlüsse über mich ziehen und meine Ermittlungen behindern würde.« Sherlock nickte in meine Richtung, was vielleicht seine Art von Respekt war. »Es hat sich herausgestellt, dass ich in zwei von drei Punkten rechthatte.«

Ich streckte ihm die Zunge heraus, während ich Morries Läufer mit meinem Turm schlug. »Ich habe den Fall gelöst.«

Sherlock grunzte, unfähig, diesen Punkt vollständig zuzugeben.

Heathcliff rutschte auf seinem Stuhl hin und her und zuckte zusammen, als er eine Austernschale unter seinem Hintern hervorzog. »Wie kommt es, dass Herr Simson uns nie von dir erzählt hat? Er hat akribisch Buch über die fiktiven Charaktere geführt, die in seinen Laden kamen. Ich hätte mich an deinen Namen erinnert.«

»Simson war der Meinung, dass er meine einzigartigen Fähigkeiten nutzen könnte, um Informationen über seinen Feind zu sammeln, aber ich musste absolut geheim vorgehen. Sollte ihm etwas zustoßen, wollte er nicht, dass das Wissen über meine Anwesenheit in die falschen Hände gerät. Ich habe die letzten drei Jahre damit verbracht, Dracula durch das Land zu jagen, und ich bin ihm nicht annähernd so nahegekommen wie ihr in ein paar kurzen Monaten. Aber ich hatte die Verbindung zwischen Kate und ...«

Ich beugte mich vor. »Moment mal. Du hast Dracula gejagt. Und du hast meinen Vater gesehen? Mit ihm gesprochen?«

Sherlock hob eine Augenbraue. »Ich kann dir nicht folgen.«

»Herr Simson ist Minas Vater«, sagte Morrie. »Er ist auch Herman Strepel, der berühmte mittelalterliche Buchbinder, und Homer, der antike griechische Barde, der die *Ilias* verfasst hat …«

»Ich weiß, wer Homer ist.« Sherlock fuhr sich mit der Hand durch sein strähniges Haar. Er sah niedergeschlagen drein. »Anscheinend habe ich auch nicht herausgefunden, dass Simson der Dichter von einst war. Du bist also seine Tochter?«

Ich nickte.

Sherlock rieb sich mit einer Hand das Kinn, während die andere in seine Tasche flog. »Interessant.«

Morrie stupste mich an. »Mina, zeig ihm den Algorithmus.«

Ich holte mein Handy heraus und berührte den Bildschirm, um Morries Karten aufzurufen. Ich blätterte durch die Karten, um Sherlock zu zeigen, auf welche Weise wir Draculas Verbrechen auf die Spur gekommen waren. Ich zeigte auf das Haus in Lower Loxham, durch das ein rotes Kreuz gezogen worden war. »Dort waren wir neulich abends. Wir haben es geschafft, eine seiner Kisten mit Erde zu zerstören. Bleiben nur noch 49.«

Sherlock runzelte die Stirn, während er mit den Fingern auf den Bildschirm tippte. Ein paar Augenblicke später gab er mir das Telefon zurück. Ich hielt es mir vors Gesicht, um auf den Bildschirm zu schauen. Elf Häuser in London waren mit leuchtend roten Kreuzen durchgestrichen.

»Noch 38.«

»Gib mir das.« Morrie riss mir das Telefon aus der Hand. »Was hast du getan?«

»Nicht einmal die Hälfte von dem, was ich erreicht hätte, wenn du bei mir gewesen wärst, Liebster.« Sherlock zuckte mit den Schultern. »Ich dachte, ich fange in der Stadt an, da ich mich dort am besten auskenne. Als Nächstes werde ich nach Dartmoor fahren. Ich spüre eine gewisse Anziehungskraft zu diesem Ort, und dein Gerät hat angedeutet, dass es in der Gegend eine Konzentration von Kisten geben könnte.«

»Du ... du willst uns immer noch helfen? Obwohl ...« *Obwohl Morrie mich gewählt hat.*

Sherlock zog etwas aus seiner Tasche und hielt es mir hin. Sein Gesicht nahm den teilnahmslosesten und vernünftigsten Ausdruck an. »Du vergisst, Mina. Ich bin jetzt hier gestrandet, und mein Geist kommt mit Stillstand nicht gut klar. Gib mir Probleme, gib mir Arbeit ... gib mir den monströsesten Bösewicht, der je auf der Erde gewandelt ist, und ich werde ihn mit Freuden verfolgen, bis Gerechtigkeit geübt wurde. Es wäre mir das größte Vergnügen, mit dir zusammenzuarbeiten. Als ebenbürtiger Partner, was Verstand und Gerissenheit angeht. Außerdem habe ich das hier für dich.«

Ich starrte auf den Umschlag in meinen Händen. Kritzeleien umrandeten den Rand und das Papier hatte diesen bestimmten rauen, handgemachten Look. Mein Magen rutschte in die Knie.

Ein weiterer Brief von meinem Vater.

Ich nahm den Umschlag und meine Finger zitterten. »Woher hast du das?«

»Er hat ihn mir vor sechs Monaten gegeben. Er sagte, Dracula sei ihm auf den Fersen und er müsse untertauchen, aber ich solle das seiner Tochter geben. Ich habe ihn gefragt, ob ich seine Tochter finden sollte, und er sagte, sie würde mich finden.« Sherlock zog seinen Hut. »Wenn das dann alles ist, mache ich mich jetzt auf den Weg. Ich habe einen Zug zu erwischen. Ich möchte nicht meinen ersten Tag in meinem neuen Job verpassen.«

Und mit einem letzten, verweilenden Blick auf Morrie verschwand Sherlock wieder in den Schatten.

»Was meint er mit neuem Job?« Ich funkelte Morrie an. »Jagt er für uns auf Vollzeitbasis Draculas Dreck?«

»Nein. Das macht er auf freiberuflicher Basis.« Morrie zog mich auf seinen Schoß. »Ich habe einige meiner Kontakte in der Scheintod-Branche genutzt, um ihm eine neue Anstellung zu verschaffen.«

»Du hast Sherlock Holmes nicht in die kriminelle Unterwelt geschickt!«

Morrie lachte und strich mir über die Hüften, bis ich mich in seinem Schoß wand, unser Schachspiel so gut wie vergessen. »Auf keinen Fall würde ich wollen, dass dieser verklemmte Streber mir den ganzen Spaß verdirbt. Nein, er hat einen Job bei Kates Versicherungsgesellschaft als Betrugsermittler angenommen. Mit Sherlock Holmes am Steuer wird in diesem Land niemand mehr seinen Tod vortäuschen, um sich zu bereichern.«

Ich zog eine Augenbraue hoch. »Heißt das, du gibst dein Scheintod-Unternehmen für immer auf?«

»Nicht mal annähernd.« Morrie griff hinter mich, um mit seiner Dame über das Brett zu ziehen und meinen Springer mit langen Fingern zu schlagen. »Die Katze lässt das Mausen nicht, und James Moriarty wird für immer ein Spitzbube der Sonderklasse sein.«

»Genau so mag ich ihn.« Ich strich mit meinen Lippen über die seinen. Morries Hand umfasste meinen Nacken und drückte mich an sich, um den Kuss zu vertiefen.

»Jetzt, wo wir unsere Geheimnisse miteinandergeteilt haben ...« Morries Finger glitten unter den Saum meines Rocks und strichen über meine Haut, was in mir ein Feuer entfachte.

»Wir sind noch nicht ganz fertig mit den Geheimnissen.« Ich wippte nach hinten, um etwas Abstand zwischen uns zu bringen. Aus meiner Tasche zog ich den Samtbeutel. »Es ist an der Zeit, dass du mir das hier erklärst.«

Morrie öffnete den Samtbeutel und schüttete mir die Juwelen in die Hand. »Ich dachte, selbst wenn sich deine Sehkraft verschlechtert, würdest du es zu schätzen wissen, wie diese im Licht funkeln. Ich hatte gehofft, dass sie dein Licht an dunklen Orten sein könnten.«

»Die sind für mich? Sind die ... unrechtmäßig erworben?«

»Ich habe sie ganz ehrlich mit Geld gekauft, das ich mit meinen legaleren Geschäften verdient habe.« Morries Grinsen wurde breiter. »Ich wollte nicht, dass auch nur ein Hauch meiner zweifelhaften Moral sie befleckt. Ich wollte sie von diesem Typen in Crookshollow, der Fantasy-Rüstungen herstellt, zu Ringen machen lassen. Flynn irgendwas.«

Mein Atem stockte, als ich meine Hand drehte und die Juwelen durch meine Finger rieseln ließ, sodass ihre Facetten das Licht einfingen. Ein seltener orangefarbener Diamant, der im Licht wie Feuer glitzerte, genau wie Quoths Augen. Ein Saphir, so kalt und klar wie Eis für Morrie, und etwas tiefes, schwarzes und faszinierendes, das vielleicht Onyx war für Heathcliff. Und für mich ein leuchtender Smaragd. Die Facetten tanzten im Licht und erzeugten Regenbogenprismen auf meiner Haut.

»Was hattest du mit ihnen vor?« Meine Kehle schnürte sich zu. Ich wagte kaum zu atmen.

Morrie grinste. »Ringe. Einen für jeden von uns. Obwohl ich mir nicht sicher war, ob der Vogel einen wollte, der auf seinen Finger oder um seine Kralle passt. Es wären Bindungsringe. Die puritanischen Ehegesetze verbieten es uns vier, verheiratet zu sein, und ich dachte nicht, dass eine kirchliche Zeremonie punkig genug für Mina Wilde wäre. Aber vielleicht können wir etwas auf unsere eigene Art machen.«

»Du ...« Meine Kehle schnürte sich zu. Ich schluckte und versuchte es noch einmal. »Du willst mich pseudo-heiraten?«

»Aber natürlich.« Morrie schloss meine Finger um die Juwelen. Sie fühlten sich schwer in meiner Handfläche an, und ich wusste, dass ich mehr als nur ein paar kostbare Edelsteine in der Hand hielt. Ich hielt Morries Herz. »Eine weise Frau sagte mir einmal, dass wir vier in den Sternen geschrieben stünden. Ich dachte, wir sollten die Dinge offiziell machen. Es sollte eine Überraschung werden. Ich hatte alles geplant, mit Wein und feiner Küche und einigen meiner Lederhalsbänder und Peitschen, aber ich hätte wissen müssen, dass du die Wahrheit vorher herausfinden würdest, du kluge Frau. Wir werden noch eine unehrliche Frau aus dir machen.« Morrie blickte auf meine andere Hand, die in meine Tasche geflogen war, wo noch der Brief meines Vaters lag. »Früher oder später wirst du diesen Brief öffnen müssen.«

»Ich weiß.« Mein Finger spielte mit dem Rand des Siegels. Ich starrte auf das frische Papier, das von einem roten Rand eingefasst war, der so dunkel und satt war, dass mein Blick davon flimmerte. »Ich habe nur ... es war eine harte Woche, weißt du? Ich kann nicht ...«

Oscar knurrte am Fenster und riss mich aus meinen Gedanken. Neben ihm stand Grimalkin auf dem Fensterbrett stramm, ihr Schwanz so struppig wie Basil Brush.

»Was ist los?« Ich rutschte neben sie und spähte auf die Straße. Grimalkin beäugte etwas in der Dunkelheit und zischte.

Ich folgte ihrem Blick. Auf der anderen Straßenseite erhellte eine Straßenlaterne das obere Fenster von Frau Ellis. *Jetzt nicht mehr das Fenster von Frau Ellis.* Überall am Baugerüst, das bereits auf unsere Straßenseite übergriff, hingen Schilder für Lachlan Construction.

Eine dunkle Gestalt hing im Fenster. Mein Atem stockte. Sie sah ein wenig aus wie eine Puppe, nur riesig. Oder... oder...
Eine Fledermaus.

Während ich sie entsetzt anstarrte, spreizte die Fledermaus einen Flügel und hob den Kopf, um mich mit glubschigen Augen anzustarren, die die Distanz zwischen uns zu überwinden schienen. Obwohl ich die Bosheit und dämonische Wut, die in ihr loderte, nicht sehen konnte, spürte ich sie.

Eine schreckliche Übelkeit überkam mich. Ich klammerte mich mit beiden Händen an die Fensterbank und rang nach Luft. Neben mir wimmerte Oscar.

Die Fledermaus öffnete ihr Maul und entblößte zwei lange, scharfe Reißzähne, die von einer dunklen Substanz triefend nass waren. Vor meinen Augen löste sich die Kreatur auf. Ihre Flügel und ihr Körper verwandelten sich in Nebel, der sich durch den Fensterrahmen schlängelte und auf der Straße vor dem Geschäft in der Luft wirbelte.

»Mina Wilde«, zischte eine Stimme in meinen Ohren, Die Stimme kam aus dem Nebel, aber sie war auch in meinem eigenen Kopf. »Endlich treffen wir uns.«

FORTSETZUNG FOLGT

Werden Mina und ihre Männer einen Weg finden, den größten Bösewicht der Literatur zu vernichten und ihr bisher kniffligstes Rätsel zu lösen? Finde es heraus in Buch 6 der Geheimnisse des Nevermore Bookshops.

http://books2read.com/nevermore6deutsch

Du kannst nicht genug von Mina und ihren Jungs bekommen? Lies eine kostenlose alternative Szene aus Quoths Sicht zusammen mit anderen Bonusszenen und zusätzlichen

Geschichten, indem du dich für den Steffanie Holmes-Newsletter anmeldest.

https://www.nevermorebookshop.co.nz/pages/steffanie-holmes-newsletter-german

VON DER AUTORIN

Willkommen zurück im Nevermore Bookshop. Ich weiß, es ist schon eine Weile her, dass wir durch die Eingangstür getreten sind, um einen mürrischen, liebenswerten Riesen, ein charmantes und freches kriminelles Genie und einen schönen und freundlichen Raben zu treffen. Nicht zu vergessen das ausgestopfte Gürteltier.

Es hat so viel Spaß gemacht, dieses Buch zu schreiben, nicht zuletzt, weil die Recherche ein echtes Abenteuer war. Ich habe ein Buch mit dem Titel *Playing Dead: A Journey Through the World of Death Fraud* von Elizabeth Greenwood gelesen und dann alle meine Freunde mit Fakten über das Geschäft mit vorgetäuschten Todesfällen zu Tode gelangweilt. Es ist absolut faszinierend und wenn ihr Interesse habt, empfehle ich euch, Elizabeths Buch zu lesen.

Ich habe auch an einem Überlebenskurs in der Wildnis teilgenommen, der dem ähnelt, den Mina, Heathcliff und Quoth mit Sam gemacht haben. Nur mit weniger Kakerlaken-Kochkunst. Und mein Mann und ich haben zwei Wochen in Rumänien verbracht, um Vampirsagen zu erforschen und viel *Pálinka* zu trinken. Die Ergebnisse werden in einer zukünftigen

Serie erscheinen, nicht in dieser, da Dracula als Figur sehr wenig mit den rumänischen Sagen zu tun hat.

Ein Teil des Erlöses jedes verkauften Nevermore-Buches geht an *Blind Low Vision NZ Guide Dogs*, und ich teile immer wieder süße Bilder und Videos von Blindenhunden in meiner Facebook-Gruppe.

Ich möchte meiner großartigen Familie von Autorenfreund*innen, auch bekannt als die professionellen Perversen, dafür danken, dass sie mich bei Verstand gehalten haben, während ich dieses Buch vor meiner Reise fertiggestellt habe. Danke Bri, Katya, Elaina, Kit, Jamie und Emma für all die Lacher und die Liebe.

Ein großes, kuscheliges Dankeschön an alle großartigen Kickstarter-Unterstützer, die diese Sonderausgaben möglich gemacht haben!

Und an meinen Mann, der meine ganze Aufregung über Todesbetrug ertragen hat und sich bereitwillig durch Osteuropa schleppen ließ, um sich alte Kirchen anzusehen und viel zu viel Kohl zu essen.

Bis zum nächsten Mal!

Steffanie

Besucht den Nevermore Bookshop für Sonderausgaben, Merchandise und weitere tolle Sachen www.nevermore-bookshop.co.nz

Möchtest du signierte Sonderausgaben von Steffanie Holmes, Buchboxen, Merchandise, Kunstwerke und vieles mehr in die Finger bekommen?

Besuche den Nevermore Bookshop, um die Goodies zu erhalten: https://www.nevermorebookshop.co.nz/

Melde dich für die Shop-Mailingliste an, um 10 % Rabatt auf deine erste Bestellung zu erhalten.

LESEN SIE EINEN AUSZUG AUS POISON IVY

EIN BRANDNEUER DUNKLER LIEBESROMAN VON STEFFANIE HOLMES

Mein erstes Anzeichen dafür, dass wir nicht mehr in Kansas sind, ist, dass jemand die Autotür aufzieht und mir meine Kate Spade-Tasche aus den Armen reißt.

»Hey!«, schreie ich, denn niemand fasst meine Kate an und überlebt, um damit zu prahlen. Ich schwinge meine Faust, um dem Dieb eins auszuwischen, aber er ist zu schnell. Mein Schlag prallt an seinem Arm ab.

»*Ich* werde Ihre Sachen nehmen, Fräulein«, sagt der Dieb mit ernster Stimme. Wenigstens ist es ein höflicher Krimineller. Die Menschen in Emerald Beach werden wirklich anders erzogen.

»Danke, Seymour. Sie müssen meine Tochter entschuldigen. Sie weiß nicht, wie man sich unter Menschen verhält.« Papa klingt müde. In letzter Zeit hört er sich oft so an. Früher hatten wir eine Vater-Tochter-Beziehung wie aus einem Hallmark-Film. Wir hätten darüber gelacht, dass ich versucht habe, Seymour auszuschalten, wer auch immer dieser verdammte Seymour ist. Aber das war, bevor ich unser Leben zerstört habe. Jetzt ist alles, was ich tue, ein weiteres Ärgernis für ihn, denn es ist *völlig normal*, dass irgendwelche Leute ihre Hände in meinen Schoß stecken und mir meine Sachen wegnehmen.

Aber ich schätze, das ist jetzt unser neuer Alltag.

Unser neues Leben. Mit unserem Kofferträger namens Seymour.

Ich wünschte, ich hätte besser aufgepasst, als Papa mir von unserem Umzug nach Emerald Beach erzählt hat. Wahrscheinlich hat er Seymour erwähnt. Aber ich war ein bisschen damit beschäftigt, mein Körpergewicht in Marsriegeln zu essen und alles und jeden in Reichweite zu zerschmettern.

»Lassen Sie die Schlüssel bei mir, Sir«, sagt Seymour zu Papa. »Ich parke das Auto für Sie und bringe den Rest Ihrer Sachen rein. *Sie* wartet schon auf Sie.«

Seymour flüstert *Sie*, als wäre es ein Gebet, ein Flehen. Wer ist diese Frau, die nicht einmal einen Titel hat? Wer ist nicht Madame oder Lady oder Frau Dio für ihre Angestellten, sondern einfach nur *Sie*?

Ich steige aus dem Auto aus. Die Sonne trifft mich wie ein Güterzug aus Feuer. Ja, ich bin definitiv nicht mehr in Kansas. Und mit Kansas meine ich Witchwood Falls, Massachusetts. Oder Cedarwood Cove, Massachusetts – je nachdem, wer fragt. Ich bin weit weg von zu Hause.

Anders als Dorothy schlage ich nicht die Absätze meiner magischen Schuhe zusammen, die mich dorthin zurückbringen. Egal wie kochend heiß, basic oder albern Emerald Beach auch sein mag, es kann nicht so schlimm sein wie das, vor dem ich davonlaufe.

Dank mir haben wir kein Zuhause mehr, zu dem wir zurückkehren können.

Meine Schuhe knirschen auf den Kieselsteinen. Das Haus erhebt sich über mir – eine riesige Wand aus Marmor, Glas und Schrecken. Ich erinnere mich daran, wie Papa es mir beschrieben hat, also muss ich es nicht sehen, um zu wissen, dass es verdammt protzig ist, mit gebleichten weißen Säulen, die einen geschnitzten Säulengang stützen, übergroßen Eichentüren und wahrscheinlich einer schlecht geschnitzten Kopie von Michelangelos David in der Mitte des plätschernden Brunnens, und Gold; Gold, das überall glitzert. Die Häuser hier sind wahrscheinlich alle gleich, als hätten Paris Hilton und ein griechischer Tempel ein Baby gehabt.

Mein neues Zuhause.

Ohne meine Handtasche fühle ich mich nackt, also umklammere ich meinen Stock ein bisschen fester als sonst, während ich auf das sich abzeichnende Gebäude unseres neuen Lebens zusteuere. Die Türen öffnen sich knarrend und ich bin überrascht, eine dunkle Stimme zu hören.

»John. Du hast es noch rechtzeitig geschafft, wie ich sehe.«

Sie klingt nach heißem Kakao und Rasierklingen.

»Cali.« Papa sagt ihren Namen mit einem Hauch von Ehrfurcht in seiner Stimme. »Ich möchte dir meine Tochter vorstellen.«

»Hallo, Fergus.« Meine neue Stiefmutter sagt meinen Namen steif und testet seinen Klang auf ihrer Zunge.

»Fergie«, sage ich. »Alle nennen mich Fergie.«

Ja, mein Name ist Fergus und ich bin ein Mädchen. Es ist die lächerlichste Geschichte überhaupt. Vor Jahrhunderten, als meine Vorfahren noch ein Haufen schwertschwingender Clanmitglieder in Schottland waren, versprach ein reicher Gutsherr dem erstgeborenen Sohn jeder Generation, eine große Geldsumme, wenn er Fergus hieße. Und obwohl kein einziger Cent dieses Geldes jemals zustande kam, hat mein Clan nie die Gelegenheit für leicht verdientes Geld verstreichen lassen, also ist der Name geblieben. Ich sollte ein Junge sein, bis zu dem Moment, als ich aus meiner Mutter herausgeschossen kam, und so wurde ich Fergie.

»Hey, Fergalicious.« Papa benutzt seinen Kosenamen für mich, während er mich mit diesem müden Ton in der Stimme anstupst. »Ich freue mich so, dass du endlich Cali, deine neue Stiefmutter, kennenlernst.«

Juchhu.

Ich will keine verdammte Stiefmutter, schon gar nicht diese Frau. Aber wie bei allem, was seit dem Vorfall passiert ist, habe ich auch hier keine andere Wahl.

Eine Hand ergreift meine und schüttelt sie, der Griff ist fest und knapp – Cali macht mir klar, dass sie mir das Handgelenk brechen kann, wenn sie die Gelegenheit dazu hätte. Sie hat irgendeinen hochrangigen Job in der Fitnessbranche – ich habe Papa nie gefragt – und ich stelle mir vor, dass dies der Händedruck ist, den sie für alle Steroid-Typen verwenden muss.

Auch wenn ich Papa zuliebe nett sein will und auch wenn diese Frau alle möglichen Fäden für mich gezogen hat, obwohl sie mich nie getroffen hat, kann ich nicht anders.

Ich erwidere den Druck.

Ich werde nicht die Schwächere sein.

Ich lasse mich nicht über den Tisch ziehen oder zum Narren halten.

Nicht dieses Mal.

Calis Fingerknöchel knacken. Sie lässt meine Hand fallen.

»Endlich sind meine beiden Lieblingsfrauen zusammen«, sagt Papa mit gespielter Fröhlichkeit in der Stimme. »Ich bin überzeugt, dass ihr euch prächtig verstehen werdet.«

»Kommt rein.« Calis Tonfall wird steif und förmlich. Es ist die Stimme von jemandem, der nicht die Absicht hat, sich »blendend zu verstehen«. Sie hält mir die Tür auf, und ich folge Papa in das riesige Foyer. Mein Stock streicht über den Boden, die Kugelspitze rollt über kalten Marmor. Das Geräusch hallt durch drei Stockwerke und das Echo macht mich völlig wahnsinnig. Ich habe noch nie in einem so leeren Raum gestanden. Ich meine, in Einkaufszentren und Konzerthallen schon, aber die sind immer voll von wogenden Körpern, Lärm, Aufregung und Geschäftigkeit. Dieses Haus trieft vor bedrückender Stille.

Dies ist ein Haus der Geheimnisse.

Gut. Vielleicht wird es auch meins fest verschlossen in seinen Mauern halten.

Calis Absätze klacken auf dem Marmor. »Wir haben schon gegessen, aber ich kann Milo bitten, euch etwas aufzuwärmen. Ihr müsst nach der langen Fahrt hungrig sein.«

»Das wäre fantastisch. Du hast keine Ahnung, wie sehr ich Milos Essen vermisst habe. Fergie?«, fragt Papa mich.

»Ich bin nicht hungrig.«

Ich beiße mir auf die Lippe und fühle mich schlecht, weil meine Stimme so schnippisch klingt. Papa will so sehr, dass es klappt. Ich habe ihm in den letzten Monaten viel Mist zugemutet. Ich habe das Gefühl, dass ich bereits mit Cali auf falschem Fuß stehe, und wir sind kaum durch die Eingangstür. Aber dieses Haus, diese Frau, das ist einfach zu viel. Ich versuche, meine Stimme ruhig zu halten. »Kann ich mein Zimmer sehen?«

»Folge mir«, bellt Cali. Ihre Absätze *klick-klacken* auf der Treppe. Sie wartet nicht auf mich und hält mich auch nicht am Arm fest, was mich ihr gegenüber ein wenig erwärmt. Mein Stock stößt an die unterste Stufe und ich gehe weiter, bis ich den Handlauf erreiche. Ich drehe meinen Stock in der Hand, damit er mir die Tiefe und die Anzahl der Stufen anzeigt, und steige ihr nach. Papa schnauft hinter mir her. In dieser Leere aus Bohnerwachs und Bleichmittel kann ich die muffige Klimaanlage unseres Volvos und die Snackkrümel, die an uns beiden kleben, riechen.

Wir gehören nicht in ein Haus wie dieses, mit einer Frau wie Cali.

Vielleicht sieht Papa das bald ein.

Die Treppe führt immer höher und höher und höher und verwirrt mich. Ich bin verloren in einem Labyrinth, mit einem Minotaurus in der Mitte. Aber das ist nicht fair – das Monster ist nicht meine neue Stiefmutter.

Das *echte* Monster habe ich in Massachusetts zurückgelassen.

Cali führt uns einen breiten, großen Flur hinunter. Die Absätze meiner Stiefel sinken in den dicken, weichen Teppich. »Dein Vater und ich haben ein Zimmer im Ostflügel«, sagt sie schroff. »Luella, das Hausmädchen, wohnt außerhalb. Seymour und Milo wohnen im Anbau hinter dem Pool. Neben deinem Bett befindet sich ein Rufknopf, falls du sie brauchst. Du und Cassius wohnen in diesem Flügel. Ihr teilt euch ein Bad.«

Stimmt – ich muss Cassius noch kennenlernen. Meinen neuen Stiefbruder.

Ich weiß nichts über ihn. Ich habe nie gefragt. In den letzten Wochen war ich wie betäubt, weil mein Leben und meine Zukunft in einem von mir selbst verursachten Inferno untergegangen sind. Ich habe kaum daran gedacht, zu essen, geschweige denn, mich um das Kind zu kümmern, mit dem ich das Haus teilen werde. Er ist ungefähr zwölf Jahre alt oder so, riecht wahrscheinlich eklig, redet nur in Grunzlauten und wird einen unerträglichen Musikgeschmack haben. Ich erinnere mich, dass Papa gesagt hat, dass es noch einen Bruder gibt – er ist ein paar Jahre älter als ich, aber er wohnt nicht mehr hier.

Cali stößt eine Tür auf. »Ich nehme an, das ist ausreichend.«

»Es ist wunderbar, vielen Dank.« Papa drückt meine Hand. »Fergie, was denkst du?«

Ich kann gar nichts sagen. Meine Lippen sind wie zugeklebt.

Ich bleibe in der Tür stehen und begrüße die Leere meines neuen Zimmers mit eisigem Schweigen.

»Es ist ganz in Rot und Gold dekoriert«, sagt Papa. »Deine Stiefmutter hat einen guten Geschmack.«

»Ich pfeife auf Farbmuster und Kissen«, spottet Cali. »Livvie hat das gemacht.«

Ich weiß nicht, wer Livvie ist, aber Papa weiß es offensichtlich, denn er lacht, als hätte Cali etwas total Lustiges gesagt. Ich versuche, das Unwohlsein zu ignorieren, das sich in meinen Magen gräbt.

Papa hat schon ein ganzes Leben in Emerald Beach, mit Cali und Livvie. Er hat diese Welt, die völlig getrennt von mir ist.

Haben sie Livvie zu ihrer Hochzeit eingeladen? Denn mich haben sie nicht eingeladen.

Ich sollte nicht hier sein. Sie wollen mich nicht hier haben.

Ich schaffe es, mich nach vorne zu schleppen und gehe im Raum herum, wobei ich die Kanten der Möbel berühre. Es gibt nicht viel, was mir lieb werden könnte. Ein Bett mit einem Bettgestell aus Messing, ein zotteliger Teppich, der den gesamten Boden bedeckt, eine hohe Kommode, ein Schreibtisch und ein gepolsterter Sessel unter dem Fenster. Meine Füße stoßen auf ein paar seltsame Dellen im Teppich, Stellen, an denen etwas Schweres die Fasern zerdrückt hat. Ich frage mich, was es war, dass früher in der Mitte des Bodens gestanden hat.

Meine Taschen sind bereits neben der Tür zum begehbaren Kleiderschrank gestapelt. Seymours Werk, nehme ich an. Der ganze Raum ist größer als unser altes Haus.

»Wir lassen dich in Ruhe, damit du dich zurechtfindest.« Papa küsst mich auf den Scheitel. »Komm runter in die Küche, wenn du etwas essen willst. Sie ist hinten rechts im Haus, durch das Wohn- und Esszimmer.«

Sie gehen und schließen die Tür hinter sich. In dem Moment, in dem sie zufällt, lasse ich mich ins Bett sinken und gönne mir eine einzige Träne – ein salziges Tröpfchen für das verdammte Chaos, das ich in meinem Leben angerichtet habe.

Das ist alles, was ich verdiene.

Ich fahre mit den Fingern über den herrlichen, seidenen Stoff der Bettdecke. Diese Livvie mag Cali ein spöttisches Grinsen entlocken, aber sie hat Geschmack.

Das Zimmer riecht sogar gut, nach frischen Blumen. Ich wette, Seymour hat irgendwo ein Gesteck hinterlassen.

Ich hasse mich selbst.

Vor zwei Wochen stand ich auf einer Brücke und wollte runterspringen, um meinen Papa von der Last meiner Fehler zu befreien. Jetzt ertrinke ich in einer verdammten Villa in Seidenbettwäsche und Dienern und kann nicht einmal dankbar dafür sein. Als wir gegangen sind, habe ich die meisten meiner Besitztümer, sogar meinen Jiu-Jitsu-Gi, in den Müll geworfen. Ich kann es nicht ertragen, irgendwelche Erinnerungen daran zu haben, wie mein Leben eigentlich sein sollte.

Papa sagt, dass ich neue Klamotten bekommen werde, sobald wir uns eingelebt haben. »Das meiste von deinen Sachen wird in Emerald Beach nicht funktionieren, Fergie. Die sind da unten ganz anders.«

Er hat sich noch nie Gedanken darüber gemacht, ob ich irgendwo dazu passe.

Seit dem Vorfall hat sich alles verändert.

Du hast Glück gehabt, erinnere ich mich. *Dein Fehler wurde ausgelöscht. Du kannst neu anfangen. Neuer Name. Ein neues Leben. Wie viele andere Menschen haben diese Chance?*

Aber ich *will* weder einen neuen Namen noch ein neues Leben noch eine neue Mutter. Ich will mein altes Leben zurück. Ich will meine 1540 SAT-Punkte und meine Meisterschaftsgürtel und dass das schlimmste in meinem Leben der Stress ist, meinen Aufsatz für Harvard zu schreiben.

Die Luft bewegt sich.

Die Haare in meinem Nacken stehen mir zu Berge.

Ich höre ein Knarren, als die Tür zum angrenzenden Badezimmer aufschwingt.

Jemand ist in meinem Zimmer.

Jetzt lesen:
http://books2read.com/elite1deutsch

POISON IVY

**Ich würde alles tun, um hineinzukommen. Ich würde sogar
zu ihnen gehören.**

Victor. Torsten. Cassius – der Sportler, der Künstler, der
Stiefbruder.
Der Poison Ivy Club.
Rücksichtslos.
Verbunden.
Gewalttätig.
Unantastbar.

Sie regieren die Stonehurst Academy mit eiserner Faust.
Wenn du nach Harvard, Princeton oder Yale willst, werden sie
dich dort reinbringen.
Garantiert.
Aber vorher wollen sie ihr Pfund Fleisch haben.
Ein Deal ist ein Deal – du gibst ihnen, was sie wollen, und sie
lassen deine Träume wahr werden.

Und sie wollen mich.

In ihrem Bett.
In ihren Armen.
Als Teil ihrer Gang.

Ich würde alles tun, um auf eine Eliteuniversität zu kommen.
Ich würde lügen. Ich würde betrügen.
Ich würde auf die Knie gehen.
Ich würde töten.
Aber diese drei dunklen Prinzen werden niemals mein Herz
bekommen.

Dies ist ein zeitgenössischer, dunkler Liebesroman für
Erwachsene mit drei finsteren Kerlen und einem furchtlosen
Mädchen. Er ist für Leser ab 18 Jahren gedacht.

Jetzt lesen:
http://books2read.com/elite1deutsch

ÜBER DIE AUTORIN

Steffanie Holmes ist *USA Today*-Bestsellerautorin für paranormale, gothische, düstere und fantastische Bücher. In ihren Büchern geht es um kluge, witzige Heldinnen, Geheimbünde, gruselige alte Herrenhäuser und Alphamännchen, die *immer* bekommen, was sie wollen.

Steffanie ist von Geburt an blind und wurde 2017 mit dem Attitude Award for Artistic Achievement ausgezeichnet. Außerdem war sie Finalistin für den Women of Influence Award 2018.

Steff ist die Gründerin von *Rage Against the Manuscript* – einer Ressourcensammlung mit kostenlosen Inhalten, Büchern und Kursen, die Autor*innen dabei helfen, ihre Geschichte zu erzählen, ihre Leser*innen zu finden und eine erfolgreiche Schreibkarriere aufzubauen.

Steffanie lebt mit ihrem Mann, einer Horde streitsüchtiger Katzen und ihrer mittelalterlichen Schwertsammlung in Neuseeland.

Steffanie Holmes Newsletter

Hol dir ein Gratisexemplar von *Cabinet of Curiosities* – ein Steffanie Holmes-Kompendium mit Kurzgeschichten und Bonusszenen – wenn du dich für den Steffanie Holmes-Newsletter anmelden.

https://www.nevermorebookshop.co.nz/pages/steffanie-holmes-newsletter-german